PIERO SORIA

Tod in Turin

Buch

Weihnachten naht; der fahle Morgen riecht nach Schnee und ein kalter, feuchter Wind weht durch die Straßen Turins. Plötzlich ertönt ein Schuss und auf einem der belebtesten Plätze im Herzen der Stadt bricht ein alter, harmloser Mann sterbend zusammen. Der kuriose Mordfall wird Commissario Lupo Lupo anvertraut, der seinen Namen und seinen Ruf als einsamer Wolf zu Recht trägt, denn er ermittelt am liebsten ohne jede Hilfe. Doch bei diesem Fall wird ihm jemand an seine Seite gestellt. Sein bester Freund Polo Chieli, Reporter bei der größten Turiner Tageszeitung, soll exklusiv über diesen Fall berichten. Innerhalb kurzer Zeit werden noch zwei Menschen Opfer desselben Täters: Eine junge Polizistin vom Land und ein Ermittlungsrichter, der ein Doppelleben führte, werden mit derselben Waffe auf demselben Platz hingerichtet. Während es keine logischen Zusammenhänge zwischen den Opfern zu geben scheint, beginnt Commissario Lupo zu ahnen, dass bei diesem Fall Rache und Willkür eine entscheidende Rolle spielen. Doch ihm fehlen brauchbare Hinweise, um den Mörder überführen zu können. Und es gibt etwas, das Commissario Lupo noch mehr zu schaffen macht: Alle Indizien weisen darauf hin, dass sein Freund Polo Chieli der Täter ist – denn er ist Lupo bei seiner Recherche immer einen Schritt voraus …

Autor

Piero Soria wurde 1944 in Turin geboren und arbeitet seit mehr als dreißig Jahren als Journalist bei der Tageszeitung *La Stampa.* »Tod in Turin« ist der erste Band der Serie mit Commissario Lupo und wurde für den renommiertesten italienischen Krimipreis, den *Premio Giorgio Scerbanenco 2001,* nominiert. Der zweite Fall für Commissario Lupo ist bei Goldmann bereits in Vorbereitung.

Piero Soria

Tod in Turin

Ein Fall für
Commissario Lupo

Roman

Aus dem Italienischen
von Birgitta Höpken

GOLDMANN

Die Originalausgabe erschien
unter dem Titel »Toxic In-Laws«
bei HarperCollins, New York.

Deutsche Erstveröffentlichung

FSC
Mix
Produktgruppe aus vorbildlich
bewirtschafteten Wäldern,
kontrollierten Herkünften und
Recyclingholz oder -fasern

Zert.-Nr. GFA-COC-1229
www.fsc.org

Verlagsgruppe Random House FSC-DEU-0100
Das für dieses Buch verwendete FSC-zertifizierte Papier *Munken Premium*
liefert Arctic Paper Munkedals AB, Schweden.

2. Auflage
Deutsche Erstausgabe Juni 2002

Umschlaggestaltung: Design Team München
Satz: Uhl + Massopust, Aalen
Druck und Bindung: buch bücher dd-ag, Birkach
Redaktion: Ingrid Klein
KF · Herstellung: Sebastian Strohmaier
Printed in Germany
ISBN 978-3-442-15169-1

www.goldmann-verlag.de

Für Cicci und Sara

Personen:

Lupo Lupo	Commissario
Greta	seine Frau
Ferro	Questore
Costanza	seine Frau
De Mattia	Stellvertreter Lupos
Modica	Commissario
Polo Chieli	Journalist
Tara	seine Frau, Südafrikanerin
Giovanni Ferrero	Chefredakteur einer Zeitung
Claudio Legnano	betagter Musiker
Marina Salomone	Gefährtin Legnanos
Ernestina Lucco	Polizistin
Gualtiero Pernice	Maler
Martina Fassio	seine Cousine
Nico Vibar	albanischer Schieber
Padre Saluzzo	Exorzist
Francesco De Napoli	Ermittlungsrichter
Incoronata De Napoli	seine Frau
Luisa Malan	Geliebte De Napolis
Marta	Cousine des Mörders

1

Gott war ungerecht.

Er hatte ihn nur zufällig ausgewählt. Unter Tausenden.

Gelangweilt hatte er die Rechnungsbücher, die er über seine Geschöpfe führte, durchgeblättert und ihn verurteilt. Ohne seine Geschichte zu kennen. Ohne sich jemals für ihn interessiert zu haben.

Ohne ihm jemals ein Zeichen gegeben zu haben, dass er existierte.

Ein Vater, der zu viel zu tun hatte.

Der als Pfaffen verkleidete Kindermädchen und Diener engagierte, damit diese seine Aufgaben, seine Pflichten erledigten.

Als es ihm dann endlich gelungen war, auf eigenen Füßen zu stehen und er etwas wirklich Wichtiges zu tun hatte, da hatte ihm Gott ein nun gar nicht mehr erwünschtes Zeichen seiner Existenz gegeben.

Einen Tumor.

Noch drei, vier Monate zu leben.

Einen schönen großen Koffer voller Grauen für die Heimreise.

Nein, diese Reise würde er nicht alleine antreten.

Auch er würde den Zufall entscheiden lassen.

Mit demselben gelangweilten Desinteresse.

Er atmete tief ein.

Seit seiner Kindheit hatte er einen immer wiederkehrenden Traum: Er hielt ein Gewehr im Anschlag, ging zu einem

Fenster und schoss blind hinaus. Auf irgendeinen Passanten auf der Straße. Gleichgültig ob Mann oder Frau.

Er hatte sich noch nicht entschieden.

Hinter den Fensterläden verborgen beobachtete er das Gedränge auf der Piazza Vittorio: Zwei Studenten und eine Schwarze, die auf die Straßenbahn warteten.

Ein alter Mann, der unsicheren Schritts die Schienen überquerte.

Zwei Straßenkehrer, die sich über einen Kanalschacht beugten.

Und ein Gewimmel unbekannter, hastender, identitätsloser Menschen unter den Arkaden in diesem frühen Winterlicht.

Der Morgen war voller Schnee.

Fahl.

Mit einem Himmel, der ins Flussbett des Po zu stürzen schien, unfähig sich auf dem Hügel zu halten, den das Grau der Kirche Gran Madre beherrschte.

Er trat einen Schritt zurück.

Seine Hände waren eiskalt.

Er stützte das Gewehr auf den Boden und dachte an seinen Traum: Ein Projektil, das in einen Hals drang. Oder in ein Herz. Blut auf dem Asphalt. Die Bestürzung in den Gesichtern der Menschen, die umherstanden. Kinder, die weggezogen wurden.

Oh, wenn er wirklich wählen könnte, dann den gellenden Schrei einer unbekannten Frau, die sich über den toten Körper ihres Kindes beugte.

Eine grässliche Vorstellung und gleichzeitig sehr entspannend.

Von der jene düstere Faszination ausging, die allein das Wissen zu vermitteln vermag, absolute Macht über das Schicksal eines anderen Menschen zu haben.

Er lächelte.

Die Laune dieses seines Fingers am Abzug entschied über das Leben eines Unbekannten, das völlig in seiner Hand lag.

Er nahm das Gewehr wieder hoch.

Sah durch das Zielfernrohr hinunter.

Und schoss.

Der Commissario putzte sich die Nase.

Lupo hatte eine böse Erkältung, die ihn seit Tagen plagte. Und deshalb war er seinem Broterwerb, den er zunehmend schwerer ertrug, noch ungnädiger gegenüber gestimmt.

Er verweilte lange im Eingangsbereich des Hauses, das mit einer Vergangenheit erfüllt war, die nichts mit der Gegenwart zu tun hatte.

Um Zeit zu gewinnen.

Um ihn noch ein wenig hinauszuzögern, den Schmerz in einem fassungslosen Blick, der sich wie eine Sturzwelle über den Überbringer der Unglücksmeldung ergießen würde. Unvermeidlich.

Er hasste es, mit schlechten Nachrichten zu kommen.

Und der Tod war die schlimmste von allen.

Er stieg langsam eine von Armut dunkel gewordene, aber sauber gehaltene Treppe hinauf. Hohe Stufen, geschmückt mit Weihnachtssternen, die in kleinen Töpfen auf jedem Treppenabsatz standen.

Das Türschild war von Hand geschrieben worden.

Claudio Legnano und Marina Salomone.

Zwei Namen.

Zwei Leben, die in Stolz miteinander verbunden gewesen waren.

Ein klarer, eleganter Schriftzug, wie in früheren Zeiten mit Tusche geschrieben. Sorgfältig jedes Jahr ein paar Tage vor dem Fest erneuert.

Er läutete.

Wartete voller Unruhe und knetete sich nervös die Hände.

Er war nur zufällig zu diesem Mord hinzugekommen.

Als er gerade die Brücke bei der Gran Madre überquerte, hatte er einen entfernten Schrei gehört, der vom Wind herbeigetragen worden war.

Zunächst hatte er nicht weiter darauf geachtet.

Er war damit beschäftigt gewesen, über die endlose Liste mit Weihnachtswünschen nachzugrübeln, die ihm seine beiden unverschämten Söhne ausgehändigt hatten.

»Wir wissen schon, dass du hoch verschuldet bist. Aber bist nicht du es gewesen, der uns die Unschuld genommen hat? Als du uns gesagt hast, dass es das Christkind gar nicht gibt?«

Dann hatte er die vielen Menschen gesehen, die sich um den winzigen Körper angesammelt hatten.

Eine dünne Stimme unterbrach seine Gedanken.

»Ich komme schon, ich komme schon!«

Die Tür öffnete sich und das rosige Gesicht einer alten Frau erschien.

Weiße, kurz geschnittene Haare.

Ein fröhlicher, respektloser Blick.

Das Lächeln wurde strahlender, als sie im Blick des Unbekannten das Staunen über ihre Kleidung las.

»Wussten Sie nicht, junger Mann, dass ich Sängerin bin?«

Und sie lächelte weiter, als würde dieser kokette Satz ausreichen, den Body in einem hellen Kornblumenblau zu erklären, der ihren vogelleichten Körper umschmiegte, und das um die Hüften geschlungene und zu einer großen Schleife gebundene, leuchtend rote Tuch.

»Kommen Sie, bleiben Sie doch nicht in der Tür stehen, kommen Sie herein, es zieht hier überall.«

Lupo gehorchte.

Als er den mit Schirmen voll gestellten Eingangsbereich durchquert hatte, umfing ihn das Schmachten eines Wiener Walzers und der kräftige Geruch von Auberginen, die wohl im Ofen schmorten.

»Setzen Sie sich doch, setzen Sie sich doch. Sie wollten wahrscheinlich zu Claudio. Er ist wie immer zu spät. Nie ist er pünktlich, nicht wahr? Möchten Sie einen Kaffee? Wer weiß, wen er heute schon wieder getroffen hat. Wir wollen nur hoffen, dass es keine Rothaarige ist, denn dann könnte es sein, dass er Ihre Verabredung vergisst.«

Der Commissario fühlte sich unbehaglich.

Es war sehr sauber, nirgendwo lag auch nur ein Staubkörnchen.

Eine abgenutzte Existenz, gleich einem ausgeblichenen Zimmer in einer Pension, gerade ausreichend zum Überleben.

Doch eine Existenz voller Würde.

Und noch voller Hoffnungen.

Vielleicht sogar voller Pläne.

Und er war hier, um sie in Trümmer zu schlagen.

Aus einem Impuls heraus nahm er ihre Hände.

Und sie verstand auf einmal, dass etwas Furchtbares geschehen sein musste.

»Keine Angst. Ich bin stark. Sagen Sie es mir. Bitte …«

Wie immer war Ferro von Lupo eingeschüchtert.

Von seiner höflichen Art. Von seiner Unbekümmertheit und seiner schlampigen Kleidung. Von seiner anarchistischen Einstellung gegenüber dem Gesetz und den Vorgesetzten. Von seinem Ungehaltensein über den Bürokratismus, in den jede Ermittlung zwangsläufig mündete.

Lupo, der Wolf.

Richtige Wölfe gingen in Rudeln auf Jagd.

Dieser jedoch nicht.

Dieser wollte alleine agieren.

Wollte niemanden um etwas bitten.

Ferro hatte versucht, ihn zu bändigen.

Er hatte ihn gezwungen, mit den anderen zusammenzuarbeiten, im Team, mit der Truppe.

Doch mit ihnen zusammen hatte er sich als Null erwiesen.

Alleine aber konnte Lupo sich ohne extreme Ängste im Labyrinth seiner Intuitionen und seiner Stimmungen bewegen. Und seinem Gewissen folgen.

Also hatte Ferro ihn aus den Reihen genommen.

Ein Commissario, der niemanden befehligte.

Der seine Kollegen gering schätzte.

Aber doch der Einzige, den Ferro für wirklich fähig hielt.

»Möchten Sie einen Kaffee?«

»Nur, wenn Sie einen nehmen.«

Da war es wieder, dieses Benehmen, das so gar nicht in ein Polizeipräsidium zu passen schien. So, als müsse nun er, Ferro persönlich, der Präsident dieses Präsidiums, aufstehen und den Posten eines Polizisten einnehmen.

Er nahm das Telefon und orderte einen Kaffee. Dabei stellte er erstaunt fest, dass er freundlicher war als sonst.

»Sie stecken mich noch an, Lupo.«

»Wie bitte?«

»Ach nichts. Sagen Sie mir lieber, wie Sie in diese Sache hineingeraten sind.«

»Ich habe die Jungen zur Schule gebracht und dann das Auto bei der Esperia abgestellt. Wie jeden Tag.«

»Sagen Sie nur, Sie nehmen auch bei Schnee das Boot!«

Lupo musste über Ferros Erstaunen lächeln, was dessen Unbehagen noch vergrößerte.

»Da ist er am schönsten, der Po. Und schimmert wie ein Komet. Man muss sich nur etwas überziehen. Sie sollten es auch einmal versuchen.«

»Ja, ja. Ich sehe mich schon dabei – aber was wollten Sie gerade sagen?«

»Nichts weiter. Ich bin zu Fuß über die Brücke gegangen, um dann die Straßenbahn zu nehmen, und da lag er, auf den Schienen, mit einer Kugel im Kopf. Mitten auf dem Platz. Ich habe Fersini angerufen und er hat zwei Streifenwagen vorbeigeschickt.«

Der Questore nickte.

Mit den beiden Streifenwagen war aber auch Commissario Modica gekommen. Ein Kalabrese der empfindlichen Art, davon überzeugt, dass alle es immerzu nur auf ihn abgesehen hatten. Und der hatte ihm einen ziemlich enttäuschenden Bericht auf den Schreibtisch gelegt.

»Haben Sie Modica getroffen, als Sie hierher gekommen sind?«

»Er ist draußen. Und hechelt wie ein Jagdhund, der hinter einer Maus her ist. Er wartet nur auf eine Gelegenheit, hereinkommen zu können. Ich schätze, er fängt den Kaffee ab, um ihn uns persönlich zu bringen.«

»Sie mögen ihn nicht, stimmt's?«

»Oh, wenn es das ist: Sie mögen ihn auch nicht.«

»Er macht seine Arbeit.«

»Auch Henker tun ihre Arbeit.«

Ferro seufzte.

Lupo hatte zwei Universitätsabschlüsse und pflegte mit ironischem Unterton zu sagen: »Wer ohne Hoffnung ist, hat nur eine Wahl: Entweder er wird Priester oder er geht zu den Carabinieri.«

Er hatte es dann aber vorgezogen, zur Polizei zu gehen.

Es klopfte.

Und Lupo lächelte wieder. Sein so höfliches Lächeln. Das mehr ein inneres Lächeln war, so als würde er sich scheuen, andere an seinen Empfindungen teilhaben zu lassen.

»Ja bitte!«

Hinter dem Polizisten schob sich lautlos wie ein Schatten der massige Körper Modicas herein.

Er war klein, halslos, sein Haar glänzte vor Brillantine. Den maßgeschneiderten Zweireiher trug er mit offensichtlichem Unbehagen und seine Hosen schlugen über den Slippern Falten.

Nur mit Mühe hielt der untere Knopf des Sakkos einen vorquellenden Bauch zurück, der von allzu häufigen Trattoriabesuchen zeugte.

»Dottore, entschuldigen Sie, aber es gibt Neuigkeiten. Ich hätte mir sonst nie erlaubt, das wissen Sie, aber ...«

Er traf mit unfehlbarer Sicherheit immer diesen falschen, schmierigen und unterwürfigen Ton, der bei ihm zerknautscht wirkte wie seine Kleidung.

Die Augen huschten umher, damit ihm nicht das kleinste Anzeichen einer Veränderung entginge, der er sich dann anpassen würde wie ein Chamäleon.

»Lassen Sie hören.«

»Der Schuss ist vom fünften Stock des Wohnhauses Piazza Vittorio Nr. 12 abgegeben worden. Das fragliche Dachzimmer, denn um ein solches handelt es sich bei dem Tatort, erweist sich als seit sechs Monaten unbewohnt. Keine Spuren eines Einbruchs an der Tür. Zweifelsohne handelt es sich bei der Mordwaffe um ein Präzisionsgewehr. Keine Fingerabdrücke. Überall Staub, außer am Fenster und auf dem Durchgang zwischen diesem und der Tür. Eine Strecke, die, wie ich hinzufügen muss, mehrere Male begangen worden ist, nicht nur heute. Es ist gewissermaßen so etwas wie ein richtiger Pfad zu erkennen. Das Verbrechen ist mit Sicherheit das Werk eines Profis, von langer Hand vorbereitet. Es wurde sogar das Stativ eines Fotoapparates gefunden. Wir vernehmen gerade die Hausbewohner. Doch bisher ohne Erfolg: Niemand hat etwas gesehen oder gehört.«

»Holen Sie mal Luft, Modica.«

»Jawohl, Dottore.«

Alle sahen ihn neugierig an.

Als handele es sich wirklich um einen Befehl, den er nun gewissenhaft ausführen würde.

Der Polizist, der bis dahin unbeweglich die Plastikbecher auf einem kleinen Tablett balanciert hatte, brach hoffnungsfroh das Schweigen: »Der Kaffee!«

»Wollen Sie auch einen?«

»Wie Sie möchten.«

»Mir ist das völlig gleichgültig, Modica. Wollen Sie nun einen oder nicht?«

Der Commissario sah Lupo misslaunig an, als sei der für diese unerfreuliche Situation, für diesen ungerechtfertigten Anfall von Zorn verantwortlich.

Schließlich nickte Modica schwach.

»Danke.«

»Danke, was?«

»Danke, ja.«

»Na also.«

»Ich will diesen Fall, Dottore. Ich habe auch eine Chance verdient.«

»Warum sind dann Sie zu dieser Frau gegangen, um ihr die Nachricht zu überbringen, Lupo?«

Lupo straffte die Schultern.

Er sah zum Fenster hinaus.

Es schneite wieder in dicken Flocken, und die Stadt hatte ihre Geräusche verloren.

Zugedeckt von der weiß glitzernden Stille.

Er dachte an den zusammengekrümmten Körper.

An die kleinen Flocken, die sich still auf der hageren, von Blut gezeichneten Wange niedergelassen hatten.

An das abgegriffene Portemonnaie, das beim Sturz aus der Tasche geglitten war.

An die kümmerlichen dreitausend Lire, die sich darin befunden hatten.

An das mit eleganter Schrift beschriebene Kärtchen.

Marina Salomone, Via Bava 4

Wenn Claudio je meine Hilfe benötigen sollte.

An die kleine Fotografie.

An das antike Frauengesicht.

An die Widmung auf der Rückseite.

Meine schönsten 60 Jahre in Liebe. Mit dir.

Lupo seufzte.

»Ich habe gedacht, das sei besser. Modica hat nicht genügend Geduld mit alten Leuten.«

»Aber es wäre seine Aufgabe gewesen.«

»Geschehen ist geschehen.«

»Was denken Sie von dem Ganzen?«

»Das war kein Profi. Profis schießen nicht daneben. Außerdem scheint es mir völlig idiotisch …«

»Was denn?«

»Würden Sie einen Killer anheuern, um einen Mann zu erschießen, dessen Leben ohnehin schon fast zu Ende ist?«

»Es könnte gute Gründe gegeben haben.«

»Sicherlich nicht wegen des Geldes.«

»Modica wird es herausfinden. Verbauen Sie ihm nicht den Weg.«

»Soll das heißen, dass Sie jetzt mir den Weg verbauen?«

Der Questore nickte schweren Herzens.

Er wusste, dass Lupo sich korrekt verhalten würde.

Aber er sah sich gezwungen, ihm diese Absage zu erteilen.

Und er konnte diesen anklagenden Blick, der von keiner Geste, keinem Murren, keinem Anzeichen von Groll begleitet wurde, kaum ertragen.

»Es tut mir Leid.«

»Verstehe. Ich habe aber der Salomone versprochen, heute Abend noch einmal bei ihr vorbeizuschauen. Ich werde auf jeden Fall hingehen.«

Ferro wurde bewusst, dass es Lupo nicht einfach um eine Verpflichtung ging, sondern um etwas sehr Persönliches: Er hatte sein Wort gegeben.

Diese Frau hatte ihn in seinem Innersten berührt. Es war, als würde er sich für das verantwortlich fühlen, was er mit seinem Klopfen an ihre Tür ausgelöst hatte.

Er schüttelte den Kopf.

Am nächsten Tag würden die Zeitungen voll sein von einem Verbrechen, das die Menschen so wenige Tage vor Weihnachten durch seine grausame Absurdität erschüttern würde.

Von ihm würde man verlangen, so schnell wie möglich den Schuldigen zu finden.

Und das würde er nicht können.

Vielleicht steckte tatsächlich kein Profi dahinter.

Vielleicht aber, und das war die Auffassung, zu der er persönlich neigte, war es doch ein solcher, der nur die falsche Person getötet hatte.

Jedenfalls hatte dieser nicht die geringste Spur hinterlassen. Der einzige schmale Pfad führte zu eben jener alten Frau.

Lupo hatte Recht gehabt. Modicas derbe, unsensible Art hätte sie nur in Schweigen verharren lassen.

Er nickte, wobei ihm eine salomonische Idee durch den

Kopf schoss, wie er die Bruchstücke dieses Mordfalls auf zynische Weise neu verteilen konnte.

Doch Lupo wehrte ab.

Er drückte die Hand, die ihm gereicht wurde und gab dem hintersinnigen Locken, das die Augen seines Vorgesetzten glitzern ließ, nicht nach.

»Sie werden mich nicht mit ins Boot bekommen. Das gelingt Ihnen nicht. Es ist nicht meine Schuld, wenn Sie so wenig Vertrauen in Modica haben.«

Lupo betrat in Gedanken versunken die Grabkammer.

Ein Raum ohne Licht.

Wo die Jahreszeiten wechseln konnten, ohne dass man es bemerkte. Betäubt von jenem blassmüden Grün, das sich über die Wände rankte wie kränklicher Efeu.

Zwei Schreibtische, die einander gegenüberstanden.

Ein alter, langsamer Computer, der unter Gedächtnisschwund litt und wehmütig mit seinen Programmen ratterte, sobald man irgendetwas von ihm verlangte.

Und De Mattia.

Der Einzige, der glücklich war, in diesem düsteren Kämmerchen zu hausen, von dem er sich schon fast lustvoll einhüllen ließ: Fluchtstätte vor den anderen Leben, die er hasste.

Jenes mit einer massigen, mürrischen und zänkischen Ehefrau, die keine Kinder hatte gebären können.

Und jenes auf der Straße, jenes der Ermittlungen, den Verhören, wo Gefühle und Schwächen ihn erschreckten. Die entmutigten Menschen, die vom Schicksal oder von der Erbärmlichkeit ihrer eigenen Handlungen gezwungen waren, sich vor ihm zu entblößen.

Er hatte Angst vor ihnen.

Vor ihren Vergehen.

Vor der Verderbnis ihrer Worte.

»Er hat ihn dir weggenommen, nicht wahr?«

Lupo zuckte mit den Schultern.

»Ich hoffe, ja. Im letzten Moment war er noch versucht, mich zu überreden, irgendwie doch dabeizubleiben. Im Hintergrund. Wie ein Trottel auf Abruf.«

»Aber du hast es ihm ausgeredet. Mit einer deiner kleinen Höflichkeiten.«

Lupo lächelte. Zum ersten Mal an diesem Tag.

Sie waren zwei, die nur ertragen wurden.

Und deshalb mochten sie sich.

Zwei schiefe Töne.

Die in ihrem Gleichklang miteinander verbunden waren und sich ergänzten.

Komplizen. Freunde.

Was der eine liebte, hasste der andere.

»Ich weiß es nicht. Und du? Hast du deine geheimen Verbindungen wieder spielen lassen?«

De Mattia nickte mit Nachdruck. Befriedigt. Es gab Dinge, die nur er herausfinden konnte.

Seine riesigen, kurzsichtigen Augen leuchteten.

Er schob die immer kalte Pfeife von einem Mundwinkel in den anderen.

Mit einer wichtigen Bewegung ließ er seine Brille, die er in die Stirn geschoben hatte, wieder auf die Nase rutschen.

Gewissermaßen um zu bedeuten, dass das Stück nunmehr beginne.

»Claudio Legnano und Marina Salomone: Bis in die siebziger Jahre sind sie mindestens einmal im Monat festgenommen worden. Alle beide. Stammkunden sozusagen.«

»Weswegen?«

»Oh, von allem ein bisschen: Schlägereien, Ruhestörung, Trunkenheit, Belästigung, Widerstand gegen die Staatsgewalt, Erregung öffentlichen Ärgernisses. Sie haben sogar einmal eine Prozession bei der Consolata-Kirche aufgelöst.«

»Wie das denn?«

»Sie haben Lungenstücke in die Menge geworfen und dann ein Dutzend halb verhungerte Katzen aus einem Käfig gelassen. Kannst du dir das vorstellen?«

Ja, Lupo konnte es sich sehr gut vorstellen.

Mit einem Mal fühlte er etwas Schmerzliches in sich aufsteigen.

Ohne Grund.

Von Minute zu Minute wurde es stärker.

Nicht wegen etwas, das er tat oder nicht tat.

Es passierte ihm häufig, dass er sich in einer plötzlich aufwallenden Stimmung verlor. Einfach so, ohne dass er sich dessen gewahr wurde.

Sein Geist hörte auf zu arbeiten.

Sein Blick verlor sich in einem Fenster, das er nicht sah, in einem Himmel, einem Licht.

Die Geräusche erstarben in jenem Grau, das alles dämpfte.

Und seine Gedanken hörten auf zu denken.

Sie hielten an, blieben in der Luft hängen wie Wolken in der Windstille. Ohne eine Form anzunehmen oder größer zu werden oder sich aufzulösen.

Und dann verfiel er in tiefe Traurigkeit.

Die ihn so plötzlich traf, dass er aus seiner Gedankenverlorenheit wieder auftauchte.

Als hätte seine Seele sich für einen Moment von seinem Körper lösen müssen, um sich selbst zu sehen. Um ihm mitzuteilen, dass etwas Wichtiges geschehen war.

Auch wenn er es nicht bemerkt hatte.

De Mattia lächelte.

»Wieder da?«

Lupo seufzte.

»Diese Berichte da…«

Er schob langsam den Blätterstapel beiseite, den De Mattia geduldig für ihn aufgehäuft hatte. Er blätterte durch die verstaubten Akten, die er sich aus dem Archiv geholt hatte, dem toten Auge eines Präsidiums, das kein Lächeln und keine Fantasie kannte.

Um in der lebendigen Vergangenheit eines unbekannten Mannes zu wühlen.

Eines unbequemen Mannes.

Eines vom Feuer beseelten.

Für sich.

Für die Welt.

Für seine Gefährtin.

»Diese Berichte da… Welche Idioten in Uniform! Wie wird man bloß so? Hör mal: ›Auf die Aufforderung hin, sich mit einem Dokument auszuweisen, materialisierte der Festgenommene unvorbereiteterweise sein Geschlechtsteil mit der eigenen rechten Hand…‹ – Verstehst du? Da hat einer die Größe, einem Bullen seinen Schwanz zu zeigen und der knüppelt ihn nieder.«

»Ach, was!«

»Nein, ehrlich. Hör zu: Zwei Wochen bis er wieder laufen konnte. ›Im darauf folgenden Getümmel verletzte sich die Person unvorhergesehenerweise, als sie ausrutschte.‹«

»Unvorbereiteterweise…, unvorhergesehenerweise… Weißt du denn nicht, dass das Adverb den Polizisten ausmacht? Im Verein mit einem Mangel an Humor, mit Reizbarkeit und Allmachtsfantasien. Und daheim geht die Frau fremd.«

Lupo lächelte De Mattia zu.

Fast zärtlich.

Dieser schüchterne Mann ertrug es nicht, ihn verbittert zu sehen. Auch er litt darunter. Und instinktiv bot er ihm seine Ironie an wie einen Heiltrank.

»Was ist denn los? Akten... Du weißt doch, wie Akten sind.«

»Ja. Aber die haben ihn 1948, '59 und '68 ins Gefängnis gesteckt. Es hat sich nicht viel verändert. Das mit der ›Materialisierung seines Geschlechtsteils‹ ist...«

»...in diesem Frühjahr passiert.«

»Da war er achtzig.«

»Genau.«

»Wie kann es sein, dass man die Regierungen wie die Unterhosen wechselt, und der Feind bleibt immer nur dieser kleine runzlige Anarchist? Hat das Gefängnis nicht gereicht? Sag mir: Hat der es wirklich verdient, wie ein Hund erschossen zu werden?«

Lupo versuchte, die Geschichte zu vergessen.

Er trödelte herum.

Er schlug Akten auf, die er eigentlich gar nicht einsehen wollte.

Er führte ein paar sinnlose Telefonate. Er starrte lange durch das Fenster hinaus in den Schnee und ließ sich dabei vom unaufhörlichen Wirbeln dieser Stille hypnotisieren.

Es war alles unnütz.

Dieser Fall war nicht seiner.

Aber er wollte ihn.

Er fühlte sich berührt.

Da war etwas – ein Gefühl, eine Erinnerung, ein Zorn –, das nicht vollständig an die Oberfläche kam, das ihn aber unauflöslich mit diesen beiden alten Leute verband: Dieser nicht alltägliche Mut, die Ironie, mit der sie dem Leben hatten begegnen können, die ruhige und heitere Fröhlichkeit, die sie daraus hatten ziehen können.

Er merkte erst nicht, dass De Mattia, den Hörer am Ohr, mit ihm sprach.

Er hatte das Klingeln des Telefons nicht gehört.

Er hatte nicht bemerkt, dass De Mattia abgenommen und etwas gesagt hatte.

Er hatte ihn nicht wahrgenommen, als dieser zunächst versucht hatte, mit heftigen Handbewegungen seine Aufmerksamkeit zu erregen.

»Auf der zwei. Nimmst du sie jetzt oder nicht?«

»Was ist?«

»Deine Sängerin.«

»Welche Sängerin?«

»Wach auf, Lupo, die Salomone …«

Der Commissario nickte mit entschuldigendem Blick. Er drückte die Taste und bedeutete De Mattia mit einer Geste, dass er das Gespräch nicht aufzuzeichnen brauche.

Dann drehte er sich leicht mit seinem Stuhl zur Seite, als wolle er seiner neuen Freundin so etwas wie Intimität garantieren.

»Hier ist Lupo.«

»Sie hatten mir gesagt, ich könne Sie anrufen, wenn …«

»Ist etwas passiert? Fühlen Sie sich nicht gut?«

»Wissen Sie, wir haben kein Telefon, wir … Ich bin bei der Nachbarin.«

»Warum?«

»Nicht, dass sie nicht freundlich wären. Aber es sind Reporter. Sie klingeln dauernd. Sie wollen Fotos haben, Interviews, Klatsch und Tratsch. Sie haben sich schon unsere Vergangenheit vorgenommen. Alte Geschichten. Vielleicht wissen Sie davon …«

»Ein wenig.«

»Ich will nicht darüber sprechen. Ich möchte alleine sein. In Frieden. Ist das zu viel verlangt?«

»Es geht um Mord.«

»Ich dachte, Sie würden verstehen, was trauern heißt.«

»Obwohl ich Polizist bin?«

»Ich kenne viele von dieser Sorte.«

»Das stimmt.«

»Sie scheinen mir zu den wenigen Guten zu gehören. Die findet man immer wieder. Können Sie mir helfen? Ich fühle mich auf einmal so müde …«

Lupo fand nicht die richtigen Worte.

Diese brüchige Stimme, die voller Schmerz, aber frei von jeglichem Selbstmitleid war, rührte ihn. Sie weinte nicht. Sie hatte ihre Kampfbereitschaft nicht verloren. Nur hatte ihr Alter sie jetzt eingeholt.

»Sie haben mir versprochen, vor dem Abend vorbeizuschauen. Könnten Sie nicht ein bisschen früher kommen?«

Lupo nahm die Straßenbahn.

Nachdem er aufgelegt hatte, hatte er einen düsteren Blick auf De Mattia geworfen und war wortlos gegangen.

In der Halle des Präsidiums hatte er gezögert.

Unsicher, ob er einen Streifenwagen nehmen und Aufsehen erregen oder ob er in eines dieser farblosen Zivilautos steigen sollte, deren Sitze nach Rauch und Hinterhalt rochen.

Während er darüber nachdachte, waren Modica und die ihm nachlaufenden diensteifrigen Beamten beinahe in ihn hineingerannt. Sie waren erregt, die Spannung der bevorstehenden Jagd spiegelte sich in den Gesichtern und Gesten.

»Was ist denn los?«

Modica ignorierte ihn.

Absichtlich.

Mit großartigem Schlagen von Autotüren – die Fahrzeuge schon in Bewegung – hatte er sich verabschiedet.

Mit enormem Reifenquietschen und Sirenengeheul.

Und mit vielen, vielen Gesichtern an den Fenstern: Der größere, ans Büro gefesselte Teil der Mordkommission hatte Stempel, Papiere und Schreibtische verlassen und spielte mit der Illusion, wenigstens für einen Moment an diesem Einsatz teilzunehmen.

Männer mit Pistolen.

Lupo hasste sie.

Dann war er langsam in Richtung Haltestelle gegangen.

Er war in den Schnee eingesunken und seine Socken waren nass geworden.

Vor dem Haus stand ein Fotograf.

Ein Polizist, starr vor Kälte und allein gelassen. Seine Kollegenschar hatte sich mit Sicherheit in die Wärme einer nahen Bar verkrochen und wartete nun darauf, dass ihr Opfer, von ihrer unermüdlichen Beharrlichkeit erschöpft, aufgab.

Lupo klappte den Kragen hoch und zog die Schultern zusammen.

Er holte einen Schlüsselbund aus der Tasche und ließ ihn klirren. Entschiedener Schritt eines Hausbewohners, der eilig zum Mittagessen das Haus betreten will und einen Fremden vorfindet, der ihm den Eingang verstellt.

Der Polizist trat zur Seite.

Und lächelte über das ärgerliche Gemurmel dieses bärbeißigen Zeitgenossen.

Sie war blass.

Sie trug ein blaues Kleid und einen Hauch Lippenstift auf den Lippen.

Marina Salomone hatte ihm geöffnet und sich sofort wieder auf einen Stuhl geflüchtet, der neben dem Fenster stand. Ihr Blick verlor sich über den Dächern jenseits des Platzes. Doch sie saß aufrecht.

Sie war tapfer.

Entschlossen, sich nicht vom Schmerz überwältigen zu lassen.

»Zu dieser Stunde hätten wir am Hafen von Savona spielen sollen. Eine Hochzeit. Zwei hübsche Kinder mit glatten Gesichtern. Ich habe mir zwar mein schönes Kleid angezogen, aber allein… Allein schaffe ich es wirklich nicht. Sie werden es mir verzeihen.«

Lupo nickte.

Auf dem Tisch lag ein Stapel Partituren. Ein geschlossener Violinkasten. Einige Opernlibretti. Blätter mit den Worten von Liedertexten, die aus einem vor lauter eingeklebten Blättern aufquellenden Notizbuch herausgerutscht waren.

»Ein Klavier haben sie selbst. Claudio ist immer zeitig losgegangen, um die Instrumente hinzubringen. Wissen Sie, er konnte fast alles spielen. Und wie er gespielt hat! Außer Geige. Nein, Geige hat er nie lernen wollen. Er hatte ja mich.«

Sie stand auf. Als schäme sie sich plötzlich ihrer Unhöflichkeit.

»Sie waren so freundlich zu kommen und ich habe Ihnen nicht einmal einen Kaffee angeboten.«

»Nein, nein, machen Sie sich keine Umstände.«

Sie ging schweigend zur Küche.

Sie trug ein Paar schwarze Schuhe mit halbhohen Absätzen und einem schmalen Ripsband über dem Spann. Rauchfarbene Strümpfe mit Naht.

»Ich möchte ihn nicht sehen, wie er im Leichenschauhaus liegt. Sein schönes Lächeln, das für immer ausgelöscht ist, zerstört…«

»Hat Sie jemand darum gebeten?«

»Nein. Ich glaube, das hat man nicht, weil wir nie verheiratet waren. Das Gesetz verlangt echte Ehemänner und Ehefrauen für die Identifizierung. Der geheiligte Pfeiler der guten katholischen Familie wird nur durch herausgeputzte Zeugen zementiert. Wir haben das nie gemacht. Sechzig Jahre gemeinsamen Lebens genügen nicht. Und ich bin bloß ein leichtlebiges Weib, das *more uxerior* mit einem Jüngling aus schlechten Kreisen ins Bett gegangen ist, der dann mit mir alt geworden ist. Ohne irgendwelche Rechte. Ob sie ihn mir wiedergeben?«

Lupo seufzte.

Marina Salomone war eine starke Frau.

Keine Träne.

Keine Bitterkeit in der leisen Stimme.

Nur das deutliche Wissen von einer Welt, die niemals die ihre gewesen war. Mit ihren Regeln, ihrer Sittsamkeit, ihrer Falschheit und ihrem Konformismus. Mit dem Volksglauben, dass Reichtum und Macht ohne irgendwelche Verdienste erworben werden konnten.

Die als selbstverständlich eingefordert werden konnten.

Als hätte sie seine Gedanken gehört, straffte Marina Salomone ihre mageren Schultern und warf Lupo ein ernstes Lächeln zu.

»Ich bin keine Frau, die sich gehen lässt. Ich war darauf vorbereitet, allein zu bleiben. Schon seit langem.«

»Warum?«

»Claudio hatte Krebs.«

»Mein Gott!«

»Er hatte nur noch ein paar Monate zu leben. Ich hasse denjenigen, der sie ihm genommen hat. Wenn die Tage, die noch bleiben, wenige sind, dann ist die Schuld noch größer. Sie müssen ihn fassen. Er hat ihm das Glück genommen, in meinen Armen zu sterben. Auch wenn er sehr gelitten hätte. Aber so haben wir es gewollt. Ich hätte ihm geholfen.«

Lupo war erschüttert über die Härte, die in diesen Worten lag. Über die Intensität, mit der sie ausgesprochen wurden.

Seine Ermittlungen hatten ihn immer dazu gebracht, die verworrenen Wege der Liebe zu erforschen.

Den Betrug. Die Lüge. Die Rache.

Das Schweigen. Die Täuschung.

Hier aber stand er vor der unerwarteten Einfachheit eines so absoluten Versprechens, eines Paktes, der keine Aufhebung zuließ.

Und der auch nach dem Tod noch Gültigkeit hatte.

Er nickte.

»Ich werde tun, was möglich ist.«

»Also, machen wir uns an die Arbeit, junger Mann. Es sind sicher nicht diese paar Geier dort unten, die mich beunruhigen. Ich habe am Telefon ein bisschen geschwindelt. Es war nur so, dass ich Sie hier haben wollte. Sofort.«

»Nun …«

»Sie haben das mittlerweile wohl verstanden: Wir Alten sind ungeduldig. Irgendjemand kann uns von einem zum anderen Moment abberufen.«

Sie sprachen über alles.

Aber ohne Illusionen.

Lupo gestattete sie ihr nicht.

»Es hat nichts mit Ihrer Vergangenheit zu tun. Der Mörder hat nur ein Ziel verfehlt, das ist alles.«

»Das glaube ich nicht.«

»Das sollten Sie aber. Er wird nicht aus den Nebeln einer verborgenen Erinnerung auftauchen. Er ist kein vergessener Feind. Es geht nicht um einen alten Groll.«

»Das werden wir sehen.«

Es war offensichtlich, dass Marina Salomone nicht nachgeben wollte.

Aber sie gab sich selbst etwas Zeit.

Sie stand auf. Trat schweigend zu dem kleinen Fenster, das zum Platz hinausging. Sie öffnete es und reckte sich auf die Zehenspitzen, um zum äußersten Rand des kleinen Fensterbretts zu gelangen.

»Das hat er immer gemacht. Ich bin so klein. Das ist unser Kühlschrank ...«

Sie holte einen Topf aus Terrakotta herein, der sorgfältig mit Aluminiumfolie abgedeckt war. Sie wischte den Schnee ab und zeigte Lupo den Inhalt mit einem Ausdruck komplizenhafter Koketterie.

»Braten. Ein Mann wie Sie muss Fleisch essen.«

Lupo sah sie zweifelnd an.

»Na los. Bewegen Sie sich. Helfen Sie mir, den Tisch zu decken. Ich kann meine Gewohnheiten nicht auf einmal ändern. Lassen Sie mir ein bisschen Zeit. Abends haben wir immer gearbeitet. Wir haben gegessen, wie und wo es gerade kam. Aber mittags normalerweise ...«

Lupo folgte ihr in die Küche.

Sie deutete auf eine Schublade. Darin lagen eine kleine runde Tischdecke und zwei Servietten.

»Wir hatten selten Besuch. In unserem Alter werden die Freunde von Tag zu Tag weniger. Viele sind tot. Andere haben nicht mehr die Kraft. Wir haben wirklich Glück gehabt. Und das wussten wir.«

Sie bediente ihn, wie nur eine Frau aus anderen Zeiten ihren Mann bedienen konnte.

Im Stehen.

Sie bewegte sich rasch um den Tisch und sah jeden seiner Wünsche voraus.

Sie setzte sich erst, als sie glaubte, ihren Gast mit allem Nötigen versorgt zu haben.

Die Anarchie und die Respektlosigkeit, die in ihren Adern flossen, galten hier nicht. Die freigeistigen Frauen, die zu Beginn des Jahrhunderts gelebt hatten, hatten Bomben mit ihren Männern geworfen. Ihnen verdankte man vieles, sie verdienten allen Respekt.

»Lassen Sie mich wenigstens abwaschen.«

Einerseits war Lupo verwirrt von so viel Aufmerksamkeit, andererseits aber war er stolz darauf. Sie bedeutete nämlich, dass er diese plötzliche Leere hatte füllen können. Dass er sich trotz der Härte seines Berufes ein bisschen Menschlichkeit hatte bewahren können, die ansonsten unweigerlich von der Zeit und den Gräueln aufgesaugt wurde.

»Nichts da. Los, setzen Sie sich in ›seinen‹ Sessel. Und machen Sie kein solches Aufhebens. Von Ihnen erwarte ich mir anderes. Ich mache das nicht nur aus reiner Freundlichkeit.«

»Ich habe es Ihnen bereits gesagt. Ich kann nur wenig tun.«

»Ich höre noch gut, junger Mann. Ich habe es verstanden. Aber ich kenne Polizisten vielleicht besser als Sie.«

»Mag sein.«

»Und ich habe noch keinen Commissario gesehen, der alleine zu einer Witwe geht, um ihr Mut zuzusprechen. Sie sind ein seltener Vogel. Ob der Mörder nun ein Profi oder ein Irrer ist, ist unwichtig. Sie werden es sein, der ihn fasst. Und das genügt mir.«

In diesem Moment klingelte es an der Tür.

»Sie werden von der Zeitung verlangt.«

Der Questore hatte einen solchen Anruf erwartet.

Möglicherweise vom Chefreporter.

Aber nicht so rasch.

Und nicht vom leitenden Redakteur persönlich. Ohne den Filter einer seiner vollbusigen und unverschämten Sekretärinnen.

Irgendetwas entglitt ihm.

Der Mann an der Vermittlung konnte sein Schweigen nicht interpretieren.

»Sind Sie noch am Apparat, Dottore?«

»Ja doch, geben Sie ihn mir.«

Er verabscheute Giovanni Ferrero aus tiefstem Herzen. Einer der Galane im Salon seiner Frau. Vielleicht sogar einer ihrer Liebhaber für langweilige Nachmittage.

Aber nicht deswegen verabscheute er ihn.

Mit Costanza hatte es von Anfang an klare Abmachungen gegeben: Sie besaß altes Geld und Beziehungen. Ein respektables Vermögen, ein großes Anwesen, das auf einem Hügel thronte, mit weitläufigen, hellen Wiesen, die sich bis zum Po hinunter erstreckten. Und Häuser in der Turiner Altstadt.

Sie würde ihm in jeglicher Hinsicht bei seiner Karriere und seinen Ambitionen behilflich sein. Er im Gegenzug würde ihr alle Freiheiten beim Ausleben ihrer obsessiven intellektuellen Bedürfnisse lassen.

Trotz einiger gelegentlicher intensiver Leidenschaften, bei denen sie sich mit komplizenhafter Nachsicht behandelt hatten, war ihre Ehe perfekt.

Sie waren beide sehr rücksichtsvoll und immer darauf bedacht, keine unerfreulichen Verlegenheiten aufkommen zu lassen. Aber diese emotionale Neigung, die Costanza für Ferrero hegte, konnte er gar nicht verstehen.

Er war arrogant.

Gierig.

Höflich nur zum Schein.

Fast roh.

So ganz anders als diese Meute von Halbgenies, Gesetzesbrechern, Schwindlern, Philosophen, Poeten, Ausbeutern und Verzweifelten, die jeden Abend sein Haus belagerten. Und die als Gastgeschenk ihre kleinen Verrücktheiten mitbrachten, immer bereit, zum Abendessen dazugebeten zu werden und Gespräche anzustoßen, die in lange Nächte übergingen.

Nein, Giovanni Ferrero war eine steife Schaufensterpuppe.

Banal, beim Namen angefangen.

Immer mit Sakko und Krawatte. Auch an einem sonnenüberfluteten Strand.

Augenbrauen wie geleckt, sorgsam geföhntes Haar mit einem Scheitel auf der linken Seite, so gerade und untadelig, als sei er mit einem Lineal gezogen.

Ein Provinzschaf.

Das über eine unglaubliche Anzahl von Arbeitsstunden und abgeleisteter Dienstbarkeiten Karriere gemacht hatte. Etwas, das andere allein durch unbekümmerte Intelligenz erreichten.

Aber er hatte es schließlich geschafft.

Chefredakteur jener Zeitung, bei der er als junger Mann in einem kleinen Schreibbüro angefangen hatte.

Die Macht.

Und jene unerklärliche Vernarrtheit seiner Frau.

Unverkennbar Ferrero.

»Gütiger im Himmel. Er geruht tatsächlich zu antworten!«

Der Questore seufzte.

In seiner Stimme lag stets eine unterschwellige Drohung.

Dieses »Sie wissen ja gar nicht, mit wem Sie es hier zu tun haben«, typisch für jene, die unaufhörlich allen – zunächst aber sich selbst – beweisen müssen, wie erfolgreich sie sind.

Und heute Morgen war er wohl mit noch schlechterer Laune aufgestanden als sonst.

Ein Knurren.

Das eines eingeschüchterten Hündchens, das seine geringe Größe mit Gekläff kompensierte.

»Ich war beschäftigt.«

»Ich auch.«

»Können wir zur Sache kommen?«

»Was soll das, dass Sie die Berichte zurückhalten?«

»Wovon sprechen Sie?«

»Von dem alten Mann, der auf der Piazza Vittorio erschossen worden ist.«

»Seit wann lässt ein so mächtiger Chefredakteur wie Sie seine Palastspielchen wegen eines schäbigen Mordes an einem alten Mann ruhen?«

»Mein lieber Ferro, zu meiner Zeit habe ich selbst über Verbrechen und Ähnliches geschrieben. Ich kann sehr wohl eine Story erkennen, die eine Millionenauflage verspricht: Ein Profikiller, der den Falschen erschießt.«

»Wieso reden Sie von ›zurückhalten‹, wenn Sie mehr wissen als ich?«

»Ich will die Witwe. Ich will Leidenschaft, Tränen. Ich will eine Geschichte von Liebe und Anarchie.«

»Schicken Sie doch einen von Ihren Handlangern, um sie zu finden. Wer verbietet Ihnen das?«

»Lupo. Für heute gebe ich mich mit den Kinkerlitzchen, die aus dem Präsidium kommen, zufrieden. Aber ab morgen nicht mehr. Ich will, dass Sie Anweisungen geben, mit uns zusammenzuarbeiten. Ich schicke Ihnen Polo Chieli. Einer von diesen Gentlemen, die Ihnen so gut gefallen.«

»Ich will, ich will, ich will … meinen Sie nicht, dass Sie ein bisschen zu weit gehen? Auch wenn Sie es sind?«

»Hätten Sie lieber einen Bericht über einen Questore, der nicht in der Lage ist, in dieser Stadt für ein bisschen Sicherheit zu sorgen? Sie wissen das besser als ich: So einen Killer kriegen Sie doch nie. Sie werden viel Verständnis nötig haben. Fangen Sie an, es sich zu verdienen.«

»Mir scheint, Sie regen sich zu sehr auf. Im Grunde handelt es sich nur um ein Verbrechen, über das wir noch nichts wissen. Sobald es Indizien gibt, könnte es sich auch schlicht als eines dieser gewöhnlichen, immer gleichen Dramen herausstellen. Sagen Sie mir also bitte, was Sie wirklich von mir wollen.«

Ferrero zögerte einen Augenblick.

»Ich hatte den Eindruck, deutlich genug gewesen zu sein.«

Ferros Tonfall wurde mit einem Mal hart.

»Nun gut. Das heißt, dass ich es selbst herausfinde. Wenn Sie keine weiteren ›Anweisungen‹ haben …«

Ein einzelner schriller, falscher Ton in dieser hochmütigen Drohgebärde: Der Questore hatte sofort den leisen Unterton von Missbehagen bei Ferrero herausgehört. Und instinktiv hatte er das Spiel weiter gespielt. Mehr zur Verteidigung, als um anzugreifen.

Das Ergebnis war völlig unerwartet.

Eine Beichte.

Wenn auch mit herablassendem Ton, wie der ganze Rest des Gesprächs.

»Sicher finden Sie es heraus. Ich weiß gar nicht, wie Sie sich auf diesem Posten überhaupt halten könnten, wenn Ihnen das nicht gelänge.«

»Könnten Sie aufhören, in Rätseln zu sprechen?«

»Das Dachzimmer in der Piazza Vittorio … Ja, die große Mansarde neben der, die der Killer benutzt hat.«

»Reden Sie weiter.«

»Nun, ich habe sie zu einem Arbeitszimmer umgebaut. Ein Schlupfwinkel, in den ich mich zurückziehen kann, um ab und zu in Ruhe zu arbeiten.«

»Verstehe.«

»Ich hoffe doch.«

»Gehört sie Ihnen?«

»Wie bitte?«

»Die…, wie haben Sie es genannt? Mansarde… Gehört sie Ihnen?«

»Nein, nein. Natürlich nicht. Sie ist eine Art Dauerleihgabe. Sie gehört einer mir sehr teuren Freundin.«

»Ich verstehe…«

»Das sagten Sie bereits. Und, wie ich betonen möchte, in einem Ton, der mir nicht gefällt. Sehen Sie, verehrtester Ferro, Sie täten gut daran, ausgiebig mit Ihrer verehrten Gattin darüber zu sprechen, bevor Sie sich falsche Vorstellungen machen, die die ganze Sache ins Lächerliche ziehen würden.«

Lupo öffnete vorsichtig die Tür.

Er schob seinen Körper wie einen Schutzschild in die Öffnung.

Keine Neugierde durfte den Schmerz in diesen Räumen stören. Aber es war keiner der Sensationsjäger, der geklingelt hatte. Es war die Nachbarin.

Auch eine alte Frau. In verschüchterter und verängstigter Haltung.

In den Augen die Furcht, das Schicksal könne an diesem Tage entschieden haben, sich das Haus vorzunehmen, um alles und alle zu verändern.

Die Worte zitterten auf ihren Lippen.

»Sie sind der Herr von der Polizei, nicht wahr? Es ist jemand für Sie am Telefon… Einer Ihrer Kollegen, der sich vielmals entschuldigt hat… Sagen Sie ihm, dass es mich nicht gestört hat… Arme Marina. Gehen Sie nur… Ich bleibe bei ihr…«

»Ich danke dir, Anita. Aber das ist nicht nötig. Das ist Commissario Lupo. Ein netter Mensch. Du brauchst keine Angst vor ihm zu haben.«

Die Salomone hatte sich hinter ihn gestellt und an seiner Schulter vorbeigeschaut.

Mit beruhigendem Blick. Als wäre es nicht sie, die getröstet werden müsse.

»Das ist meine beste Freundin: Sie hat sehr gelitten…«

Lupo nickte und überquerte den Treppenabsatz.

Er fand das Telefon im Flur. Neben einem Lampenschirm, der ein blasses staubiges Licht von sich gab. Als müsse dieser matte Schein auch am helllichten Tage noch Mut einflößen.

Es war De Mattia.

»Der Chef ist dabei auszurasten. Alle fünf Minuten ruft er bei mir an, um zu erfahren, ob du zurück bist. Es muss etwas passiert sein. Ansonsten würde er sich nicht so aufregen.«

Lupo schüttelte die Nässe von seinem Mantel.

Wieder war er im Büro des Questore.

Und wieder war Ferro offensichtlich in Verlegenheit.

Lupo hatte keineswegs die Absicht, ihm die Sache zu erleichtern. Auch wenn er sich sehr gut vorstellen konnte, worum es sich handelte.

Ferro hatte die – ihm sehr wohl bewusste – Fähigkeit, sein Fähnlein immer nach dem Winde zu richten. Lupo zollte dem tiefste Verachtung, auch wenn ihm klar war, dass das Talent, so über die Menschen und die Ereignisse hinwegzugleiten, eine übergeordnete Qualität besaß und notwendigerweise zu Ferros Amt gehörte.

Aber da war noch etwas.

Seltsamerweise fühlte er auch einen kleinen Stachel des Neides auf jenen Mann, den Gott so gemacht hatte, dass er das eigene Gewissen stets nach den Brisen der Notwendigkeit ausrichten konnte, ohne deswegen völlig unehrenhaft zu werden.

Im Gegenteil.

Oft konnte Ferro aus eben jenem elastischen Inneren die Kraft schöpfen, um nach ethischen Maßstäben annehmbare Ergebnisse zu erzielen, die auf anderen Wegen praktisch nicht zu erreichen waren.

»Setzen Sie sich, Lupo.«

»Danke. Ich stehe lieber. So kann ich die schlechte Nachricht besser verdauen.«

Lupo wusste, dass er wieder einmal das Instrument der dringlichen Probleme Ferros werden würde.

Zwischen ihnen gab es einen ungeschriebenen Pakt. Dieser hatte ihm gestattet, ein Commissario ohne ihm unterstellte Beamten zu werden, der selbst seine Ermittlungen vor Ort führte. Frei, seinen Instinkten und seiner kalvinistischen Haltung zu folgen.

Er wippte auf einem Bein und wartete.

Dieser Fall hatte unter schlechten Vorzeichen begonnen.

Mit allzu vielen Widersprüchen.

Im Grunde tat es ihm sogar ein wenig für Modica Leid. Auch dieses Mal würde er keine Chance bekommen. Die Treppe, die er gerade hinaufgekommen war, hallte noch von dessen Wutausbruch wider.

Ferro lächelte.

Es war unmöglich, vor Lupo die Dinge herunterzuspielen.

Wie immer würde die nackte Wahrheit weit eher angebracht sein.

»Haben Sie Modica auf dem Flur getroffen?«

»Nein.«

»Er ist gerade hinausgegangen. Ich habe ihn von dem Fall abgezogen. Ich musste es tun.«

»Sicherlich nicht meinetwegen.«

»Nein. Es handelt sich um eine sehr heikle Angelegenheit. Ich wüsste nicht, wie ich es anders bezeichnen sollte. Aber ich werde gerade erpresst und auf wenig elegante Art noch dazu.«

»Wer erpresst Sie?«

»Ferrero. Dieser furchtbare Zeitungsmensch hat eine ganze Batterie seiner Schreiberlinge auf mich angesetzt. Er hat mir die Hölle angedroht, wenn ich nicht einem seiner Leute erlaube, an den Ermittlungen teilzunehmen.«

»In diesem Fall ist es besser, wenn Sie Modica zurückrufen. Mit mir werden Sie da keinen Erfolg haben.«

Ferro schüttelte den Kopf.

Er beneidete Lupo um seine außergewöhnliche Fähigkeit, »Nein« zu sagen, wenn ihm etwas nicht passte, ohne Furcht vor den Konsequenzen.

So weit, dass es schon als unschätzbares Verdienst angesehen wurde, wenn er einmal mit »Ja« antwortete.

»Warten Sie, Lupo. Warten Sie. Lassen Sie mich zu Ende reden. Es geht nicht um irgendeinen Reporter. Sie sind befreundet. Sie präsentieren sogar seine Bücher…«

»Sprechen Sie von Polo? Polo Chieli?«

»Ja. Ferrero mag alles Mögliche sein, aber er ist nicht dumm.«

Lupo seufzte.

Und Ferro tat es ihm nach. Vor Erleichterung.

Aus demselben Impuls heraus wandten sie beide für einen Moment den Blick ab. Ihre Augen waren plötzlich auf das große Fenster gerichtet, das von zwei Gemälden Menzios eingerahmt wurde, die aus dem Privateigentum des Questore stammten.

Nicht so sehr aus Snobismus.

Eher eine sichtbare Demonstration, um die gesellschaftlichen und intellektuellen Unterschiede zu seinen Vorgängern zu markieren.

Einen Moment später war Lupo wieder in der Gegenwart.

»Was haben Sie zu Modica gesagt?«

»Ah, Modica und sein verfluchter Wunsch, im Mittelpunkt zu stehen. Um sich bei der Presse einzuschmeicheln, hat er die Geschichte mit dem Profikiller, der den Falschen erwischt hat, ausgeplaudert.«

»Und das haben Sie als Entschuldigung genommen, um ihn hinauszukomplimentieren?«

»Ich brauche keine Entschuldigungen, Lupo.«

»Oh, ich vergaß...«

»Aber da ist noch etwas. Ferrero hat sich ein Liebesnest gebaut, genau dort, Tür an Tür mit dem Raum, von dem aus unser hübscher Knabe geschossen hat. Wenn Modica das frühzeitig entdeckt hätte, säße ich nicht hier, um Sie um einen Gefallen zu bitten.«

»Ah, ich verstehe. Das ist es, was Sie ihm nicht verzeihen konnten, nicht wahr?«

»Hören Sie... Sie hätten eine solche Plaudertasche auch zum Teufel gejagt, vor allem wenn die Eigentümerin der Mansarde Ihre Frau wäre...«

Lupo fuhr auf.

»Und Sie wussten nichts davon?«

Ferro schüttelte mutlos den Kopf.

»Wie soll man bei einer so reichen Frau auf dem Laufenden bleiben? Wie vielleicht auch Ihnen bekannt sein dürfte, beschränke ich mich zu Hause darauf, den Hut an den Haken zu hängen.«

Es war fast ein Uhr.

Polo blätterte gelangweilt im *Espresso*, während um ihn herum die übliche nächtliche Litanei der Allwissenheit zelebriert wurde.

Immer um diese Zeit.

Immer von denselben.

Vielleicht um diese eigenartige erwartungsvolle Langeweile zu ersticken, die sich nach getaner Arbeit über die Redaktion legte. Bevor die Druckmaschine mit den ersten druckfrischen Blättern und den gut lesbaren Namen oder Kürzeln den Wert des vorangegangenen Arbeitstages dokumentierte.

»Dieser Schweinehund von Ferrero! Wie kann man nur an einen glauben, der, nur um Karriere zu machen, die Tochter des Geschäftsführers heiratet und sie schon betrügt, kaum dass er in die Straßenbahn gestiegen ist?«

»Genau, denn die Lorenzi hätte nie ihre Scheiß-Rubrik bekommen, wenn sie ihm nicht jeden zweiten Tag auf den Pelz gerückt wäre.«

Jeder hatte immer ein Geheimnis zu lüften.

Ein Wissen aus erster Hand.

Eine Beleidigung, die ausgesprochen werden musste, um den Tag mit größerem Ruhm zu beenden als ein anderer.

Polo versuchte, sich von diesem Ritual fern zu halten.

Doch die Mühe war vergeblich. Seit jeher wird in einer Zeitungsredaktion die Freiheit über das gesprochene Wort bemessen und nicht über das geschriebene. Die Frustration über die Nutzlosigkeit eines sinnentleerten Berufs und die Illusion, immer einen Schritt von den Dingen entfernt zu sein, die wirklich zählen, entzündet auch die Gemüter zurückhaltenderer Zeitgenossen.

Bald würden sie bei den großen politischen Wahrheiten angelangt sein. Bei den unerschöpflichen Korruptionsskandalen Berlusconis, den »vielen verzeihlichen Irrtümern« der Linken, bei der neuen Mitte-Rechts-Koalition Romano Prodis, bei der unvergänglichen christdemokratischen Weihnachtskrippe, beim Papst …

Polo seufzte.

Endlich hatte sich ein schwacher Wind erhoben und mit einem Mal alles Grau vom Himmel gewischt. Vom Fenster aus waren die verschneiten und vom Mond beschienenen Hügelkuppen zu sehen.

Er zündete sich eine Zigarette an, obwohl das Rauchen hier mittlerweile verboten war.

»Der Chef will, dass du kommst. Ein Spezialauftrag für dich.«

Badini lächelte komplizenhaft.

Er war der letzte Laufbursche der alten Generation. Er hatte mit stolzer Haltung alle Vorruhestandsregelungen umgangen, und seine Frau hatte ihn verlassen, weil er lieber mit Prostituierten schlief als mit ihr. Er war der Einzige, der noch so tat, als glaube er, dass dieser Beruf etwas mit Heroismus zu tun habe. Ein Heroismus, der sich durch unmögliche Arbeitszeiten, maßlose Laster und gesunde Kameraderie auszeichnete.

Aber er wusste genau, dass die Komödie zu Ende sein würde, wenn er ginge.

»Ist er allein?«

»Ja, ich habe es dir doch gesagt: ein Spezialauftrag für dich.«

»Das sagst du immer. Wie ist er heute Abend drauf?«

»Er ist auf hundert.«

»Weißt du auch was Neues?«

»Mach die Kippe aus.«

Er hatte ihn ins Vorzimmer begleitet, von dessen Wänden die Vorgänger des Chefredakteurs düster aus ihren Bilderrahmen blickten. Dann hatte er ihn den lackierten Nägeln der Sekretärin überlassen. Bevor er hinausgegangen war, hatte er ihm jedoch noch einmal zugelächelt und den Mittelfinger in die Luft gestreckt.

»Steck ihm den in den Hintern.«

Er war nicht der Einzige, der Ferrero hasste. Das war nicht weiter verwunderlich. Denn hinter der glatten Fassade dieser vermeintlichen Wohlanständigkeit lag eine schlecht verborgene Härte. Als würde ihm das Leben jeden Tag eine Rechnung vorlegen, die zu begleichen sei.

»Ciao, Polo. Ich brauche jemanden, der gut ist.«

»Oh, sag das mal der Gehaltsbuchhaltung.«

»Der Killer von der Piazza Vittorio. Auf der Lokalseite haben sie es nicht schlecht gemacht. Aber jetzt will ich jemanden, der schreiben kann.«

»Und wo ist der Haken?«

Ferrero erstarrte für einen Moment.

Ein kaum wahrnehmbares Zittern der Lippen.

Das Polo nicht entging.

Das Verhältnis der beiden zueinander war schwierig: eine Mischung aus Respekt und Verachtung unentwirrbar miteinander verflochten. Stets versuchte jeder, den anderen zu übertrumpfen, auch wenn es keinen Grund dafür gab.

»Weshalb muss man mit dir immer diskutieren?«

»Weil ich misstrauisch bin: Du benutzt die Leute.«

»Das gehört zu den Gaben einen guten Chefredakteurs.«

Polo hob die Schultern.

Sie sprachen selten miteinander. Aber wenn doch, dann führten sie jedes Mal aufs Neue diese Auseinandersetzung, getränkt mit gegenseitigem Misstrauen. Den einen interessierte nur die Macht, den anderen seine Freiheit. Bei beiden war das von infantilen Ausfällen und Exzessen begleitet.

»In Wirklichkeit bist du nur faul und hast keine Lust, auch nur einen Finger krumm zu machen.«

»Ich habe immer gerne etwas zu tun. Nicht nur dann, wenn es dir nützt.«

Das Telefon klingelte. Ferrero antwortete gereizt, einsilbig. Dann wechselte er so plötzlich das Thema, wie er es stets tat.

»Vielleicht musst du mich nicht mehr lange ertragen ...«

»Eine unheilbare Krankheit?«

»Ach, scher dich doch zum Teufel!«

Ferrero hat keinerlei Sinn für Humor. Er war selbstgefällig genug, um hinter jedem Scherz einen Angriff auf seine Autorität zu vermuten.

Deshalb umgab er sich gerne mit mittelmäßigen Menschen und fühlte sich unwohl, wenn ihn jemand von Gleich zu Gleich behandelte oder es gar an Respekt mangeln ließ.

Polo lächelte ihn an.

Eine Zeitung lebt von Gerüchten.

Dass Ferreros Abschied bevorstand, war kein Geheimnis mehr. Es gab nur wenige Zweifel daran.

»Schmeißen sie dich raus oder gehst du von alleine?«

»Was wäre dir denn lieber?«

»Das ist mir völlig gleichgültig. Du hast das Thema angeschnitten. Und wenn du es mir erzählst, dann deshalb, weil du es von jemandem herumerzählt haben willst, der vertrauenswürdig ist. Denn deinen kleinen Arschkriechern glaubt ohnehin schon lange niemand mehr.«

Ferrero zog einen goldenen Füller aus seiner Brusttasche und begann hastig, auf einem Blatt Papier herumzukritzeln, ohne noch weiter auf Polo zu achten.

Eine brutale Verabschiedung.

Ende der Unterhaltung.

Dann hob er plötzlich den Kopf. Als wundere er sich, dass Polo noch da war.

»Ah ja .... 280 bis 300 Zeilen. Grab ein bisschen nach. Schreib einen deiner Romane. Diese Geschichte wird noch länger laufen.«

»Wie kommt es, dass du so sicher bist?«

»Weil ich die Nase für so etwas habe, was bei dir nicht der Fall ist.«

Lupo fühlte sich nutzlos. Und er konnte nicht schlafen.

Der erste Tag einer Ermittlung rief immer zugleich Erregung und Angst hervor, die zwiespältigen Gefühle eines jeden Anfangs.

Es war wie der Aufbruch zu einer Reise ins Ungewisse.

In der Luft lag die Hoffnung, Neues zu entdecken.

Auf nie gesehene Menschen zu treffen.

Unbekannte Länder zu durchqueren.

Mit bisher nie Gedachtem konfrontiert zu werden.

Und in einer Stadt, in der man seit Jahren lebte, neue Gesichter und andere Lebensweisen kennen zu lernen, von denen man nicht gewusst hatte, dass es sie überhaupt gab.

Die jedoch seit jeher Teil der eigenen Art zu leben und zu fühlen gewesen sind.

Wie oft zum Beispiel war Lupo in diesem alten, savoyischen Stadtzentrum in eine jener Trattorien gegangen, die von den futuristischen Skurrilitäten eines Marinetti unberührt geblieben waren? Wo er sich vom Schmachten eines von einem Akkordeon oder einer Violine geschluchzten Tangos hatte einhüllen lassen.

Dutzende von Malen.

Jetzt aber schienen hinter der Anonymität dieser Musik zwei Gesichter auf. Zwei wahrhaftige Leben.

Eine lange, lange Liebe.

Eine fast spöttische Freude an der Freiheit.

Die Fähigkeit, in Würde zu überleben, ohne je das Lachen oder das Gefühl für die wichtigen Dinge zu verlieren.

Und er konnte nichts tun, um den Mörder zu finden, der diese beiden für immer getrennt hatte.

Er wälzte sich im Bett hin und her und weckte damit schließlich seine Frau.

»Halt doch still, komm …«

Greta war immer noch so schön wie damals, als er sie kennen gelernt hatte. Ihr Gesicht trug einen leicht mürrischen Ausdruck, doch stets war es bereit, in einem raschen, strahlenden Lächeln aufzuleuchten.

Sie schlief nackt.

Selbst im Winter.

Und sie lachte über seine Pyjamas, von denen er für jede Jahreszeit ganz bestimmte besaß. Über seinen Kalender aus Leinen, Baumwolle, Flanell und Wolle, der den Farben der Blätter der großen Platane im Garten folgte.

»Was ist los?«

»Nichts, schlaf weiter.«

»Und wie soll ich das machen, mit so einem alten Gaul neben mir, der nach mir ausschlägt und mir die Decke wegzieht?«

Sie brauchte die Wärme seiner Haut.

Unter ihrer Bettdecke sah immer nur der Kopf hervor. Wie bei einem Vogel im Nest. Zusammengerollt. Warm. Für Stunden bewegungslos, genoss sie die Wärme in ihrer Höhle.

»Du könntest mir wenigstens ein bisschen den Rücken streicheln.«

Dies war ihre Art sich zu lieben.

Berührungen, lange Zärtlichkeiten.

Immer vor dem Einschlafen.

Beim Fernsehen oder beim Abendessen.

Vor ihren Söhnen.

Diese waren so daran gewöhnt, ihre Eltern sich immer suchen und berühren zu sehen, dass sie es schon gar nicht mehr wahrnahmen.

Eher wunderten sie sich über das absolute Fehlen körperlichen Kontaktes bei den Eltern ihrer Freunde.

Normale Paare, die gewissermaßen aus Pflichtbewusstsein zusammenblieben. Ohne Kameradschaftlichkeit und ohne Freude miteinander zu haben. Nur in einer Art fügsamer Müdigkeit.

»Hast du denn nie genug?«

»Nein.«

Wenn er ihre Wärme aufsaugen konnte, wurde er sofort ruhig. Und plötzlich war er mit seinen Gedanken auch nicht mehr allein. Er spürte eine intensive Freude, wenn er ihre Seite streichelte und das Zucken spürte, das er damit auslöste.

Sie war fest und muskulös.

Die Athletin der Familie.

Sie hatten sich auf dem Po kennen gelernt. An einem Nachmittag im Herbst. Er war gerade aus einer Nebelbank herausgekommen, als sie hineinfuhr. Ihre Boote hatten sich fast gerammt.

Sie hatten einander skeptisch beäugt.

Verschwitzt, wie sie waren.

Sie hatten versucht, mit den Rudern das Gleichgewicht wiederzufinden.

Beide waren sie im Begriff gewesen, dem anderen die Schuld an einem Unfall zu geben, der nie passiert war, als sie das Lächerliche an der Situation erkannten. Sie hatten einander plötzlich mit anderen Augen betrachtet.

Aufmerksamer.

Lupo hatte sich noch nie einer so unverschämten Musterung ausgesetzt gefühlt. Zumindest nicht von einer Frau. In Gretas Augen war keine Spur von Verlegenheit gewesen.

Sie hatte ihn mit der Dreistigkeit angesehen, mit der sonst Männer ihre Beute musterten:

Eine mögliche Eroberung.

Und genau so war es weitergegangen: Sie war es gewesen, die ihn erobert hatte. Im Sinne des Wortes. Sie hatte ihn zum Abendessen eingeladen. Am selben Abend noch, sofort nachdem sie die Boote an Land gezogen hatten.

Ohne die geringste Schüchternheit hatte sie ihm deutlich zu verstehen gegeben, dass er ihr gefiel.

Lupo seufzte bei der Erinnerung.

Und Greta lächelte, als hätte sie seine Gedanken erraten.

Dann streckte sie sich.

»Weiter unten, ganz unten …«

»Das könnte gefährlich werden.«

»Wäre auch an der Zeit.«

Der erste Tag einer Ermittlung endete immer damit, dass sie sich heftig liebten. Unvermittelt. Im Morgengrauen. Oder mitten in der Nacht. Um die Dinge wieder ins rechte Licht zu rücken.

Die Welt blieb draußen vor der Tür.

Sie beide drinnen. In Sicherheit.

Im Bewusstsein ihrer Stärke und der Tatsache, eine Familie zu sein, eine Crew, ein Stamm. Jedes Abwehrmittel in sich selbst zu finden. Der Genuss, zu reden und jemanden zu haben, der zuhört. Zu teilen, einander zu helfen, sich gegenseitig beizustehen.

»Also …«

Greta flüsterte nur.

Sie lag immer noch auf ihm. Weil es niemals aufhörte,

wenn sie sich liebten. Es ging auch danach noch weiter. Lange …

Und er, unter ihr gefangen, genoss noch die letzten Bewegungen ihrer Hüften, ihrer kleinen Brüste. Ihre blonden Haare sahen unter der Decke hervor, die sie über sich gezogen hatte und die ihr Gesicht einrahmte, wobei sie auf eigenartige Weise einer Barmherzigen Schwester ähnelte.

»Ich weiß es nicht. Da ist zu viel, was ich nicht verstehe.«

»Es ist doch erst der Anfang.«

»Nein, dieses Mal gibt es keinen Anfang.«

»Was meinst du damit?«

»Bisher habe ich mit Menschen zu tun gehabt, die auf normale Art anormal waren. Die aufgrund eines bestimmten Motivs töten, das mit der Zeit erkennbar wird. Du ermittelst, setzt die Erkenntnisse zusammen und an einem gewissen Punkt siehst du das Bild. Hier gibt es kein Bild. Hier gibt es nur einen, der sein Ziel verfehlt.«

»…und der einen Tod absolut sinnlos macht.«

»Ja. Kann ich dieser armen Frau denn sagen, dass ich völlig überflüssig bin, solange es kein zweites Opfer gibt – das richtige. Dass ich nichts tun kann als abwarten? Dass da keinerlei Verbindung zu ihr, zu ihrem Gefährten, zu ihrer Geschichte besteht?«

Greta nickte und strich ihm übers Haar.

Er entglitt ihr, und das wollte sie nicht.

Sie wollte ihm keine Gelegenheit für einen weiteren Alptraum geben.

Für einen wie ihn musste es fürchterlich sein, einen weiteren Mord zuzulassen, ohne die Möglichkeit, ihn zu verhindern. Denn das war der wahre Grund für seine Qual.

Sie nahm ihre langsamen Bewegungen wieder auf.

Lupo sah ihr in die Augen.

Und lächelte.

»Ich habe noch Lust.«

Erst viel später erlaubte sie ihm, seinen geliebten Pyjama wieder anzuziehen. Dann kuschelte sie sich an ihn und streichelte ihn lange. So wie er es mit ihr gemacht hatte.

Dann, als der Schlaf sie gerade einholen wollte, kam ihr die Idee.

»Du hast einen Anfang.«

»Welchen denn?«

»Piazza Vittorio.«

»Was heißt das?«

»Das Opfer muss dort leben. Oder nicht weit davon entfernt.«

»Das kann schon sein. Aber dort wohnen Tausende von Menschen. Ich bräuchte eine Armee, um alle zu befragen.«

»Vielleicht genügen dir auch ein Journalist und eine Sängerin. Ich fühle es: Es muss jemand Wichtiges sein, wenn für ihn ein Killer nötig war.«

Marta schnarchte friedlich.

Auf ihrem Kissen.

Doch das störte ihn nicht.

Im Gegenteil.

Dieses so körperliche Atmen ließ ihn die unvermeidliche Einsamkeit angesichts der Tatsache, dass er sterben musste, weniger spüren.

Er hatte sich immer bei ihr verkrochen.

Immer wenn es ihm schlecht gegangen war.

Arme Marta!

Sie war jetzt ganz verwelkt. Innerlich und äußerlich.

Ihre Brust: diese einzige, große und unnütze Brust, die die Skalpelle überlebt hatte. Ihre Seele: mit diesem absoluten Gefühl der Behinderung, die ihr seit langem verwehrte, sich als Frau zu fühlen.

Außer, wenn sie mit ihm zusammen war.

Nur ihm war es erlaubt, sie anzusehen.

Mit den Lippen dieses große verwundete Tal zu streifen. Sich erregen zu lassen. Ihrem Begehren zu erlauben, sich doch wieder zu entzünden, wie früher.

Er seufzte, und die Vergangenheit suchte ihn wieder auf. Die Gewissheit, nicht mehr viele Tage vor sich zu haben, füllte seinen Kopf mit Erinnerungen. Mit Leben.

Alles hatte mit ihr angefangen.

Und also würde alles mit ihr enden.

Es war sein fünfzehnter Geburtstag gewesen.

Wieder ein September, an dem er fort von zu Hause war.

Er hatte die anderen Kinder beobachtet und empfand sie als groß. Riesig. Er hatte Angst vor ihren Händen und vor ihren Stimmen gehabt. Vor ihrer Sicherheit und davor, dass sie keine Angst hatten. Vor ihrer freudigen Suche nach körperlichem Kontakt.

Nach Kampf.

Sie hatten gespielt, einander geschubst, wie Wilde.

Glücklich waren sie gewesen, auch wenn sie miteinander stritten. Ohne Ängste, im Bewusstsein der Stärke ihrer kleinen Schar. So waren sie einem Ball hinterhergelaufen, auf den trockenen Wiesen des Parco Ruffini, den die Nachkriegszeit zwischen den Arbeiterwohnungen aus dem Nichts gezaubert hatte und der hier gepriesen wurde, als sei er der neue Schlosspark des Castello Valentino.

Plötzlich hatte sich eine Mutter von einem Balkon der Eisenbahnerhäuser gebeugt und einen der Fußballer aus dem Spiel gezogen.

»Komm rein, beeil dich.«

Da hatten sie ihn als Ersatz geholt.

»Komm her, du Knirps.«

»Wer, ich?«

»Siehst du andere Knirpse hier? Ja, genau du. Mach schon, schwing deine Hufe. Komm her und mach den Sechsten.«

Er hatte gespürt, wie ihm die Hitze ins Gesicht stieg.

Da stand er allein und hatte sie schweigend angesehen. Voller Neid. Wie immer. An die Eisbaracke gelehnt.

Er hatte nicht geantwortet.

Er war weggelaufen.

Instinktiv.

Er hatte sich in Gefahr gefühlt.

Von ihrem Spott verfolgt.

»Blödmann, Hasenfuß, Hosenscheißer, *Cornelio*...«

Er war an Beleidigungen gewöhnt. Kinder oder Erwachsene: Alle hatten sich berechtigt gefühlt, ihn jederzeit zu beschimpfen.

Für alles Mögliche.

Aber dieses *Cornelio*, das er nie zuvor gehört hatte, hatte ihn so tief getroffen, wie nur mysteriöse Dinge verletzen können.

Und er hatte angefangen, sie zu hassen.

Also war er zurückgegangen. Ganz langsam.

Er hatte sich auf den Boden gelegt.

Im Schutz eines großen Blechschildes der Eisfabrik Eldorado. Und so hatte er, verborgen hinter Schokoladeneis am Stiel und Erdbeertüten, seinen Stock, der ihn immer begleitete, angelegt.

Und er hatte in den Haufen geschossen.

»Bumm, bumm, bumm, rattatata, rattatata ...«

Einer, zwei, drei, ... in seiner Fantasie hatte er sie alle fallen sehen.

Einen nach dem anderen.

Nachts hatte er von ihnen geträumt.

Im Bett neben der Cousine, in das ihn die Tante aus der

Stadt gelegt hatte. Weil er noch zu klein und zu zart war, um seiner Mutter bei der Weinlese zu helfen.

Er hatte sich umhergewälzt und zusammenhanglose Worte gemurmelt.

Sie hatte versucht ihn zu beruhigen.

Eigentlich war sie nur drei Jahre älter als er, aber sie hatte sich ein bisschen verantwortlich für ihn gefühlt. So schüchtern wie er war, so schutzlos. So unschuldig heimatlos, ohne die Schwalben und die Grillen auf dem Land.

Sie hatte ihn wie eine gute Mutter an sich gezogen.

Und ihn gestreichelt.

Zärtlich.

Dann aber war ihr das Blut ins Gesicht geschossen, weil sie entdeckt hatte, dass er überall klein war, außer an einer Stelle. Sie hatte ihn nur gestreift, zufällig. Ohne Absicht.

Aber er hatte gelächelt.

Es war das erste Mal, dass diese Augen, in denen die Traurigkeit festsaß, vor Freude aufleuchteten. Und so hatte sie ihn weiter gestreichelt.

Lange.

Und sie hatte ihn dabei angesehen.

Bis sie die Feuchtigkeit an ihrer Hand gespürt hatte.

Mit Schrecken.

Weil sie gedacht hatte, sie habe ihn irgendwie verletzt oder habe irgendetwas Nichtwiedergutzumachendes verursacht. Auch weil er so dalag, unbeweglich. Weil er heftig atmete und die Augen geschlossen hatte. Sein Herz ein Trommelwirbel.

Sie hatte ihn geschüttelt, gerufen, angefleht.

»Was ist mit dir? Ist dir schlecht? Sag doch etwas, bitte…«

Doch die Kraft seiner Umarmung hatte ihre Angst sofort weggewischt. Durch die Dankbarkeit, das Glück, das darin lag. Durch die Intensität dieses großen kleinen Kusses, den er ihr auf die Backe geklebt hatte.

Dann hatte sie gespürt, wie seine Hand ihren Bauch hinabglitt.

Sie hatte die Beine zusammengepresst.

Und er hatte den Kopf geschüttelt.

»Das ist wunderschön, Marta. Ich will dir das auch geben.«

»Was? Nein, nein. Ich bin nicht wie du. Verstehst du? Ich habe keinen …«

»Und was hast du?«

Sie hatte geschwiegen.

Verängstigt eher durch diese unbekannte Welle der Erregung als durch entfernte Gefühle von Schuld. Dann hatte sie seine Hand geführt und ihm erlaubt, sie zu entdecken.

Und sich selbst zu entdecken.

Arme Marta!

Wie viel Zeit war seit damals vergangen.

Und wie viel hatte sich verändert.

Alles.

Außer ihr und diesem immer wiederkehrenden Traum.

Er schloss die Augen.

Und sogleich fand er sich wieder mit seinem Stock im Arm, und er schoss in den Haufen …

Ihr altes gewohntes Spiel.

»Lupo Lupo.«

»Polo Chieli.«

Einander vorstellen und lachen.

Verbrüdert wie immer im Fluch ihrer Namen, die die Früchte eigenartigen Familienhumors waren.

Das erste Mal war es in der Universität geschehen.

Seit damals verband sie eine tiefe Freundschaft, voller

Träume, Reisen und Abenteuer. Bis das Leben und die Ehe sie vor die Notwendigkeit gestellt hatten, Berufe zu ergreifen, Geld zu verdienen und eine Menge Geld für die Rente zurückzulegen, die sie vielleicht nie genießen würden.

Sie hatten alles gemacht, gemeinsam.

Sie hatten amerikanische Enzyklopädien nach Gewicht und Romane aus dem Einaudi-Verlag nach Metern verkauft.

Sie hatten Kuchen verteilt, Panettoni der Firma Motta an Weihnachten und Colombe von Baratti an Ostern.

Sie hatten auf dem Großmarkt Kisten abgeladen.

Spätviktorianische Pornografie aus dem Englischen übersetzt.

Im August, wenn alle Welt nach Noli oder Diano Marina in Urlaub gefahren war, die Pflanzen der verreisten Hausbesitzer gegossen.

Sie hatten faulen und verzogenen Schülern Nachhilfeunterricht gegeben.

Nur um ein bisschen Geld für eine neue Reise zusammenzubekommen.

An diesem Tag hatten sie sich an einem neutralen Ort verabredet. Weit weg von Polizeipräsidien und Zeitungsredaktionen. Und weit weg von der Piazza Vittorio.

Am frühen Morgen in Sassi.

Zwischen der Zahnradbahn, die sich nach Superga hinaufmühte und den sanften Ufern des Po am Ende der Stadt. In der Helle des Schnees, der von der Sonne, die über den Hügeln erschien, zum Leuchten gebracht wurde. Es war klar, windig und kalt.

Beide liebten das frühe Aufstehen und genossen das Erwachen. Die Einsamkeit. Die verlorene Unschuld einer Großstadt, bevor diese von anderen wieder undurchsichtig und übellaunig gemacht wurde.

Lupo brach als Erster das Schweigen, in das sie sich beide

nach dem anfänglichen Scherz unbewusst geflüchtet hatten.

»Warum du, Polo?«

»Ich weiß es nicht, Lupo.«

»Kommt dir das nicht eigenartig vor?«

»Ich habe gelernt, mich über nichts mehr zu wundern.«

»Aber du hast noch nie über Verbrechen geschrieben.«

»Aber ich kann erzählen.«

»Das hier ist keine Reise. Das ist eher was von Hemingway als von Chatwin.«

»Danke für die Blumen.«

»Jetzt tu nicht so. Was steckt dahinter?«

»Du wirst der Erste sein, der es erfährt. Sobald ich es herausfinde – wenn überhaupt.«

Plötzlich sprachen sie miteinander wie zwei Fremde, wie zwei, die sich nicht seit mindestens zwanzig Jahren bis ins Innerste kannten.

Das unerwartete Problem war, dass sie sich zum ersten Mal nicht dort trafen, wo sich ihr Lebensgefühl, ihre Erwartungen, ihre Art, die Dinge zu verstehen, ihre Vorstellungskraft überschnitten. Sie hatten wohl tatsächlich vieles gemeinsam unternommen, aber eben gleichsam auf abstrakte Art, dabei jeglichen Kompromiss und den harten Kampf um das tägliche Brot vernachlässigend.

Dieses Mal begegneten sie sich in ihren Berufen.

In ihren Rollen.

Die wahre Wirklichkeit.

Etwas, das zum Überleben gehörte und nicht zur Welt idealistischer Bestrebungen. Etwas, das unvermeidlich den Keim des Misstrauens in sich trug.

Lupo seufzte. Er war ein wenig durcheinander.

»Aber bist du nicht auch überzeugt, dass da irgendetwas nicht stimmt?«

»Keine Ahnung. Vielleicht geschieht es nur aus praktischen Gründen: Ferrero weiß genau, dass du jeden anderen zum Teufel schicken würdest.«

»Ferrero, Ferrero… Ich kenne ihn nicht und er mich nicht, er hat doch nicht die geringste Ahnung, wer ich bin.«

»Spiel dich nicht runter. Du bist eine kleine Berühmtheit in Savoyen. Die Leute kennen dich besser als ihn und mich zusammen. Der einsame Wolf… Was glaubst du, warum ich dich meine Bücher vorstellen lasse?«

»Nein. Er kennt mich nicht. Ich bin nur eine kleine Nummer, die ab und zu auf der Lokalseite erscheint. Einmal im Jahr. Und das nicht immer.«

»Da täuschst du dich aber. Er weiß alles, kontrolliert alles. Wenn er könnte, würde er in der Druckmaschine schlafen. Er steckt seine Nase sogar in die Nachrufe. Er könnte nicht leben, wenn er nicht jedermann alles über seinen Beruf beibringen könnte.«

»Wenn es so ist, dann müsste er auch gewusst haben, dass der Fall gar nicht meiner war. Seinetwegen wurde er mir wieder zugespielt.«

»Aber du warst es doch, der auf die Leiche gestoßen ist. Und die Witwe will nur mit dir sprechen.«

»Ja, aber…«

»Na also. Er mag zwar ein Stück Scheiße sein, aber seinen Beruf, den beherrscht er aus dem Effeff.«

»Hat er dich gebeten, ihm deine Artikel zu zeigen, bevor sie erscheinen?«

»Was fragst du da für einen Schwachsinn?«

»Musst du sie ihm zum Lesen geben. Ja oder nein?«

Wieder das Misstrauen.

Wieder die Rollen.

Lupo wurde gewahr, dass er gerade an seinem alten Freund zweifelte. Dass er sich der Aufrichtigkeit versichern musste, die er bisher als gegeben angesehen hatte. Er wusste, dass Polo in diesem Moment in derselben Klemme steckte. Doch in seiner Stimme lag keine Spur von Ärger.

»Ganz gewiss nicht. Wenn er das fordern würde, gäbe es Ärger. Das wissen alle. Es ist kein Geheimnis, dass wir uns auf höfliche Art nicht leiden können. Dann hätte er sich einen anderen ausgesucht.«

Vielleicht war er ja der Einsichtigere. Doch Lupo konnte nicht anders, als seine Provokation auf die Spitze zu treiben. Auch wenn es gefährlich war. Denn wegen Ferros Frau und wegen des Geheimnisses, das er wahren musste, bewegte er sich auf dünnem Eis.

»Mit anderen Worten, wenn du schreibst, dass sich sein Junggesellenzimmer genau neben der Dachkammer befindet, von der aus geschossen wurde …«

Polo sah ihn entgeistert an.

»Wie bitte?«

»Aha, aha. Unser geliebter Schriftsteller ist gerade in einen Haufen Scheiße getreten, ohne es zu merken.«

Erst jetzt hörte Lupo auf.

Sie waren am Fluss angekommen.

Die Äste der Bäume bogen sich unter der Last des Schnees, der jetzt in den ersten Strahlen der Sonne zu schmelzen begann.

Kleine gefrorene Freudentränen. Lichttropfen.

Da lächelte Polo.

Denn jetzt kam ihm plötzlich eine vage Erinnerung. Das Flüstern jener Dinge, von denen man immer schon hört, nie aber vollständig begriffen hat. Eine Art entferntes Rauschen, im Hintergrund, das man zwar wahrgenommen, aber dessen Ursprung man niemals erkundet hat.

»Weißt du, wie die alten Gurus aus New York oder Washington Ferrero nannten? T.I. Und wir haben immer gedacht, das wäre so eine dieser amerikanischen Verrücktheiten wie J.R.«

»Aber?«

»Schau mal, denen ist ein junger, ambitionierter und unbefangener Korrespondent vor die Füße gefallen, und sie dachten, sie könnten so einfach zwischen einem Tee im Weißen Haus und einem Cocktail in irgendeiner Scheiß-Botschaft ihre Machenschaften stricken. Und ihn zu Hause lassen, damit er ihr leidiges Geschäft als Nachrichtenschreiber erledigte. Im Gegenzug das ungesagte Versprechen, dass sie sich zusammentun würden, um auch aus ihm einen kleinen Bonzen zu machen.«

»Und er hat ihnen eine lange Nase gedreht?«

»Eine lange Nase gedreht? Er hat sie nach Strich und Faden verarscht. Sie haben einen Monat gebraucht, bis sie kapiert haben, dass ihr kleiner Studierter, der gerade erst in der Neuen Welt gelandet war, den Raum zwischen seinen beiden Ohren an die Texas Instruments verpachtet hatte. Die T.I.! Er hat alles genau kalkuliert: jede Bewegung, jedes Wort, jede Freundlichkeit, jedes Leckmichamarsch. Um sie auszuhebeln, um sie gegeneinander auszuspielen, um sie in ein schlechtes Licht zu rücken, mit ihrem Eigentum, ihren hohen Positionen. T.I. … Keine Angst. Ich habe zwar nicht die geringste Vorstellung, welches Spiel er jetzt spielt. Aber er hat meine Sturheit sicherlich mit eingerechnet. Weißt du, wenn es sein muss, erzähle ich auch von dieser Scheiß-Mansarde und von seinen Nachbarn.«

Lupo nickte.

Nun wurde auch er von einer Erinnerung überrascht.

Es war eigenartig, hier jetzt nebeneinander herzugehen wie früher. An diesem verschneiten Flussufer. Umgeben von diesem Weiß und dem Rauschen des Flusses.

Vertieft in Gedanken.

Vielleicht war es die flüchtige Erwähnung Amerikas.

Vielleicht kam die Erinnerung, weil sie wieder gemeinsam ein Stück des Weges gingen.

Vielleicht war es auch Polos Art zu sprechen. So unbekümmert und respektlos. Diese seine kindliche und ansteckende Lust, die Wörter von Ballast zu befreien, sie gewissermaßen in einen Rohzustand zu versetzen, wo die Bedeutungen wie Elementarfarben waren, wild und ursprünglich.

Bei einem anderen würde eine solche Sprache vulgär wirken. Primitiv.

Bei Polo hingegen nicht.

Mit diesem Ziegenbart, diesem massigen Körper, der vor Gesundheit strotzte, ohne dass er etwas dafür tat, mit diesen wirren Haaren – es wäre unpassend gewesen, wenn dieser Mann mit konventionellen Umgangsformen aufwarten würde.

Es war eine wichtige Erinnerung.

Ein Moment, der über ihr Leben entschieden hatte …

An jenem Tage hatte Polo ihn abgeholt.

Nach einem Examen.

Lupo war von allzu vielen schlaflosen Nächten erschöpft gewesen, abgezehrt auf seine so ordentliche und anständige Art. Polo hatte ihn nicht gefragt, wie es gelaufen war. Er hatte ihn nur am Arm genommen und zielstrebig in die Universitätsbar gezogen. Nachdem er einen Berg von Abfällen von einem Tischchen gefegt hatte, hatte er eine Karte ausgebreitet.

»Atlantik …«

Ein einziges, langes, samten hingehauchtes Wort.

Ohne etwas hinzuzufügen.

Als trüge allein die Vibration dieses Klangs die Magie in sich, die Fantasien zu entzünden. Aber Lupo, immer noch gefangen im Nachhall der Anspannung, hatte nichts verstanden.

Da hatte er sich gesetzt.

Ruhig.

Und ihn mit einer heftigen Umarmung an sich gerissen.

»Du liebstes Wölfchen meines armen Herzens. Siehst du dieses wunderbare, leuchtende Stück Blau, das unseren Schlaf mit Träumen und Hoffnungen versüßt hat?«

»Ja.«

»Gut. Wir haben Schwein gehabt. Jetzt können wir ihn erobern. Stell ein Fähnchen darauf. Da ist dieses Boot, das dorthin gebracht werden muss. Sie haben geantwortet!«

Erst in diesem Moment ging Lupo allmählich ein Licht auf. Und das Staunen überwand jegliche Erschöpfung.

Seine Augen begannen, vor Freude über das Unerwartete zu leuchten.

»Was für ein Boot?«

»Ein schlechtes. Frisch aus der Werft. Radar, Sonar, elektrische Ankerwinden und einen Idioten von einem bretonischen Skipper dazu. Wir müssen es nach Boston bringen. Französische Neureiche, die sich ein bisschen mit den Kennedys in Cape Cod messen wollen. Stinksäcke, bis obenhin voll mit Kohle. Die übliche Scheiße.«

»Und diese Leute brauchen uns? Warum lassen sie es nicht auf einem Frachtschiff hinüberbringen?«

»Um es ein bisschen nass zu machen… Um zu sehen, ob es schwimmt… Keine Ahnung. Wie, zum Teufel, soll ich das wissen?«

»Ist ja schon gut. Hör auf.«

»Hör mal, Lupo. Seit Jahren versuchen wir über die Anzeigen in *Voile* an etwas dran zu kommen. Nicht einmal ein Pups. Und jetzt kommt so ein ganz großer Furz. Und du rümpfst die Nase?«

»Da hat sich wohl sonst keiner drauf gemeldet, wenn sie sich ausgerechnet uns aussuchen.«

»Das glaube ich auch. Mitten im Winter. Da muss man schon verrückt sein. Aber wen schert das? Willst du nun deinen Atlantik oder willst du ihn nicht?«

Lupo hatte die Augen geschlossen. Und war bewegungslos sitzen geblieben. Ein Moment, der nicht enden wollte. Dann hatte er sie wieder geöffnet. Langsam. Um nicht einen Augenblick der Vision zu verlieren, die ihnen zuteil geworden war.

Dann hatte er genickt.

»Ich habe die volle Punktzahl.«

»Schön. Das wird uns in einem Sturm prima helfen können.«

»In Moralphilosophie.«

»Wir sagen sofort diesem bescheuerten bretonischen Skipper Bescheid. Ich bin sicher, dass er sich gleich einen runterholt.«

Das Schiff hieß *Général Cambronne.*

Sie hatten es über das Meer gebracht.

Drei Berufssegler und sieben ahnungslose, ungelernte und schlecht bezahlte Seeleute, die für die schweren Arbeiten herangezogen wurden. Segel hinaufziehen und herablassen, kochen, sauber machen, beten, wenn Sturm aufkam.

Doch welches Glück!

Wie viele hätten das gewagt?

Im Hafen hatten sie gefeiert. Ein bisschen Bier, ein bisschen Rum. Wie alte Seebären. Dabei hatten sie einander ihre Heldentaten erzählt, als hätten sie sie nicht gemeinsam erlebt. Sie konnten es immer noch nicht fassen, dass sie es geschafft hatten.

Dann der Abschied.

Die Traurigkeit.

Raus aus diesen schmierigen gelben Ölmänteln.

Zurück in die Normalität.

Ohne Wasser unter sich. Ohne das Klatschen der Wellen, den Flug der Möwen, die Hoffnung der festen Erde, das Bad in der Unendlichkeit, Wind, Salz, Angst.

Sie hatten sich im Schneetreiben am Ufer des Charles wiedergefunden, in einem fahlen, vom Himmel erdrückten Boston. Die Bucht der Pilgerväter war mit Eis verziert gewesen.

Sie hatten nachgedacht.

Darüber, was sie nun tun sollten.

Nach Hause zurückkehren?

Oder der Chimäre folgen?

Der Bretone hatte eine andere Arbeit gefunden. Er war immer da, für jeden, der ihn wollte.

Schiffsmannschaften werden geboren und sterben, sie werden wieder geboren durch Klonen oder Parthenogenese, sie teilen sich, reißen auseinander, setzen sich neu zusammen, sie hassen sich, sie verzeihen sich.

Aber immer verfolgen sie ein Ziel.

Auf einem Kurs, der nicht nur das Geld ansteuert.

Mehr Illusion als Wirklichkeit.

Dieses Mal würde es beides zusammen sein.

Mit einem alten, aufgemöbelten Schoner aus der Konföderationszeit würden sie den San Lorenzo-Strom hinaufschippern, das französischsprachige Quebec durchqueren und die Unermesslichkeit der Großen Seen erreichen.

»Hast du Lust?«

»Und du?«

Sie hatten es beide gewusst. Danach würde es eine andere Arbeit geben. Und wieder eine andere. Wenn sie an diesem eisigen Flussufer einschlugen, dann würden sie auch zu einem anderen Leben »Ja« sagen. Der Traum würde zum Beruf werden.

Sie hatten den Traum gewählt.

Und waren zurückgekehrt.

Piazza Vittorio.

Sie fuhren mit dem alten Wagen von Polo.

Ein gasbetriebener Mercedes mit Lenkradschaltung, dessen Kofferraum mit Gasflaschen und hineingeworfenen Zeitungen voll gestopft war. Der Tankwart in Sassi hatte sich regelrecht einen Weg bahnen müssen, um das Auto betanken zu können.

Sie gingen die Treppe hinauf.

Lupo stellte Polo mit einem gewissen Zögern vor und erklärte Marina Salomone dann leise den Pakt, den er hatte schließen müssen.

»Im Gegenzug kann ich jetzt die Ermittlungen führen.«

Die Salomone hörte schweigend zu und musterte Polo dabei sehr eindringlich.

»Das sind Sie also: Polo Chieli.«

»Ja, in vollem Lebensumfang.«

»Meinem armen Claudio gefielen Sie sehr gut: Er las immer Ihre Artikel.«

»Warum?«

Marina Salomone schien in der Luft nach einer Antwort zu suchen und zog dabei die mageren Schultern hoch.

»Nun, wir sind gebürtige Turiner, die nicht ohne den Schatten der Mole Antoniella leben können. Das heißt aber nicht, dass die Fantasie nicht gerne ein wenig auf Reisen ginge …«

Sie lächelte ihn an.

Und Lupo sah, dass Polo mit seiner Körpermasse und seinem vernachlässigten Äußeren wieder einmal ein Herz erobert hatte. Indem er mit einem Zauber die Distanz auflöste, die sonst die Menschen voneinander entfernt hält.

Das war eine Gabe, die er benutzte, als wüsste er gar nichts von ihr.

Mit einem Mal fiel beiden die adrette Kleidung auf, die

die Sängerin trug. Eine weiße Bluse mit besticktem Kragen, einen blauen Pullover über dem Schottenrock, Spangenschuhe mit Absatz.

Dunkle, strenge Strümpfe. Sehr würdevoll.

Perlenkette und ein Halstuch von Hermès.

Eine ebenfalls blaue Jacke war sorgfältig über die Lehne eines Stuhls gehängt.

Die Uniform der Turiner Wohlanständigkeit.

Dezente Eleganz des Bürgertums, das in den Villen von La Crocetta oder in den alten Häusern am Hügel aufgewachsen war.

Das Bild unterschied sich sehr von dem der Bohème-Künstlerin, die am Abend in den Lokalen sang, in große farbenfreudige Schals oder Umhänge gehüllt und mit vielen Ringen an den Fingern.

»Ich bin ein bisschen umhergegangen und habe Fragen gestellt. Wenn man zu jemandem in die Wohnung möchte, muss man respektierlich aussehen.«

Marina Salomone hatte in ihren Augen das Erstaunen über ihre so formelle Kleidung gelesen und war ihren Fragen zuvorgekommen.

Doch sogleich wurde ihr bewusst, dass diese Erklärung nicht ausreichte.

»Wenn Claudio nicht das eigentliche Ziel war, dann muss es jemand anderes sein. Diesen Jemand habe ich gesucht. Das ist doch unser Problem oder nicht?«

Lupo nickte und erwiderte nichts.

Er konnte sich nicht erinnern, ob am Vortag, als sich die Ereignisse noch überschlugen, in irgendeiner Weise davon die Rede gewesen war. Jedenfalls hatte die Salomone dieselbe Eingebung gehabt wie seine Frau. Und sie hatte sich nicht gescheut, im Heuhaufen nach dem vagen Glänzen einer Nadel zu stöbern.

Es war erstaunlich, wie diese zutiefst weibliche Wissbegierde Schwierigkeiten überwand und sogar Abstraktes logisch erscheinen ließ. Vielleicht besaßen Frauen auch eine andere Vorstellung von Ruhm und Macht, von dem, was in der Welt zählt.

Oder auch nur im Umkreis einer Piazza.

Vielleicht war das der Grund, warum die umstrittene Liebe von Prinz Charles und Camilla oder die einer Prinzessin von Monaco für ihren Leibwächter bei ihnen Interesse hervorrief und bei Männern nur Gleichgültigkeit.

Lupo sah sie aufmerksam an.

»Und haben Sie etwas gefunden?«

»Zwei oder drei vereinzelte Namen. Leute, die hier in der Gegend leben. Die möglicherweise Neid, Feindschaft oder Groll hervorgerufen haben. Gefühle dieser Art jedenfalls. Es hängt davon ab …«

»Wovon?«

»Davon, was heutzutage ein Killer kostet, wie viel Geld man braucht, um einen Hass zu befriedigen, wie viele es gibt, die sich so etwas erlauben können. Und nicht nur moralisch.«

2

Die Straßenbahn war leer.

Nur zwei farbige Frauen saßen darin, die mit lauten Stimmen in einem fantasievollen piemontesischen Esperanto aufeinander einredeten und die sich dort, wo ihre jeweiligen geringen Sprachkenntnisse ihnen nicht mehr genügten, mit großem Gestikulieren behalfen.

Die eine trug einen mit Gold und Rot bestickten Turban und einen blauen Kaftan. Die andere war in einen schweren Militärmantel gewickelt, der oben zu viele Knöpfe besaß, jedoch weiter unten auseinander klaffte und mit ausgesuchter Indiskretion einen äußerst knappen Minirock über sehr langen Beinen offenbarte.

In der Stadt benutzte Lupo kein anderes Verkehrsmittel.

Er musste zunächst mit seinem alten VW über die Straßen tuckern, um nach Turin zu kommen, denn er hatte sich den Po und die Stille seiner Ufer in San Mauro als Wohnort ausgesucht. Doch sobald der Dunst der Großstadt sogar den großen Fluss einhüllte, ließ er das Auto stehen.

Vor dem Ruderclub *Esperia*.

Unter den entlaubten Zweigen der Kastanien am Landungssteg. Oder auf der Rampa dei Capuccini. Der Club war so etwas wie ein Bienenstock, zu dem man am Abend hinflog und dort die ganze Familie traf.

Zuerst zum Rudern.

Dann zum Abendessen.

Wenn die Pflichten des Tages erledigt waren.

Greta unterrichtete an zwei Gymnasien Sport. Danach half sie in einem Fitnessstudio reichen Damen in den Fünfzigern, deren Brüste so groß waren wie ihre Gier, und dicken Teenagern, deren einzige und wahre Verheißung von Glück in der Appetitlosigkeit zu liegen schien, beim Abspecken.

Die beiden Jungen, Matteo und Michele, gingen in dieselbe Schule, in der auch ihre Mutter unterrichtete. Sie befand sich unter den Arkaden jenes Platzes, der jetzt noch mehr in den Mittelpunkt ihres Lebens rücken sollte.

Lupo hatte sich in die Nähe des Fahrers gesetzt.

Via Po, Piazza Castello, Via Cernaia.

Das langsame Ruckeln der Straßenbahn hatte auf ihn eine hypnotische und beruhigende Wirkung.

Draußen zog das Centro Francese vorbei.

Die Zitadelle der savoyischen Könige.

An jeder Haltestelle stiegen immer nur diese armen dunkelhäutigen Menschen zu, als wollten sie in einem großen Meer der Unsicherheit von einem Hafen zum anderen gelangen.

Via Pietro Micca.

Die Bastionen der unterirdischen Stadt.

Die Straßenbahn füllte sich.

Das immer vielfältigere Stimmengewirr der Armut. Englisch, Französisch, Spanisch, slawische und arabische Klänge, Hindi, Kurdisch, Suaheli, Albanisch, Tagalog.

Seinen Sitzplatz gab er an eine ältere Philippinerin ab, an deren Röcke und Plastiktüten sich drei Kinder klammerten.

Schließlich legten sie an.

An der Ecke des Corso Vinzaglio.

Wenige hundert Meter vom Präsidium entfernt.

Wo sie dann die nicht enden wollende Schlange fütterten, die sich seit Monaten, zu jeder Tages- und Nachtzeit unaufhörlich von der Hoffnung auf ein Visum nährte.

Oder auf eine Aufenthaltsgenehmigung.

Oder auf einen Stempel, der endlich die wahrhaft Schiffbrüchigen vom üblen Stigma all jener vielen befreite, die im Drogenkonsum, in der Gewalttätigkeit oder in der Prostitution versanken.

Da gab es Schneider, Strohflechter, Zugehfrauen, Arbeiter, Hilfsarbeiter, Krankenschwestern, Akkordarbeiter, Auslader, alles ehrbare Leute, die Arbeiten verrichteten, die heutzutage keiner mehr tun will.

Lupo flüchtete in eine Seitentür, beinahe beschämt. Zahlreiche Blicke folgten ihm, aus denen plötzlich Enttäuschung sprach.

Enttäuschung über sich selbst.

Darüber, dass sie nicht verstanden hatten, dass sie diesen stillen Mann, der mit ihnen gereist war, um Fürsprache oder um Vermittlung hätten bitten können.

Lupo ging direkt zu seiner Höhle. Er rannte fast, verschlang die Stufen. Er war außer Atem.

De Mattia hob die Augen von seinem unordentlichen Papierstapel und sah ihn breit grinsend an.

»War meine Frau unten?«

»Nein, warum?«

»Nun, sie wäre das Einzige, wovor ich so davonlaufen würde.«

Lupo stutzte für einen Moment. Er war mit seinen Gedanken gerade woanders gewesen. Dann sah er die jammernde, stets in Schwarz gekleidete Frau vor sich, die Unterlippe anklagend verzogen, das blasse Gesicht voller Muttermale und dunklen haarigen Wucherungen.

Er lächelte.

»Nein, du kannst beruhigt sein.«

»Gott sei Dank.«

»Gibt es etwas Neues?«

»Genau das hat mich der Chef auch gerade gefragt.«

»Ist er schon hier?«

»Unglaublich, was? Man sieht, dass ihm diese Geschichte ein bisschen Feuer unter dem Hintern gemacht hat.«

»Will er mich sehen?«

»Er hat keinen entsprechenden Befehl gebrüllt. Er hat sich darauf beschränkt, nach Neuigkeiten zu fragen. Ich hatte keine, also habe ich ihm keine gegeben. Schau selbst. Lust auf einen Kaffee?«

Lupo nickte.

De Mattia machte sich sofort an der untersten Schublade seines Schreibtisches zu schaffen, wo er einen kleinen Kocher versteckt hielt, eine Dose *Lavazza d'Oro* und mehrere Zuckertütchen, die wahrscheinlich aus der Bar unter seiner Wohnung stammten.

»Dein Journalist und die Sängerin?«

»Die habe ich gerade verlassen. Das scheint Liebe auf den ersten Blick gewesen zu sein. Sie hat eine verrückte Idee gehabt, und er macht mit.«

»Und was haben sie vor?«

Lupo erklärte ihm alles. Währenddessen begann die Kaffeemaschine zu brodeln. Zu seinem Erstaunen betrachtete De Mattia die Liste mit den Namen, die er aus der Tasche gezogen hatte, nicht als völlig unmögliches Unterfangen.

»Da könnte schon etwas dabei sein.«

»Ich weiß. Aber mal angenommen, das richtige Ziel ist eine bekannte Persönlichkeit, wie willst du die herausfiltern?«

»Lass mal sehen … Fiat, San Paolo, Kreditbank, Olivetti, Telecom, RAI … hier am Platz wimmelt es ja nur so von Geschäftsführern.«

»Neben Ferrero natürlich.«

»Eine ganz schöne Ansammlung von hohen Tieren.«

»Ja. Aber das sind alles Leute, die einen Fahrer haben, der sie um acht Uhr morgens an der Haustür abholt. Vorausgesetzt, dass sie um acht Uhr morgens zur Arbeit gehen.«

»Zwei Maler, einige Architekten, Journalisten, Richter, Notare, Ärzte, Industrielle...«

»Das ist der schönste Platz in Turin. Der Quadratmeter kostet hier bis zu neun Millionen Lire. Was hast du denn erwartet?«

»Ich? Nichts.«

»Aber die kann man doch nicht mit einem vom Alter gebeugten Mann mit unsicherem Schritt verwechseln. Man kann sich irren, aber doch nicht so.«

»Ist es das, was dir keine Ruhe lässt?«

»Ja. Und die fehlende Logik. Das Alter passt nicht ins Bild. Das Zielfernrohr eines Präzisionsgewehrs bringt dir das Gesicht in einer solchen Schärfe vors Auge, dass du glaubst, es berühren zu können. Und da merkst du nicht, dass du auf die falsche Person zielst?«

»Fängst du an zu glauben, dass sie doch ihn erschießen wollten?«

»Nein, das nicht. Wenigstens noch nicht.«

»Hier, dein Kaffee.«

Lupo sah gedankenverloren die Tasse an, die De Mattia ihm reichte. Er nahm sie mechanisch entgegen und ebenso mechanisch rührte er den Zucker um. Lange. Als ob aus dem kleinen, sich langsam drehenden schwarzen Strudel eine Antwort emporsteigen könnte.

Er überlegte, dass es schön wäre, aus Kaffeesatz die Zukunft lesen zu können.

Er schämte sich aber sofort dafür, dass er solchen Unsinn hatte denken können.

De Mattia störte ihn nicht in seinen Grübeleien.

Er ließ ihn, ließ ihm die Qual dieses seines privatesten Schweigens.

Er kannte ihn nur allzu gut.

Keiner sonst in diesem Gebäude hätte auch nur einen Moment daran verschwendet, Bedauern über Nichtgetanes oder Mitgefühl für jemanden zu empfinden.

Lupo aber erging es so bei jedem Fall.

Es gab immer etwas, das ihn an einem Mordfall aufwühlte.

Nicht in erster Linie die grausame Zurschaustellung eines gewaltsam unterbrochenen Lebens, eines blutenden Körpers.

Sondern der Schmerz, den dies mit sich brachte.

Die furchtbare Leere, die eine Ehefrau, ein Kind, ein Freund ertragen musste. Ohne gewarnt worden zu sein, ohne sich vorbereiten zu können.

Schließlich führte Lupo seine Tasse zum Mund und trank in kurzen, nervösen Schlucken.

»Vielleicht ist der, den wir suchen, nicht unter denen hier.«

»Was meinst du damit?«

»Nicht unter den Namen, die irgendwie bekannt sind. Dieser Platz ist wie einer dieser alten neapoletanischen Palazzi. Auf der Beletage wohnt der Prinz, darunter der Berufstätige und im Zwischengeschoss der arme Hund, der sich in seiner Not mit Einfallsreichtum durchschlägt.«

»Alle zusammen, ohne Klassenunterschied. Ein Traum …«

»Ja. ›Guten Tag, Don Antonio, ihr Diener.‹ – ›Guten Tag Peppì, wie geht's der Familie?‹ – ›Guten Tag, Herr Advokat, denken Sie noch an meine kleine Angelegenheit?‹«

»Willst du damit sagen, dass die Bourbonen sich an dem savoyischsten aller Paradeplätze niedergelassen haben?«

»Gehst du da nie vorbei?«

»Manchmal.«

»Unter den Arkaden, in den Dachkammern, auf den Geländern, da ist das Afrika der Drogen und der Verzweiflung. Wer die Treppen hinauf- oder hinuntergeht, begegnet den Mutanten aus dem Süden, denen, die mit der ersten Emigrationswelle gekommen und mittlerweile solide Bürger geworden sind, die die Lega Nord wählen.«

»Hör auf, Mutanten …«

»Ja, die sind größere Rassisten als diese blonden Damen im Nerz, die die besten Architekten bezahlt haben, um zahllose baufällige Zimmer mit Aussicht in einen Palast zu verwandeln.«

»Die aber darauf warten, die anderen mit Hilfe der Macht ihres Geldes hinauszuwerfen …«

»Vielleicht. Später einmal. Aber im Moment leben alle unter einem Dach zusammen. Und ich, nach wem soll ich da suchen? Wenn es in Mirafiori passiert wäre, würde ich nach einem Arbeiter suchen. In den Villen von Crocetta nach einem Reichen. Bei der Porta Palazzo einen Wirtschaftsboss. Aber hier?«

»Ich weiß es nicht.«

»Hier leben sie in Schichten. Einer über dem anderen. Der Unterschied zwischen ihnen zeigt sich nur darin, wie viel die Renovierung gekostet hat. Abermillionen sind ausgegeben worden, um auf ein und derselben Etage Gräben zu ziehen.«

De Mattia nickte.

Er blickte trübsinnig auf die Namenslisten, die Lupo auf den Schreibtisch gelegt hatte. Als seien sie nach diesen Überlegungen dazu bestimmt, dort vergessen liegen zu bleiben, bis in alle Ewigkeit.

Ohne Nutzen.

Nichts weiter als eine Art Hausfrauen-Therapie gegen

den Schmerz, um einer armen Witwe den Kummer zu erleichtern, indem man ihr erlaubt, sich nützlich zu fühlen.

Aber auch Lupo kannte seinen Mann gut.

Kannte dessen unerschöpfliche Lust an jener Jagd, auf die er vom Schreibtisch aus gehen konnte. Die aus Geduld und aus Archivstaub bestand. Bei der er für sich blieb und seine Hartnäckigkeit unter Beweis stellen konnte. Ohne unerfreuliche Konkurrenten.

Wie ein stiller Tümpel, in dem nur alte schlammige Karpfen wie er vergnügt herumschwammen.

»Wirf aber auf alle Fälle einen Blick drauf.«

Das Gesicht De Mattias erhellte sich plötzlich.

Die Unterwelt dieses Präsidiums war noch immer zugestellt mit Kartons voll vergessener Aktenbündel, die aufgrund von Zeit- und Personalmangel niemals von Computern erfasst worden waren.

Ab und zu wurde einer geöffnet. Aber nur, wenn es sich wirklich lohnte. Wenn es einen konkreten Anhaltspunkt gab. Einen Namen, nach dem man gezielt suchen konnte.

Ansonsten war die Anzahl der neuen Delikte so groß, dass selbst das Eingeben der laufenden monatlichen Daten langsam und holperig vonstatten ging. Unvorstellbar, dort noch alte Profile auf Videos herauszusuchen.

Mit unerwarteter Behändigkeit wand De Mattia sich aus dem Stuhl.

Als wolle er verhindern, dass Lupo es sich anders überlegte. Er genoss den Geschmack dieses Bonbons bereits im Voraus.

»Ich gehe gleich hinunter.«

Lupo lächelte, auch wenn ihm nicht danach war.

»In Ordnung.«

»Da werde ich für den Rest des Tages zu tun haben.«

»Das glaube ich. Auf diesem Friedhof der verlorenen Seelen.«

»Aber wenn ich etwas herausfinde, wie erreiche ich dich?«

Lupo seufzte.

Er fühlte sich nutzlos.

Er hatte keine wirkliche Spur, der er hätte folgen können. Nicht einmal eine seiner feinsinnigen Intuitionen. De Mattia einerseits, die Salomone und Polo andererseits verfolgten etwas allzu Vages, um Lupo fesseln zu können. Und er konnte sich nichts vorstellen, was ihn nur einen Schritt weiterbringen würde.

»Ich weiß es nicht.«

»Wenn du dich wenigstens entschließen könntest, ein Handy mitzunehmen …«

»Bewahre! Ich rufe dich an.«

»Ich kann ja vielleicht etwas bei der Zentrale für dich hinterlassen.«

»Ja, tu das.«

Er glaubte nicht daran, aber er hoffte darauf.

Es geschah jedoch nichts.

Lupo schleppte sich entmutigt durch den Tag. Er stritt sogar mit Modica, weil dieser ihm die Aussagen der Bewohner des Hauses, von dem aus der Killer geschossen hatte, nicht weitergegeben hatte.

Nicht, dass er dachte, dort etwas zu finden.

Doch es war eine Methode, seiner Frustration Luft zu machen, so gut wie jede andere auch. Das Gefühl von Ohnmacht. Er verbrachte Stunden damit, sich Polo mit der Salomone vorzustellen.

Im Grunde machten sie beide denselben Job: fragen, fragen, fragen.

Aber Polos Fragen waren sicherlich von mehr Gefühl begleitet. Er war nicht vor die zermürbende Anforderung gestellt, immerzu Gesagtes mit einer Wirklichkeit vergleichen zu müssen, die aus tausend Gründen auch anders hätte sein können – Versäumnisse, Emotionen, falsche Bewertungen, Übertreibungen, Zweideutigkeiten.

Polo fragte, um Gefühle zu sammeln.

Er selbst, um Tatsachen zusammenzusetzen.

Eventuelle Fehler waren bei dem einen verzeihlich: Sie verliehen dem Bild mehr Schatten und Farbe. Die Fehler des anderen bezeichneten die feine Trennlinie, die zwischen einer Fälschung und dem Original besteht.

Der Tag verstrich einfach so.

Neben einem Telefon.

In Erwartung eines Anrufs von Polo, der ihm jene Fährte aufzeigen würde, an die er nicht glaubte. Die Entdeckung einer Spur in diesen Namenslisten, auf denen die wirklichen Geschichten fehlten.

Er sah Polo vor sich, wie er die Sängerin begleitete, auf den Treppen in den Häusern am Platz und in den kleineren Straßen drum herum, die von ihm abzweigten wie die Finger einer Hand.

Er würde ihr seinen Arm anbieten.

Er würde gleichzeitig wie ein Vater und wie ein Sohn sein.

Mit seinem Plaudern würde er ihr die schwierigen Begegnungen mit unbekannten Menschen leichter machen.

Er würde sie unauffällig zum Reden bringen, würde Vertrauen und Nähe gewinnen, ohne es eigentlich zu beabsichtigen. Einzig, indem er ihr zuhörte und ihre Trauer und ihre Erinnerungen auffing.

De Mattia kam drei oder vier Mal aus seiner Unterwelt herauf. Aber stets ohne das Leuchten einer Entdeckung in den Augen. Er kam nur, um sich einen Kaffee zu holen, auf die Toilette zu gehen, um irgendeine nutzlose Notiz auf den Schreibtisch zu legen oder um seine Zwischenmahlzeit, ein Croissant, zu sich zu nehmen, denn der wahre Fixpunkt seines Lebens war seine Lust auf Süßes.

Gegen Abend gab Lupo die Hoffnung auf.

Es war nichts zu machen.

Oder besser: Er hätte das machen müssen, was er den ganzen Tag lang umgangen hatte. Er hätte wohl oder übel mit Ferrero reden müssen. Das wäre das richtige Vorgehen gewesen. Denn dessen Aussage fehlte als einzige auf der Liste mit Zeugen aus dem Haus.

Doch er mischte sich nur ungern in die Machtspiele seines Vorgesetzten ein. Er war über die forcierte Einschaltung von Polo erzürnt, was nichts mit ihrer Freundschaft zu tun hatte. Er würde nicht sachlich sein können. Er würde bei seiner Befragung Grenzen überschreiten.

Er würde ihn provozieren, ihn schlecht behandeln.

Um es ihm heimzuzahlen, dass er ihn zu einem Spielball gemacht hatte.

Lupo ging.

Er würde eine schöne Strecke rudern, vielleicht würde ihn das wieder mit der Welt versöhnen.

Unterhalb des Castello del Valentino traf er auf seine Söhne.

Bei der Ponte Isabella auf seine Frau.

Diese flüchtigen Wintertage, die um fünf Uhr nachmittags zu Ende gingen, hatten etwas Unwirkliches.

Das tiefschwarze Wasser wurde von den Lichtreflexen belebt.

Zuerst die Leuchtspuren von Straßenlampen, Scheinwerfern, zitternden Lichtern der Promenade. Blendender Schein am Ufer, weiße Blitze aus Schnee.

Sofort darauf die Dunkelheit.

Dann erneut ein glitzernder Lichtkegel, von einem pfeilschnell sich bewegenden Bug in tausend Stücke zerteilt. Ein entferntes Keuchen. Dann der plötzliche Geruch menschlicher Anstrengung, der scharf in die Reinheit der Abendluft schnitt. Das harte Eintauchen eines Ruders, der rhythmische Widerhall eines Schlagmanns, der auszumachen war, weil der Schein seiner Taschenlampe über das Wasser strich. All dies erzählte vom großen Flussvolk.

Gebeugte Gestalten, eingemummt, dass sie wie Bären wirkten – Handschuhe, Wollmützen, Daunenwesten, gefütterte Trainingsanzüge, dicke Stulpen –, die sich erkannten, sich Grüße zuriefen, lachten.

Augen, die in den Schatten zu lesen vermögen.

»Los, Paps, wenn du weiter so wie ein Tourist ruderst, dann kommst du gerade noch rechtzeitig zum Nachtisch.«

»Hallo, Callaghan. Zieh durch, du sitzt hier nicht in einem Tretboot!«

Seine Söhne, seine Frau. Immer bereit, ihn zu necken, sich über ihn lustig machen. Doch es war schön, sie so aus dem Nichts heraus zu vernehmen. Wunderbar nah.

Eine echte Familie.

Vereint.

Gemeinsam.

Fröhlich.

Alle waren sie sterbensmüde.

Jetzt fiel ihm nichts mehr ein, was er tun konnte, um die Heimfahrt noch länger hinauszuzögern.

Sogar die Jungen, mit denen es jeden Abend Diskussionen gab, bevor sie nach Hause fahren konnten, sahen ihn mit seltsamen Blicken an. Sie wussten nicht, was sie von dieser unerwarteten Nachtschwärmerei ihres Vaters halten sollten.

Lupo wollte es nicht einmal sich selbst eingestehen.

In Wirklichkeit zögerte er nämlich die Abfahrt hinaus, um sicherzugehen, dass an der Ampel bei der Gran Madre bereits der kleine, zahnlose Marokkaner stehen würde, mit den ersten Zeitungen, die er auf dem Sattel seines klapprigen Fahrrades liegen hatte.

Er wollte Polos Artikel noch vor dem Einschlafen lesen.

Er wollte ihn verarbeiten.

Auf dem Papier die Kunst der Vertraulichkeit sehen und vergleichen.

Inwieweit sie besser oder schlechter war als seine eigene.

Was würde ein Journalist dem Bild des Polizisten hinzufügen, um was würde er es reduzieren?

War dies jetzt nicht weniger Pflichtgefühl als Neid?

Neid auf einen Beruf, der keine grundlegenden Verpflichtungen kannte. Wo an die Stelle der vorsichtigen Worte, die im Käfig eines Protokolls eingesperrt waren, die Atemlosigkeit einer Erzählung trat, wo ein misstrauischer Zeuge in eine Art unfreiwilligen Exhibitionisten verwandelt wurde.

Lupo schaute auf die Uhr.

Es war fast Mitternacht.

Er konnte es jetzt nicht noch länger hinauszögern.

Er hätte ja nur von seinen Sorgen erzählen brauchen. Aber dazu hatte er keine Lust. Das fühlte sich wie Schwäche an. Mit anderen Reportern war ihm das noch nie passiert. Polos wegen war es nun anders. Warum das so war, wusste er selbst nicht so genau.

Er stand auf.

Und die Jungen führten sofort aus dem Stegreif eine Pantomime auf.

»Los, Matteo, du auf die rechte und ich auf die linke Seite. Wir dürften ihm eine solche Anstrengung gar nicht zumuten. Morgen setzen wir ihn in ein Schlauchboot und ziehen ihn hinter uns her, damit er ein bisschen an die frische Luft kommt. Los, Mama, häng den Bootswagen an!«

Draußen stieg der Marokkaner gerade von seinem Fahrrad…

Es war eine ganze Seite.

Aber nicht im Lokalteil.

Ferrero hatte entschieden, eine Geschichte von überregionaler Bedeutung daraus zu machen.

Die nicht allein für Turin reserviert war.

Er hatte viel daran gesetzt. Seltsam. Vor allem, da er in gewisser Weise selbst in die Sache verwickelt war. Aber vielleicht hatte Polo Recht und alles war nur Kalkül.

Die Menschen, die ihn häufig im Fernsehen sahen, betrachteten ihn als eine Art Nachbarn. Aber auch als Schlitzohr. Die meisten würden denken: Diese »unglückliche« Verwirrung wird ihn vielleicht ein bisschen zurechtstutzen. Nichts ist besser als ein Unglück, um einen anmaßenden Primus ein wenig moderater zu machen.

Lupo schüttelte den Kopf.

Ging es da um das Wiedergewinnen von Popularität?

»Papa, willst du nun, dass ich es dir vorlese oder nicht?«

Lupo sah dem 2CV von Greta nach. Die Augen fielen ihm fast zu.

Wie immer hatten sie sich die Jungen bei der Rückfahrt aufgeteilt. Matteo, der Ältere, liebte seine Mutter über alles. Er wich nicht von ihrer Seite. Hing an ihren Lippen. Verteidigte sie stets. Wie ein Erwachsener. Mit einem tief empfundenen Bedürfnis, sie auf galante Art zu beschützen.

Lupo war darüber immer belustigt.

Und auch ein wenig stolz.

Auf der anderen Seite hatte er eine Schwäche für Michele, das Nesthäkchen. Und der tat alles, um ihm ebenbürtig zu sein. Mit der kieksenden Stimme eines Stimmbrüchigen, der auf dem Grat zwischen Kind und Mann stand. Voll falscher Töne und in Erwartung dessen, was aus ihm werden würde.

»Was ist also, Papa?«

»Ja gut, Michi, leg los.«

»Da sind drei Artikel. Mit welchem soll ich anfangen?«

»Mit dem von Onkel Polo.«

»Den haben wir schon eine Weile nicht mehr zu Gesicht bekommen. Er hat mir Fotos von Van der Sar, von Oliseh und Kovacevic mit echten Autogrammen versprochen, weißt du, nicht die mit den aufgedruckten.«

»Dann ruf ihn an und sag es ihm.«

»Aber du telefonierst doch mit ihm, oder?«

»Ja, aber das ist eure Angelegenheit. Dabei habe ich nichts verloren. Du musst lernen, so etwas alleine zu regeln. – ›Ich bin jetzt groß. Ich, ich, ich. Ich habe das Recht auf meine Freiheit.‹ – In Ordnung, du hast die Freiheit, ihn in der Redaktion anzurufen, wann immer du willst. Und wie wär's, wenn du jetzt anfangen würdest zu lesen, oder haben wir noch irgendwelche grundlegenden Dinge des Lebens zu klären?«

»Ach Scheiße, Papa ...«

»Das letzte Wort habe ich nicht verstanden.«

Michele lächelte. Und er sah ihn mit einem seiner so unschuldigen Blicke an, mit denen er sich fast als Profi erwies, so gut gemixt waren Sympathie und Faulheit.

»Das letzte? ›Papa‹? Ich verstehe ja, dass dich die Sache noch immer erstaunt. Aber Mama hat mir versichert, dass du wirklich mein Vater bist, trotz ihrer schändlichen Liebelei mit dem Englischlehrer.«

»Früher oder später verhafte ich dich.«

»Die übliche Brutalität eines Polizeibeamten.«

»Lies!«

»Nur in Gegenwart meines Anwalts.«

»Kacke!«
»Das letzte Wort habe ich nicht verstanden.«

Das Leben ist selten einfach.

Aber für Marina Salomone war es das in besonderer Hinsicht nicht. Sie war acht Jahre alt, als ihr Vater von zu Hause fortging.

»Es ist nicht, wie Sie denken«, seufzt die Frau, die über sechzig Jahre lang Gefährtin und Freundin von Claudio Legnano war – jenem Musiker, der unter den Arkaden der Piazza Vittorio in Turin erschossen wurde. Von einem Berufskiller, der vielleicht nur sein Ziel verfehlt hat.

»Nein, er musste fortgehen. Um seine Familie zu ernähren, um Arbeit zu finden. Er ist in eines jener Schiffe gestiegen, die in den ersten Jahren des Jahrhunderts von Neapel aus mit Amerika als Ziel in See stachen. Die dann in Ellis Island anlegten und dort unzählige verzweifelte Analphabeten ausspuckten, die auf der Suche nach Hoffnung waren. Er war anders: Er war gebildet, belesen, hatte gute Manieren. Streng nach dem Vorbild König Carlo Albertos erzogen, sollte er in die Bank seines Vaters eintreten. Nach seinem mit Auszeichnung bestandenen Juraexamen an der Universität und einer strengen Ausbildung bei der kleinen, aber exklusiven Banque de Savoie in Chambery sollte er diesen Posten bekleiden.«

»Und was ist passiert?«

»Passiert ist, dass er sich in die falsche Frau verliebt hat.«

»In Ihre Mutter…«

»Genau. Sie war jung, sechzehn Jahre. Sie wissen, wie es in jener Zeit war, man wurde schneller erwachsen. In jeder Hinsicht. Riesige Familien, sechs, acht Kinder, wenig Schule und viel Arbeit, sobald sie alt genug waren. Sie war die Älteste und hatte eine Begabung: Sie konnte malen. Sie malte Porträts, kopierte berühmte Gemälde. Ich besitze noch immer eine Mona Lisa, die man nicht vom Original unterscheiden kann. Warten Sie, ich hole sie Ihnen…«

Ein Koffer steht unter dem Fenster des kleinen Schlafzimmers. Marina Salomone öffnet ihn: es befindet sich eine Unmenge Papier darin, Briefe, Partituren, Fotografien, Skizzen, sorgsam in beschrifteten Mappen geordnet oder mit blassblauen Bändern zusammengebunden. Erinnerungen eines ganzen Lebens sind hier verborgen, inmitten lustiger Hütchen mit Kirschen, ausgeblichenen Kostümen und einigen fingerlosen Spitzenhandschuhen.

»Da ist es, sehen Sie. Und das bin ich mit meiner Mutter. Es war mein zehnter Geburtstag, der erste wichtige Augenblick in meinem Leben. Um ihn gebührend zu feiern, hatten wir bis elf Uhr gewartet, das heißt bis zur Stunde, in der ich geboren wurde. Dann zog sie mich vor den Spiegel und holte ihre Kohlestifte heraus: ›Jetzt halten wir die Zeit an und machen eine Zeichnung für Papa. Er wird sie auf dem Herzen tragen, da bin ich sicher: seine zwei Frauen.‹ Schön, nicht wahr? Sie war wirklich gut.«

»Warum war Ihre Mutter die falsche Frau?«

»Stellen Sie sich vor, Sie sind der einzige Spross einer jüdischen Bankiersfamilie, die dem Königshaus sehr nahe steht. Es ist Ihnen vorbestimmt, in die Fußstapfen des Vaters und der Onkel zu treten, was die Geschäfte betrifft, im Krieg und im Frieden. Und dann stellen Sie plötzlich fest, dass das wunderschöne Gesicht eines armen, liebreizenden Mädchens ohne Mitgift und ohne Vermögen Ihnen wichtiger ist als irgendwelche Pläne für die Zukunft, die sich Ihre Familie für Sie ausgedacht hat.«

»Wie haben die beiden sich kennen gelernt?«

»Saul, mein Vater, hatte soeben eine Stelle in einer Kanzlei in der Piazzetta Carignano angetreten, das sich genau gegenüber dem alten Parlament befand: Anwälte, Finanziers, Lobbyisten. Sie machten Geschäfte mit den langen und damals noch fest angewachsenen Turiner Tentakeln der Krone. Sie versuchten, den großen Fluss der Politik in die Kanäle ihrer eigenen Interessen umzuleiten. Sie waren mächtig. Sie genossen im jüdischen Europa und Amerika ein hohes Ansehen. Sie waren in der Lage, ganze Staaten mit Waffen zu versorgen oder Hungersnöte anzuordnen.«

»Wie hat er Ihre Mutter getroffen?«

»Drängen Sie mich doch nicht. Ich komme noch dahin, aber lassen Sie mich auf meine Weise erzählen. Eine der Aufgaben der jungen Männer in der Kanzlei bestand darin, Personen, von denen man annahm, dass sie einem einst von Nutzen sein würden, zum Frühstück zu begleiten und sie dort mit allen Aufmerksamkeiten zu versehen. An diesem Tag saß Saul an einem Tischchen im Café Baratti mit Senator Bompard, Conte di Fenestrelle, Staatssekretär im Verteidigungsministerium, dem berühmten Frauenhelden und großen Verehrer von Varietékünstlerinnen, mit denen er später tatsächlich sein in der Tat bemerkenswertes Vermögen durchgebracht hat.«

»Und so hat Ihr Vater, um ihm zu schmeicheln, sie gefragt, ob sie ihn zeichnet...«

»Sie sind mir ein reizender Zeitgenosse! Wollen

eine Geschichte und dann unterbrechen Sie mich immer, um auch noch falsche Schlüsse zu ziehen.«

»Entschuldigen Sie.«

»Es stimmt, meine Mutter war dort. Ganz still saß sie in einer Ecke des Cafés und wartete, wie an jedem Tag zur Mittagszeit, weil es eine ihrer wenigen Möglichkeiten war, um ein wenig Geld zu verdienen. Aber es stimmt nicht, dass es mein Vater war, der sie um etwas gebeten hat. Es war sie, ganz plötzlich von diesem schönen und gut situierten jungen Mann fasziniert, die den Mut gefunden hat und ihn flüsternd um die Erlaubnis fragte, ihn zeichnen zu dürfen.«

»Man stelle sich das Erstaunen Bompards vor…«

»Wieder falsch geraten. Im Gegenteil, der Senator amüsiert sich großartig. Saul wird feuerrot im Gesicht und ist verlegen wie nie zuvor. Worauf der Conte schelmisch lächelnd so etwas sagt wie: ›Mein lieber Salomone, ich kenne diese junge Frau sehr gut. Abends arbeitet sie im Foyer des Regio oder zwischen Gläsern und Champagner im Tanzcafé. Sie hat mir persönlich bereits einige köstliche und respektlose Karikaturen verehrt. Aber nur, weil ich ein alter Lüstling bin, der einen schlechten Ruf der Frauen wegen hat. Wenn sie Sie erwählt hat, dann liegt das an Ihren schwarzen Augen, die viel zu unschuldig sind, um einen alten gerissenen Fuchs, der ich mich rühme zu sein, noch zur Raison zu bringen. Aber wiederum so reizend, um eine junge Frau zum Träumen zu bringen, von der das Leben zu jeder Stunde verlangt, Anzüglichkeiten von Männern wie mir zu ertragen. Ich lasse euch allein. Nein, Saul, sorgen Sie sich nicht um Ihre Vorgesetzten. Diese vorzeitige Verabschiedung wird sich in keiner Weise auf das Urteil, das diese Juden von Ihnen haben, auswirken, das garantiere ich Ihnen. Sie wissen nämlich schon seit geraumer Zeit, ich würde sagen, seit dem ersten Tag, dass Sie in nichts Ihrem hochmütigen Erzeuger ähneln und damit völlig ungeeignet für diesen Beruf sind. Korruption ist eine Kunst. Und sehen Sie, Sie sind auf anachronistische Weise rechtschaffen. Darum und um die Leidenschaft, die ich im Blick dieser unserer reizenden Freundin lese, beneide ich Sie. Guten Tag Ihnen beiden.«

»Also war es seine Schuld, dass die beiden geheiratet haben?«

»In gewisser Weise, ja. In Wahrheit war es Liebe auf den ersten Blick, groß und intensiv. Das Ergebnis? Sie haben nach zehn Tagen geheiratet. Am elften wurde er enterbt und aus der Familie verstoßen. Am zwölften war meine Mutter bereits schwanger.«

»Das lässt sich an einer Hand abzählen.«

»Ja, an einer Hand. Am dreizehnten kaufte sein Vater eine halbe Seite der Gazzetta Piemontese, um aller Welt mitzuteilen, dass er nicht länger einen Sohn habe. Und er drohte gleichzeitig jedem, der mit diesem irgendeine, besonders eine finanzielle Beziehung eingehen sollte. Zur Strafe untersagte er ihm seine Geschäfte, das heißt er verdammte ihn zum Hunger.«

»Und wie haben die beiden überlebt?«

»Dank der Arbeit meiner Mutter. Und mit den bescheidenen Geldsammlungen der Anarchisten, deren Berater und Verteidiger mein Vater wurde. Zuerst, weil es die einzige offene Tür war, die er fand. Dann aber, weil er zunehmend angetan war von den Geschichten dieser Menschen, die im gleichen Maße frei waren, wie sie von den überheblichen Machthabern verfolgt wurden. Das ist in kurzen Zügen seine Geschichte…«

»Warum ist er dann nach Amerika gegangen, wenn er es doch irgendwie geschafft hat, acht Jahre lang über die Runden zu kommen?«

»1920 wurden Sacco und Vanzetti festgenommen. Im Jahr darauf, ich war drei Jahre alt, wurden sie wegen dieses Mordes, den sie nie begangen hatten, zum Tode verurteilt. Denken Sie an diese beiden armen Italiener, die ein fremdenfeindliches Amerika der Arbeitslosen unbedingt am Galgen haben wollte, um ein Exempel zu statuieren.«

»Die ganze Welt war damals entrüstet.«

»Ja. Aber fünf Jahre danach, als die Illusionen und Hoffnungen immer wieder zunichte gemacht worden waren, hat die Gruppe der Verteidiger, die mittlerweile völlig machtlos geworden war, darum gebeten, dass die zwar erfolglose, aber doch immense Welle der weltweiten Solidarität sich auch in Taten äußern möge. In wirklicher Hilfe. In neuen Ideen, um eine Revision des Prozesses zu erreichen, nachdem jeder gangbare Weg sich als Sackgasse erwiesen hatte. Mein Vater hatte sich gut gemacht. Die italienische anarchistische Bewegung sammelte Geld für die Familie, für uns also, und bat ihn zu reisen. Es war der Mut meiner Mutter, der dies ermöglicht hat. Zwei lange Jahre, in denen er auf der anderen Seite des Ozeans war, mit wöchentlich einem Brief, in dem er seinen innersten Gefühlen Luft machte und seiner Wut über die Gewalttaten, die Nötigungen, die Drohungen, denen er und seine Genossen im Verborgenen ausgesetzt waren. Überall und immer.«

»Aber immerhin erhielt er Ihr Porträt. Die ersten zehn Jahre seiner Tochter…«

»Nein. Wir haben es nie weggeschickt.«

»Warum nicht?«

»Man hatte Saul mit zerschmettertem Schädel auf der Straße gefunden. Zehn Tage danach wurden Sacco und Vanzetti hingerichtet.«

Was bleibt zu sagen, wenn dich deine eigene bescheidene Arbeit unvermutet hinter die Kulisse der Weltgeschichte blicken lässt? Nichts. Du verharrst, berührt von der Großartigkeit erzählter Geschichte. Wortlos. Dein Blick kann sich nicht von der Erzählerin lösen. Von dieser kleinen, gepflegten, weisen und betagten Frau, die so viel erlebt hat und dies so intensiv.

Das ist Marina Salomone.

Ihre Mutter. Ihr Vater. Sie spiegeln sich in ihren Augen, in ihrer Art, mit den Dingen umzugehen. Niemals an der Trostlosigkeit der Schwachen zu verzweifeln.

Dem Begräbnis von Saul hat sie nicht beigewohnt.

Er wurde dort drüben begraben.

Aber ein paar Jahre später war sie auf der Beerdigung ihrer Mutter.

›Hartes Schicksal‹, sagte man damals.

Sie war gerade fünfzehn Jahre alt.

Allein, ohne Angehörige.

Nur dieser junge Mann aus der Nachbarschaft, der ihr das Klavierspielen beibrachte.

Claudio Legnano.

Doch das ist eine andere Geschichte.

Eine Geschichte, die bereits zum Teil von anderen auf dieser Seite erzählt worden ist.

Polo Chieli

Er faltete die Zeitung zusammen.

Und seufzte.

Auch er hatte bis Mitternacht gewartet.

Er hatte die Zeitung fast mit einem Gefühl von Religiosität aufgeschlagen.

Noch im Auto.

Während der rasanten Fahrt durch die Stadt. Im Licht der Ampeln. Als er die Titel und die Fotografien sah, hatte er so etwas wie eine schmerzliche Freude verspürt. Im Bewusstsein der ungeheuerlichen Abscheulichkeit dessen, was er tat.

Aber er war überzeugt, dass er ein Zeichen setzen musste.

Endlich der alltäglichen Gleichgültigkeit Gottes mit machtvoller Stimme begegnen zu müssen.

Zum wiederholten Male gab er sich selbst das Versprechen: Am Ende würde er sich fassen lassen. Wenn seine Kräfte nachlassen würden. Dann würde er die Spuren nicht mehr verwischen. Er würde sie näher kommen lassen und, wenn es ihnen nicht gelänge, ihn zu finden, dann würde er sich selbst stellen.

Um seine Gründe hinauszuschreien.

Um zu erklären.

Um allen verständlich zu machen, dass es ungerecht war, nur aus Zufall zu töten. Ob es nun der Allmächtige war, der den Lebensfaden durchschnitt oder irgendeines seiner Kinder.

Denn die Kinder lernen von den Vätern. Und es ist nicht zulässig, für sich in Anspruch zu nehmen, als Vorbild zu gelten, und dann denjenigen zu bestrafen, der wie du handelt.

Er nickte.

Der Fahrer schwieg während der Fahrt.

Und er ließ sich fahren, versunken in fiebrige Gedanken. Kaum wusste er, wo sie waren. Nächtliche Schatten und Licht flogen ihm entgegen, huschten vorbei. Er wollte jetzt nur noch schnell nach Hause.

Und lesen, lesen, lesen …

Er wollte sein Opfer besser kennen lernen.

Seine Geschichte.

Die über das hinausging, was am ersten Tage an Grobem und Banalem geschrieben worden war. Wie wenig respektvoll dem Leben gegenüber waren doch diese ersten Berichte gewesen.

Unnötig blutig.

Mitleid erheischend, aber mit einem falschen Unterton.

Sie zielten nur darauf ab, wilde, elementare Emotionen hervorzurufen.

Blut. Gewalt. Angst.

Nein, ein Leben ist mehr als nur das, wie bescheiden, unbemerkt oder unbedeutend es auch sein mag. Ob jetzt dieser Artikel die Menschen berühren würde? Ob er sie verstehen lassen würde, dass sogar die kleinsten Akte des Lebens – atmen, leiden, träumen – etwas Großartiges waren?

Und dass es keine große oder kleine Ungerechtigkeit gibt.

Nur die eine Ungerechtigkeit. Und Schluss.

»Geht es Ihnen nicht gut? Soll ich Sie hinaufbegleiten?«

Plötzlich wurde ihm bewusst, dass sie schon seit einiger Zeit standen. Und dass der Fahrer im Rückspiegel besorgt in seine geröteten Augen sah. Genau das aber waren die Anzeichen, die er sich im Moment nicht erlauben konnte.

Er musste durchhalten.

Seine geistige Klarheit aufrechterhalten.

Wenn die Krankheit begänne, sie zu vernebeln, dann würde er das Ende einläuten. Aber nicht jetzt. Er musste noch einen fein ausgetüftelten Plan zu Ende bringen.

Er löste rasch den Sicherheitsgurt, den er immer anlegte, auch wenn er auf dem Rücksitz saß.

»Nein, mir geht es gut, danke. Ich bin nur ein bisschen müde. Es war ein anstrengender Tag.«

»Passen Sie auf sich auf. Die Grippe geht gerade um.«

»Das werde ich. Bis morgen.«

»Zur gleichen Zeit?«

»Ja. Gute Nacht.«

Er ging eilig die Treppen hinauf.

Als er schließlich zu Bett ging, hatte er alle Artikel mehrmals gelesen, besonders den von Chieli.

Ja, endlich spürte man ein Leben zwischen den Zeilen pulsieren.

Aber es war nicht das Richtige.

Dieses hier gehörte der Gefährtin seines Opfers.

Er konnte nicht mehr lange warten. Die stechenden Schmerzen im Magen kamen immer öfter. Bald würden sie in den Bauch übergehen. Und das schleichende Gift des Übels würde dort nicht Halt machen. Früher oder später würde es auch einen Weg gefunden haben, bis in sein Gehirn vorzudringen.

Nein, er konnte wirklich nicht warten.

Er würde ihm noch drei Tage zugestehen.

Dann würde es einen weiteren Mord geben.

Und alles würde wieder von vorn beginnen...

Lupo hatte Polo nichts davon gesagt.

Wie irgendein Besucher ging er in die Zeitungsredaktion.

Ohne sich anzumelden.

Er ging ein wenig in der Eingangshalle umher, dann folgte er den Pfeilen und warf einen Blick auf den Schalter, an dem die Todesanzeigen aufgegeben wurden. Eine ältere Frau hinter dem Glas beobachtete gelangweilt eine große Gruppe von Menschen, die sich über den Text einer Anzeige stritt, um möglichst wenig Worte zu verwenden. Um Sparsamkeit mit Pietät zu verbinden.

»Zählen die Kommas?«

»Nein.«

»Also, dann setzen wir hier ein Komma und lassen das ›und‹ weg. Alle einverstanden?«

»Ja, aber statt ›die Bewohner der Hauses Nummer 12 im Corso Maurizio‹ schreiben wir ›die gerührten Hausbewohner‹. Wir sparen dann sechs Wörter und fügen ein bisschen Wärme hinzu.«

»Weshalb ›gerührt‹? Wir sind doch nicht in einem Liebesfilm.«

»Signora Pelassa hat Recht: Schreiben wir besser ›fassungslosen‹.«

»Das ist auch länger und macht damit mehr her.«

»Wenn es das ist, dann ›gramüberwältigt‹ …«

»Es tut mir Leid, meine Herrschaften, aber Fantasiewörter sind zu vermeiden.«

»Eben, und dann wäre es auch ein bisschen übertrieben für diesen Banditen, der Wohnungen zu Wucherpreisen vermietet hat und dann nicht einmal die Reparaturen bezahlen wollte. Seit zwei Jahren ist meine Zimmerdecke schon voller Flecken. Das ist die Hauptwasserleitung, die undicht ist. Das hätte er reparieren lassen müssen.«

»Wollen wir mal hoffen, dass sein Sohn besser ist.«

»Ja, denn sonst werfen wir wirklich unser Geld zum Fenster hinaus.«

»Gehen Sie zur Beerdigung?«

»Was soll ich denn auf dem Friedhof, werter Signor Annoni? Bald muss ich selbst dorthin. Ich kann gut und gerne darauf verzichten, um anderer willen diesen Ort aufzusuchen.«

»Ist ›betrübt‹ dann in Ordnung?«

Der Commissario verpasste den Rest des Gesprächs.

Denn eine der Glastüren, die die für das Publikum zugängliche Eingangshalle von den Fahrstühlen im Innern des

Gebäudes trennte, wurde geöffnet. Ein Journalist, an dessen Namen er sich nicht erinnern konnte, kam heraus.

Lupo schlüpfte durch die Tür, als habe er vom Empfang die Erlaubnis erhalten.

Er fuhr in den ersten Stock.

Und stieß sogleich auf Badini, den alten Chef der Zeitungsjungen.

»Guten Tag, Commissario, wie geht es Ihnen?«

Lupo verbarg sein Erstaunen nicht.

Und Badini lächelte.

»Ich kenne Sie, wissen Sie. Alle hier kennen Sie. Sie sind eine Berühmtheit. Die Staatsanwältin, Willy Van der Mersholt, die Sexfilmchen, der halbe Fußballverein Juventus, alle waren darin verwickelt: Glauben Sie etwa, dass es nach diesem Fall noch irgendjemanden in Turin gibt, der Sie nicht kennt? Sie wollen zum Chef, nicht wahr? Ich werde Sie sofort anmelden. Jetzt verstehe ich auch, warum er heute so früh gekommen ist. Sonst sieht man ihn nie vor halb elf. Kommen Sie mit.«

»Danke.«

Lupo ließ sich das nicht zweimal sagen.

Er nutzte das Missverständnis für sich aus.

Er war neugierig auf die Reaktion eines Ferrero, der auf eine Befragung nicht vorbereitet war. In Wirklichkeit zielte er genau darauf ab. Aber er glaubte nicht, dass er viel Glück haben würde.

Badini, historisches Gedächtnis einer Zeitungsredaktion, die mittlerweile in der Hand von Vierzigjährigen war, ignorierte den besorgten Blick der Sekretärin und machte eine beruhigende Geste.

Dann klopfte er.

»Herein.«

»Chef, hier ist unser geliebter Commissario Lupo.«

Was folgte, war ein einzigartiger Augenblick.

Ferrero hätte Badini am liebsten erwürgt, wenn er gekonnt hätte.

Er warf ihm einen vernichtenden Blick zu, sah die Sekretärin wütend an und erst nach einigen Sekunden gelang es ihm, seinen Ärger hinter einem gezwungenen Lächeln zu verbergen.

»Freut mich, Sie kennen zu lernen, Lupo. Auch wenn ich Sie, ehrlich gesagt, nicht erwartet habe.«

»Ich hatte gedacht, dass ich Ihnen eine Überraschung schuldig sei. Um Ihnen zu zeigen, wie es ist, wenn man gute Miene zum bösen Spiel machen muss.«

»Beziehen Sie sich etwa auf mein Telefonat mit dem Questore?«

»Ich kann Ihnen versichern, dass es mich in keiner Weise stört, auch wenn Sie zehnmal am Tag mit ihm telefonieren. Sie können sich auch mit ihm verloben, falls Ihre Frau Sie zu langweilen beginnt. Solange Sie nur mich in Ruhe lassen.«

»An Ihrer Stelle würde ich mir meine Worte gut überlegen.«

»In Ordnung. Wenn die Herrschaften die Freundlichkeit besäßen, uns alleine zu lassen, dann wäre es schön, wenn ich Ihr Alibi unter vier Augen erfahren könnte. Falls es nicht klar geworden sein sollte: Ich bin in offizieller Mission hier. Ist dies in Ihren Augen angemessen genug?«

Ferrero lief rot an.

Vor lauter Anstrengung, seinen Zorn unter Kontrolle zu bekommen, war ihm entgangen, dass Badini und die Sekretärin noch immer in der Tür standen. Aus ihren Augen leuchtete ganz offensichtlich etwas wie stille Dankbarkeit für Lupo. Und es wurde ihm zugleich bewusst, dass die ganze Zeitung in wenigen Minuten anfangen würde zu tratschen.

Daraus würde er nicht unbeschadet hervorgehen.

Er schickte die beiden mit einer drohenden Geste hinaus. Was, wie er wusste, nicht dazu beitrug, ihnen die Münder zu versiegeln.

Dann faltete er wütend die Zeitung zusammen, die auf der Seite von Polos Artikel aufgeschlagen gewesen war. Und er lud Lupo ein, sich auf den kleinen Stuhl für Gäste zu setzen, der vor seinem Schreibtisch stand.

»Kommt es Ihnen nicht ein wenig übertrieben vor, von einem Mann wie mir ein Alibi zu verlangen?«

»Wären Sie ein gewöhnlicher Mensch, so hätten Sie den Lärm von Sirenen und lauten Polizeistiefeln auf der Treppe erdulden müssen. Ihnen dagegen wurden einige Tage zum Nachdenken und ein informeller Besuch zugestanden.«

»Was ich zu sagen habe, habe ich bereits Ihrem Vorgesetzten gesagt.«

»Nein, Sie haben nur vorgebeugt. Sie haben es vorgezogen, gleich mit dem herauszurücken, was wir ohnehin entdeckt hätten. Das halte ich nicht für eine große Geste.«

»Ich muss gestehen, dass ich mich sehr ärgere, wenn ich Ihnen so zuhöre.«

»Schade. Sie hätten es einfach so lassen sollen, wie es war. Der Kollege, dem die Ermittlungen anvertraut waren, hätte es sehr faszinierend gefunden, in der Zeitung zu stehen. Ich dagegen bin für so etwas unempfänglich. Auch was das betrifft, war es Ihre Wahl.«

»War es Polo, der Ihnen zu dieser Inszenierung geraten hat?«

»Glauben Sie, ich hätte Ratgeber nötig?«

»Also war es Ferro.«

»Sie müssen so daran gewöhnt sein, die Menschen zu benutzen, sie zu manipulieren, sie auf Ihre Bedürfnisse hinzubiegen, dass Sie sich nicht einmal vorstellen können, dass jemand seinen eigenen Kopf benutzt und entsprechend handelt.«

»Jeder reagiert auf andere.«

»Außer Ihnen natürlich.«

Ferrero schüttelte zerstreut den Kopf. Fast als langweile ihn die Wendung, die das Gespräch genommen hatte. Er sah auf die Uhr. Dann griff er zum Telefon.

»Berufen Sie die Konferenz eine halbe Stunde früher ein. Ich habe einen Gast, der nicht warten kann. Ich will auch Chieli haben. Wenn er noch nicht da ist, holen Sie ihn aus dem Bett. Lassen Sie auch Kaffee von der Bar hochbringen. Sofort. Alles klar?«

Die Antwort musste positiv gewesen sein. Oder, was wahrscheinlicher war, Ferrero hatte die Antwort einfach nicht abgewartet. Er räumte den Stapel Zeitungen von seinem Schreibtisch und wandte sich Lupo wieder zu, die Ellbogen aufgestützt, das Kinn in den Händen.

»Also los. Sie haben es gehört: Heute werden Sie einer der unseren sein. So werden Sie verstehen, wie eine Zeitung funktioniert. Es bleiben noch 25 Minuten für uns und für den Kaffee. Wenn Sie mich danach noch einmal brauchen, dann wäre es mir lieber, vorgewarnt zu sein. Persönlich.«

»In Ordnung. Unter der Bedingung, dass dieselbe Regel auch für mich gilt.«

»Gut. Los jetzt mit den Fragen. Fangen wir mit dem Alibi an?«

»Das würde ich gerne bis zum Schluss aufheben. Sind Sie verheiratet? – Werden Sie nicht gleich ärgerlich. Wir haben gerade einen Waffenstillstand vereinbart.«

»Nein. Ich war es einmal…«

»Leben Sie allein?«

»Ja, in einer Hotelsuite. Ich hasse es, Leute empfangen zu müssen.«

»Und die Mansarde an der Piazza Vittorio?«

»Ein Rückzugsort. Völlig geheim, bis vorgestern. Ein Ort ohne Telefon, Fernseher und anderem elektronischen Gerät, das mich mit Leuten verbindet, auch wenn ich es gar nicht will. Und wenn es der beste Freund ist.«

»Warum?«

»Den lieben langen Tag spreche ich mit der halben Welt. Haben Sie nicht auch manchmal das Bedürfnis, den Stecker herauszuziehen und ganz für sich zu sein?«

»Nein, diese Probleme habe ich nicht. Wer keine Macht hat, nach dem fragen die Leute nicht.«

»Wir schweifen ab, scheint mir.«

»Betrachten Sie das als Fragen zur Orientierung.«

»Kommt es Ihnen nicht ein wenig anmaßend vor, anzunehmen, dass Sie jemanden, den Sie nicht kennen, nur wegen ein paar oberflächlicher Plaudereien verstehen könnten?«

»Im Gegenteil. Bis jetzt ist alles sehr lehrreich gewesen. Wenn jemand in der Öffentlichkeit steht, dann gibt er von sich ein leicht verzerrtes Bild. Er sucht sich das Beste heraus. Oder das Schlechteste. Das Wichtige dabei ist, eine bestechende Persönlichkeit zu erschaffen. Aber es genügt, ihn in einem Moment ohne Maske aufzustöbern, um ihn zum Eigentlichen zurückzubringen.«

»Und das glauben Sie, erreicht zu haben?«

»Ich glaube, dass ich Ihnen darauf nach der Versammlung, zu der Sie mich eingeladen haben – womit Sie meine glühendsten Hoffnungen noch übertroffen haben –, eine endgültige Antwort geben kann, wenn es Sie dann noch interessiert.«

Ferrero lächelte völlig unerwartet.

Er konnte einen Gegner erkennen, wenn er auf einen traf.

Es klopfte.

Der Kaffee. Der Kellner war ein Kaugummi kauender Jüngling mit kahl rasiertem Kopf und einem Ring im Nasenflügel. Er grüßte nicht, sondern beschränkte sich darauf, das Tablett auf den Schreibtisch zu stellen und den Raum wieder zu verlassen, ohne ein Wort gesagt zu haben. Er war so stumm, wie er unhöflich war.

Ferrero explodierte fast.

»Zum Glück habe ich keine Kinder.«

»Wenn Sie welche hätten, dann wären es ja vielleicht keine solchen Klone ohne Persönlichkeit. Und Sie würden die Menschen vielleicht nicht so hassen.«

»Einige Schlüsse haben Sie wohl bereits gezogen.«

»Dazu muss man kein Polizist sein.«

»Also sind wir jetzt bei der Frage des Alibis angekommen.«

»Ich gebe zu, dass ich Ihrer Anmaßung nur die Spitze nehmen wollte.«

»Und das ist alles?«

»Das ist alles. Aber mich würde in erster Linie interessieren, was Sie sonst alles an der Nachbartür bemerkt haben. So gerissen der Killer auch sein mag, die Gabe der Unsichtbarkeit besitzt er sicherlich nicht. Und er hat sich den gefährlichsten Nachbarn der Welt ausgesucht: Sie.«

»Ich bewundere Ihre Schlauheit: Erst prügeln Sie auf meinen Stolz ein, um ihm jetzt wieder zu schmeicheln. Aber ich muss Sie enttäuschen: Ich habe nichts bemerkt.«

»Wann suchen Sie gewöhnlich Ihre Mansarde auf?«

»Da gibt es keine Regel. Es hängt vom Mond ab.«

»Waren Sie in der Nacht vor dem Mord dort?«

»Ja.«

»Waren Sie alleine?«

»Nein. Aber ich werde Ihnen den Namen meiner Gefährtin nicht nennen.«

»Ich werde Sie auch nicht danach fragen. Haben Sie dort geschlafen?«

»In gewisser Hinsicht.«

»Könnten Sie die Dame in meinem Namen fragen, ob sie Geräusche, Schritte oder Ähnliches gehört hat?«

»Das werde ich tun.«

»Wann sind Sie gegangen?«

»Ich weiß es nicht genau. In jedem Fall vor dem Schuss.«

»Sind Sie sicher? Es ist viel Zeit vergangen, bevor das richtige Fenster ausgemacht wurde.«

»Wir hätten ihn doch gehört. Oder nicht?«

Lupo fühlte die Augen aller auf sich.

Ferrero hatte ihn nicht vorgestellt.

Aber das war auch nicht nötig gewesen.

Seine Anwesenheit hatte sich wie ein Lauffeuer in der ganzen Zeitung verbreitet und auch die entferntesten Winkel erreicht. Es hatte sogar die Angestellten der unteren Ränge aus ihren Nischen geholt, die sich sonst nur am 27. des Monats sehen ließen, um sich über ihr Gehalt zu beklagen.

Der Redaktionssekretär versuchte gerade, die Lifeschaltung mit der Redaktion in Rom aufzubauen, als Polo eintrat. Ferrero sah betont auf die Uhr.

»Welche Ehre!«

Polo ging nicht darauf ein.

Er suchte sich einen unauffälligen Platz an der Wand des großen Konferenzraumes, schlug die Beine übereinander und warf Lupo einen komplizenhaften Blick zu. Danach verlor er sich in Gedanken.

Als sei das, was sich hier abspielte, nichts anderes als die soundsovielte Wiederholung eines Betriebsessens, an dem man aus Pflichtgefühl teilnahm. Mit immer denselben Tischgenossen. Dieselbe raffinierte Küche, die aber keine Überraschungen mehr bot. Derselbe Küchenchef, der mit seiner falschen Freundlichkeit verletzend wirkt. Dieselben Kellner, dasselbe Menü, auf das man sich schon im Voraus eingestellt hat.

»Rom!«

»Ja, wir hören.«

»Was bringt der Tag?«

»Nichts Neues in Bezug auf die Vorhersagen von gestern Abend. Di Pietro bestätigt den Interviewtermin, aber er will nicht, dass Carlo Rossi das macht, er will lieber…«

»Ich rufe ihn an. Weiter.«

»Da ist immer noch der Artikel von Arrighi.«

»Das hat der *Corriere* doch schon verwurstet.«

»Ja, aber wir haben es schon seit drei Tagen. Aber weil wir es verschieben mussten…«

»Wie, seit drei Tagen?«

Die Augen Ferreros richteten sich mit bösem Blick auf De Nucci, den stellvertretenden Chefredakteur.

Plötzlich stieg die Spannung.

Es gab kein offensichtliches Anzeichen, dass die Tonart sich geändert hatte. Die Frage war ohne besondere Emotionen gestellt worden, ganz ruhig. Doch keiner zweifelte daran, dass bald harte Worte fallen würden.

De Nucci war eine Art Monument, das verschiedene Chefs an sich vorüberziehen gesehen hatte, ohne jemals selbst nach einem solchen zu streben.

Als Mensch der Technik und der Ideen, mit wenig Vermittlungsgabe, ertrug er das untalentierte, aber sklavisch ergebene Gefolge Ferreros nur mit Mühe. Dieser hatte sich bei der zweiten Garnitur bedient, um die Chefposten der verschiedenen Ressorts – Politik, Lokales, Wirtschaft, Ausland – zu besetzen.

Rispoli in Rom zählte zu jenen.

»Ich dachte, die Sache wäre abgeschlossen. Ich habe gesagt, dass der Artikel von Arrighi keinen Pfifferling wert ist, und ich bleibe dabei. Dass Rispoli das heute noch einmal aufs Tapet bringt, halte ich für eine grobe Inkorrektheit.«

»Er hat es mir gestern Abend vorgeschlagen, nach Redaktionsschluss.«

»Und du hättest dir die Hände an diesem Dreck schmutzig gemacht?«

»Der *Corriere* hat es getan.«

»Aber mit Stil. Auf der anderen Seite haben *Repubblica*, *Il Manifesto* und *Il Sole* keine Zeile veröffentlicht.«

»Vielleicht haben sie nichts davon gewusst.«

»Ach was. Die Kopie eines Artikels, der seit einer Woche kursiert, wie in alten Zeiten. Und dann noch mit den Füßen geschrieben worden ist. Rispoli sollte lieber die Sachen lesen, die er vorschlägt, statt immer mit heraushängender Zunge herumzulaufen, um dir die Hände zu lecken. In Ordnung, er hat große Probleme mit der eigenen Muttersprache, aber alles hat seine Grenzen.«

»Jetzt bist du zu weit gegangen. Angriffe auf Personen billige ich nicht.«

»Ich habe keine Person angegriffen. Ich habe dich angegriffen. Das scheint mir etwas völlig anderes zu sein.«

»Du hättest mit mir darüber reden sollen.«

»Und du hättest nur in die Konferenz zu kommen brauchen. Wenn du niemandem traust, darfst du keinen Urlaub nehmen. Wenn ich richtig informiert bin, kommst du auch morgen und übermorgen nicht. Wenn du willst, dann setzen wir einfach für ein paar Tage mit der Zeitung aus, dann können wir wenigstens sicher sein, nichts falsch zu machen.«

»Das wird nicht nötig sein. Von jetzt an wirst du mich auch wegen Kleinigkeiten auf dem Handy anrufen.«

»Genügen dir deine Spione nicht? Oder haben sie so wenig Grips, dass sie den Wert einer Nachricht nicht kapieren?«

»Erinnere dich daran, dass du dagegen warst, den Mord auf der Piazza Vittorio im überregionalen Teil unterzubringen.«

»Ich habe mich geirrt. Aber es ist meine Stärke, Irrtümer auch zuzugeben. Aber du hattest mir nicht gesagt, dass du Polo darauf ansetzen würdest. Du liebst es, die Leute zu kontrollieren. Wer hätte gedacht, dass du von deinen Prinzipien auch einmal Abstand nimmst? Dir muss wirklich viel an der Story gelegen sein.«

»So was sagt mir mein Gespür. Das, was dir bei der Arrighi-Sache gefehlt hat.«

»Lass das auch von Chieli schreiben, dann habe ich nichts dagegen.«

»Nein. Chieli macht mit der Salomone weiter. Zuerst hat er über sie geschrieben, jetzt schreibt er über ihn. Nicht wahr, Polo?«

»Zu Befehl, Chef. Es hätte aber genügt, bei mir anzurufen, um mir das zu sagen.«

Lupo stand lächelnd auf.

»Genau. Oder wenn besetzt gewesen wäre, hätten Sie ja auch bei mir anrufen können, nun, da Sie mich angestellt haben. Können wir jetzt gehen? Wissen Sie, Chieli und ich, wir müssen eine Zeitung machen…«

Bei Polo war es ein wenig wie bei Lupo.

Er hatte so etwas wie ein kleines Büro für sich, das er nur

mit Manca teilen musste, einem älteren, ernsthaften Redakteur, der eine Hand eingebüßt hatte und lieber Texte für die speziellen Werbeseiten gestaltete, als sich von der Straßenwalze des täglichen Redaktionsschlusses platt machen zu lassen.

War derzeit der Monat für Hochzeiten?

Dann kam ein düsterer Angestellter aus der Anzeigenabteilung mit seinem fuchsartigen Gesicht herein – seit zwanzig Jahren war es immer derselbe –, legte ein Layout auf den Schreibtisch und zuckte resigniert mit den Schultern.

»Dieses Mal gibt es eine halbseitige, sechsspaltige Anzeige von *Glamour*, du weißt schon, die mit den Hochzeitslisten in der Via Andrea Doria. Ein neuer Kunde. Ein Interview käme uns gelegen. Das könnte man fünf- oder sechsmal bringen. Hilfst du uns?«

»Nein.«

»Oh, danke für die gute Zusammenarbeit.«

»Nichts für ungut. Noch etwas?«

»Eine 2 × 120, eine 3 × 90, eine 4 × 180 und eine ganze. Willst du wissen, wer sie sind?«

»Nichts könnte mich weniger interessieren. Aber wenn es dir wichtig ist …«

»Friseur Milly, Via Mazzini; Blumenladen *Fiori d'arancio*, Largo Orbassano; Einrichtungshaus *Arredo in giro*, Corso Tazzoli und die Ganze ist von *Das Haus der Braut* auf der Piazza Solferino.«

»Sehr aufregend.«

»Leih uns doch eine Hand.«

»Da ich nur noch eine habe, würde mir dann nichts anderes übrig bleiben, als mit dem Mund und mit den Füßen zu schreiben.«

»Entschuldige.«

»Grüße Clara von mir.«

»Wird gemacht. Pass auf dich auf.«

Dieselbe Szene wiederholte sich unabwendbar einmal die Woche. Reisebüros, Pelze, Supermärkte, Optiker, Parfüms, Einrichtungen und sogar Obst und Gemüse der Saison kamen in denselben Mixer.

Doch die Furcht Mancas war die, niemanden mehr zu finden, der schreiben wollte. Früher hatten das die jungen Leute gemacht, sobald sie mit ihrer Ausbildung angefangen hatten, um diese damit abzurunden. Jetzt glaubten alle, Leitartikelschreiber zu sein. Und selbst wenn es sich um Artikel, doch ohne Nennung des Verfassers handelte, lehnten sie entrüstet ab.

Daher erfand Chieli, den hin und wieder das Mitleid packte, richtige Geschichten, in denen Sofas und Badeanzüge die Hauptrollen spielten.

An diesem Tag hatte Manca frei.

So hatte er das Büro ganz für sich.

»Ist das immer so?«

»Die Konferenz?«

»Ja.«

»Mehr oder weniger. Aber ich werde nicht oft eingeladen. Normalerweise ist da nur der böse König, die gute Königin, die De Nucci spielt, die Höflinge, hin und wieder einer der Korrespondenten und ein oder zwei Vertraute.«

»Aber du? Was tust du denn eigentlich genau hier?«

Es gibt diese Augenblicke.

Sie sind plötzlich da.

Unerwartet.

Lupo hatte auf einmal entdeckt, dass er seinen Freund zwar in- und auswendig kannte, aber von dessen Rolle in der Zeitung keine Ahnung hatte. Sie waren miteinander in der Welt herumgereist. Und das taten sie in den Ferien noch immer.

Für ihn war Polos Journalistendasein stets nur ein Synonym für Neugierde und Schreiben gewesen.

Nichts weiter.

So hätte er sich niemals vorgestellt, dass dieser etwa in irgendeiner Weise in eine Struktur eingebunden sein könnte – ein kleines Rädchen in der großen Fertigungsstraße.

Das war nur seine erste Erkenntnis.

Ihr folgte sofort ein weiterer Gedanke: Polos Einsamkeit.

Die Abwesenheit von Frau und Kindern.

Polos Leben war ziemlich kompliziert.

Er war nicht mehr mit Tara verheiratet.

Eine Südafrikanerin, die sie gemeinsam kennen gelernt hatten.

In Kapstadt.

Eine Liebe, so intensiv und so irrational, dass sie nach nur einer Woche von einem protestantischen Priester getraut wurden. In einer kleinen Kirche in Natal mit Lupo und einem alten Zuluhäuptling als Trauzeugen.

Dann hatte es dauernd Verwicklungen gegeben.

Die Zwillinge waren bald zur Welt gekommen.

Tara hatte sich in Turin recht schnell eingelebt.

Greta hatte ihr dabei sehr geholfen.

Sie waren unzertrennliche Freundinnen geworden.

Der Po, das Boot, das Schweigen abends am Flussufer. Die plötzlichen Abreisen zu unbekannten Zielen. Die Kataloge für ein Flugunternehmen, die Fotos für Fabbri oder De Agostini, die Reportage für *Epoca*. Sogar einmal eine für den *National Geographic*.

Die Bücher.

Und schließlich, völlig unerwartet, der Anruf von der Zeitung. Eine feste Stelle für Polo.

Es war eine schwierige Entscheidung gewesen. Der Verzicht auf die Fiebrigkeit eines unbeständigen, aber freien Lebens im Austausch für ein festes Gehalt. Die ersten Auseinandersetzungen. Die Zwillinge, die größer wurden und Kindergärten und Schulen brauchten. Keine Erziehung zu Nomaden, sondern Fixpunkte.

Lupo erinnerte sich an diese endlosen nächtlichen Diskussionen.

Tara, die ihn als Beispiel angeführt hatte.

Sie seien aus dem gleichen Holz geschnitzt, sagte sie.

Doch Lupo habe eines schönen Tages Vernunft angenommen.

Auch er habe zwei kleine Kinder.

Die Jugend sei vorbei, es sei die Zeit gekommen, Verantwortung zu übernehmen.

Polizist? Reporter?

Furchtbare Berufe?

Was machte das schon?

Sie sollten sich doch glücklich schätzen, denn beide seien sie neugierig. Und diese Berufe seien besser als viele andere. Vielmehr würde die Neugierde als Sicherheitsventil dienen, das verhindern würde, dass sie im Sumpf alltäglicher Routine versänken.

Oh, Weisheit der Frauen…

Bei Lupo hatte es funktioniert.

Bei Polo nicht.

Etwas war zerbrochen.

Tara war mit den Kindern nach Südafrika zurückgekehrt. Auf die Ranch ihres Vaters. Mit Anstand, ohne die Fäden ganz zu durchschneiden. Im Gegenteil: Sie mochte Polo immer noch so wie früher. Vielleicht noch mehr. Sie kam nicht zur Ruhe, wartete auf den Sommer oder auf Weihnachten, um sich mit den Kindern mit Polo zu treffen.

Um die Reisen an jenem Punkt wieder aufzunehmen, an dem die früheren geendet hatten.

Nicht mehr mit einem Ehemann, sondern mit einem guten Kumpel.

Ohne Bedauern.

Auch Polo war nicht zur Ruhe gekommen.

Lupo vermutete tatsächlich, dass die beiden möglicherweise nicht nur niemals geschieden worden waren, sondern dass sie sich auch nie getrennt hatten.

Das war ein Thema, das Polo ungern anschnitt und lieber hinter einem geheimnisvollen, komplizenhaften Lächeln verbarg. Als könnte eines Tages eine Überraschung geschehen, die alle verblüffen würde.

Vielleicht …

Polo lächelte.

Er hatte begonnen, auf die Frage zu antworten. Dann hatte er sich unterbrochen. Denn er sah, dass sich Lupo in irgendwelchen geheimen Gedanken verloren hatte.

Er verspürte plötzlich eine starke Zuneigung zu Lupo.

Denn er ahnte, dass er selbst das Objekt dieses gedankenvollen Abtauchens in die vielen Erinnerungen war, die sie beide verbanden.

Er wartete geduldig darauf, dass er zurückkam.

Er wusste, worum es ging.

Auch ihm passierte das oft.

Schließlich kam Lupo wieder auf die Erde zurück.

Und Polo boxte ihm freundschaftlich auf die Schulter, wobei er seine Masse und seine Kraft vergaß.

»Herzlich willkommen hier unten.«

»Mensch, was für ein Schlag.«

»Damit du besser aufwachen kannst, sagte der Wolf zu Rotkäppchen.«

»Nicht zur Großmutter?«

»Ach, scher dich doch ...«

»Erst wenn du mir geantwortet hast.«

»Aber nur, wenn du dich an die Frage erinnerst.«

Lupo nickte.

Und sah ihn liebevoll an.

Wenn er sich einen Bruder hätte aussuchen können, dann hätte er Polo gewählt. An Stelle dieses streitsüchtigen Mathematikers, der sich nicht einmal daran erinnerte, dass er zwei Neffen hatte. Der an eine graue Schweizer Universität ausgewandert war, nur um einen Lehrstuhl zu haben und einen Computer, den er auch am Samstag und Sonntag benutzen konnte.

»Die Frage lautete: Welche Rolle spielst du in der Zeitung? Es ist unglaublich, da habe ich gedacht, dich zu kennen und dann ... Ich weiß, was du schreibst, wie du schreibst. Ich weiß, wen du liebst, wen du hasst, wen du verachtest.«

»Aber du hast mich noch nie als Nummer gesehen.«

»Ja, vielleicht ist es das.«

»Ich bin der Joker, liebster Lupo mein. Unbequem, aber maßvoll. Genau wie du. Ich bin der, der die lästigen Angelegenheiten erledigt.«

»Und das ist alles?«

»Nein. Gib mir ein Telefon und ich mache ein Interview in Englisch, Spanisch oder Französisch mit jedem, mit dem es sich auf den sieben Kontinenten der Welt zu sprechen lohnt. Das gibt zwar eine wolkenkratzerhohe Telefonrechnung, doch die Buchhalter auf dem letzten Stock sparen sich Flugtickets, Hotelkosten, Trinkgelder und Taxis. Ein großer Vorteil, meinst du nicht?«

»Hättest du denn keine Lust, Korrespondent zu werden? Würdest du dich dann nicht viel freier fühlen?«

»Um dann wie ein Paket in einem Hilton abgeladen zu

werden, irgendeinem Journalisten vor Ort Informationen und Kontakte abzugreifen, dann in aller Eile etwas in den Computer zu tippen, das du nur so eben gestreift, aber kein bisschen verstanden hast. Und dann ab wie eine Rakete zum nächsten Abenteuer? Nein danke.«

»Aber du könntest dann wenigstens reisen. Dich fortbewegen. Du würdest Menschen kennen lernen. Andere Lebensweisen sehen.«

»Das war vielleicht einmal so. Vor Jahren. Bevor es Computer, Modems, Satelliten gab. Heute bist du der Korrespondent im Grand Hotel. Du kommst immer ins gleiche Zimmer, öffnest das gleiche Fenster, und sofern du zuvor schon einmal privat dort gewesen bist, entdeckst du vielleicht, dass du dich in London befindest und nicht in Nairobi.«

»Du übertreibst.«

»Nicht einmal so sehr. Dann schaltest du den Fernseher an und wartest darauf, dass die Nachrichten zu dir kommen. Oder du interviewst jemanden, den du auch bequem mit dem Handy von der Bar aus hättest anrufen können. In den Bilanzen einer Zeitung ist die Zeit abgeschafft worden. Sie ist ein zu großer Posten. Dir muss ich das ja nicht erzählen. Um etwas kennen zu lernen, musst du es beschnüffeln können, musst deinem Instinkt folgen, die Gelegenheit oder eine Begegnung zur rechten Zeit abwarten können, du musst dich auf die Aura eines Dings, die Atmosphäre eines Landes einlassen können. Das sind unsere Reisen. Nicht ihre. So ist es mir lieber, keine Rolle zu haben. Oder alle. Je nachdem …«

Lupo nickte.

Er stand auf und schickte sich an hinauszugehen. Er war ein wenig enttäuscht. Fühlte sich ernüchtert angesichts der Entzauberung eines Berufes, der sich mit den Zeiten verändert hatte, den er aber dennoch voller unvermittelter Faszinationen geglaubt hatte, die zu Träumen anregen könnten.

Er blieb an der Tür stehen und wandte sich den Dringlichkeiten der Gegenwart zu.

»Musst du die Salomone noch einmal sehen?«

»Nein. Ich habe Material für weitere drei oder vier Artikel.«

»Warum hast du nur über sie geschrieben?«

»Weil sie am Leben ist.«

»Aber sie ist nicht die Hauptfigur.«

»Da irrst du. Sie ist nicht deshalb am Leben, weil er tot ist. Sie ist am Leben, weil sie der Dreh- und Angelpunkt der Beziehung war. Legnano war ein netter Mensch. Bis zum letzten Tag ist er der schüchterne Junge aus der Nachbarschaft geblieben, der ihr die Tür öffnete und geblendet war von ihrer Schönheit, ihrem Ungestüm, ihrer Frechheit, ihrem Mut.«

»Aber er war der Musiker, der Anarchist …«

»Nein.«

»Wie: nein?«

»Sie ist genau wie ihre Mutter: eine großartige Frau. Eine Naturgewalt, die vor nichts und niemandem zurückschreckt.«

»Aber er war es doch, der in Erscheinung getreten ist.«

»Er war ihr Mann. Und er liebte sie sehr. Das ist alles. Ist es wichtig, wer die Ideen hatte, wer die Schlachten entschied, wer die Grenze zwischen Ehrbarkeit und Barbarei zog? Die Frauen in früheren Zeiten waren Schatten. Nur die Männer durften im Licht stehen. Das war die Glückseligkeit. Und sie waren sehr glücklich. Alles andere zählt nicht.«

»Warum habe ich das nicht verstanden?«

»Du suchst die Schuldigen. Ich die Unschuldigen.«

»Kommt Tara zu Silvester?«

Polo nickte langsam.

Wieder einmal war er über Lupo erstaunt. Von einer

Frage, die keine Frage sein konnte, sondern nur eine dieser eigenartigen Assoziationen, die manchmal mehr erreichten als stundenlange entblößende Diskussionen.

»Ja.«

»Also, dann lass uns an die Arbeit gehen. Wenn sie kommt, muss diese Geschichte beendet sein. Wir brauchen viel Zeit für sie und die Zwillinge. Vielleicht werden wir dann alle etwas gelernt haben.«

In den folgenden Tagen geschah jedoch nichts.

Lupo ging noch einmal alles durch, zum soundsovielten Male.

Die einsamen Recherchen De Mattias erbrachten nur von der Zeit begrabene Einzelheiten, die Polo gefühlvoll in ein neues Licht setzte. Aber es war nichts Nutzbringendes darunter.

Modica ließ es sich nicht nehmen, seinen Ärger und seine Verachtung über einen Fall, der ihm entzogen worden war und in dem es keine Fortschritte gab, zu demonstrieren. Er kam einige Male mit nichtssagenden Entschuldigungen in ihre Höhle und nannte Lupo dann immer »unseren Prinz Ermittler«. Und immer schlug er beim Hinausgehen laut die Tür zu.

Sie zuckten mit den Schultern.

Und es schien, als würde auch Ferro dies tun.

Als habe er Angst, die Dinge voranzutreiben, mehr Einsatz zu verlangen, ein schnelleres Vorgehen einzufordern. Er begnügte sich mit einigen Anrufen, um vorsichtig Informationen einzuholen. Eher der Pflicht wegen denn aus Neugierde.

Als sei ihm dieser Fall im Grunde zuwider. Es war das erste Mal in seiner Karriere, dass der Name seiner Frau hinderlich wirkte, anstatt ihm förderlich zu sein.

Andererseits hielt Ferrero sein Wort: Nachdem ihm ein privilegierter Zugang zu den Untersuchungen gewährt worden war, hielt er still. Keine Kritik, keine Drohung. Nur die tägliche Geschichte über eine tiefe Liebe und Glückseligkeit, die so sehr rührte, dass man beinahe das Verbrechen darüber vergaß.

Die Einzige, die nicht aufgab, war Marina Salomone.

Aber auch ihre Nachforschungen blieben ohne Ergebnis.

Die möglichen potenziellen Attentatsopfer, die ihre Auflistungen ergaben, wurden genauestens durchleuchtet, was aber zu nichts führte.

Nur Polo konnte etwas vorweisen.

Episoden, Anekdoten, Stimmungen. Was indessen für die Ermittlungen nicht mehr war als zitternde farbige Pinselstriche auf einem Bild ohne Hintergrund.

Doch so war zumindest einer zufrieden.

Marta war dort, im Schlafzimmer.

Still.

Und er war im Wohnzimmer und las.

Es war kurz nach Mitternacht.

Und sein zufälliges Opfer hatte endlich ein Gesicht.

Es war deutlich geworden, hatte von Tag zu Tag an Substanz gewonnen.

Wie er gewesen war, was er getan hatte, die Spuren, die er hinterlassen hatte, die Gefühle, die Menschen, die ihm nah gewesen waren.

Die genaue Rekonstruktion eines Lebens.

Aufmerksame Blicke bis hinein in die dunkleren, vergessenen Winkel. Wiederbelebt von der Liebe einer Frau, die ihm mit dieser wichtigen Tat ihre Huldigung für ein Leben darbrachte, das wichtiger erschien als das tatsächlich gelebte.

Jetzt war er endlich zufrieden.

Jetzt kannte er ihn wirklich.

Und er fühlte sich in keiner Hinsicht als Mörder.

Wenigstens nicht in der üblichen Bedeutung des Wortes.

Ja, er hatte getötet.

Und er würde es wieder tun.

Doch richtige Mörder töteten aus Leidenschaft, aus Groll, aus persönlichem Interesse, aus Hass. Getrieben von Gefühlen, die die Unerträglichkeit des Alltags hervorrief, vergiftete Beziehungen, zweifelhafte Freundschaften in schlechten Kreisen, drohender Ruin aufgrund eines dunklen Geschäfts.

Echte Mörder töteten Menschen in ihrer Umgebung.

Personen, die sie gut kannten.

Er nicht.

Er war nicht von Gefühlen, Leidenschaften, Wut oder Hass verwirrt. Er liebte niemanden. Nicht einmal Marta. Für sie empfand er Mitleid, Dankbarkeit. Sie war seine Familie. Doch nichts darüber hinaus. Sie bezeugte nur die Tatsache, dass die Menschen Wurzeln besitzen, auch wenn sie es gar nicht wollen.

Nein, er hatte keine Gefühle, die er mit irgendjemandem teilen wollte, den er kannte.

Er hatte Krebs.

Und den hatten ihm nicht die anderen verschafft.

Sondern die Gleichgültigkeit des Allmächtigen.

Das hier war im Grunde keine Rache. Er zog nur die Lose. Als Laie. Wie die Göttin mit verbundenen Augen, die niemanden bevorzugte oder benachteiligte. Wenn es im Falle Gottes gerechtfertigt war, warum dann nicht auch in seinem?

Er nickte.

Bald würde er einen anderen unbekannten Menschen kennen lernen.

Er stand auf. Er warf die Zeitung ins Kaminfeuer und die Flammen schlugen hoch, bis die letzte Fotografie Claudio Legnanos und die Worte, die das Bild umflossen, zu Asche zerfielen.

Diese Geschichte war nun abgeschlossen.

Wie wohl die nächste sein würde?

Marta wartete schon auf ihn.

Die Krisen kamen mittlerweile immer häufiger und die Schmerzen wurden schlimmer. Die Medikamente erlaubten ihm, die anderen zu täuschen, nicht aber sie. Sie hatte immer schon einen sechsten Sinn gehabt.

Wie eine Mutter.

Im Grunde war sie das für ihn gewesen. Seit jenem Sommer, nach dem er nicht mehr nach Hause zurückgekehrt war.

Er ging zum Bett.

Die ganze Zeit hatte sie auf die Geräusche gelauscht. Mit offenen Augen. Sie hatte sich seine Gesten vorgestellt, seinen Ausdruck. Er hatte nichts essen wollen. Sie war überrascht und glücklich gewesen, als er gekommen war. Sie dachte nicht, dass er wieder gehen würde. Vor allem zu dieser Stunde. Aber seit einigen Tagen war er noch unberechenbarer geworden als sonst.

Sie war im Bad gewesen, im Nachthemd.

War dabei, sich die Schminke abzuwaschen, die tägliche Maske, die sie anlegte, um sich ein wenig vor dem Leben zu verstecken, als sie den Schlüssel im Schloss gehört hatte. Sie war ihm entgegen gegangen, hatte ihn auf die Wange geküsst.

Sie hatte müde ausgesehen, noch müder als er.

Sie hatten kaum gesprochen.

»Ich lese noch ein wenig Zeitung, und dann komme ich.«

Marta hatte schweigend genickt. Sie wusste, dass Reden nichts half. Wenn er in dieser Stimmung war, war es besser, nichts zu sagen. Ihm Zeit zu lassen. Warten, dass die Schmerzen sich legten.

Sie wusste nicht genau, was er hatte.

Aber es musste etwas Schlimmes sein.

Etwas Schlimmeres als nur ein verletzter Flügel, der ihn zum Nest zurücktrieb.

In letzter Zeit war er fast jeden Tag zu ihr gekommen. Morgens, abends, nachts. Kurze Besuche. Intensiv und unerwartet. Eine Bindung, die durch nichts zu ersetzen war, nicht durch die Wirklichkeit, nicht durch die Erinnerungen, nicht durch das, was gewesen war.

Für zehn Minuten, eine Stunde, einen Morgen: Dann war er wieder gegangen, ein wenig ruhiger. Und er hatte sie im Abgrund zurückgelassen. Mit der Hoffnung, dass dies kein Abschied sein möge. Kein letztes Mal, um sich alles unauslöschlich ins Gedächtnis einzuprägen, bevor er zu einer entscheidenden Reise aufbrach.

Mit dem Tumor in der Brust hatte sie sich monatelang so gefühlt. Dann, ganz langsam, war ihr bewusst geworden, dass sie nicht sterben würde. Dass sie überleben würde. Doch sie fühlte sich behindert, und dieses Gefühl war in ihr verblieben wie ein Stück Tod. Die ständige Warnung, sich auf nichts Dauerhaftes einlassen zu können.

Er legte sich neben sie.

Bekleidet.

Und Marta begann, ihm übers Haar zu streichen.

»Geht es besser?«

»Ja.«

»Bleibst du?«

»Ich kann nicht.«

»Warum nicht?«

»Ich wünschte, ich könnte es dir sagen.«

»Wirst du wieder gesund?«

»Nein.«

Sie zog ihn an sich und begann lautlos zu weinen. Verzweifelt …

Jetzt wusste sie es.

Und sie konnte nichts tun.

Höchstens ihn spüren lassen, wie nah sie ihm war.

Wie sehr sie ihn brauchte.

Wie sehr sie ihn liebte. Mit jener wahren Liebe, die den Männern vorbehalten war, nicht den Kindern. Ihn wissen lassen, wie lange die Widersprüchlichkeit ihrer Zuneigung in ihren verworrenen Gefühlen verborgen geblieben war.

Auch er verstand.

Und er trocknete ihr die Tränen.

»Es wird nicht sofort geschehen. Wir werden noch ein wenig Zeit füreinander haben.«

»Wie viel?«

»Das ist nicht wichtig. Sie wird reichen.«

Schließlich erhob er sich, streifte ihre Lippen.

Und ging.

Er wartete den Morgen nicht ab.

Vorsichtig stieg er zur Dachkammer hinauf. Doch er begegnete niemandem. Das hatte er nicht anders erwartet, denn wer hätte sich vorstellen können, dass er zurückkommen würde? Er holte das Gewehr aus dem Versteck und kontrollierte den Mechanismus. Dann befestigte er es auf dem Stativ. Die Polizei hatte nicht daran gedacht, es mitzunehmen.

Er hätte auch darauf verzichten können.

Es war nur als falsche Spur gedacht, um einen Profikiller vorzutäuschen. Der Schuss in eine Menschenmenge erforderte keine ruhige Hand. Das würde auch mit einem Zittern zu erledigen sein.

Er glaubte zwar nicht daran, aber vielleicht würden sie noch einmal darauf hereinfallen.

Er öffnete das Fenster.

Und zielte in die schwachen Lichter der Straßenlampen hier und dort.

Doch im Zielfernrohr konnte er keinen Passanten ausmachen.

Der Platz war leer.

Niemand an der Haltestelle der Straßenbahn.

Niemand, der eilig über den Platz ging.

Niemand, der so spät noch unter den Arkaden bummelte.

Die Ödnis.

Nur zwei Taxifahrer, die sich unterhielten, während sie auf Anrufe warteten, die nicht kamen. Zwei Dealer, verborgen im Schatten der Arkaden. Und eine Prostituierte, die auf ihren Pfennigabsätzen über das Glatteis stelzte, das auf den Schnee gefolgt war.

Nein, das waren nicht die Geschichten, die er mit gespannter Erwartung am folgenden Tag würde lesen wollen. Das waren keine Unbekannten. Das Wissen um ihren Beruf hätte ihren Tod wirklich zu einem Mord gemacht.

Sie waren kein Nichts.

Keine mit verbundenen Augen gezogene Nummer.

Er beschloss zu warten.

Doch zuvor schraubte er den Schalldämpfer auf das Gewehr.

Sie war noch schlaftrunken.

Sie bemerkte den Motorroller erst im letzten Moment.

Sie bremste, doch das Auto rutschte über die vereisten Schienen. Es kam leicht ins Schlingern und streifte den Motorroller. Der Junge wurde heruntergeschleudert. Sie dachte: Er hat einen Helm auf, vielleicht hat er sich nichts getan.

Eilig stieg sie aus, um ihm zu Hilfe zu kommen.

Der Junge schrie und hielt sich das Bein.

Er war so alt wie ihr Neffe.

Sie versuchte, ihm zu helfen, versuchte, den Roller aufzuheben, der auf ihm lag. Doch sie schaffte es nicht. Sie sah flehentlich um sich. Ihr Blick wurde vom Fahrer eines Busses aufgefangen, er hielt an und eilte ihr mit einigen Passagieren zu Hilfe.

Schnell bildete sich eine Menschentraube.

Es war kurz nach sechs.

Er kauerte am Fenster, die Gesichter konnte er nicht unterscheiden.

Durch sein Fernrohr hindurch waren die Umrisse der Gestalten unscharf, verwischt durch das Zucken des Blaulichts, das den Unfall beleuchtete.

Ein Auto, ein Motorrad, ein Bus.

Und viele Menschen, die herumstanden.

Der Zufall.

Er zielte in die Menge hinein.

Und schoss.

Dann nahm er das Gewehr vom Stativ, das er wieder einfach in der Mitte des leeren Raumes stehen ließ. Er ging auf den Spuren, die er im Staub der letzten Woche gemacht hatte, wieder zurück und öffnete die Tür. Dann versteckte er das Gewehr.

Bald würde er es wieder brauchen.

3

»Er hat wieder jemanden erschossen. Derselbe Ort, dasselbe Fenster. Kannst du dir das vorstellen?«

Es war Polo.

Seine morgendlich raue Stimme. Von den zu vielen Zigaretten. Und von einer beginnenden Grippe, die ganz Turin so kurz vor Weihnachten noch niederstrecken wollte.

Lupo war schon aufgestanden.

Er liebte es, im frühen Morgenlicht noch im Pyjama in Ruhe das Frühstück für alle zu machen.

Hinauszusehen auf die schneebedeckte Wiese.

Auf das Flüstern des Flusses in dieser sonst so perfekten Stille zu lauschen.

Er ließ sich Zeit, sah sich in seinem Haus um, verrichtete ein paar Handgriffe: Er rückte ein Bild gerade, sammelte die trockenen Blätter eines Ficus Benjamini auf, die von der Heizungsluft gelb geworden waren, ging zum Zimmer der Jungen hinauf, um sie in den letzten Zügen des Schlafs zu betrachten.

Das Telefon hatte ihn dabei gestört.

Wie ein Donnerschlag.

Und seinen Unmut provoziert.

»Das kann nicht sein.«

»Wenn du das sagst, dann ist es wohl nicht wahr.«

»Woher weißt du es?«

»Du brauchst dich nicht so aufzuregen. Mich haben sie auch aus dem Bett geholt.«

»Ich habe nicht mehr geschlafen.«

»Also, dann beschwer dich nicht.«

Lupo nickte.

Greta kam unvermittelt herunter, den Schrecken in den Augen.

Er machte eine beruhigende Geste. Es betraf nicht sie, nicht die Familie. Er hielt den Hörer ein Stück von sich weg und sagte mit düsterer Stimme: »Dieser Schweinehund hat schon wieder jemanden erschossen.«

Dann, als wollte das Leben ihm einen Kontrast bieten, überraschte er sich dabei, dass er Greta mit Bewunderung, ja fast mit Erstaunen ansah.

Er kannte keine Frau, die am frühen Morgen, unmittelbar nach dem Aufstehen, so schön war. Nicht einmal Tara. Greta stand auf und war schon sie selbst. Ohne sich erst schminken oder sonst irgendeine, für Frauen unverzichtbare magische Handlung vollziehen zu müssen.

Greta lächelte ihn an.

Sie wusste, was ihm durch den Kopf ging. Sie hatte diese Gabe, seine Gedanken lesen zu können. Und diese nutzte sie aus, wann immer sie konnte.

Sie küsste ihn, rieb sich an ihm und fragte flüsternd:

»Wer ist das?«

»Polo.«

»Gib ihn mir.«

Der Hörer wanderte in ihre Hand. Und Polo, der ihre Anwesenheit eher erahnt, als wirklich gehört hatte, kam ihr zuvor.

»Was zum Teufel willst du, du ewige Schnüfflerin?«

»Du brauchst dich vor mir gar nicht so aufzuspielen, du alter Ziegenbock. Du stinkst sogar durchs Telefon nach Rauch. Wahrscheinlich hast du sogar in deinen Kleidern geschlafen. Es wäre längst an der Zeit, dass du in dieses blöde

Junggesellenleben ein bisschen Ordnung bringst. Ich habe mit Tara telefoniert.«

»Und weiter, Tantchen?«

»Wir haben beschlossen, dass etwas geschehen muss.«

»Zum Beispiel?«

»Dass ihr wieder zusammenkommt.«

Polo seufzte.

Greta sagte ihm das jedes Mal, wenn sie sich sprachen.

Das Warum war einfach.

Sie ertrug die Situation nicht: Ihre besten Freunde getrennt.

Und sie glaubte, dass auch er in Wahrheit diese Situation immer weniger ertrug.

Doch Tara war es, die die Entscheidungen fällte.

Die ihren gesunden Menschenverstand einbrachte.

»Jetzt, wo die Zwillinge groß sind und gar keinen Vater mehr brauchen?«

»Wer sagt denn, dass dem so ist? Außerdem könnte es ja sein, dass es die Frauen sind, die einen Ehemann brauchen ...«

Polo wusste nicht, was er darauf antworten sollte.

Auf der einen Seite fürchtete er, sich von einer trügerischen Hoffnung einwickeln zu lassen. Auf der anderen hatte er Angst, jetzt, da er älter war, plötzlich auf seine mittlerweile festen Gewohnheiten verzichten zu müssen. Nicht zu jeder Zeit über sein eigenes Leben verfügen zu können. Oder sein mühsam errungenes Gleichgewicht wieder zu verlieren.

»Dieses: ›Wir haben beschlossen, dass an Silvester etwas geschehen wird‹ – was ist das? Deine übliche fixe Idee oder etwas anderes?«

»Und wenn es etwas anderes wäre?«

»Hat Tara etwas zu dir gesagt?«

»Hör mal, du Sturkopf: Hast du mich oder Lupo angerufen?«

»Jetzt spiel nicht die dämliche Zicke.«

»Schon wieder, siehst du's? Genau das sind die Stolpersteine deiner Ehe. Deine Zügellosigkeit und dein Chauvinismus. Wasch dir den Mund aus und werde wieder zu einem zivilisierten Wesen. Dir bleiben nur noch ein paar Tage für dieses Wunder.«

»Greta …«

»Wiedersehen, du sturer Esel. Denk mal darüber nach.«

Während die beiden miteinander sprachen, hatte sich Lupo eilig angezogen.

Nichts hasste er mehr, als so unvermittelt am frühen Morgen aufbrechen zu müssen, ohne die Jungen zur Schule bringen zu können.

Das war ihr Augenblick für Vertraulichkeiten.

Bald würden sie zu selbstständig sein, um noch von ihm mitgenommen werden zu wollen. In Kürze würde die Zeit kommen, in der sie Motorroller und Freundinnen haben würden. Er selbst würde gegen den Reiz, den eine Schar verliebter Mädchen ausstrahlte, ankämpfen und seine Söhne mit ihnen teilen müssen.

Er seufzte.

Greta versuchte, ihn zu trösten.

»Komm schon, das ist nicht das Ende der Welt.«

»Ich hasse diesen Job. Hasse es, dass meine Arbeitszeiten von einem Mörder bestimmt werden.«

»Ich bringe sie hin.«

»Das ist es nicht.«

»Das weiß ich. Du kriegst ihn. Und dann wird alles wie vorher.«

»Mag sein. Doch das Problem ist ein anderes. In gewisser Weise fühle ich mich schuldig.«

»Warum?«

»Ich konnte mir nicht einmal im Traum vorstellen, dass er noch einmal aus derselben Dachluke schießen würde. Und es war doch offensichtlich, dass er es noch einmal versuchen würde, nachdem er beim ersten Mal den Falschen erwischt hat.«

Wütend saß er am Steuer.

Die noch schläfrige Landschaft konnte ihn nicht mit Freude erfüllen. Er war angespannt, mit sich selbst unzufrieden. Ein existenzielles Unwohlsein hatte von ihm Besitz ergriffen, das schlimmer wurde, je näher er Turin kam und in den bleiernen Dunst eintauchte.

In die blässliche Wolke, die nicht aufsteigen konnte und die erstickend über der Stadt lag, aufgebläht vom unaufhörlichen Atmen der Heizungen seiner Tausende von Häusern.

Er fuhr schnell.

An der alten Zollstation wurde er von einer Streife angehalten. Sein scheppernder Volkswagen beschloss genau in diesem Moment seufzend auszugehen.

Sie waren freundlich.

Sie hatten ihn nicht wegen der Geschwindigkeit angehalten.

»Wissen Sie nicht, dass heute ein Fahrverbot für Autos ohne Katalysator herrscht?«

»Ich wohne in San Mauro.«

»Das ist egal. Von acht bis achtzehn Uhr...«

»Es ist aber noch nicht acht.«

»Ja, aber mit diesem Auto kommen Sie nicht weit. Man wird Sie gleich anhalten. Wir warnen Sie nur vor, das machen wir mit allen, die von außerhalb kommen.«

Sie lächelten.

»Wir halten nur alte Autos an.«

»Und eine Ente, Baujahr 1994?«

»Wie?«

»Bald kommt hier auch meine Frau vorbei.«

»Baujahr 1994? Nun, die könnte schon einen Katalysator haben. Aber entschuldigen Sie: Sind Sie nicht Commissario Lupo?«

»Ja.«

»Und Sie fahren zur Piazza Vittorio? Wo der Mord passiert ist?«

»Ja.«

»Scheiße, wissen Sie, dass es eine unserer Kolleginnen erwischt hat? Wir haben es über Funk von der Zentrale gehört. Sie war gerade auf dem Weg zur Wache im Corso Moncalieri. Sie hatte einen Unfall. Sie hat angehalten, um einem Jungen zu Hilfe zu kommen. Er hat sie mitten in der Menschenmenge erwischt. Finden Sie dieses Schwein. Das ist einer, der schießt nur so drauflos, das sage ich Ihnen.«

Lupo war wie versteinert.

War es so einfach?

Dass es sich nicht um einen Killer handelte, sondern um einen Verrückten?

Hatte er sich wirklich so geirrt?

Wieder hatte er es mit Modica zu tun.

Lupos Unbehagen wuchs über das Erträgliche hinaus.

Die Leiche war bereits abtransportiert, die Umrisse vervollständigt worden. Komplizierte weiße Linien auf dem Pflaster, Kreidestriche, die die Lage des Körpers, des Autos, des Rollers zeigten. Viele Einsatzwagen, die überall standen, auch mitten auf der Straße.

Die Vormachtstellung des Rechts.

Der Verkehr war blockiert.

Frei war nur die Route der Straßenbahn zwischen den

Bahnsteigen an den Haltestellen, durch die sich nun die Masse der bereits verspäteten Berufspendler, ob mit festem Gehalt oder mit Stempelkarte, schob.

Lupo hielt sich am Rand des Geschehens.

Doch Modica hatte seine Anwesenheit schon wahrgenommen.

»Du kannst dich wohl nicht auf deinen eigenen Kram beschränken. Dieses Mal gibt es keinen Questore, der die Fäden für dich zieht. Du hast es nicht entdeckt. Du bist draußen. Ich habe den Anruf entgegengenommen.«

»Wie heißt sie?«

»Wer?«

»Die Polizistin.«

»Wer hat dir gesagt, dass es eine Polizistin war?«

Lupo zuckte mit den Schultern und überließ ihn seinem Ärger und seinem Neid.

Er zog sich zurück, ohne weiter etwas zu sagen, da hielt ihn jemand am Arm fest.

Es war die Salomone.

Mit blassem Gesicht und fiebrigen Augen.

»Ich habe auf Sie gewartet. Ich habe die Sirenen gehört.«

Lupo sah, dass sie ihren Schmerz noch einmal durchlebte.

Als Legnano erschossen worden war, hatte sie all dies nicht mitbekommen. Ihr war die Qual erspart geblieben, den am Boden liegenden Körper zu sehen. Den derben Zynismus der Ermittlungsbeamten. Die zudringliche Neugierde der Menschen.

Dieses Mal nicht.

Dieses Mal hatte sie alles gesehen, alles gehört.

In gewisser Weise hatte das jetzt ihre Tragödie vollendet. Jener Tod war bereits ein Stück ihres eigenen Todes geworden, ihres Leidens, das unvollständig geblieben war, weil sie kein Bild vom Blut und von der Zerstörung hatte, die ein Projektil anrichten kann.

Lupo zog sie unter die Arkaden.

»Seit wann sind Sie hier?«

»Von Anfang an. Ich habe hinausgeschaut. Vielleicht habe ich es erwartet, ich weiß es nicht. Ich kann nachts nicht mehr schlafen. Also stehe ich auf...«

»Kannten Sie sie? Hat sie hier in der Gegend gewohnt?«

»Ja. Ich weiß aber nicht genau, wo. Ich habe sie wohl ein Dutzend Mal beim Einkaufen getroffen. Beim Bäcker, beim Gemüsehändler. Ein junges Mädchen...«

Sie schniefte.

Lupo hatte sie noch niemals weinen sehen, nicht für ihren Mann.

Aber hier musste sie sich nicht mehr zusammennehmen und Mut beweisen, um weitermachen zu können. Jetzt konnte sie ihren inneren Aufruhr, ihren Zorn und ihr Mitleid zeigen.

»Wie heißt sie?«

»Lucca, Lucco, irgendetwas Ähnliches. Wenn Sie möchten, fragen wir.«

Lupo betrachtete die Rollläden an den Türen der Geschäfte. Einige waren bereits hinaufgezogen worden, und dann, als man sah, was geschehen war, hatte man sie ganz langsam wieder herabgelassen. Jedoch nur zur Hälfte, wie Fahnen auf Halbmast.

Ungläubig, dass so etwas schon wieder geschehen war.

Mit düsteren Blicken blickte man auf die Polizei, die die Unschuld und die Normalität des Daseins nicht zu schützen vermochte. Man war schon geprüft genug von den vielen gesichtslosen Schwarzen, die unbekümmert direkt vor ihren Läden mit Drogen handelten.

Es waren wenige Menschen unterwegs.

Es hatte sich noch nicht herumgesprochen.

Später würde es schlimmer werden.

»Ich bringe Sie nach Hause. Es ist nicht gut für Sie, hier zu sein. Im Moment ist es auch nicht wichtig, wie sie hieß. Kommen Sie.«

Als sie die Treppen hinaufstiegen, überfiel Lupo das bleierne Gefühl von Machtlosigkeit.

Sie würden ihn niemals fassen.

Ein Verrückter, der keine Beziehung zu seinen Opfern hatte. Der keinerlei Pfade hinterlassen hatte, und seien sie auch noch so unwegsam, auf denen man zum Ausgangspunkt zurückgehen konnte. Irgendein Mensch, der plötzlich etwas ins Rollen brachte, ohne zu wissen, wo es anhalten würde.

»Woran denken Sie? Gibt es etwas, das ich wissen muss?«

Die Salomone hatte seine düstere Stimmung sofort gespürt. Doch Lupo wollte noch nicht mit ihr darüber sprechen und versuchte, vom Thema abzulenken.

»Nein, nichts. Aber etwas anderes: Haben Sie vielleicht Chieli irgendwo gesehen? Er hat mich zu Hause angerufen.«

»Vielleicht. Ich bin nicht sicher. Ich stand etwas weiter weg.«

Als sie in das kleine Wohnzimmer kamen, ging Marina Salomone sofort zum Heizkörper hinüber und lehnte sich daran, um sich zu wärmen. Dann zog sie ihre violetten Handschuhe aus.

Diese Farben!

Lupo war immer noch fasziniert davon.

Das intensive Rosa des Halstuchs, das Zitronengelb der Strümpfe. Unter dem abgetragenen Mantel mit seinem unglaublich fluoreszierenden Patchworkmuster lugte ein Kleid mit fuchsiafarbenen Punkten hervor.

Wieder erriet die Sängerin seine Gedanken und sagte mit einem Lächeln, in dem Trauer lag.

»Das hilft gegen das Graue im Leben.«

»Entschuldigen Sie, ich wollte nicht…«

»Auch Claudio hat eine Weile gebraucht, bis er es akzeptiert hat. Und dann hat er mir eines Tages gesagt, ich sei ein ewiger Frühling. Gibt es etwas Schöneres, das ein Mann einer Frau sagen kann?«

Lupo nickte.

»Wissen Sie, ich habe es schon verstanden.«

»Was?«

»Dass Claudio nicht aus Versehen erschossen worden ist.«

Lupo sah sie irritiert an. Ihm fiel nichts ein, was er darauf hätte sagen können. Doch sie tat so, als bemerke sie nichts, um sein Unbehagen nicht noch zu vergrößern.

»Da erschießt einer irgendwelche Leute. Es ist kein Profi, wie wir geglaubt haben. Man schießt nicht zweimal hintereinander daneben. Wir müssen wieder von vorne beginnen. Die Sache von einer anderen Seite her aufrollen.«

»Genau.«

»Und ich will diesen Unterton, in dem so viel Resignation mitklingt, nicht hören. Jetzt ist nicht der Moment dafür. Sie werden ihn fassen. Das habe ich Ihnen schon einmal gesagt.«

»Vielleicht setzen Sie zu viel Vertrauen in mich.«

»Nein. Aber jetzt gehen Sie endlich. Vertun Sie Ihre Zeit nicht mit einer alten Frau. Gehen Sie an die Arbeit. Es hilft uns nicht weiter, wenn wir uns gegenseitig bemitleiden. Gehen Sie.«

»Verflucht noch mal!«

Der Questore konnte seinen Ärger nicht zurückhalten.

Dieses Mal beabsichtigte Modica nicht, sich beiseite schieben zu lassen. Und vielleicht hatte er Recht.

Nun würde es mit Sicherheit sehr viel schwieriger sein, ihn an der Kette zu halten.

Ferro hasste die Gewerkschaft.

Und genau an sie würde sich der rachsüchtige Commissario wenden, wenn ihm jetzt kein Kompromiss einfiele.

Auch die diesbezüglichen Verhandlungen mit Lupo würden nicht einfach werden.

Und, als ob das nicht ausreichte, würde auch der Druck von Seiten Ferreros stärker werden, das fühlte er.

Für einen Augenblick dachte er darüber nach wegzufahren, seine Frau nach Paris zum Weihnachtsbummel zu begleiten.

Noch am Abend zuvor hatten sie darüber gesprochen.

Es war gar nicht erfreulich, Questore zu sein und in Fällen zu ermitteln, die einen selbst irgendwie betrafen. Warum hatte Costanza niemals diese vermaledeiten Mansardenzimmer verkauft, die noch dazu nicht einmal etwas einbrachten.

Sie hatte den Kopf geschüttelt.

»Wenn man sie aus irgendeinem anderen der hundert Appartements heraus erschossen hätte, die uns dank Papas Umsicht das Leben verschönern, wäre das besser oder schlechter gewesen? Ich besitze die Mauern und nicht die Menschen, die darin wohnen.«

»Nicht einmal die von Ferrero?«

»Oh, immer wieder dieser Ferrero. Warum regt dich der so auf? Ich glaube fast, du bist eifersüchtig.«

»Sollte ich es denn sein?«

»Es wäre sehr schön, wenn du es wärst.«

Ferro hatte nicht gewusst, was er ihr antworten sollte. Unsicher, ob Costanza nur ein süffisantes Spiel mit ihm spielte oder ob ihrer Ironie nur eine tiefe Traurigkeit zugrunde lag. Mittlerweile waren sie schon viel zu zurückhaltend geworden, um einander wirklich verstehen zu können. Leider. Vielleicht wäre ein schöner Streit sinnvoller, als immer die Beherrschung zu wahren.

Ferros Überlegungen wurden vom Klingeln des Telefons unterbrochen.

»Modica zu Diensten, Dottore. Ich bin gerade gekommen …«

»Holen Sie Lupo und kommen Sie herauf. Sofort.«

»Ich glaube …«

»Wenn Sie an Gott glauben, so habe ich nichts dagegen. Von weiteren Bekenntnissen bitte ich jedoch Abstand zu nehmen. Danke.«

Sie traten ein.

Nicht zusammen.

Als Erster Modica, der offensichtlich in der Hoffnung vorausgelaufen war, mit dieser Eilfertigkeit die Missstimmung am Telefon ausgleichen zu können. Beim Laufen hatte er allerdings nicht die Zeit gehabt, seinen Zweireiher zuzuknöpfen, wie er es eigentlich für angemessen hielt.

Somit flatterten zwei riesige Jackenaufschläge wie Fahnen an den Seiten seines massigen Körpers, während seine Hosen noch weiter auf die Schuhe hinabgerutscht waren. Der Gürtel hatte sich folglich unter den Bauch geschoben, den er nicht länger zusammenhalten konnte.

Der Geruch von Brillantine und Rasierwasser erfüllte sogleich das Büro.

Ferro machte ihm ein Zeichen sich zu setzen.

Modica ließ sich steif auf einem Stuhl nieder, den Blick auf den Schreibtisch gerichtet. In einer unterwürfigen Haltung, die dennoch verriet, dass er auf der Hut war.

Es vergingen einige Minuten.

Im Raum war nur sein heftiges Atmen zu hören, das erst gleichmäßiger wurde, als Lupo ankam.

Der Commissario grüßte. Diesmal, das verriet ihm die Spannung, die in der Luft lag, würde es keine Kaffeezeremonie geben.

Der Questore kam tatsächlich sofort zur Sache.

»Bevor ich anfange, möchte ich Ihnen etwas mitteilen: Ich beabsichtige, die Untersuchung persönlich in die Hand zu nehmen und nicht mehr nur pro forma verantwortlich zu zeichnen.«

Lupo lächelte bitter.

»Und das nur, damit Modica uns nicht zerfleischt?«

»Lassen Sie es gut sein, Lupo. Und Sie, Modica, ebenfalls. Fangen Sie nicht schon wieder an sich aufzuregen. Bleiben Sie sitzen, ruhig und still. Es wird Arbeit für alle geben. Mich inbegriffen. Ein Paar Beine und ein einziger Kopf reichen nicht mehr aus. Ich will sogar nicht ausschließen, dass die ganze Mannschaft verstärkt werden muss.«

Modica nickte sogleich.

Doch Lupo konnte sich eine ungezogene Frage nicht verkneifen.

»Sagten Sie gerade, dass Sie auf die Straße gehen werden, um Leute zu befragen und sich Ihre makellosen Todd's mit Schlamm zu beschmutzen?«

»Das mag Ihnen befremdlich erscheinen, doch genau das ist der Fall. Ich verrate Ihnen noch mehr: Den ersten Zeugen werden wir gemeinsam besuchen, wenn wir hier fertig sind, Sie und ich.«

»Und wer wäre das?«

»Der Verwalter dieser Dachzimmer, ein gewisser Paci, den Sie bereits nach dem ersten Mord hätten aufsuchen müssen. Das bügeln wir jetzt wieder aus. Ist Ihnen noch nicht in den Sinn gekommen, dass der Mörder ein ehemaliger Mieter sein könnte, immerhin scheint er das Innere des Hauses und die Gewohnheiten seiner Bewohner gut zu kennen?«

Lupo konnte nicht anders, als wieder einmal zu bewundern, wie geschickt Ferro die Sache anpackte.

So wie er es jetzt anging, blieb die Rolle, die seine Frau in der Angelegenheit spielte, unter ihnen, und Modica erfuhr nichts von diesen prekären Details.

Und es stimmte: Er hätte an den Verwalter denken müssen. Das war keine Kleinigkeit.

Mit einem einzigen Streich hatte Ferro ihn vor den Augen Modicas schuldig gesprochen und so dessen Neid beschwichtigt, er hatte ihn sich gefügig gemacht, damit er jede Rolle übernahm, die er ihm zuteilen wollte.

Zugleich hatte er Lupo auf raffinierte Weise zu verstehen gegeben, dass ihre Komplizenschaft, die auf ihrem Geheimnis basierte, nicht beendet war. Sondern vielmehr noch gestärkt würde, da er ihm nun den Verwalter des Familienbesitzes vorstellen würde.

Ein heikler, fast intimer Akt.

Von großem Vertrauen geprägt.

Aber auch ein Akt großer geistiger Aufrichtigkeit. Er hätte es auch anders machen und alleine hingehen können, um dann nur über die Ergebnisse zu berichten.

Er sah Modica an.

Den auch Ferro aufmerksam betrachtete.

In Modicas Augen schimmerte Befriedigung. Er hatte den Köder gefressen: Endlich war Lupo zurechtgewiesen worden. Und das war für ihn alles, was zählte.

Trotz allem war Modica als Polizeibeamter gar keine solche Enttäuschung.

Im Gegenteil.

Er war der Spezialist des Präsidiums für Kleinstdelikte, für die kleinen erbärmlichen Verbrechen: Diebstahl, Straßenraub, Drogen, Prostitution, Messerstechereien in Bars, Vergeltungsaktionen.

Er fand fast immer einen Schuldigen. Doch waren dies Ermittlungen, in denen eher Schnelligkeit als Reflexion zum Erfolg führte. Modica war, wie seine Delinquenten, nur zu einfacheren Überlegungen fähig.

Bedauerlicherweise hatte er Ambitionen, auf der Karriereleiter weit nach oben zu klettern, doch auch dieses Mal würde es nichts damit werden.

Ferro hatte andere Pläne mit ihm.

»Gut, nachdem wir das geklärt haben, nun zu Ihnen, Modica. Mittlerweile ist es ja offensichtlich, dass unsere Mutmaßungen über einen Profikiller, der mehr oder weniger daneben geschossen hat, unbegründet waren. Hier haben wir es mit einem Psychopathen zu tun.«

»Jawohl, Dottore.«

»Irgendeiner, mit irgendeinem Motiv. Das für uns völlig absurd erscheinen mag, für ihn aber die Triebfeder seines Verhaltens ist.«

»Jawohl, Dottore.«

»Wiederholen Sie das doch bitte nicht jedes Mal. Ich spreche mit Ihnen und ich schaue Sie dabei an. Ich bin durchaus in der Lage festzustellen, ob Sie mir folgen oder ob Sie Ihren eigenen Gedanken nachhängen.«

»Jawohl … Entschuldigen Sie …«

»Was sagte ich gerade …? Ach ja: der Schütze. Mit Sicherheit ist es einer, der aussieht wie Sie oder ich. Einer, der eine ganz normale Familie hat, eine Frau, Kinder, die zur Schule gehen. Einer, der im Büro vielleicht gerne Zweireiher trägt und dem Sie vielleicht Dutzende Male auf dem Flur begegnet sind oder hinter einem Bankschalter oder beim Skifahren in Bardonecchia. Gut, ein solcher Mensch hat kein Präzisionsgewehr mit Infrarot-Zielfernrohr im Schrank stehen.«

»Das ist richtig.«

»Wo mag er das wohl herhaben?«

»Ich glaube nicht, dass er es in einem Waffengeschäft gekauft hat.«

»Ich auch nicht. Wenn es sich um einen Killer handeln würde, dann kämen wir dem Verkäufer niemals auf die Spur. Aber da es sich um Ihren Nachbarn aus der Umkleidekabine in Alassio handelt…«

»Er muss es bekommen haben…«

»Genau: In jenem Unterholz, das Sie so gut kennen. Sie müssen sich sofort daranmachen und es durchsuchen, Zentimeter für Zentimeter. Sie müssen alle Ihre Informanten mobilisieren. Sie müssen drohen, erpressen, festnehmen. Sie dürfen nicht ruhen, bis Sie einen Namen haben.«

»Das wird nicht einfach sein.«

»Wenn es das wäre, dann hätte ich Ispettrice Gambino mit ihren Mädchen losgeschickt.«

Modica lächelte.

Die Gambino war eine mächtige Rachegöttin mit einem einzigen Projekt vor Augen: eine Einsatztruppe zu bekommen, die nur aus Frauen bestand. Ferro hatte sich zunächst mit aller Macht dagegen gesträubt.

Dann war er plötzlich auf den Gedanken verfallen, er könne so von einem auf den anderen Tag zu einem der wenigen Symbole für Liberalität bei der Polizei werden. Also hatte er das Okay für eine Woche zur Probe gegeben.

Doch er hatte eine Bedingung gestellt: Die Einsätze mussten denen der Männer völlig gleichgestellt sein. Er würde für sie keine leichten Einsätze aussuchen, es sei denn, darin wären Minderjährige verwickelt. Dies sollte eine vollwertige Einsatztruppe werden.

Die Gambino hatte begeistert angenommen.

Aber ein wenig vorschnell.

Tatsächlich waren sie und ihre drei Kolleginnen bereits am ersten Abend in die Falle gegangen.

Sie hatten jemanden angehalten, den sie für einen Dealer hielten, sie hatten ihn auch ein bisschen zu hart angefasst. Nur um zu zeigen, aus welchem Holz sie geschnitzt waren. Unglücklicherweise hatte es sich bei dem Verdächtigen, den sie aufs Korn genommen hatten, um einen Carabiniere in Zivil gehandelt. Sein einziges Vergehen hatte darin bestanden, aus seinem alten Opel den angesammelten Unrat zu räumen. Zu welchselbigem Zwecke er das Auto vor einem ehrwürdigen Müllcontainer abgestellt hatte.

Ein Skandal hatte vermieden werden können.

Zur Presse war nichts durchgedrungen, kein Wort.

Über die armen Unglücklichen hatte sich jedoch schallendes Gelächter ergossen, und ihr Experiment war zu sofortigem Scheitern verurteilt. Nicht zuletzt wegen des heftigen Protestes der Carabinieri, die eine Verschwörung vermuteten, da sie nicht an einen Zufall glaubten.

Modica stand auf.

»Noch etwas, Dottore?«

»Ich würde sagen: nein. Zu diesem Zeitpunkt ist es auch sinnlos, in der Vergangenheit von … wie hieß sie noch … zu graben.«

»Ernestina Lucco, Dottore. Ein Fräulein …«

»Ledig.«

»Wie bitte?«

»Es heißt ledig.«

»Entschuldigen Sie. Ledig, 28 Jahre alt. Seit zwei Jahren bei der Straßenpolizei. Aus Bra. Sie hat allein in einer Wohnung an der Piazza Vittorio gelebt.«

»Sie auch?«

»Ja. Das ist kaum zu glauben, nicht wahr?«

»Fahren Sie fort.«

»Von den Kollegen sehr geschätzt. Keinen Freund. Die Eltern leben noch im Dorf. Und die Mansarde: keine Spuren, keine Zeugen. Ganz genau wie beim ersten Mal.«

»Gehen Sie und finden Sie denjenigen, der das Gewehr verkauft hat. Das ist unsere einzige Möglichkeit.«

»Zu Befehl.«

Modica hatte schon fast die Tür hinter sich zugezogen, als er sie nochmals aufstieß, den Kopf durch den Spalt steckte und nickte.

»Danke, Dottore. Ich werde Sie nicht enttäuschen.«

Ferro wartete, bis die Schritte verhallt waren, dann sah er Lupo an.

»Er wird uns nützlich sein. Wenigstens das kann er gut.«

»Mit Sicherheit besser als ich.«

»Ich freue mich, dass Sie meiner Meinung sind.«

Ferro seufzte. So, als glaube er nicht, dass es ihm gelungen war, die Ressentiments zu glätten, die Funken auszulöschen. Er fuhr fort, Lupo anzusehen, so als warte er auf ein Zeichen der Anerkennung.

Doch der Commissario hatte noch eine Frage.

»Gehen wir wirklich zusammen zum Verwalter Ihrer Frau?«

Ferro seufzte.

»Nein. Er wartet hier. Ich schicke ihn in fünf Minuten zu Ihnen. Mehr als Ihnen wird er wohl Ihrem De Mattia nützlich sein. Nehmen Sie ihn in die Mangel.«

Lupo nickte, war sich aber nicht sicher, ob dieses »nehmen Sie ihn in die Mangel« sich nun auf Paci bezog oder auf De Mattia. Dann brachte ihn Ferro zur Tür und klopfte ihm freundschaftlich auf die Schulter.

»Danke, dass Sie geschwiegen haben.«

»Ich versichere Ihnen, dass ich heute nichts zu sagen hatte.«

»Finden Sie ihn, diesen Unglückseligen. Sie haben freie

Bahn. Es ist unerträglich zu wissen, dass hier ein verrückter Mörder frei herumläuft.«

»Ich werde alles tun, das versichere ich Ihnen.«

»Das ist nicht nötig. Wenn Sie zu einem Psychiater gehen wollen, um ein psychologisches Profil zu erhalten, zögern Sie nicht. Ich habe viele Freunde. Ich glaube zwar nicht an so etwas. Aber entscheiden Sie selbst.«

»Könnte ich Sie im Ernstfall zu Hause anrufen?«

»Natürlich.«

»Und darf ich Sie auch darum bitten, mir ein etwas heikles Gespräch zu ermöglichen?«

Ferro seufzte wieder, geräuschvoller als zuvor.

Er wusste, dass mit Lupo ein Waffenstillstand von kurzer Dauer war. Er meinte, an alles gedacht zu haben. Die Dinge ins rechte Licht gerückt, die Konflikte ausgemerzt zu haben.

Offenbar war ihm eine Kleinigkeit dabei entgangen.

Er nickte mit gewissem Unbehagen.

»Wen haben Sie im Sinn?«

»Ihre Frau.«

Costanza Ferro war noch immer sehr schön.

Mit hellen Augen.

Ihre langen Haare waren zu einem Zopf geflochten. Die augenfälligen grauen Fäden zeigten, dass sie keine Probleme hatte, Alter oder Kummer zu offenbaren. Sie trug Jeans, einen Pullover und Stiefeletten. Lupo betrachtete sie mit fast unverschämter Offenheit, er konnte den Blick nicht von ihr lösen.

Im Präsidium kursierten unzählige Legenden über ihr Vermögen, ihre Liebschaften, ihre Macht, ihre Extravaganzen.

Aber niemand kannte sie wirklich.

Niemand konnte behaupten, sie wirklich einmal gesehen zu haben. Höchstens auf einem seltenen unscharfen Zeitungsfoto. Dennoch sprachen alle über sie, als seien sie Hüter ihrer Geheimnisse.

Sogar Lupo, der sich nie am Klatsch auf den Fluren beteiligte, konnte sich diesem Gerede nicht ganz entziehen – das Geschwätz, die ironischen Anspielungen, die üblen Nachreden über Ferro bedeuteten im Grunde nichts anderes, als dass sie es war, über die man schlecht dachte.

»Ich freue mich, Sie kennen zu lernen. Mein Mann spricht nicht viel über die Menschen, mit denen er mehr Zeit verbringt als mit mir. Über Sie spricht er jedoch. Sie müssen ihn wirklich sehr faszinieren.«

Lupo lächelte, und seine Verwirrung nahm zu.

Überrascht von einer so unerwarteten Erklärung.

Die vielleicht nur dazu diente, ihn wohlwollend zu stimmen.

Er war mit dem Taxi gekommen, weil er sich, als er bei der Gran Madre aus der Straßenbahn stieg, plötzlich erinnert hatte, dass es seinem qualmenden Volkswagen wohl kaum gelingen würde, auch nur den Platz zu überqueren, ohne von der Polizei angehalten zu werden.

Aber er hatte gespürt, dass er noch Zeit brauchte.

Um nachzudenken.

Um den richtigen Ton zu finden.

Um sich auf eine schwierige Begegnung einzustellen.

So hatte er den Fahrer gebeten, einige hundert Meter vor der großen Villa aus dem neunzehnten Jahrhundert anzuhalten, die sich an die sanft abfallenden Hügel des Valsalice schmiegte.

Als er so gedankenversunken die Straße entlanggegangen war, war diese ganz plötzlich vor ihm aufgetaucht.

Inmitten des glitzernden Schnees.

Durch die kältesteifen Zweige des Obstgartens hindurch, der sie von der Blütezeit im Frühjahr an vor den Blicken Fremder verbarg, hatte er sie erblickt.

Stille, Geruch nach Kaminfeuer.

Alles war wie in Erwartung erstarrt.

Einzig das regelmäßige Scharren eines Werkzeugs auf der gefrorenen Erde.

Und eine gebeugte Gestalt mitten in diesem weißen Garten.

Lupo war langsam näher gekommen. Bei jedem Schritt hatte er etwas Neues entdeckt: einen großen Korb, einen Haufen knisterndes Stroh, das erstaunte Lächeln einer Frau, die in einer zu großen Windjacke steckte und vor Kälte gerötete Wangen hatte.

Sie hatte einen kurzen Gruß angedeutet und sich erhoben.

»Alles friert ein. Man muss die Wurzeln schützen. Die Rosen sind so empfindlich. Im letzten Jahr ist mir im Winter fast die Hälfte erfroren.«

Sie hatte ein wenig Erde auf der Stirn.

Als sie versuchte, sich mit dem Handschuh eine Strähne aus der Stirn zu schieben, löste sich eine andere, ein langer Schnörkel, der von der Schläfe über die Wange fiel.

»Suchen Sie mich?«

»Sind Sie Signora Ferro?«

»Erstaunt Sie das sehr?«

Lupos Gesicht hatte seine Überraschung nicht verbergen können: Er hatte sich eine affektierte, überhebliche Dame vorgestellt. Und nun stand er vor einem Wildfang vom Lande, der bis zu den Augen eingemummt, atemlos und erdverschmiert war.

»Ja. Ich habe Sie mir ganz anders vorgestellt.«

»Und wie?«

»Bringen Sie mich nicht in noch größere Verlegenheit, als ich schon bin. Hat Ihr Mann Sie nicht informiert?«

»Über Ihr Kommen? Nein. Er weiß, dass ich Überraschungen liebe. Aber jetzt weiß ich immerhin, warum er mich angerufen hat: Er wollte wissen, ob ich zu Hause bin.«

Das war kurz zuvor passiert.

Jetzt saß Lupo vor einem Becher heißer Milch, die er unter anderen Umständen niemals angenommen hätte, und wusste nicht, was er mit seinen Händen tun sollte. Sie hatten sich in die Küche gesetzt. Die weiß gestrichene Glastür ging auf den Hügel hinaus. Die Mikrowelle, in der die Brioches warm wurden, summte. Costanza war freundlich und bestimmt.

»Sagen Sie nicht Nein. Sie müssen mir Gesellschaft leisten. Ich habe sie selbst gemacht. Und abgesehen davon lässt es sich besser reden, wenn man dabei etwas knabbert. Denn Sie müssen mit mir sprechen. Stimmt das?«

»Ja.«

»Also, mit etwas im Magen geht das sicher besser. Nach zwei Stunden Buddeln im Freien bei diesen Temperaturen wird eine arme Frau wohl das Recht auf ein bisschen Brennstoff haben, oder nicht?«

Lupo war von ihrer Gastfreundschaft überwältigt.

Es waren auch nicht nur einfach die Brioches.

Sondern auch hausgemachte Butter, die aus dem einzigen Bauernhof stammte, der in der Gegend überlebt hatte. Himbeermarmelade, die aus den Himbeeren von der Hecke im Garten gemacht war. Honig, gewonnen aus dem Bienenstock, der hinten am Weg stand. Und noch mehr frische Kuhmilch, die die Signora selbst melken ging, dieselbe Milch, aus der die Butter gemacht wurde. Es fehlte nur noch ein Gläschen Rotwein von den Hügeln, um das Opfermahl zu vervollständigen. Doch der Vormittag war noch lang …

Während sie die süßen Stückchen aßen, begann sie zu sprechen.

»Ich kann mir vorstellen, dass Sie nach den Dachzimmern fragen wollen.«

»Ja, auch. Ich habe mit Ihrem Verwalter gesprochen. Wir überprüfen die ehemaligen Bewohner bereits. Es geht um die, die leer stehen, die …«

»Die, die leer stehen, bleiben es auch.«

»Warum?«

»Ich habe viele Freunde. Viele viel versprechende Künstler. Die manchmal in Schwierigkeiten stecken. Ich halte diese Dachzimmer für sie bereit. Das ist meine Unterstützung für die Musen.«

»Halten Sie Giovanni Ferrero auch für viel versprechend?«

»Er war es, als ich ihm das Zimmer angeboten habe.«

»Aber ich glaube nicht, dass man annehmen kann, er sei in Geldnöten. Nicht einmal zu Beginn …«

Costanza lächelte.

Sie saßen einander gegenüber. Nur durch die Platte des groben Holztischs getrennt. Sie saßen auf hohen Hockern, auf denen man sich weit weg von der Erde fühlte. Ihre Blicke aufeinander geheftet.

»Sind Sie hierher gekommen, um mir die Fragen zu stellen, die mein Mann mir nicht zu stellen wagt?«

Lupo wurde rot.

Aber er ließ sich nicht ablenken.

Es waren schon zu viele Menschen gestorben. Und vielleicht war das noch nicht das Ende. Er bemühte sich nicht, den Ärger in seiner Stimme zu unterdrücken.

»Ihr Mann ist unwichtig.«

»Glauben Sie?«

»Ich hätte sofort kommen sollen. Nach dem ersten Mord.

Ich habe einen Fehler gemacht und Sie sind intelligent genug, das zu verstehen.«

»Ich wiederhole: Ich freue mich, dass ich Sie kennen gelernt habe. Sie haben Mut.«

»Nein, darum geht es nicht.«

»Ich weiß. Darf ich trotzdem sagen, dass ich Sie bewundere? Ich kenne niemanden, der sich freiwillig in eine so schwierige Situation gebracht hätte.«

»Das Gefühlsleben der Ehefrau meines Vorgesetzten mag für ihn ein Grund für Kummer sein. Nicht für mich. Jedenfalls glaube ich das.«

Costanza lächelte wieder.

»Jetzt sind wir endlich am springenden Punkt angekommen.«

»Ja.«

»Los, kommen Sie. Gehen wir hinüber. Ein ehrliches Bekenntnis über meine vermeintlichen Liebhaber, über die intellektuellen Ausschweifungen einer Dame mittleren Alters verdient einen anderen Rahmen als eine einfache Küche.«

»Hinüber« war das Gewächshaus.

Ein kleiner Pavillon, der rundum verglast war, auch nach oben hin, in dem auf langen, mit Verdunstern ausgestatteten Metallschienen eine unglaubliche Anzahl an Blumentöpfen, Gerätschaften, Samen und Knollen standen.

Die Luft war feuchtwarm.

Die Temperatur wurde von einem großen Thermostat konstant gehalten. Die Digitalanzeige zeigte eine große, leuchtend rote Zahl, die immer unsicher zwischen 23 und 25 Grad schwankte. Sie setzten sich auf eine Bank in die Sonne.

»Das hier ist das Geheimnis meines ewigen Frühlings.«

»Wollen Sie anfangen?«

Costanza nickte.

Es war eine impulsive, flüssige Erzählung.

Sie habe keine wirklichen Liebschaften.

Aber Leidenschaften.

Ohne Sex.

Sie habe ihren Mann noch nie körperlich betrogen.

Vielleicht mit dem Kopf. Das ja. Sehr oft. Und dann sei da noch etwas anderes. Nicht dass sie unzufrieden sei. Im Gegenteil. Doch manchmal entfache sich in ihr unvermittelt ein Feuer.

Wenn sie zum Beispiel bei einem jungen Maler oder Schriftsteller oder Schauspieler die Anzeichen eines andersartigen Fühlens entdecke.

Wie eine Krankheit, die ansteckend war, aber doch etwas Positives mit sich brachte.

Fieberschübe, die den Geist erwärmten, weil sie die Begierde nach etwas gerade nur Erahntem auslösten. Nach etwas, das nicht allen zugänglich war. Das sich ihrem gewöhnlichen, normalen, zufriedenen Leben entzog.

Dann könne sie nicht widerstehen und ließe sich auf dieser Welle forttragen. Das seien die Genüsse der Seele, nicht die des Körpers. Es mache ihr nichts aus, missverstanden zu werden.

Wichtig sei allein, dass keiner darunter leide.

Vor allem nicht ihr Mann.

Bis jetzt sei das so gewesen. Da war sie sich sicher.

Ihre Beziehung mochte nicht leicht zu verstehen sein, zweifelsohne. Jedoch glaube sie, dass diese deswegen Bestand habe, weil sie gegenseitig ihre jeweilige Freiheit respektierten.

Ohne dunkle Ecken, in denen Gefühle versteckt oder unterdrückt wurden.

Während Costanza erzählte, schweiften Lupos Gedanken ab, ohne dass er es merkte.

Er dachte an sich selbst und an Greta.

Daran, wie eifersüchtig er wäre, wenn er nicht alles mit ihr teilen könnte. In seinen Augen war Liebe genau das Gegenteil. Sie bedeutete nur eines: Auch auf das kleinste bisschen persönliche Freiheit zu verzichten, zugunsten einer größeren Freiheit in Gemeinsamkeit.

Als Paar.

In der alles Raum hatte: Ideen und Menschen.

Kummer und Freude.

Eltern und Kinder.

Costanza merkte, dass Lupo ihr nicht mehr zuhörte.

»Habe ich Sie verwirrt?«

»Nein. Reden Sie nur weiter, ich bitte Sie.«

»Es gibt nichts weiter zu sagen. Ich wollte Ihnen nur erklären, warum diese Mansardenzimmer nur zum Teil vermietet sind. Auch meine Leidenschaften schwächen sich mit der Zeit ab, mit der Gewöhnung, mit dem Fehlen neuer Eindrücke.«

»Das heißt, ab und zu jagen Sie einen Ihrer Schützlinge fort?«

»Wenn sie mich enttäuschen, ja. Wenn ich merke, dass sie mich ausnutzen.«

»Zum Beispiel?«

Costanza sah ihm in die Augen. Sie war es nicht gewohnt, einem Mann zu erzählen, was sie tat. Die Vorstellung, sich nun einem Unbekannten anvertrauen zu müssen, gefiel ihr gar nicht.

Lupo lächelte.

»Das ist keine reine Neugierde. Wir haben es hier mit Mord zu tun. Ich muss hören, was Sie mir zu sagen haben. Mehr um das herauszulesen, was durch die Worte schimmert, als um das zu hören, was sie wirklich besagen.«

»Aber warum ein Beispiel, ein wirklicher Name?«

»Der Mörder ist ein Psychopath. Einer, der vielleicht jahrelang normal gelebt hat. Dann auf einmal hat es ›Klick‹ gemacht. Ich suche nach dieser Triebfeder. Und nach der Verbindung zu diesen Dachzimmern, die es mit Sicherheit gibt. Deshalb.«

»Aber wie könnte ich Ihnen mit einer banalen Geschichte über irgendeinen Gast weiterhelfen, der meine Großzügigkeit missbraucht hat?«

»Weil Sie sich diese Art Leben ausgesucht haben, weil Sie von dieser Faszination ergriffen werden.«

»Erklären Sie mir das genauer.«

»Es gibt Gemeinsamkeiten zwischen den Menschen, die Ihren Geist anregen. Ein heller Blitz von Verrücktheit, der das Grau erhellt. Sie kultivieren das Licht. Wenn es schließlich aufleuchtet, dann empfinden Sie das Glück, es gefunden und geteilt zu haben. Wenn es sich jedoch als Betrug herausstellt, denn löschen Sie es aus. Möglicherweise auch auf brutale Weise.«

»Und Sie suchen einen Verrückten?«

»Genau. Einen, der das Umfeld und die Gewohnheiten gut kennt.«

Costanza zuckte zusammen.

Sie stand auf und ging hinaus in den Schnee.

Lupo folgte ihr schweigend.

Die Sonnenstrahlen ließen Reflexe auf dem Gewächshaus tanzen. Die Luft war klar und trocken. Sie roch nach Holzfeuer und Dung. Sie bildete den Gegensatz zu der Dunstschicht, die, nur einige Meter tiefer, die Stadt zu zersetzen schien. Ihre Brücken, ihre Straßen. Ihren heißen Atem.

»Ich weiß nicht, ob das richtig ist, worum Sie mich bitten.«

»Das weiß ich auch nicht. Aber es ist die einzige Idee, die ich habe.«

»Vorhin haben Sie mich gefragt, ob ich Ferrero für viel versprechend gehalten habe. Warum? Wollen Sie eine gute Antwort haben, nicht nur für sich, sondern auch für meinen Mann? Entschuldigen Sie, wenn ich noch einmal frage.«

»Nein, nein. Das war nur ein Scherz. Ich mag arrogante Menschen nicht. Und er ist es auf eine so übertriebene Art, dass es schon fast nicht mehr echt wirkt.«

»Genau, Sie haben es erfasst. Ich dagegen habe hinter seine Maske geschaut.«

»Da haben Sie bessere Augen als ich.«

»Vielleicht nur geduldigere.«

»Aber stört Sie sein abgeschmacktes Supermann-Gehabe nicht wenigstens ein bisschen?«

»Doch, sehr.«

»Und warum ertragen Sie ihn dann noch?«

»Jetzt fange ich an, nicht einmal mehr Sie zu ertragen.«

Dieses Mal lächelte Costanza.

Und, um ihm zu bedeuten, dass dies nur ein Scherz war, drückte sie ihm kameradschaftlich den Arm. Doch ihre Hand blieb etwas länger als nötig dort liegen.

Dann drehte sie sich abrupt um und ging ins Haus zurück.

Als wolle sie einem falschen Eindruck sofort entgegenwirken, sprach sie jetzt sehr hastig.

»Ich verspreche Ihnen etwas: Ich lasse mir das Ganze durch den Kopf gehen, und dann rufe ich Sie an. Ich glaube, ich kenne die Nummer des Präsidiums. Ich möchte niemandem schaden. Doch eine oder zwei Geschichten werde ich Ihnen erzählen. Sie können sich darauf verlassen.«

Lupo nickte und ging zur Tür.

Die Audienz war beendet.

Es hatte keinen Zweck, auf einer Antwort zu bestehen.

Doch eine Frage brannte ihm noch auf der Seele.

»Was hat Sie gestört?«

Costanza zuckte mit den Schultern und zog ihre Lederhandschuhe an.

»Ein Verdacht.«

»Welcher?«

»Dass Sie mich für naiv halten.«

Lupo schüttelte den Kopf und ging hinaus. Er überlegte, was sie damit gemeint haben könnte.

Ferro fragte ihn nichts.

Und Lupo sagte nichts.

Er war neugierig, was er von Polo hören würde.

Nach dem Anruf am Morgen hatte er sich nicht wieder gemeldet. Bei der Zeitung sagte man ihm, Polo sei unterwegs, man würde ihm ausrichten, dass Lupo ihn sprechen wollte. Vorausgesetzt, er käme noch vorbei.

Lupo sah auf die Uhr.

Es war schon sechs Uhr und er war noch zu keinem Schluss gekommen. Die Wahrheit, die er sich nicht eingestehen wollte, war die, dass er nicht wusste, was er tun sollte. Sosehr er auch grübelte, es kam ihm nicht wie sonst eine Idee, ein ahnungsvoller Schimmer.

Nichts.

Im Grunde hatte sich auch Costanza Ferro als Enttäuschung erwiesen.

Er wusste nicht, warum er auf sie so große Hoffnungen gesetzt hatte. Vielleicht hatte ihn nur eine ganz gewöhnliche Neugierde getrieben, die er als berufliches Interesse kaschiert hatte. Dann hatte sich die Gelegenheit ergeben, und er hatte sie ergriffen.

Als Einziger im Präsidium kannte er jetzt eine wahre Version der extravaganten Beziehung zwischen seinem Chef und seiner Frau. Er hätte damit die Sensation beim Tratsch an der Kaffeemaschine erzielen können.

Und das machte ihn nur noch wütender.

Ein vertaner Tag.

De Mattia kam herein.

Er hatte den Arm voller Akten, Blätter lugten auf allen Seiten hervor, Hefte, Fotografien.

»Wo warst du denn?«

»Erst im Archiv und dann im Medienraum.«

»Und was hast du da gemacht?«

»Ich habe alle Namen überprüft, die uns dieser Paci gegeben hat. Gualtiero Pernice, erinnerst du dich?«

»Nein. Ich habe nicht besonders gut aufgepasst.«

»Nun. Mich hat er jedenfalls an etwas erinnert. Ich wusste erst nicht woran. Aber jetzt weiß ich es: Ein Verrückter aus Bussoleno, der in den Zeiten des Terrorismus mit den militanten Linksradikalen verbandelt war. Er ist gut weggekommen: Widerstand gegen die Staatsgewalt und Beleidigung. Aber man hat ihn verdächtigt, an den Masten der Seilbahn herumzuspielen. Dynamit und so etwas. Und eine Unmenge anderes ähnliches Zeug. Schau, hier ...«

Lupo zuckte zusammen, doch dann überflog er das Dossier.

»Scheiße!«

Sollte der Tag schließlich doch nicht ergebnislos bleiben?

Sollte inmitten all dieser Streithähne am Ende die mönchische Geduld und das Erinnerungsvermögen eines Polizeibeamten zur Lösung führen, eines Polizeibeamten, der sich auch unter Androhung von Gewalt nicht von seinem Schreibtisch fortbewegen würde.

»Und was treibt er jetzt?«

»Maler, Bildhauer. Er verkauft auch.«

»Ist sein Wohnort bekannt?«

»Oberhalb von Bardonecchia. In der Nähe von Rochemolles. Auf einer Alm in den Bergen, ohne Telefon, allein mit einem Hund.«

»Hast du die Carabinieri zu ihm geschickt?«

»Ja.«

»Kennen sie ihn?«

»Er ist wohl ein alter Kunde. In den letzten Monaten haben sie ihn wegen dieser Geschichten um die Trasse für die Hochgeschwindigkeitszüge verhört. Das ist einer, der den Mund nicht aufmacht. Ein Weiberfeind mit Rauschebart. Ganz sicher ein Original. Er hat vor kurzem irgendeiner Kirchengemeinde da oben einen geschnitzten Christus geschenkt. Vielleicht um für das Wildern eine Absolution zu erhalten.«

»Gämsen?«

»Ich glaube, ja.«

»Also hat er ein Gewehr. Wahrscheinlich ein Präzisionsgewehr.«

»Das kann ich mir gut vorstellen.«

»Rufen sie dich an?«

»Sobald sie ihn gefunden haben. Vorausgesetzt, dass sie ihn finden. Seit einiger Zeit hat ihn nämlich niemand mehr gesehen.«

An diesem Abend ruderte Lupo mit Wut im Bauch.

Er hatte Costanza Ferro nochmals angerufen.

Doch sie hatte nicht abgenommen.

Er hatte keine Nachricht auf dem Anrufbeantworter hinterlassen, damit ihr Mann sie nicht abhören konnte. Obwohl ihr Gespräch so überraschend geendet hatte, war er überzeugt, dass sie ihr Versprechen halten würde.

Vielleicht befände sich unter ihren Geschichten auch die von Pernice.

Es war sinnlos, etwas zu erzwingen.

Dennoch hatte ihn der Zorn angesichts seiner Machtlosigkeit überwältigt. Er hatte den ersten Schritt getan und musste nun warten, bis er den nächsten tun konnte. Obwohl er nunmehr etwas in der Hand hatte.

Noch etwas anderes stimmte ihn unzufrieden.

Ernestina Lucco: Er hatte sich nicht weiter um sie gekümmert. Abgesehen von der Lektüre eines Berichts, den einer von Modicas Leuten hastig heruntergeschrieben hatte, hatte er nichts getan, um mehr über sie zu erfahren.

Als würde er sich ihr verweigern.

Als wäre ihr Tod nur ein bürokratischer Tod gewesen, allein dazu bestimmt, den Wahnsinn des Mörders zu bestätigen. Und die Zufälligkeit, mit der er seine Ziele auswählte.

Oder war es noch schlimmer?

Hatte er sie wegen einer unguten Zuneigung vergessen? Galten seine Gefühle und seine Betroffenheit der Salomone, für die allein er im Grunde Gerechtigkeit wollte?

Der Fluss war schwarz.

Keine Lichter.

Es war sehr spät gewesen, und er hatte nur mit Mühe einen Trainer dazu überreden können, ihm zu helfen, das Boot ins Wasser zu lassen. Er war losgerudert, als Greta und die Jungen schon zurückfuhren, er hatte nicht auf ihre Einwände gehört.

Und jetzt verlor er sich in nutzlosen Grübeleien.

Er hatte genug geschwitzt und gegrübelt.

Er wendete das Boot.

Auf dem Landungssteg waren alle da und warteten auf ihn.

Auch Polo.

Auch die Salomone.

»Wo warst du denn?«

»In Bra.«

Sie saßen am Tisch.

Sie beide allein.

Greta nahm zusammen mit dem Vorsitzenden des Clubs noch die letzten Änderungen an der Tabelle für die Ruderregatta an Weihnachten vor.

Matteo und Michele versuchten, Marina Salomone dazu zu überreden, sich an das alte Klavier zu setzen, das im hinteren Teil des Saals stand, und ein Stück von Portishead zu singen, das sie zwar nicht kennen konnte, das die beiden ihr aber vorsummten, damit sich ihr die Melodie einprägte.

»Bei den Eltern der Lucco?«

»Ja. Das sind anständige Leute. Am Boden zerstört. Der Vater ist Winzer. Er leitet noch immer eine Weinbau-Kooperative. Die Mutter hat fünfundzwanzig Jahre beim italienischen Automobilclub gearbeitet. Seit einigen Jahren ist sie in Rente und verbringt ihre Zeit mit Sticken. Sie haben noch eine Tochter, Clotilde. Die unterrichtet Mathematik am Gymnasium in Alba.«

»Hast du den Artikel schon geschrieben?«

»Ja, und als sie mich angerufen haben, haben sie mir gesagt, dass du nach mir gefragt hast.«

»Und die Salomone?«

»Ich brauchte eine Formulierung. Etwas, das nach Ermutigung für die Luccos klingt, und da sie sie irgendwie kannte …«

»Schönes Beispiel für einen Blut saugenden Reporter. Unser heiß geliebter Ferrero wird überglücklich gewesen sein.«

»Du bist ein Idiot. Ich war bei ihr zu Hause, um den Artikel zu schreiben. Wir haben lange geredet. Sie fühlt sich sehr allein. Wir haben von dir gesprochen, von Tara, von den vielen Dingen, die wir zusammen gemacht haben. Dann wollte sie mitkommen. Um Greta und die Jungen kennen zu lernen.«

Aus der Tiefe des Saals waren einige Noten zu hören.

Und der Applaus der beiden Jungen.

Bald hatten sich alle Anwesenden um das Klavier geschart.

Einige Clubmitglieder lockte die Musik sogar aus dem Raum, in dem Karten gespielt wurden, sodass sie für Momente die erregte Stimmung dieser heimlichen Spielhölle hinter sich ließen. Dort, so wurde gemunkelt, hatte bereits jemand – mit Spielgeld, nicht mit Jetons – ein Ladengeschäft und eine Garage verloren.

Endlich riefen die Kellner zur Ordnung.

Das Abendessen sei fertig.

Die Teller schon aufgetragen.

Mit dieser Heizung, die nicht richtig funktioniere, würden Lamm und Bohnensuppe im Handumdrehen kalt werden. Sie hätten danach noch alle Zeit der Welt. Was für Verrückte …

Marina Salomone bekam den Platz am Kopfende. Matteo und Michele saßen neben ihr. Die beiden hatten sie mittlerweile in die Familie aufgenommen, und glücklich sonnte sie sich in dieser Zuneigung.

»Du singst wirklich noch in den Trattorien?«

Sie waren sofort zum »Du« übergegangen. Sie war wie eine neue Großmutter. Lebendig und sprühend vor Esprit. In unglaubliche Farben gekleidet, für jedes Spiel bereit.

»Was ist daran so eigenartig?«

»Hm, na ja, du bist ja nicht mehr so ganz jung.«

»Das ist Dulbecco auch nicht. Und trotzdem ist der in San Remo aufgetreten. Wenn ihr nicht aufpasst, kriegen die Alten euch noch unter. Wir sind gewieft, wir haben schon kapiert, dass man heute ohne weiteres hundert Jahre alt werden kann. Und dass wir mit achtzig noch mehr Jahre vor uns haben, als ihr zwei Winzlinge schon gelebt habt.«

»Scheiße noch mal, die ist ’ne Wucht, die Marina …«

»Michele!«

»Nein, lassen Sie ihn, Lupo. So fühle ich mich wie zu Hause.«

Jetzt kam das gekochte Rindfleisch im »grünen Bad«. Die Mandel- und Anisplätzchen, die man in den süßen Dessertwein tunken musste. Kaffee. Grappa.

Wie immer sprach jeder dem, was auf den Tisch kam, kräftig zu.

Auch die Salomone, die offensichtlich sogar in der Lage war, Steine zu verdauen. Nur am Schluss machte sie Greta ein vertrauliches Zeichen und ließ sich von ihr zur Toilette begleiten.

Die Sängerin wollte aber nur einen Moment mit ihr alleine sprechen.

»Sie haben wirklich Glück. Sie haben eine wunderbare Familie. Halten Sie sie fest. Wenn Sie wüssten, was ich sehe, wenn ich unterwegs bin, um zu singen…«

»Ich weiß.«

»Nur der arme Polo bereitet mir ein bisschen Sorge.«

Greta lächelte.

Ohne sich einzumischen oder sich hineinzudrängen, hatte die Salomone schon alles gesehen und verstanden, mit jenem Gespür, das die Lebenserfahrung mit sich bringt. Und die eigenen verpassten und weggeworfenen Gelegenheiten.

»Wir werden das auch bei ihm in Ordnung bekommen.«

»Haben Sie einen Plan?«

Ihre Augen leuchteten auf. Da war sie wieder, diese Vertrautheit unter Frauen, wie schon einige Minuten zuvor, als ein Blick genügt hatte, um Greta verständlich zu machen, dass sie mit ihr allein sein wollte.

»Nicht nur einen Plan, sondern auch eine Strategie. Sie wissen, wer Tara ist?«

»Polo hat mir heute von ihr erzählt. Und da habe ich gemerkt, dass sie ihm ganz fürchterlich fehlt.«

»Genau. Seit Monaten arbeiten wir daran. Seit der letzten Reise, die wir alle zusammen im Sommer unternommen haben.«

»Wo waren Sie?«

»In Oregon. Um die Wale zu sehen. Die Kinder sind enge Freunde. Aber Rupert und Martin können schon fast kein Italienisch mehr. Polo leidet darunter. Wenn sie es eines Tages gar nicht mehr sprechen, wird er sie für immer verloren haben.«

»Und Tara?«

»Sie liebt ihn noch immer sehr.«

»Ich würde gerne helfen.«

Greta nahm ihre Hand und drückte sie fest.

»Wir werden schon einen Ausweg finden.«

Sie gingen wieder hinein. Doch Michele und Matteo ließen sie nicht einmal in die Nähe des Tisches kommen, sie wollten sie direkt zum Klavier führen. Marina Salomone war gerührt und ließ sich von ihnen mitziehen.

Sie spielte. Und sie sang.

Beatles, Dalla, De Gregori, Jovanotti, sogar Oasis. Das ganze Repertoire für junge Leute, das sie aufgeschnappt hatte. Und sie schonte sich nicht. Irgendwann, zwischen dem Applaus und den Trinksprüchen auf ihre Gesundheit, deutete sie sogar ein paar Steppschritte an.

Greta hatte eine Idee.

»Warum gehen wir nicht alle zu uns nach Hause?«

»Ich weiß nicht, ob …«

»Marina? Du wirst sehen, Polo, sie wird die Erste sein, die zusagt. Ich werde euch die Zimmer oben unter dem Dach herrichten. Was sollen wir mit so vielen Zimmern, wenn wir sie nie benutzen? Morgen ist Samstag. Keine Schule. Abgesehen von diesem armen Mann da können wir alle bis Mittag schlafen. Was meint ihr?«

»Ich bin dabei.«

»Und der arme Mann auch. Ich glaube nicht, dass ich viel zu tun haben werde. Darum wird sich De Mattia kümmern. Der Arme, der flüchtet von zu Hause, wann immer er kann.«

Er ging wieder hinein.

Mit der noch druckwarmen Zeitung.

Er überlas flüchtig die Artikel über die Ermittlungen.

Er achtete dabei nicht einmal auf die Überschriften.

Wenn sie ihm schon auf den Fersen wären, hätte er das bereits gehört. Er brauchte nicht gewarnt zu werden, er brauchte keine Bestätigung, dass sie noch im Dunkeln tappten.

Was sollten sie auch anderes tun? Sie taten ihm Leid, Commissario Lupo und die anderen, die vergeblich versuchten, ihm auf die Spur zu kommen.

Im richtigen Moment würde er eine deutliche Spur hinterlassen. Er würde sich diesen Männern und auch einer sinnlosen Strafe nicht entziehen. Im Gegenteil, an einem Tag in nicht allzu ferner Zukunft würde Chieli ihn, und nicht seine Opfer interviewen. Ein Anruf würde genügen, um ihn in größtes Erstaunen zu versetzen.

Aber jetzt war es dafür noch zu früh.

Er suchte begierig nach seinem Artikel.

Und sah, dass er lang war, mit vielen Fotografien. Das hatte er erhofft. Aber er war sich nicht sicher gewesen, denn immerhin war erst ein Tag vergangen. Auch wenn die Glocken dessen Geburt erst angekündigt hatten, mit ihren zwölf Schlägen, die in Wirklichkeit den Tod verkündeten.

Er sah sich ihr Gesicht an.

Lange.

Er versuchte, es sich so fest in seinem Gedächtnis einzuprägen, dass er es beim Lesen immer vor Augen haben würde.

Das Foto konnte erst kürzlich gemacht worden sein.

Ernestina Lucco trug ihre Uniform. Ohne Barett. Ihr langes dunkles Haar fiel zu beiden Seiten der sehr intensiv blickenden Augen herab. Feine Lippen. Ausgeprägte Wangenknochen, die Charakter verrieten.

Im Gegensatz dazu wirkte das Kinn leicht fliehend.

Aber vielleicht war das nur, weil der Vordergrund so scharf gestellt war, dass das Papier seine Körnung verlor, wie das oft beim Druck von Vergrößerungen der Fall war.

Er las die Bildunterschrift.

Ernestina Lucco, 28 Jahre, am Tag ihrer Vereidigung.

Dann las er die daneben stehende.

Clothilde, die ältere Schwester, 38, Witwe, mit ihrem Sohn, 15.

Sie war zehn Jahre älter und so anders als Ernestina, dass sie nicht zur selben Familie zu gehören schien.

Große betonte Augenbrauen.

Die wässrigen Augen einer Schilddrüsenkrankheit.

Kurz geschnittenes Haar, das die große Knollennase betonte, die Wangen flächig und schlaff.

An einer schweren Kette um ihren Hals hing eine Brille mit Gläsern, die dick waren wie Flaschenböden.

Der Junge neben ihr war das genaue Ebenbild seiner Mutter. Auch er kurzsichtig und reizlos. Ein rotes, von Akne gezeichnetes Gesicht.

In der Mitte der Seite befand sich ein großes, dramatisches Foto vom Tatort. Doch es waren nur die Gesichter der umstehenden Neugierigen auszumachen, die bestürzt auf den Körper hinabschauten, der über dem verbeulten Motorroller lag.

Der Mörder setzte sich in den Sessel.

Dann waren da noch zwei kleine Fotos der Eltern, wie man sie in Automaten macht. Sie genügten aber, um zu erkennen, dass Ernestina nach der Mutter kam und Clotilde nach dem Vater.

Er ließ die anderen Blätter der Zeitung auf den Boden gleiten, trank einen Schluck Whiskey.

Und begann zu lesen.

Er hoffte, damit fertig zu sein, bevor die Schmerzen ihm den Blick trüben würden. Den Tag hatte er mit Tabletten überstanden, um seine Krankheit vor den anderen zu verbergen. Jetzt, da er alleine war, wollte er das Stechen des Schmerzes spüren.

Das half ihm, sich nicht wie ein Mörder zu fühlen.

Zumindest nicht anders als der, der ihn geschaffen hatte.

Das Haus der Luccos liegt ein wenig außerhalb von Bra an der Straße nach Alba. Es ist ein altes, renoviertes Bauernhaus auf einem Hügel, der zur Provinzstraße hin abfällt. Es ist von viel Land umgeben: Obstgärten und Weinberge.

Ein bisschen Vieh in den Ställen, Hühner in der Tenne und Berto, der alte Hofhund, der Wache hält. Er ist an einer langen Kette angeleint, die zwischen zwei Bäumen gespannt ist und bei jeder Bewegung des Hundes klirrt.

Es ist neun Uhr.

Sie haben die Nachricht gerade erhalten.

Ihre Gesichter sind versteinert.

In der großen Küche versuchen zwei junge Carabinieri mit verlegenen Mienen irgendetwas zu tun. Sie bereiten Kaffee, sie finden keine Worte, mit denen sie den großen Schmerz trösten könnten, der in diese Küche Einzug gehalten hat.

Vater, Mutter und Schwester weinen stumm. Sie sind einander nah, sitzen auf drei Stühlen, nebeneinander, fast als wollten sie sich umarmen, um sich gegenseitig Mut zu machen.

Draußen herrscht dicker Nebel, den die Sonne noch nicht aufsaugen konnte, Schnee und Matsch liegen auf den Wegen und Wiesen.

»Verflucht sei Turin.«

Es ist Giuseppe, der Vater, der diese Verwünschung plötzlich hinausschleudert. Sie hängt noch lange in der Luft. Wie eine uralte bäuerliche Absage an den Teufel, der aus der Stadt kommt. Der mit seinen Reizen lockt, um dem unschuldigen Land seine Seelen zu entreißen.

»Warum konnte sie nur nicht hier bei uns bleiben?«

Der ältere der beiden Carabinieri tritt näher an ihn heran.

»Jemand müsste hinfahren und sie identifizieren.«

»Ich will nicht in einen Zug steigen.«

Die beiden Frauen sehen ihn an. Sie haben Tränen in den Augen. Er ist der Mann im Haus. Sie wissen, dass er es ist, der die Entscheidungen fällt. Dem keine Wahl bleibt. Sie können sich nicht an seiner Stelle anbieten.

»Wenn Sie wollen, kann ich Sie hinbringen.«

»Warum? Wer sind Sie überhaupt?«

»Ich muss zurückfahren. Ich bin Journalist.«

»Seien auch Sie verflucht.«

»Ich könnte Sie vor den anderen Journalisten schützen. Es werden Dutzende sein. Ganz gleich, ob Sie mitkommen oder hier bleiben. Ich werde Sie nichts fragen, werde Sie um nichts bitten. Sie brauchen mir nur das erzählen, was Sie wollen. Wenn Sie wollen…«

Giuseppe Lucco gibt sich geschlagen.

Es ist offensichtlich, dass er Fremden immer schon misstraut hat.

Dann steht er plötzlich auf.

»In Ordnung. Ich komme mit, allein. Du, Clotilde, bleibst hier bei Mama. Bleib hier, bis ich wiederkomme. Die Medizin steht im Schlafzimmer. Mach niemandem auf. Höchstens, wenn es Verwandte sind. Wenn sie überhaupt kommen. Aber das glaube ich nicht. Das Pack…«

Wir sitzen im Auto. Der Nebel lichtet sich langsam.

Fossano mit seinen Türmen.

Die Mautstelle an der Autobahn.

Giuseppe sieht hinaus auf die vorbeifliegenden Hügel, ohne sie wahrzunehmen. Kein Wort. Keine Geste. Unbeweglich sitzt er mit starrem Blick auf dem Beifahrersitz.

»Arme Ernestina…«

Das ist der Beginn eines Wildbachs.

Nun stürzen die Erinnerungen haltlos zu Tal. Man kann nicht alles in sich hineinfressen. Vor allem, wenn einem die Tochter genommen wird.

Aller Groll, alle Unstimmigkeiten, aller Ungehorsam sind plötzlich verschwunden.

Sie machen keinen Sinn mehr.

»Sie war immer anders als wir. Vielleicht, weil wir sie spät bekommen haben. Wir haben sie nicht gewollt. Doch meine Frau hat mich angefleht, sie zu behalten. Und ich wusste nicht, was ich tun sollte. Eine Tochter mit vierzig? Damals war das nicht üblich.«

»Auch meine Mutter hat mich noch mit vierzig bekommen.«

»Aber sie lebte in der Stadt, das ist etwas anderes.«

»Bra ist aber doch nicht so klein.«

»Nein, aber die Mentalität ist anders. Das Land bestimmt unsere Gefühle. Und für das Land tust du alles. Du arbeitest ein Leben lang dafür…«

»Und Ernestina wollte das nicht?«

»Wir leben ja nicht mehr in der Steinzeit. Es ist nicht so, dass einen die Anstrengung bei der Feldarbeit umbrächte. Ins Schwitzen kommt man nur beim Säen, bei der Ernte… Meine Frau hat immer im Büro gearbeitet, die Große unterrichtet nach wie vor. Nein, das ist es nicht. Es ist so, dass wir alle das Land um uns brauchen, wenn wir nach Hause kommen. Ernestina nicht. Sie hasste es. Und so ist sie fortgegangen, sobald sie konnte.«

»Wie alt war sie da?«

»Oh, sie wollte in Turin zur Schule gehen. Als ob es hier keine gäbe. Und sie hat nie auch nur eine Lira fürs Land gegeben. Sie interessierte sich nur für Kleider, ein schönes Auto. Mir genügt noch der Motorroller. Ferien? Weg, so weit weg wie möglich. Ihr war es nicht wichtig zu sparen, einen neuen Weinberg hinzuzukaufen, um den Kindern etwas hinterlassen zu können. Nein. Sie war keine Lucco. Sie war nie wie wir.«

Die Sonne gewinnt schließlich die Oberhand.

Und sie beleuchtet eine Geschichte von tief sitzendem bäuerlichem Groll, von Misstrauen und einer tiefen Verwurzelung inder Vergangenheit und in der Tradition, die alles feindlich erscheinen lässt, was anders ist.

Der Stamm.

Der Name.

Der Tagesablauf auf dem Land, das man besitzt.

Das sind die einzigen Dinge, die zählen. Für die man lebt.

Und die Religion.

Viel Religion. Am Sonntag die Messe, die schwarzen Kleider, bevor man wieder auf die Felder geht. Die Abendvesper bei Sonnenuntergang. Der Pfarrer, der ins Haus kommt, um die Erde und die Mauern, die Ernten und die Menschen zu segnen.

Aber ein Gott, der oft fern ist, der dem Hass nicht beikommen kann. Dem Hass wegen einer Erbschaft, wegen einer vermeintlichen Unhöflichkeit, wegen entgegengesetzter Interessen, wegen des Preises für die Trauben, wegen eines Hagelschauers, der dich geschädigt hat und nicht den Nachbarn.

Zerrissene Familien.

Brüder, die nicht mehr miteinander sprechen.

Beleidigungen, die der Vater an den Sohn weitergibt, die nicht einmal nach einer Beerdigung beigelegt werden, wenn der Schuldige in Frieden dahingeschieden ist.

»Ernestina war wie ihr Onkel. Auch er ist fortgegangen. Und schauen Sie, wie es geendet hat. Alle beide ohne etwas Eigenes. Eine Frau, die Polizistin ist... Welchen Sinn hat das? Das ist kein Beruf für eine Frau, die Kinder in die Welt setzen, sie stillen und aufziehen soll. Sie ist wohl ein Dutzend Male heimgekommen. Nicht einmal mit ihrer Schwester...«

»Lebt sie bei Ihnen auf dem Hof?«

»Was sollte eine arme Witwe mit einem fünfzehnjährigen Jungen sonst tun?«

»Wann ist das passiert?«

»Vor zwei Jahren. Der war wirklich ein guter Mann, ohne Grillen im Kopf. Er hat zehn Hektar gutes Land mitgebracht.«

»Wie ist er gestorben?«

»Er ist unter den Traktor gekommen. Er hat immer bis spät gearbeitet, im Scheinwerferlicht. Der Traktor ist umgekippt. Als es dunkel wurde und er nicht heimkam, sind wir ihn suchen gegangen. Er lag da mit einem Rad auf der Brust. Was für ein Verlust! Er war mein Sohn, den ich nie gehabt habe. Immer mit mir zusammen. Große Ideen. Wir haben zusammen die Kooperative aufgebaut. Wissen Sie, ich bin Weinbauer und Winzer. Aber das habe ich hier gelernt. Dafür musste ich doch nicht weggehen.«

»Vielleicht wollte Ernestina Ihnen der Sohn sein, den Sie sich wünschten, als sie Polizistin wurde…«

Giuseppe Lucco schweigt.

Sein Schweigen zieht sich in die Länge.

Das Castello di Moncalieri oben auf der rechten Seite. Savoyische Festung, mittlerweile von Carabinieri bevölkert wie eine x-beliebige Kaserne in der Peripherie.

Palazzo Lavoro, der Palast der Arbeit, in dem es keine Arbeit mehr gibt.

Palazzo Vela, der Palast des Segels, auf dem keine Segel mehr gesetzt sind.

Überreste eines allgemeinen Desinteresses. Der Prunk eines vergessenen Festes: einhundert Jahre Italien, gefeiert von einer Stadt, die einst Hauptstadt war und dann allzu oft Verzicht üben musste.

Die Krankenhäuser.

Das Leichenschauhaus.

Die lautstarken Verwandten einer süditalienischen Beerdigung. Eine erzürnte Menge. Die Menschen auf der Straße. Viel Polizei. Vielleicht das Opfer einer Vergeltung oder eines Racheaktes oder eines Messers ohne Besitzer.

»Ist sie hier?«

Endlich beginnt Giuseppe Lucco zu weinen, noch

bevor er sie unter dem weißen Leintuch sieht, das man ihr vom Kopf streift. Sie liegt auf dem Marmor, neben ihr ein Zettel, auf dem ihr Name mit rotem Stift geschrieben steht.

»Wissen Sie, ich weiß nicht einmal, wo sie gewohnt hat.«

Dieses Verb in der Vergangenheit ersetzt nun plötzlich den Unwillen, die Gegenwart zu akzeptieren. Die Offensichtlichkeit des Todes, die endgültig jegliche Hoffnung tilgt. Jegliche Illusion.

»Wenn Sie wollen, bringe ich Sie…«

»Danke.«

Das Haus liegt nicht wirklich an der Piazza Vittorio. Der Eingang befindet sich in der Via di Barolo, eine jener Seitenstraßen, die unter den Arkaden enden, als hätten sie ihren Namen vergessen.

Früher war es einmal von einem Frauenkollektiv besetzt gewesen, mit Transparenten an jedem Fenster, roten Spruchbändern mit dem Lob auf die neue Frau. Die Universität in der Nachbarschaft als Geburtshelfer für neue Ideen und Anregungen.

Es war immer voller junger Frauen gewesen, die kein Mittelmaß kannten: mit sehr langen oder sehr kurzen Röcken, fröhlich oder traurig, friedfertig oder streitsüchtig, Beatles oder Rolling Stones.

Dann, von einem Tag auf den anderen änderte sich alles.

Und niemand weiß, warum dies ein Haus der Frauen geblieben ist. Keine revoltierenden Studentinnen voller Kampfgeist und Forderungen wohnen mehr hier. Sondern nach und nach zogen Angestellte, Verkäuferinnen und Arbeiterinnen ein. Mit kleinem, aber sicherem Einkommen, dem Elternhaus entflohen.

»Ernestina Lucco? Dritter Stock. Aber sie ist tot, wissen Sie das?«

Die Augen des Vaters scheinen sich in die Höhlen zurückgezogen zu haben, in den Schatten der großen Lider, der feuchten Wimpern, der Falten.

Die Portiersfrau sucht einen Schlüsselbund und begleitet uns bis in den dritten Stock hinauf.

Zwei kleine Zimmer, eine Küche. Und, groß über dem Fernseher aufgehängt, ein Familienfoto. Alle vier zusammen, überrascht, ein seltenes Lächeln auf den Lippen.

Und dann, überall verteilt, andere Fotos, andere Rahmen, andere Zeichen der Erinnerung, der Sehnsucht. Corrado als kleiner Junge, dann ein wenig größer, heute: Neffe und Tante, Letztere geradezu angebetet, weil sie in der Stadt wohnt.

Giuseppe Lucco lässt sich auf einen Stuhl niedersinken.

Er ist geschlagen.

Er blickt auf die Bilder seines Hofs, die an der Wand hängen: immer im Herbst aufgenommen, mit roten Blättern, der Hund in der Tenne, die Hühner vor der Tür.

Und er sieht, wenn auch aus der Ferne, dass seine Tochter niemals fortgegangen ist, denn ihre Wurzeln sind noch überall sichtbar.

Dann wendet er sich plötzlich an die Portiersfrau.

»Bis wann ist die Miete bezahlt?«

»Ich weiß es nicht. Für diesen Monat noch, denke ich.«

»Können Sie den Eigentümer fragen, ob ich sie behalten kann?«

»Die Wohnung?«

»Ja. Ich möchte gerne, dass meine Frau sie sieht, wenn sie sich wieder erholt hat. Vielleicht kann uns das helfen…«

Wir gehen hinunter.

Auf dem Platz ist niemand mehr.

Giuseppe Lucco braucht nun etwas Stärkendes.

Doch nicht in der Anonymität einer Bar, zwischen eiligen Menschen oder Berufsgammlern.

Wir gehen zu Marina Salomone.

Sie weiß sofort, wer vor ihr steht.

Ich lasse die beiden alleine. Sie haben sich viel zu erzählen…

Polo Chieli

Er ließ die Zeitung zu Boden gleiten.

Und blieb nachdenklich sitzen.

Auf seltsame Weise mitgenommen.

In dem, was er gerade gelesen hatte, steckte ein Stück seiner eigenen Geschichte. Das Land, von dem man fortgegangen war. Die heftige Verbundenheit mit der Erde, der Schweiß, die Überzeugung, dass es kein anderes Leben als dieses geben könne.

Der Unmut, der die Generationen durchzieht.

Der stumpfe Geist, der nicht anders denken kann.

Die Toten.

Die Witwen.

Weitere Tote.

Das Schicksal der Hoffnungen, die nur in Hektar zu messen sind. In Arbeitskräften, Ernten, Hagelstürmen, Regen oder Sonne.

Er hatte eine Frau getroffen. Mit seinem Gewehr.

Auch seine Mutter war getroffen worden. Sie hatte infolge Überarbeitung einen Schlaganfall bekommen, der sie geistig verwirrt an einen Rollstuhl fesselte. Weil sie sich die Arbeit eines Mannes aufgelastet hatte, den es nicht mehr gab.

Er dachte an Marta.

Die seine neue Mutter geworden war.

Wie sie sein Studium ermöglicht hatte, wie sie ihn angespornt, ihn gewissermaßen an die Hand genommen und einer wichtigen Zukunft entgegengeführt hatte.

Daran, wie sie danach in seinem Schatten gelebt hatte. Glücklich über seine Erfolge. Seinen Aufstieg mit Bangen verfolgend.

Er seufzte.

Seine Strebsamkeit hatte jedoch die Wurzeln nicht ausreißen können.

Sein Sinn für Gerechtigkeit war der eines Bauern geblieben, wie auch seine Misslaunigkeit, seine Gewöhnlichkeit im Fühlen, sein Verhältnis gegenüber den Menschen.

Und deshalb hatte er nun in Menschenmengen hinein geschossen.

Deshalb würde er weitermachen.

Zumindest noch eine Weile …

Lupo fand sie in der Küche.

Sie hatte für alle das Frühstück gemacht.

Mit Butter bestrichene kleine Brötchen, Kekse, Marmelade, hart gekochte Eier, selbst gemachte Mayonnaise, eine Platte mit Wurst. Der Kaffee, die Milch und das Wasser für den Tee standen schon auf dem Herd und warteten nur darauf, dass jemand die Gasflammen anzündete.

Marina Salomone strahlte, trotz ihrer Trauer.

Sie hatte im Kühlschrank und in den Küchenkästen gekramt, sie war sogar an die hohen Hängeschränke gekommen. Sie hatte ein Tischtuch und Gedecke gefunden. Und auf jeden Platz hatte sie einen kleinen Zettel gelegt.

Mit einer kleinen Mitteilung.

Auf dem Lupos war zu lesen: »Ich bin eine alte Frau, die nicht beten kann. Könnte ich es, so würde ich Gott dafür danken, dass ich hier sein darf.«

Lupo las es mit Rührung.

Nur sie beide waren hier und sahen sich an, ohne zu wissen, was sie sagen sollten.

Dann brach plötzlich oben das tagtägliche fröhliche Gezanke aus, wer zuerst ins Bad dürfe. Das »ich zuerst«, »du zuerst« der Jungen. Getrampel, Geschrei, Gerangel.

Doch an diesem Morgen war gar keine Schule.

Dieses frühe Aufstehen, das an jedem anderen Samstag undenkbar gewesen wäre, geschah heute zu Ehren Marina Salomones.

Michele gewann das Wettrennen, wenn auch nur um Millimeter, weil er im letzten Moment Matteo gegen eine Tischkante drängte.

Er kam heran und küsste sie. Wie eine richtige Großmutter. Die er nie gehabt hatte, die er nur aus den Erzählungen der Eltern kannte.

Die Salomone drückte einen nach dem anderen an sich und dann teilte sie ihnen den Text auf ihren Zettelchen mit, noch bevor sie ihn lesen konnten: »Ihr dürft mich zehn Mal um einen Auftritt bitten. Mit jedem Instrument außer dem Schlagzeug. Ihr dürft selbst Zeit und Ort bestimmen.«

In diesem Moment kam auch Greta herunter.

Sie wirkte zwar noch ganz verschlafen, aber das Fest wollte sie sich nicht entgehen lassen.

»Was ist denn das für ein Radau? Kann man in diesem Haus nicht in Ruhe schlafen? Was zum Teufel geht hier vor?«

»Das ist meine Schuld, glaube ich.«

»Mama, Mama, schau unter deinem Teller nach.«

»Los, mach schon. Wir wollen wissen, was es für dich gibt.«

Greta sah Lupo kopfschüttelnd an, sie verstand nicht, worum es ging.

»Los schon, tu wenigstens einmal im Leben, was man dir sagt.«

Alle beobachteten sie schweigend. Sie nahm ihren Zettel in die Hand, las ihn und lief zur Salomone, um sie zu umarmen.

»Was steht drauf?«

»Das ist unser Geheimnis, nicht wahr?«

»Los, Mama, mach nicht schon wieder so …«

»Jetzt weißt du auch das: In diesem Hause darf man kein Geheimnis auch nur fünf Minuten lang für sich behalten.«

»Ach wirklich? Niemand hat mir zum Beispiel entlocken können, wie viel der neue Hund gekostet hat.«

»Welcher Hund?«

»Der, der an Weihnachten kommt.«

»Ein Hund? Hurra, Michele, wir haben's geschafft!«

»Scheiße noch mal! Das war eine harte Zeit! Ich hätte nicht mehr darauf gewettet, nachdem es so viele Jahre lang immer nur ›Nein‹ hieß. Oh, welche Qualen mussten wir erleiden …«

»Habe ich ›Scheiße‹ gehört?«

»Das? Na ja, wenn Onkel Polo herunterkommt, wirst du noch viel Schlimmeres hören. Ich habe das nur gesagt, um dich ein bisschen abzuhärten.«

»Aber wieso hast du deine Meinung geändert?«

Greta faltete ihren Zettel auseinander.

Dann las sie ihn vor.

»In diesem herzlichen Haus bist du die Königin. Es fehlt nur noch ein richtiger Wolf. Wenn du erlaubst, möchte ich dir einen schenken. Ich kenne einen Welpen, der auf nichts anderes wartet. Gestern Abend ist mir klar geworden, dass die Jungen sich das sehr wünschen – sie haben es mir als zweit- oder drittwichtigste Sache erzählt. Die allerwichtigste war: ›Unsere Mutter ist schön, nicht wahr? Aber sie hat einen Dickkopf.‹ Ich habe noch keine gerisseneren und unverschämteren Jungen gesehen als euch. Aber das sind jetzt meine Worte, nicht die von Marina.«

Jetzt fehlte nur noch Polo.

»Gibt es in diesem Laden hier nichts zu essen?«

Die Freude war vollständig.

Die Herdflammen wurden angezündet. Und alle machten sich über den Tisch her. Es gab sogar Nachschub, der aus Käse, Milch, Haferflocken und Eiern mit Speck bestand. Nach kurzer Zeit waren auf dem Tisch nur noch Krümel übrig.

Dann klingelte das Telefon.

Und Lupo stand auf.

Es war ein etwas peinlich berührter De Mattia.

Dem bei der Vorstellung, einer richtigen Familie den heiligen Samstag zu zerstören, nicht wohl war. Ein Samstag, so anders als der seine, bei dem jedes Wort einem scharfen Messer glich und seit langem niemand mehr Lust hatte zu scherzen.

»Verzeihst du mir?«

»Du hättest ja nicht angerufen, wenn es nicht wichtig wäre. Was ist passiert?«

»Sie haben Gualtiero Pernice, den Maler, gefunden. Sie kommen gleich. Und außerdem …«

»Außerdem was?«

»Außerdem wollte die Frau des Chefs etwas von dir.«

»Aha …«

»Entschuldige, wenn ich frage. Aber gibt es irgendwelchen Ärger?«

»Ich glaube nicht, warum?«

»Nun, es kam mir ein wenig seltsam vor: Sie erwartet dich im Gewächshaus. Weißt du, was das bedeutet?«

»Ist der Chef im Präsidium?«

»Noch nicht. Aber ich glaube, er kommt bald, denn seine Sekretärin ist da. Du machst doch nicht irgendeinen Unsinn?«

»Ich erzähle dir alles, sobald ich mit ihr gesprochen habe…«

Dieses Mal war Costanza abweisend.

Keinerlei Höflichkeiten.

Sie kam sofort zur Sache.

»Sie haben da etwas Schreckliches von mir verlangt. Ich hätte Ihnen nie zuhören dürfen. Ich habe die ganze Nacht nicht geschlafen.«

»Wenn ich jetzt aber hier bin, so heißt das, dass es etwas genutzt hat.«

Lupo merkte, dass er einen barschen Tonfall angenommen hatte. Doch das war ihm gleichgültig. Er war über die Begrüßung, über ihre unnahbare und eisige Haltung verärgert.

»Was sagten Sie?«

»Sie haben mich herbeizitiert. Falls Sie es sich inzwischen anders überlegt haben, soll mir das recht sein. Beim nächsten Mal tun Sie das aber bitte nicht an einem Samstag. Es ist nämlich der einzige Tag, an dem ich für die Flausen der Damen vom Hügel keinerlei Sinn habe.«

Er wandte sich zum Gehen.

Als Abschiedsgruß ein leichtes Neigen des Kopfes, die Hand bereits an der Türklinke.

»Sind Sie immer so?«

»Wie: so?«

»Beleidigend gegenüber Leuten.«

»Sie sind keine Leute. Sie sind eine sehr reizvolle Frau, intelligent und gebildet, die sich entschieden hat, ein neues Gesellschaftsspiel auszuprobieren. Aber es genügt Ihnen nicht, die Karten auszuteilen, Sie wollen auch noch die Regeln bestimmen. Nun, ich ziehe es vor zu passen. Das ist ganz einfach. Verlangen Sie nur nicht von mir, dass ich jetzt auch noch glücklich bin.«

»In Ordnung. Möchten Sie etwas Süßes?«

»Um zehn Uhr morgens? Wenn das die Friedenspfeife sein soll…«

»Howgh!«

Die Atmosphäre veränderte sich augenblicklich.

Zum wiederholten Male war Lupo erstaunt darüber, dass die Menschen unvermeidlich mit Entgegenkommen reagieren, wenn sie mit der Unerbittlichkeit eines anderen konfrontiert werden, der nicht bereit ist, etwas einfach hinzunehmen.

Nicht, dass er in dieser Hinsicht berechnend gewesen wäre, es waren sein Charakter und sein Instinkt, die ihn handeln ließen, ohne auf die Konsequenzen zu achten.

Manches Mal hatte er dafür eine gesalzene Rechnung bekommen.

Viel öfter aber hatte seine Spontaneität ihm allerdings den Weg geebnet.

Und so war es auch jetzt.

Costanza fand auf einmal die Stimmung wieder, die sie bei ihrem letzten Gespräch gehabt hatte. Sie trat zur Seite und bat ihn in ein Arbeitszimmer, das voller Bücher und Bilder war und dessen große Fenster zur Stadt hinausgingen.

Sie setzte ihm ein Tablett mit »Lügen« vor, jenem süßen Gebäck, das man nur zu Karneval in den Konditoreien der

Turiner Altstadt finden konnte. Sie nahm sich ein Stück und hob die Hand, als wolle sie ihm zuprosten.

»Entschuldigen Sie, aber die habe ich mir verdient. Es gibt nicht viele, die mir zu widersprechen wagen.«

»Vielleicht bin auch ich ein wenig zu weit gegangen.«

»Gut. Wenn wir mit diesem Menuett der Höflichkeiten fertig sind, dann bin ich bereit. Ich habe einen Namen für Sie.«

»Gualtiero Pernice?«

»Wie ist der Ihnen denn in den Sinn gekommen?«

»Haben Sie nicht ihn gemeint?«

»Sicherlich nicht.«

Lupo war überrascht. Er hatte eigentlich nichts anderes erwartet als eine Bestätigung seines Verdachts. Nicht aber, dass eine weitere Figur auf den Plan treten würde. Auch deswegen hatte er sich nicht zurückgehalten und war etwas barsch aufgetreten.

Und nun das Unerwartete.

Er hüstelte.

»Ich dachte, dass …«

»Hat Gualtiero Ärger?«

»Ich muss noch mit ihm sprechen, ihn verhören.«

»Wozu?«

»Nun, er war einmal Terrorist …«

»Aber er stand nur unter Verdacht, er wurde nie verurteilt.«

»Wussten Sie das denn, als Sie ihn dort unterbrachten?«

»Natürlich. Sie glauben doch nicht etwa, dass ich mich nicht über die Leute informiere, die ich mir ins Haus hole? Ich bin zwar großzügig, aber nicht blöd. Wie Sie sehr wohl wissen, sitze ich familiär bedingt gewissermaßen an der Quelle.«

»Daran hege ich keinerlei Zweifel. Aber normalerweise

hat eine kümmerliche Archivmaus eine bessere Nase als der beste Questore, der sich darauf beschränkt, einen Blick in den Computer zu werfen, in dem dank der langsamen Bürokratie jene Jahre nur lückenhaft erfasst sind.«

»Und was ist es, das mein Mann nicht entdeckt hat?«

»Ein ziemlich beunruhigendes Aktenstück. Pernice liebt Waffen und Dynamit. Jugendsünden? Das mag sein. Aber im Susatal finden sich heute Unmengen riesenhafter Graffitis gegen die Hochgeschwindigkeitstrasse. Und viele gigantische und bedrohliche Malereien auf den Felsen. Wer hat das gemacht? Warum nicht er? Glauben Sie, Menschen verändern sich?«

»Ich habe mich verändert.«

»Wirklich?«

»Haben Sie das nicht gemerkt, es ist erst zwei Minuten her? Jedenfalls hat Gualtiero nur drei Monate an der Piazza Vittorio gewohnt. Dann ist er von einem Tag auf den anderen fortgegangen.«

»Ohne Ihnen etwas zu sagen?«

»Doch, doch. Er kam, um mir die Schlüssel zurückzugeben. Um mir zu danken. Er hat es ohne seine Berge nicht ausgehalten.«

»War er gut?«

»Als Maler? Ja, sehr.«

Costanza stand auf.

Und machte Lupo ein Zeichen, ihr zu folgen.

Sie zeigte auf ein Bild.

In einem alten Fensterrahmen waren vier Leinwände eingespannt, die alle denselben Wald zeigten, nur zu den verschiedenen Jahreszeiten. Die Knospen, die belaubten Äste, die fallenden Blätter, der helle Widerschein des Schnees. Die Perspektive gab den Blick durch einen dunklen Türrahmen hindurch auf das Licht am Horizont frei.

Das Bild hatte eine elementare Wirkung.

Von unglaublicher Harmonie.

Einerseits meinte man, mit den Händen das Verrinnen der Zeit greifen zu können. Das Atmen der Jahre. Die ruhige Geduld der Natur im Angesicht des Schicksals.

Auf der anderen Seite nahm es der Wand ihre Stofflichkeit, weil man glaubte, hindurchsehen zu können. Ein Blick auf die Welt draußen, die so anders war als jene, die in der Erinnerung gespeichert war. Und dennoch so real, dass man sie für die wahre halten konnte.

Costanza sah, dass Lupo beeindruckt war.

»Stellen Sie sich ein Zimmer voll mit diesen Fenstern vor, die kaum von echten zu unterscheiden sind. Mit Szenen bäuerlicher Kultur, die sich bis ins Unendliche wiederholen. Werkzeuge, Tiere, Wege, Orte, Handwerke, Hütten. Das ist sein Zuhause. Es ist, als würde man ohne Mittelpunkt leben.«

Lupo nickte.

»Gualtiero ist so. Er hat kein Interesse, etwas zu verkaufen. Ihm ist nur wichtig, seine Hütte Bild um Bild zu erweitern. Deshalb konnte er nicht in Turin bleiben. Es war anmaßend von mir zu glauben, ich könne ihn zurechtbiegen. Ihn den anderen bekannt machen, Ausstellungen organisieren, sein Portemonnaie füllen. Und mein Ego streicheln.«

Sie schwiegen eine Weile.

»Haben Sie noch etwas von ihm gehört?«

»Nein.«

»Und wenn es einen anderen Grund für seine Flucht aus dem Zimmer an der Piazza Vittorio gegeben hätte?«

»Zum Beispiel?«

»Ich weiß es nicht. Ich habe nur laut gedacht. Wie wird man zum Psychopathen? Gibt es klare Anzeichen, die wir nur deshalb nicht wahrnehmen, weil wir nicht hinsehen?

Oder ist es ein Holzwurm, der im Verborgenen seine Löcher bohrt und erst dann erkannt wird, wenn das Holz zerfällt? Warum beginnt jemand, die Welt zu hassen?«

Costanza seufzte.

Ihre Gewissheiten hatten sich in Nichts aufgelöst.

Der Pernice, den sie gekannt hatte, war ein einsamer Widerständler, der sich der unablässigen Zerstörung der Natur entgegenstellte. Der Arroganz einiger weniger, die die Freiheit immer mehr mit Füßen traten. Den Menschen, die sich an alles und an alle verkauften.

Hatte er plötzlich entschieden, dass es an der Zeit war, sie zu bestrafen? Ein Zeichen zu setzen, um sie zur einstigen Ehrenhaftigkeit zurückzuführen? Hatte er das wirklich schon einmal versucht?

Und sie selbst, Costanza? Hatte sie einen so großen Fehler begangen, als sie ihn aus seiner Einsiedelei herausgeholt hatte, um ihn mit den Händlern bekannt zu machen?

Hatten drei Monate ausgereicht, um ihn verrückt werden zu lassen?

Lupo merkte, dass sie durcheinander war.

Er tröstete sie.

»Denken Sie nicht mehr darüber nach. Sie haben mir sehr geholfen. Jetzt habe ich wenigstens reale Ansatzpunkte. Lassen Sie mich das auf den Schultern tragen.«

»Sie sind sehr freundlich. Sie müssen mir noch einmal wegen vorhin verzeihen.«

»Da gibt es nichts zu verzeihen. Es war auch nicht leicht.«

Sie lächelten sich zu.

Doch dann wurde ihnen bewusst, dass sie den eigentlichen Grund, weswegen sie hier zusammen waren, bisher vergessen hatten.

Sie hatte ihn nicht wegen Gualtiero Pernice hergebeten.

Costanza hatte Lupo aus einem unbewussten Gefühl heraus angerufen und hatte das, nachdem sie ihn telefonisch zu erreichen versucht hatte, sofort bereut. Denn im Tageslicht sehen die Erinnerungen anders aus als nachts.

Der Name war ein anderer.

Padre Saluzzo.

Ein Exorzist.

Ein blasser, kränklicher Geistlicher, den sie in einem Moment tiefster Depression aufgenommen hatte. Der körperlich und geistig von seinem heftigen Kampf gegen den Teufel ermüdet und schließlich völlig erschöpft und aller seiner Kräfte beraubt gewesen war.

Er hatte einen Rückzugsort unbedingt nötig gehabt.

Zu jung für eine solch schwere Bürde.

Zu unreif, um nicht für immer gezeichnet zu sein. Für alle Ewigkeit.

Doch Turin brauchte solche Menschen.

Und es gab nie genug davon.

4

Die erste Person, der Lupo begegnete, war Modica.

Er fuhr gerade weg.

Mit lautem Reifenquietschen und dem Sirenengeheul der Streifenwagen. Es schien für ihn nur eine Art zu geben, das Präsidium zu verlassen. Doch dieses Mal hielt er an, als er Lupo sah.

»Ich komme ihm näher, Lupo. Ich komme ihm näher…«

»Weißt du, wer es ist?«

»Ich glaube schon. Aber es ist nicht einfach. Es ist ein Albaner, der zehn verschiedene Namen hat und ebenso viele Adressen. Ich habe ihn einmal festgenommen, damals hieß er Nico Vibar.«

»Die Anklage?«

»Stell dir vor: Prostitution. Er hatte drei Frauen. Eine wurde im Corso Polonia gefunden, mit zerschnittenem Gesicht. Er konnte beweisen, dass er sie am Tag zuvor an einen Serben verkauft hatte.«

»Und wie?«

»Die Mädchen haben es bezeugt, denk mal an. Inklusive der Verletzung. Das sind Wilde…«

»Und wie bist du auf ihn gekommen?«

»Informanten. Ein Mosaiksteinchen nach dem anderen. Weil Namen hier nichts bringen, habe ich ein Phantombild anfertigen lassen: Es stimmt überein. Es scheint, als wäre er von Nutten zu Waffen übergewechselt. Brauchst du eine Kalaschnikow, dann geh zu ihm. Alles Zeug aus dem Krieg von der anderen Seite der Adria, das hier wie bei einem Hochwasser angeschwemmt wird.«

»Ist er ein großes Tier oder ein Handlanger?«

»Mittendrin, glaube ich. Jedenfalls hat er ein schönes Netzwerk aufgebaut. Du musst nur durchblicken lassen, dass du zum Beispiel ein Präzisionsgewehr brauchst. Dann sagst du, dass du zu einer bestimmten Zeit an einen bestimmten Ort kommst. Gut, und von diesem Augenblick an wirst du von hundert Augen beobachtet. Wenn du die Prüfung bestehst, nimmt jemand Kontakt mit dir auf. Dann kommt er vorbei und holt das Geld, und er sagt dir, wie lange es dauert, und wo du das Gewehr bekommst. Das war's. Alles sauber, keine Übergabe. Keiner kennt keinen.«

Lupo nickte.

Und er sah ihm nach, wie er wegfuhr.

Auf der Treppe traf er den Questore.

Auch dieser war am Weggehen.

Er lächelte ihm zu.

Aber er fragte ihn nicht nach Costanza. Er fragte ihn überhaupt nichts. Er beschränkte sich darauf, ihm auf die Schulter zu klopfen.

»Wenn wir Sie am Samstag hier sehen, dann heißt das, dass die Suppe zu brodeln beginnt. Ich danke Ihnen …«

Und er ging eilig weiter.

Im Büro fand er De Mattia vor.

Und einen behaarten Riesen, der vor Wut bebte. Und ihn anblaffte, bevor er überhaupt einen Fuß ins Zimmer setzen konnte.

»Sind Sie der Scheißbulle, der hier drinnen das Sagen hat?«

»Ich soll Ihnen Grüße von einer lieben Freundin ausrichten.«

Pernice war verblüfft. Seine Aggressivität prallte an einem unbekümmerten Lächeln ab, und er befand sich völlig unerwartet in der Situation, dass er nachladen musste.

»Was zum Teufel sagen Sie da?«

»Costanza Ferro. Erinnern Sie sich an sie?«

»Natürlich erinnere ich mich an sie. Und ganz sicher hat sie mich nicht in eure Scheißhände geliefert?«

»Kennen Sie auch etwas anderes als Schimpfwörter?«

»Hören Sie, reizen Sie mich nicht noch mehr, als ich es ohnehin schon bin.«

»Ich habe Ihre Bilder gesehen.«

»Na prima. Jetzt wissen wir, dass Sie nicht blind sind. Da sind wir ja einen Schritt weiter.«

»Warum nehmen Sie es nicht mit ein bisschen mehr Gelassenheit? Niemand hat Sie gezwungen, hierher zu kommen. Das war Ihre eigene Entscheidung.«

»Ja, eine von der Sorte: Wenn du nicht sofort spurst, dann hast du in null Komma nichts fünf Typen mit Maschinenpistolen vor dir stehen, die dir einen richterlichen Haftbefehl vor die Nase halten.«

»Sie haben mit diesen Dingen sicherlich mehr Erfahrung, als ich je haben werde. Denn ich kann Ihnen sagen, mir ist das nie passiert. Setzen Sie sich. Lassen Sie mich wenigstens meinen Mantel ausziehen.«

Gualtiero Pernice nickte.

Mit einem Knurren.

Und Lupo dachte, dass er eher erschrocken als wütend wirkte. Aber dass es für ihn galt, eine Rolle in der Komödie durchzuhalten: die des harten Mannes, der vor niemandem zurückschreckt. Er musste ihm nur einen Weg anbieten, sich ehrenvoll aus der Affäre zu ziehen.

Er setzte sich.

Er bat De Mattia, doch Kaffee vom Automaten draußen zu holen.

Und der verstand sofort, dass Lupo mit seinem Gast für ein paar Minuten alleine sein wollte, sonst hätte er ihn gebeten, den Mokka auf dem kleinen Kocher zuzubereiten.

Er suchte drei Münzen aus einer Schublade heraus und sah Pernice fragend an.

»Ohne Zucker.«

Kein Wort zu viel.

De Mattia ging hinaus und Lupo sah Pernice in die Augen.

»Ich würde gerne eines Ihrer Bilder haben.«

»Warum?«

»Auch ich hasse Turin.«

»Dazu braucht es nicht viel.«

»Ihre Fenster vermitteln etwas Friedliches. Ich wohne in San Mauro. Nur der Po und Landschaft. Pappeln am Ufer. Gärten und Hügel ein Stück weiter weg. Ich würde es gerne meiner Frau zu Weihnachten schenken. Sie ist wie ich. Ich könnte hundert Jahre suchen und würde nichts Besseres finden.«

»Ich verkaufe nicht. Ich verschenke. An Freunde.«

»Und Sie glauben, dass wir das niemals werden, wenn ich Sie einsperren müsste? Wenn ich das täte, dann deshalb, weil Sie etwas angestellt haben. Nicht ich. Die Schuld läge bei Ihnen. Ich bin da gar nicht beteiligt.«

»Stecken Sie sich das in Ihren Hintern.«

»Ich glaube aber zu erkennen, dass Ihnen eher zum Lachen zumute ist.«

»Sind Sie wirklich so oder tun Sie nur so?«

»Sie werden Gelegenheit haben, das herauszufinden. Am Ende unserer Unterhaltung.«

»So.«

»Das Einzige, was ich Ihnen verspreche, ist, dass ich keine Winkelzüge machen werde, keine Polizeitricks. Ich werde

Ihnen klare Fragen stellen, gefährlich klare. Sie können antworten oder es bleiben lassen. Wenn Sie sich entziehen, werfen Sie mir dann aber nicht vor, ich sei nicht offen gewesen. Sie selbst bestimmen über Ihr Schicksal.«

»Die Wahrheit und nichts als die reine Wahrheit?«

»Genau. Wie in Ihren Bildern.«

Sie schwiegen.

Beäugten sich.

Bewerteten einander.

De Mattia kam mit dem Kaffee zurück. Und fand eine eigenartige, schwer einzuschätzende Stimmung vor. Er zuckte mit den Schultern und nahm seinen Platz wieder ein. Nachdem er seinen Kaffee geschlürft hatte, bereitete er den Rekorder vor.

»Wenn Sie wollen, können wir loslegen.«

Pernice betrachtete misstrauisch das Mikrofon, das zwischen ihm und Lupo stand. Dann wandte er sich dem Commissario zu.

»Fangen Sie an, damit wir es zu Ende bringen. Um vier fährt mein Zug.«

POLIZEIPRÄSIDIUM TURIN
Niederschrift eines Verhörs
am 18. 12. 1999
Hauptrevier

BETREFF:
Morde auf der Piazza Vittorio

ANWESENDE:

Gualtiero Pernice:	freiwilliger Zeuge (siehe Kartei)
Lupo Lupo:	befragender Commissario
Alfonso De Mattia:	protokollführender Beamter

Abkürzungen:
Pern = Pernice

TEXT

Lupo: Haben Sie ein Gewehr?
Pern: Natürlich.
Lupo: Ein Präzisionsgewehr mit Zielfernrohr?
Pern: Dito wie oben.
Lupo: Wann haben Sie das letzte Mal damit geschossen?
Pern: Nicht auf der Piazza Vittorio.
Lupo: Wozu dient es Ihnen?
Pern: Zur Jagd.
Lupo: Könnten Sie etwas ausführlicher antworten?
Pern: Gämsen, Hirsche, Rehe, Füchse. Alles, was uns in den Bergen schon immer gehört. Ich kenne keinen Mann in den Bergen, der keines hat. Und der es nicht benutzt. Ob die Jagdsaison nun eröffnet ist oder nicht. In der Stadt nennt man es Wilderei, nicht wahr? Wir nennen es Leben.
Lupo: Hatten Sie es nach Turin mitgenommen, in den drei Monaten, in denen Sie dort gelebt haben?
Pern: Ja.
Lupo: Warum?
Pern: Ich habe »Ja« gesagt. Das muss genügen.
Lupo: Haben Sie nur dieses eine?
Pern: Nein.
Lupo: Sind die anderen Waffen alle registriert?
Pern: Nein.
Lupo: Warum nicht?
Pern: Schon wieder? Dieses »Nein« ist bereits ein Geständnis. Was sollen da noch die Gründe? Ich habe ein Arsenal da oben: Pistolen, Handgranaten, auch

Dynamit. Hinterlassenschaften aus dem Krieg, auf den Geröllhalden gefunden.

Lupo: Und vielleicht auch modernes Zeug, einfach so gekauft?

Pern: Ja. Ich mag Waffen. Sie vermitteln Sicherheit und sind nützlich. Waren Sie je allein im Schnee und mussten eine Lawine auslösen, um sich vor einer Horde halb verhungerter Wildschweine zu schützen?

Lupo: Nein.

Pern: Leider. Dann würden Sie verstehen, wie idiotisch die Bürokratie ist. Hier eine Anmeldung, da eine Registrierung, Formulare ausfüllen, Gebühren bezahlen. Ich lebe alleine unter den Wölfen. Soll ich mich fressen lassen, während ich auf die richtige Steuermarke warte? Oder auf das Ergebnis einer Untersuchung durch die Carabinieri, die glauben, einen Ex-Terroristen vor sich zu haben?

Lupo: Sind Sie ein Ex-Terrorist?

Pern: Ich verachte Idioten. Aber ich habe nie geschossen. Und ich habe die, die es gemacht haben, niemals angezeigt.

Lupo: Kannten Sie sie?

Pern: Ein paar.

Lupo: Das ist Beihilfe.

Pern: Nein, das ist Freundschaft. Und mit Freunden kann man vielleicht bis aufs Blut streiten, aber sie zu verkaufen …

Lupo: Das heißt, Sie geben zu, zu wissen …

Pern: Herrgott noch mal, Commissario. Jetzt kommen die aus dem Gefängnis, die lebenslänglich bekommen haben. Ich habe einen grauen Bart. Was wollen Sie denn? Wen scheren denn noch ein paar

Verletzte und zwei oder drei Anschläge auf baufällige Masten, die die Elektrizitätswerke sowieso abgeschlagen hätten?

Lupo: Wegen der Hochgeschwindigkeitszüge fallen jetzt wieder neue.

Pern: Man sieht daran, dass sie nach dreißig Jahren jetzt auch am Verrosten sind.

Lupo: Wie weit würden Sie denn gehen, um Ihre Berge zu verteidigen?

Pern: Und Sie? Wie weit würden Sie gehen, um Ihren Po oder Ihre Familie zu verteidigen?

Lupo: Das heißt, die Frage, die sich stellt, ist nur eine einzige: Wo ist die Grenze?

Pern: Genau. Sie haben Ihre, und ich habe meine. Das ist wie beim Wein. Sie vertragen ein Glas und ich drei. Oder umgekehrt. Und dann hängt es davon ab, ob einer ein trauriges oder ein heiteres Gemüt hat.

Lupo: Und wie ist das bei Ihnen?

Pern: Ich verachte Betrunkene. Und jene, die andere mit Dingen betrunken machen, die diese nicht brauchen.

Lupo: Wo waren Sie an den Tagen, als die Morde geschahen?

Pern: Ich habe kein Alibi.

Lupo: Das habe ich nicht gefragt.

Pern: Aber darauf wollten Sie hinaus.

Lupo: Verweigern Sie die Antwort?

Pern: Hören Sie, mein Freund. Ich spiele hier mit offenen Karten, soweit ich kann. Was zum Teufel wollen Sie? Für Ihren Zeitraum habe ich kein Alibi. Wo ich war, das ist ganz alleine meine Angelegenheit.

Lupo: Es ist ein Unterschied, ob Sie in Turin waren oder zu Hause.

Pern: Sagen Sie bloß, Sie würden auf einmal glauben, was ich sage…

Lupo: Wie haben Sie… ähm… die Frau kennen gelernt, die Ihnen die Mansarde an der Piazza Vittorio im Jahr 1996 mietfrei zur Verfügung gestellt hat?

Pern: Keinen Namen, was? Seien Sie beruhigt, ich werde sie nicht verraten. Diese Frau hat nichts mit unserer Sache zu tun.

Lupo: Davon bin ich überzeugt.

Pern: Für eines von diesen dämlichen, reichen Schätzchen habe ich sie im ersten Moment gehalten, eines, das sich mit dem Hubschrauber auf den Sommeiller bringen lässt, um dann im frischen Schnee eine Skiabfahrt zu machen, sich aber dann verirrt. Aber das ist das Mindeste, was jemand verdient, der keinen Respekt vor der Natur hat.

Lupo: Mit dem Hubschrauber?

Pern: Natürlich. Jetzt kommen sie nicht mehr. Jemand hat angefangen, auf die Rotoren zu schießen. Und die Typen haben sich in die Hosen gemacht. Wer da hinaufwill, der soll sich Felle unter die Skier binden oder Schneeschuhe anziehen…

Lupo: Und Sie wissen natürlich gar nichts davon.

Pern: Falsch. Aber deswegen bin ich nicht hier, stimmt's? Das sind ja auch Kinkerlitzchen. Keine Verletzten, nur ein bisschen heilsame Angst. Was kriegt man da, vorausgesetzt, es gibt Beweise? Einen Tritt in den Hintern? Zwei Stockhiebe auf die Fußsohlen? Also, wovon sprachen wir?

Lupo: Von den dämlichen, reichen Schätzchen.

Pern: Ach ja, diese hier verirrt sich also. Ich bin draußen, seit ich das Flappflapp der Rotoren gehört habe und ich sehe, wie sie sich immer weiter hineinreitet, ohne es zu merken. Die anderen sehen sie nicht mehr, sie können nichts tun.

Lupo: Und Sie retten sie.

Pern: Keineswegs! Ich genieße das, bis es dunkel wird und man bereits Alarm gegeben hat. Dann gehe ich los, um sie zu holen, und bringe sie in meine Hütte. Und dort sieht sie meine »Fenster«, einige meiner besonderen Bilder. Und da erkenne ich auch, dass sie kein dämliches, reiches Schätzchen ist.

Lupo: Was denken Sie von dem Mörder der Piazza Vittorio?

Pern: Es gibt immer ein Motiv.

Lupo: Wollen Sie damit sagen, dass Sie ihm die Absolution erteilen? Einem, der blind in eine Menschenmenge schießt?

Pern: Auch Sie schießen blind in eine Menge. Heute bin ich dran. Und wer morgen? Ihre Rechtfertigung? »Ich habe meine Gründe« ... Alle haben ihre Gründe.

Lupo: Was raten Sie mir denn zu tun? Ich habe zwei Projektile derselben Waffe, die man aus zwei Leichen herausgeholt hat. Und dann habe ich Sie: Sie besitzen mindestens ein Gewehr, das das richtige sein könnte.

Pern: Oder ein baugleiches.

Lupo: Zugegeben. Was also müsste ich tun, um Sie von der Liste der Verdächtigen zu streichen?

Pern: Ich wette, dass in diesem Moment die Carabinieri mein Haus durchsuchen: Ihr Problem ist schon fast gelöst.

Lupo: Nein. Es gibt keinen derartigen Befehl. Das wäre sinnlos. Sie hätten alle Zeit der Welt gehabt, den eventuellen »Schuldigen« verschwinden zu lassen.

Abgesehen davon denke ich, dass er sich versteckt hat. Leider glaube ich nicht, dass diese Sache schon zu Ende ist.

Pern: Dazu kann ich nichts sagen. Wenn Sie mich allerdings bespitzeln lassen, dann zeige ich Sie an. Und dann können Sie mich nicht einmal beim nächsten Mord von der Liste der Verdächtigen streichen.

Lupo: Wäre Ihnen das recht?

Pern: Nein. Aber mit meiner Freiheit tue ich, was ich will. Es sei denn, Sie sperren mich ein. Sie wissen aber auch, dass ich in fünf Minuten das Zimmer verlassen werde.

Lupo: Nichts läge mir ferner. Ich danke Ihnen. Ich denke, jetzt werden Sie wesentlich früher als erwartet den Zug erwischen.

Pern: Heißt das, wir sind fertig?

Lupo: Gewiss. Es sei denn, Sie wollen noch auf eine Frage antworten, die ich aus purer Neugierde stelle.

Pern: Und die wäre?

Lupo: Sind Sie es, der diese riesigen Gemälde, die das ganze Tal beherrschen, auf die Felsen gemalt hat? Die gegen die Hochgeschwindigkeitszüge?

Pern: Wenn Sie meine Sachen wirklich gesehen hätten, dann müssten Sie auch in der Lage sein, den Stil wiederzuerkennen.

Lupo: Es ist leider so, dass ich zwar Ihre Bilder gesehen habe, nicht aber die Felsen. Von mir aus ist es ein Stück bis dorthin.

Pern: Dann kommen Sie mich doch besuchen.

Lupo: Das werde ich vielleicht tun. Auf Wiedersehen. Ach übrigens: Kannten Sie diese Hausbesetzer, die in Bussoleno verhaftet wurden? Wenn ich mich nicht irre, wohnen dort doch Ihre Eltern.

(lange Pause)

Pern: Nein, das sind doch Kinder. Ich könnte ihr Großvater sein.

Lupo: Es besteht der Verdacht, dass es einen großen Guru gibt, der sie anleitet. Das richtige Alter dafür hätten Sie.

Pern: Ich dachte, Sie wären ein Commissario bei der Mordkommission und kein faschistoider Politiker.

Lupo: Sie haben Recht. Auch wenn sie sich nicht mehr Faschisten nennen, haben sie doch Methoden, die auch mir nicht zusagen. Gute Fahrt.

Pern: Ihnen auch. Und sehen Sie zu, dass Sie am richtigen Bahnhof aussteigen…

Lupo seufzte.

Eine Weile sah er De Mattia dabei zu, wie dieser das Verhör auf der Maschine niederschrieb.

Dann rief er zu Hause an.

Matteo nahm ab.

Sie waren noch alle da und warteten darauf, dass er sein Versprechen hielt.

»Kommst du nach Hause?«

»Ja. Ich breche in fünf Minuten auf.«

»Papa kommt… Papa kommt!«

»Was soll dieser Jubel?«

»Du wirst es schon sehen. Polo und Marina haben sich an den Herd gestellt. Endlich bekommt man in dieser Hütte etwas Anständiges zu essen.«

Lupo legte auf und lächelte.

De Mattia wurde gerade mit seiner Niederschrift fertig.

»Bleibst du noch?«

»Yes.«

»Was denkst du über das Ganze?«

»Das kann ich dir sagen, wenn ich alles noch einmal gründlich durchgelesen habe. Der erste Eindruck ist zwiespältig. Es gibt tausend Gründe, die dafür sprechen, dass er es gewesen ist. Aber aus wieder anderen Gründen würde ich ihn als Täter ausschließen.«

»Genau. Er war ziemlich gut darin, uns alles und gar nichts zu sagen und uns dabei die Hände zu binden. Das Einzige, was wir tun können, ist, in Bussoleno nachzuforschen. Hast du auch diese Pause bemerkt? Das war seine einzige Unsicherheit. Aber ich habe nicht verstanden, ob sich seine Verwirrung auf diese zwei oder drei Hausbesetzer bezogen hat, die er kennt. Oder auf seine Familie. Auf Vater, Mutter, Schwestern, Brüder, sofern er welche hat.«

»Ganz sicher hat er eine Cousine. Das steht in der Akte, sie war auch in die Sache verwickelt. Warte, lass mich mal sehen. Da ist es … Martina Fassio … aus Turin. Ach ja: ein handschriftlicher Vermerk. Sie ist vor einigen Jahren ins Susatal gezogen. Nach einer Operation an … das kann man nicht lesen … Älter als er …«

»Schick da doch jemanden hin. Das kann nicht schaden.«

»Was ist dir lieber? Diplomatie oder die harte Hand?«

»Alle Diplomatie, die ein Carabiniere aufbringen kann.«

»Dann ist ja alles in Ordnung.«

Plötzlich klingelte das Telefon.

Lupo versuchte, Greta mit einem unsicheren Lächeln zu beruhigen.

»Das ist nicht für mich. Das Präsidium ist wie ein Krankenhaus. Von Samstagabend bis Montag kannst du in Ruhe sterben. Kein Arzt wird dich dabei stören.«

»Also gehe ich dran. Und wenn es für dich ist, dann sage ich, dass du nicht hier bist. In Ordnung?«

a, mach das.«

ie waren alle draußen im Schnee, um die letzten Sonnenstrahlen zu genießen.

Alle hatten sie sich etwas zu tun gesucht, um die eingelegten Sardellen, *bagna caôda**, die gefüllten Eier und die Apfeltorte besser verdauen zu können.

Die Jungen hackten Holz und Marina Salomone feuerte sie singend an: »Wir geh'n, wir geh'n an die Arbeit.«

Polo saß mit dem Fotoapparat im Nussbaum, auf der Suche nach der richtigen Einstellung, um eindrucksvolle Aufnahmen von den kleinen Inseln aus Eis, die der Po mit sich führte, zu machen.

Lupo hingegen reparierte die Löcher im Zaun – wegen des Hundes, der bald kommen sollte. Das sommerliche Werk von Igeln und Maulwürfen. Greta hielt ihm den Draht.

Das Klingeln des Telefons hatte alle erstarren lassen.

Sie hielten plötzlich in ihrem Tun inne, richteten die Augen auf die Terrassentür, darauf wartend, dass Greta erschiene. Das tat sie auch sofort wieder und Lupo fluchte.

»Verflixt noch mal, also ist es wirklich für mich…«

»Nein. Es ist eine von Polos Freundinnen. Casanova wird gewünscht. Wie sie bloß herausgefunden haben, dass er hier ist…«

Polo hielt sich an einem Ast fest und schwang sich hinunter, mit ungläubigem Blick.

»Du machst Witze. Ich habe niemandem gesagt, wo ich bin.«

»Los, beweg dich. Die Arme ist in einer Telefonzelle, die Einheiten rattern wie ein Maschinengewehr. Das muss eine große Liebe sein.«

»Hör schon auf damit. Wer ist es?«

* eine Art Gemüsefondue; piemontesische Spezialität

»Wenn du es nicht weißt…«

Polo ging rasch zum Haus und sah sich noch einmal um, bevor er eintrat. Er war immer noch sicher, dass es sich um einen Scherz handelte. Aber Greta bedeutete ihm ungerührt mit der Hand, sich zu beeilen.

Nur Lupo hatte mittlerweile verstanden.

»Ist es Tara?«

»Ja. Sie ist mit den Jungen in Rom. Am Flughafen. Sie steigen gleich in die nächste Maschine.«

»In Rom?«

»Du weißt doch, wie sie ist. Absolut verrückt. Sobald ich sie davon überzeugt hatte, dass sie wieder einen Mann braucht, hat sie keine zehn Minuten länger darüber nachgedacht. Sie hat das Haus verrammelt und ist losgesaust, um ihn sich wieder zu holen.«

»Und du wusstest nichts davon?«

»Als ich das letzte Mal mit ihr gesprochen habe, wusste sie selbst noch nichts davon.«

Die Straße nach Caselle.

Wieder zusammen zu einem Flughafen.

Wie früher.

Lupo und Polo.

Aber dieses Mal war es eine Ankunft, keine Abreise.

»Ich habe Angst.«

»Es wäre eigenartig, wenn du keine hättest.«

»Ich bin mittlerweile doch ein alter Junggeselle. Ich habe meine Gewohnheiten, brauche meinen Raum, ich rauche im Bett.«

»Und bist einsam wie ein Hund.«

»Wenn du wüsstest, wie oft ich davon geträumt habe, dass sie wiederkommt!«

»Das brauchst du mir nicht zu sagen. Ich habe schließlich

das Ende aller dieser Ferien miterlebt. Warum hast du sie denn nie darum gebeten?«

»Glaubst du, das hätte ich nie?«

»Nein, nicht wirklich. Ich kenne dich doch: Vielleicht hast du ein bisschen das Terrain sondiert. Aber du bist nie vor ihr auf die Knie niedergefallen und hast wieder um ihre Hand angehalten. Dein Stolz hat dir nicht erlaubt, ein Risiko einzugehen.«

Lupo lächelte. Sein »großer Bruder« mit hängenden Ohren. Eingeschüchtert. Lupo gegenüber im Nachteil, weil dieser das Privileg von Gretas Vertrauen genoss. Und die hatte eine tödliche Kriegsmaschinerie in Gang gesetzt.

Er stieß ihn an.

»Hat sie denn nicht schon für dich die Entscheidung getroffen? Was hat sie dir gesagt?«

»Dass es in unserem ehrwürdigen Alter gar nicht schlecht sei, ein paar dieser Gefühle noch einmal zu erleben, die uns so verwirrt haben, als wir jung waren.«

»Nichts weiter?«

»Nein. Nur, dass ihr die Idee so gut gefallen hat und sie sich deshalb entschieden hat, schon früher zu kommen, und dass sie hofft, dass ich nichts dagegen habe. Dass ihr klar sei, dass dies möglicherweise nur der Traum eines alten ruhelosen Mädchens sei. Dass sie es mir aber nicht so am Telefon sagen wollte. Dass sie Greta angerufen hat, weil die ganz allein für diesen Coup verantwortlich ist. Die aber den Ball nicht angenommen, sondern ihn einfach weiter gespielt hat. Sie hat mich ans Telefon gerufen, und als Tara so überraschend meine Stimme gehört hat, sind ihr die Tränen gekommen. Ob das wohl ein gutes oder ein schlechtes Zeichen sei? Das solle ich selbst entscheiden. Ich hätte ja gut zwei Stunden, um darüber nachzudenken. Denk mal: zwei mickrige Stunden nach so vielen Jahren …«

Das Heideland war weiß.

Nur unterbrochen vom schwarzen Asphalt der Pisten.

Das Donnern der Turbinen eines Flugzeugs im Landeanflug.

Taubenscharen, die unvermittelt aufstiegen.

Sie beide auf der Besucherterrasse.

Schweigend.

»Entschuldige, wenn ich dich frage, aber …, also … Utah, Oregon, Vietnam, Brasilien, Nouméa, viermal Südafrika, Peru, Kap Verde, die Sahara und ich weiß nicht, was noch. Ach ja: Mit dem Boot auf dem Mittelmeer und in den norwegischen Fjorden. Wenn wir die Tage, die wir alle miteinander verbracht haben, zusammenrechnen, dann kommen wir auf ungefähr zwei Jahre, in denen wir gemeinsam um die Welt gereist sind. Es stimmt schon: Das waren Ferien, nicht das Leben. Aber wir waren zufrieden, glücklich und entspannt. Deshalb ist die Frage …«

»Nein, wir haben nicht mehr miteinander geschlafen.«

»Wenn dir die Frage zu intim war, hättest du nicht antworten müssen …«

»Du hättest ewig so weitergeredet, bis du zum Eigentlichen gekommen wärest …«

Verspätung.

Die metallische Stimme der Ansagerin aus dem Lautsprecher.

Um eine halbe Stunde.

Der Flughafen Fiumicino überlastet.

Caselle dafür immer leerer. Die Hoffnung mittlerweile nur mehr auf eine noch weit entfernte Olympiade gerichtet.

Lupo gelang es nicht, die quälenden Gedanken an die Erfolglosigkeit seiner Jagd fern zu halten, während sie warteten.

»Wie heißt dieser Priester, der für *Nostro Tempo* arbeitet und der inzwischen ein großes Tier in der Kurie geworden ist – Monsignore sowieso?«

»Ricciardi.«

»Kennt ihr euch gut?«

»Warum?«

»Ich muss einen Exorzisten finden, den das Erzbistum verschwinden hat lassen, weil er dummes Zeug geredet hat. Aber ich will nicht den offiziellen Weg gehen. Es könnte sich auch als Flop erweisen.«

»Piazza Vittorio?«

»Ja. Er hat für eine gewisse Zeit in einer der Mansarden gewohnt.«

»Bekomme ich die Exklusivrechte an der Story?«

»Hast du nicht schon genug von dieser Geschichte? Und jetzt auch noch exklusiv? Ich denke, du wirst in den nächsten Tagen ausreichend Beschäftigung haben …«

»Ja oder nein?«

»Nur, wenn er der Mörder ist.«

»In Ordnung.«

»Dann mal los. Hol dein Handy heraus. Wenigstens siehst du dann nicht aus wie ein Schüler, der auf seine erste Liebe wartet.«

Sie kommen.

»Flight from Rome AZ112 landing now.«

Aufregung. Neues.

Etwas schon lange nicht mehr Empfundenes.

»Also?«

»Also, was?«

»Ist dir klar, dass überhaupt nichts in deinem Schädel vorgeht?«

»Es ist wunderschön.«

»Also hast du dich entschieden.«

»Ich habe mich nur dazu entschlossen, sie alle mitzunehmen und irgendwohin zu fahren. Weit weg... Ans Meer, in die Berge, wohin sie wollen. Nur weg von hier.«

»Und die Zeitung?«

»Die kann mich mal.«

»Dein Ferrero Rocher wird das nicht gutheißen.«

»Der kann mich auch mal. Ich habe tonnenweise Urlaubstage, die längst fällig sind.«

»Und die Verabredung?«

»Welche Verabredung?«

»Mensch, Polo, du hast gerade mit ihm telefoniert.«

»Ach so, Ricciardi... Er erwartet dich am Montag um neun. Im erzbischöflichen Palast. Bei der Sacra Rota.«

»Und das heißt?«

»Meiner Meinung nach haben sie ihn befördert, um ihn aus dem Weg zu haben. Er ist ein ganz schöner Aufwiegler. Da sind sie!«

»Das sind sie nicht. Du hast dich getäuscht. Was tut er bei der Sacra Rota?«

»Er wird wohl gegen Bezahlung Ehen scheiden, wie ich ihn kenne.«

»Mach keine Witze. Ich brauche jemanden, bei dem viele Fäden zusammenlaufen.«

»Hör mal, Lupo, treib mich jetzt nicht in den Wahnsinn. Kann ich dich um einen Gefallen bitten?«

»Ich höre.«

»Wenn ich dich anflehen würde, mich alleine zu lassen... dir ein Taxi zu suchen... und ganz unauffällig zu verschwinden, so als wäre ich alleine hergekommen...?«

»Spinnst du jetzt?«

»Reg dich nicht auf. Es ist, weil...«

»Ist ja schon gut.«

»Bist du sauer?«

»Das geht vorüber. Wann höre ich von dir?«

»Sobald …«

»In Ordnung. Sobald ihr miteinander geschlafen habt.«

»Die Frage ist zu intim. So was fragt man nicht.«

»Du hättest ewig dieses »sobald« wiederholt, bevor du auf den Punkt gekommen wärst …«

Es war ein seltsamer Sonntag, ein Sonntag des Wartens.

In hoffnungsvoller Spannung.

Aber tatsächlich geschah nichts.

Die Schachteln mit der Weihnachtskrippe wurden vom Dachboden geholt. Marina Salomone half den Jungen, sie auf der großen Platte der elektrischen Eisenbahn aufzubauen. Vorsichtig wickelte sie jede Figur, jedes Schaf, jedes Häuschen aus dem Zeitungspapier, in das sie eingeschlagen waren.

Sie war begeistert.

Ihre Augen leuchteten immer stärker, bei jedem Stück, das zum Vorschein kam. Wie die eines Kindes, das ein Geschenk auspackt. Eine Überraschung nach der anderen. Alles war so unerwartet schön.

Die Krippe war ein unglaubliches Durcheinander verschiedenster Stile, Farben, Ideen, Glaubensrichtungen.

Die Krippe, nunmehr über die Maßen angewachsen, hatte ursprünglich aus zwei Grundelementen bestanden: aus einer alten, aus Rinde gefertigten Häusergruppe, die aus den Kindertagen von Lupos Eltern stammte, und einem Dutzend geschnitzter und handbemalter Figuren aus Gretas Familie.

Dann war auf jeder Reise etwas Neues hinzugekommen.

Aus Neapel kam eine riesige Hütte, die sich an einen Berg klammerte, an dessen Flanken glitzernde Wasserfälle und in allen Regenbogenfarben schillernde Bäche sich in einen kleinen See am Fuße des Berges ergossen. Ein Mechanismus im Innern des Berges sorgte dafür, dass sich das Wasser, das aus Stanniolpapier bestand, unaufhörlich bewegte.

Jesus, Joseph und Maria kamen aus Belo Horizonte in Brasilien, sie hatten lange, echte Haare wie die Statuen in der prunkvollen Barockkirche von Ouro Prêto.

Der Ochse und der Esel waren aus Peru, zu ihren Füßen lag wiederkäuend eine Herde junger Lamas. Eine alte Bäuerin war dabei, die dichte Lamawolle zu spinnen, um später daraus eine Decke zu machen, als Geschenk für das Jesuskind.

Die Weisen hatten die schwarzen Gesichter aus Soweto. Es waren zwei Jungen mit nackten Füßen, die ein Mädchen begleiteten, das auf dem Rücken eines Gnus ritt. Aus ihren Augen leuchteten die Hoffnung und Freiheit der Savanne und nicht die Traurigkeit des Ghettos.

In Wirklichkeit gab es aber noch viel mehr Weise aus dem Morgenland. Nach und nach hatten sie sich jedoch in andere Personen verwandelt und bildeten eine große Gruppe, die sich um die Heilige Familie drängte.

Es war, als würde man die Erdzeiten aus den Gesteinsschichten lesen. Mit jeder Rückkehr aus fernen Ländern kam eine Figurengruppe hinzu. Und die alten waren gezwungen, sich neue Rollen zu suchen.

Da waren drei klassische Gelehrte auf den Rücken von Kamelen zwischen barbusigen Wäscherinnen aus einem Zulu-Dorf.

Andere Figuren mit großen vergoldeten Brillengestellen hatten ihre Zelte in einem Palmenhain aufgestellt, unter einem sternenübersäten Himmel, der wie ein großer Schirm von einem Tuareg in Blau gehalten wurde. Daneben zwei zweckentfremdete Madonnen.

Doch es waren die Tiere, die das größte Erstaunen hervorriefen.

Die Bäume waren voller Pumas, Affen, Adler, Schlangen. In den Wäldern gab es Löwen, Gazellen, Zebras, Kängurus und Eisbären. Auf den Heuböden saßen balinesische Gänse, Truthähne aus Kentucky, hawaiische Auerhähne.

Und die Lichter, die Spieldosen.

Im Hintergrund auf den Hügeln aus Farnen, rollte ein mexikanischer Gastwirt den Teig für das Fladenbrot aus. Die kreisförmige Bewegung seiner Hände ließ eine Walze drehen, die die Melodie von *La Cucaracha* spielte, und dabei züngelten große Flammen in dem kleinen Holzofen auf, die die ganze Hütte erleuchteten.

Auf einer Brücke stand eine Gruppe sardischer Dudelsackpfeifer. Wenn man einen Schlüssel am Rücken des einen aufzog, dann begannen sich die Säcke aufzublasen und, entgegen jeglicher ethnischen Korrektheit, die ersten Töne von *White Christmas* zu spielen.

Und weiter…

Windmühlen, die nur auf einen Lufthauch warteten, um ihre musikalischen Flügel kreisen zu lassen. Aufziehbare Tanzpuppen. Drehorgelspieler. Und zahllose blinkende Lämpchen, verborgen in schwarz angemalten Pappmaché-Himmeln, die die Nacht darstellen sollten und in denen mysteriöse Lichter das Dunkel erhellten.

Sie arbeiteten den ganzen Tag.

Und das Telefon blieb stumm.

Die Jungen vergaßen sogar das Fußballspiel Juventus gegen Turin. Die Stunden verstrichen ohne die gewohnten sonntäglichen Sticheleien, die die beiden, obwohl Anhänger rivalisierender Fußballclubs, dennoch zusammenschweißten.

Diese eigenartige spannungsvolle Erwartung lag noch immer in der Luft. Jeder wartete auf einen anderen Anruf.

Lupo auf den von Polo.

Greta auf den von Tara.

Matteo und Michele auf den ihrer Freunde.

Marina Salomone wartete mit allen zusammen.

Die Stimmung änderte sich auch nicht, als sie gemeinsam hinausgingen, um unter den Pappeln am Po nach Moos zu suchen. Auch nicht, als sie die Pinie mit einer dieser Lichterketten aus tausend rotglühenden Peperonis der *Navidades tex-mex* schmückten, die im texanisch-mexikanischen Grenzgebiet von Dallas bis El Paso die Feiertage am Jahresende beleuchteten.

Es kam kein Anruf.

Kurz vor dem Schlafengehen hatten schließlich alle den gleichen Gedanken: Dieses Schweigen konnte nur Gutes bedeuten. Wenn etwas schief gegangen wäre, dann würden sie bis zu dieser Stunde etwas gehört haben.

Lupo hatte keine schlechte Beziehung zu Gott.

Er hatte die Kinder auch taufen lassen.

Aber er konnte Priester nicht leiden.

Daher war er gespannt, nun einen kennen zu lernen, der im Ruf stand, der Kirche auf wenig konventionelle Weise zu dienen.

Ein Unbeliebter, den die Hierarchie fürchtete.

Ein aggressiver, mürrischer Zeitgenosse.

Ohne höfische Schnörkel.

Der Gegenentwurf eines Hirten. Eine Art unerbittlicher Bonvivant, der die Schafe lieber bei riesenhaften Mahlzeiten verschlingt, als sie in den Stall zu geleiten.

Aufrecht gehalten von einem granitharten Glauben.

»Sind Sie der Commissario, der zum Monsignore möchte?«

Es war ein kleingewachsener, recht junger Geistlicher, der weiße Socken trug und eine dünne Stimme hatte.

Er war plötzlich aus einer Tür gekommen, die sich schüchtern auf den mit prunkvollen barocken Säulen versehenen Innenhof des erzbischöflichen Palastes geöffnet hatte.

»Ja, wenn der Monsignore Don Ricciardi ist.«

»Oh ja, das ist er. Seine Eminenz, der Kardinal, könnte niemals dort oben unter dem Dach arbeiten. Und auch die anderen Monsignori nicht. Ich bin heruntergekommen, weil ich mir sicher war, dass Sie den Weg nie von allein gefunden hätten.«

»Sind Sie sein Sekretär?«

»Oh nein. Sein Kanzler.«

»Sie wollen doch nicht sagen, dass sich die Gerichtsbarkeit der Sacra Rota am Ende dieser engen Treppe befindet?«

»Oh, wenn es eine Anhörung gibt, dann wird der große Säulensaal benutzt. Aber soweit ich mich erinnere, hat Monsignore ihn nur sehr wenige Male benutzt. Er löst die Dinge meist vorher. Bei der Voruntersuchung.«

»In dem Sinne, dass er jedes Gesuch sogleich zurückweist, es sei denn, der Fall ist ganz offensichtlich?«

»Oh nein. Nein, nein, nein. Er ist sehr pragmatisch. Wenn Sie wüssten, welche Schliche sich die Menschen ausdenken… Voreheliche Verträge von einem Notar unterschrieben, in denen die zukünftige Braut unterschreibt, dass sie niemals gebären wird. *Impotentia coeundi* vor falschen Zeugen ausgerufen. Geschlossene, aber nicht vollzogene Ehen. Als ob die Welt sich nicht nach dem Geschlechtstrieb richten würde.«

»Und er?«

»Welchen Sinn macht es, Menschen zusammenzuhalten, die solche Märchen erzählen?«

»Sie können sich doch immer noch scheiden lassen.«

»Oh, das ist wahr. Aber das verbietet ihnen, sich noch

einmal kirchlich trauen zu lassen. Und ihre eventuellen Kinder – die sie in dieser ersten unglücklichen Ehe nicht gehabt haben – werden schon in Sünde geboren.«

»Und das kanonische Recht?«

»Oh, was die Formalia betrifft, sind diese Lügner hervorragend: Sie kommen schon mit all ihren schönen rechtmäßigen Papieren an. Freunde, Tanten, Verwandte und Portiersfrauen, die bereit sind zu bezeugen.«

»Und sind Sie damit einverstanden?«

»Oh, ich war es nicht, der Monsignore ausgewählt hat. Sondern im Gegenteil …«

»Ich verstehe.«

»So, hier sind wir. Ich bin übrigens Don Giovanni. Ich weiß, der Name reizt in dieser Umgebung zum Lachen. Aber ich schwöre Ihnen, dass ich völlig keusch bin.«

Lupo lächelte. Und hustete.

Nur vier Treppen, und er war schon außer Atem.

Wohingegen dieser schmale Geistliche, der sich auf den ersten Blick nur durch ein Wunder auf den Beinen zu halten schien und jeden Satz mit einem »Oh« beginnen ließ, offensichtlich hervorragend in Form war, das Schwatzen liebte und eine gute Portion Humor besaß.

Die Treppe mündete in einen riesigen Raum.

An dessen Ende thronte ein immenser Schreibtisch, dessen Ausmaße ganz entschieden denen seines Benutzers entsprachen.

Monsignore war in der Tat so etwas wie ein Riese, mit dem Bart eines Propheten und den Schultern eines Herkules. Seine schwarzen Augen huschten unaufhörlich umher. Die weißen Haare waren für einen Würdenträger der Kirche viel zu lang, in seiner Stirn ringelte sich eine ungezähmte Locke. Die Hände glichen Schaufeln.

Mit seinem schweren karierten Hemd über den Hosen

aus rauem Stoff, die Ärmel über behaarte Unterarme hochgekrempelt, glich er eher einem Waldarbeiter als einem Richter von Gottes Gnaden.

»Sie sind also der Commissario, der Turin hasst …«

Lupo war überrascht.

»Nun, das stimmt so nicht ganz …«

»Dann beweisen Sie mir das.«

Lupo fühlte sich immer unbehaglicher.

Er hatte gewusst, dass er sich einer Persönlichkeit gegenübersehen würde, die nicht einzuschätzen war. Aber er hätte nie gedacht, dass er sich einem strengen Verhör würde unterziehen müssen, das seine Abneigung gegenüber der Stadt zum Gegenstand hatte, die ihm gewissermaßen als Schuld angelastet wurde.

Monsignore lächelte.

Er stand von seinem Stuhl auf und streckte ihm die Hand entgegen.

Lupo hielt ihm vorsichtig die seine hin.

»Werden Sie sie mir zerquetschen oder geht das schmerzfrei aus?«

»Für den Moment kommen Sie noch davon. Aber was Turin betrifft, werde ich Sie zum Umdenken bringen. Nur zu, gehen wir, Sie komischer Kauz …«

»Wohin?«

»Zum Unterricht.«

Der Commissario folgte ihm, vorbei an dem belustigten Blick Don Giovannis. Sie stiegen die winzige Treppe, die nun von der Masse des Monsignore ausgefüllt wurde, wieder hinunter und, im Hof angekommen, gingen sie auf einen alten gelben Fiat Cinquecento zu, der ein wenig schief in der Ecke eines Säulengangs abgestellt war.

Das Auto war zwar frisch lackiert, aber es besaß keinen Beifahrersitz.

»Meine Limousine. Machen Sie es sich hinten bequem. Sie können die Beine ausstrecken und ich kann schalten.«

»Haben Sie nichts vergessen?«

»In welcher Hinsicht?«

»Ziehen Sie keinen Mantel an oder so etwas ...?«

»Man hatte damals die Heizung schon erfunden. Und außerdem habe ich im Kofferraum mein Necessaire.«

»Wohin fahren wir?«

»In die Stadt, bei Gott. Um Ihnen zu zeigen, wie schön sie ist.«

»Entschuldigen Sie, aber eigentlich müsste ich mit Ihnen sprechen ...«

»Verbietet Ihnen das jemand? Der Motor ist nicht so laut, und die Schaltung kracht nur, wenn ich vom ersten in den zweiten Gang schalte.«

Lupo gab sich geschlagen.

Doch er stellte fest, dass er es nicht ungern tat. Er hatte sich bereits von der Faszination einfangen lassen, die von diesem heiteren Spinner mit seinem dröhnenden Turiner Akzent und seiner kurz angebundenen Art ausging.

Via Arcivescovado: Banken und Kirchen. Die Menschen und Gott. Ihre jeweilige Macht einander gegenübergestellt. Ein Barock, das mit Löwenköpfen, Karyatiden und architektonischem Prunk den jeweils anderen zu beeindrucken suchte. Die Sprache von Herrschaft und Unterwerfung.

Piazza Solferino, die Zitadelle Pietro Miccas, die savoyische Stadt. Und dann die Gassen um die Consolata und um die Gerichtsgebäude herum. Wieder standen Gott und die Menschen einander gegenüber, ihre konkurrierenden Gesetze.

Es war ein herrlicher Tag.

Wenige Menschen auf den Straßen. Die Zeit von Schule und Arbeit war vorbei. Einige schimmernde Streifen Schnee waren auf den Dächern zurückgeblieben. Die Sonne brachte alles zum Schmelzen, auch Lupos Seele.

Er fühlte sich ausgesprochen entspannt.

Verzaubert durch jenen Rattenfänger ohne Kutte, der auf seiner Flöte der Liebe spielte. Der sogar das Verdeck geöffnete hatte, damit sie mehr sehen konnten.

Die Kälte im Gesicht.

Den Pflichten enthoben.

Die Zeit gezwungenermaßen ganz für sich.

Es war eine eigenartige, nie erlebte Situation.

Für ihn war Turin zum Synonym für das Schlechte geworden. Ein Topf, in den man die Hände tauchte, ohne je zu wissen, mit welcher üblen Melasse die Finger in Berührung kommen würden. Vielleicht hatte er sich deshalb von ihr abgewandt. Und dabei die Fähigkeit verloren, ihre Unschuld zu sehen. Ihre Schönheit.

Und es stimmte: Turin war wirklich schön.

Es war, als hätte er diese breiten, langen Straßen nie wahrgenommen. Ihre durchdachte Anlage. Die dem Leben und den Dingen eine geradlinige Bedeutung gab. Die beruhigende Sicherheit dieses unendlichen Daches der Arkaden.

Das, was in ihren Mauern geschah, waren individuelle, private Geschichten, jede auf eigene Weise einzigartig. Aber hinter allem schienen immer diese stereotypen Charaktere auf, die vom Atem dieser Stadt geprägt waren:

Die falschen Liebenswürdigen, die Provinzler, die *bogianen**, die Zurückhaltenden. Die Untertanen, die aufgrund ihrer Geisteshaltung und aus Stolz eine so große Liebe zum Herrscher hegten, dass sie die Monarchie durch eine Sippe ersetzten.

* piemontesischer Ausdruck für »die, die sich nicht bewegen«

Das Geschlecht der Savoyer durch die Familie Agnelli.

Die diese Sippe als strahlende Größe ansahen, die sich unauffällig, jedoch maßgeblich von jenem anderen stereotypen Italien abhob, das sich durch lautes Reden, Unordnung, Jammern, Angeberei, Gerissenheit und Gleichgültigkeit auszeichnete.

Von diesem anderen Italien, das allzu sehr Italien war.

Sogar die Zugewanderten, die aus dem entfernten Süden dem Fiatwerk zuströmten, wurden davon angesteckt. Nicht anders würde es früher oder später allen anderen Bevölkerungsschichten ergehen, vorausgesetzt, sie entschieden sich, Wurzeln zu schlagen.

Das war Turin.

Und Lupo entdeckte es wieder neu. Von diesem Geistlichen dazu angeregt, sich in den Mäandern seiner Erinnerung zu bewegen, die er bisher stets wegen der Brutalität seines Berufs verschlossen gehalten hatte.

Via Santa Chiara.

Ein altes städtisches Kloster, fast fensterlos.

Zerbröckelnde Mauern, abgeblätterte Farbe. Eine vergessene Festung, im alten Zentrum des 19. Jahrhunderts. Schlichte salesianische Architektur. Keine Säulengänge. Zellen. Winzige Vierecke des Himmels hinter den verrosteten Gittern.

»Wir sind da.«

»Wo?«

»Wollten Sie nicht unseren ramponierten Exorzisten sehen?«

»Ist er hier drin?«

»Ja.«

»Was ist das hier für ein Ort?«

»Das Haus des Vergessens, wohin wir unsere Diener schicken, die den Verstand verloren haben. Sie glauben gar nicht, wie häufig das vorkommt. Mystische Ängste, Visionen der Mutter Gottes, sexuelle Fantasien, die von allzu vielen Stunden im Beichtstuhl herrühren, Teufelsangst. Auch Geistliche werden verrückt. Und wenn das passiert, dann kümmert sich hier ein Dutzend nervenstarker Schwestern um sie.«

»Mit anderen Worten, Sie lassen sie verschwinden.«

»Fangen Sie nicht an, plötzlich den moralisch überlegenen Laienprediger zu spielen. Der Staat hat die Irrenanstalten geschlossen und die Konsequenzen sind allen klar. Wir sind dem nicht gefolgt. Wir haben unsere beibehalten.«

»Das sieht aus wie ein Gefängnis.«

»Es ist aber keines. Wir machen keine Gefangenen.«

»Das heißt, dass die Menschen, die hier unterkommen, das Haus verlassen können?«

»Wenn ihnen danach ist.«

»Nach allem, was Sie sagen, ist dies ein geheimer Ort. Keiner weiß davon.«

»Außer Ihnen, jetzt.«

»Warum?«

»Polo hat mir Ihre intellektuelle Aufrichtigkeit garantiert. Falls Padre Saluzzo getötet hat, dann ist es richtig, dass er dafür bezahlt. Wobei man ihm unnötiges Rampenlicht und einen sinnlosen Skandal vielleicht ersparen könnte. Aber wenn er es nicht war, wird keiner von ihm wissen, bis er sich wieder erholt hat.«

»Kennt Polo diesen Ort?«

»Nein. Und Sie werden nicht mit ihm darüber sprechen.«

Das war eine Feststellung, keine Frage. Und sie ließ keine andere Meinung zu. Lupo nickte. Dann plötzlich fing er an zu lachen. Es glich beinahe einem nicht aufzuhaltenden Schluchzen, das in Wellen kam und das ganze Auto erbeben ließ.

»Was ist denn plötzlich mit Ihnen los?«

»Nichts, nichts. Nur, wenn ich bedenke … In einem Cinquecento bekehrt … Von einer Bestie bedroht, die ohne Beifahrersitz herumfährt … Im Begriff, einen Käfig voller Narren im Mönchsgewand zu betreten … So etwas hätte ich mir nie erträumt, als ich aus dem Haus ging.«

Padre Saluzzo hatte blaue Augen. Gute Augen.

Ein rosiges Gesicht, das keine Blässe aufwies. Das Aussehen eines Mannes bei guter Gesundheit, mit einigen Pfunden zu viel um die Taille herum, die wohl eher von Trägheit als von zu reichlichem Essen rührten.

Er sah Lupo durchdringend an.

Aber ohne Tiefe, als könne die Netzhaut die Bilder nur schwer aufnehmen.

Dann leuchtete dieser Blick für einen Moment auf und der Commissario fühlte sich davon durchbohrt.

Es war nur ein Augenblick, kaum zu erfassen und noch weniger zu beschreiben.

Denn es mochte tatsächlich geschehen sein.

Oder war es im Gegenteil nur in seiner Einbildung passiert, die von der Intensität der Erwartung geschärft sein mochte? Und der Enttäuschung, sich nicht dem ausgemergelten, irren Gesicht gegenüberzusehen, das er im Grunde erwartet hatte.

»Padre Saluzzo, warum fragen Sie Ihre Gäste nicht, ob sie etwas Warmes zu trinken haben möchten. Eine heiße Schokolade zum Beispiel?«

Die Schwester, die neben ihm saß, stützte die Ellbogen auf den großen Küchentisch. Sie schälten gemeinsam eine unglaubliche Menge Kartoffeln für das Mittagessen.

Weiter hinten beaufsichtigte eine andere Schwester weitere Geistliche, die mit verschiedenen Küchenarbeiten beschäftigt waren. Es lag keine Spannung in der Luft, alles schien ganz natürlich und unter Kontrolle zu sein.

Das einzig Eigentümliche war, dass die Schwestern, die allesamt recht beleibt waren, aufmerksam jeden Handgriff verfolgten und dass sie blaue Pullover und Hosen trugen, um in ihrer Bewegungsfreiheit nicht eingeschränkt zu sein.

Die Kirchenmänner hingegen trugen alle Pyjamas aus schwerem, grauem Flanell. Über den ausgebeulten Jacken auch einmal einen schäbigen gelben Schal oder einen Pullover, der von Gott weiß woher stammte.

Der Exorzist gehorchte der Aufforderung der Schwester und, gleichsam wie das unpersönliche Echo uralten Empfindens, wiederholte er diesen Kehrreim der guten Manieren.

»Kann ich Ihnen etwas Warmes zu trinken anbieten? Eine heiße Schokolade vielleicht?«

»Ja, Padre. Eine Schokolade würde uns gut tun. Für Sie auch, Lupo?«

»Gewiss, Monsignore.«

Padre Saluzzo legte das Messer weg.

Er erhob sich langsam und schlurfte zu einem Küchenschrank.

Die Schwester ließ ihn fortgehen, dann sprach sie leise, wobei sie kaum die Lippen bewegte.

»Ich habe es überprüft, Monsignore, wie Sie mich gebeten hatten. Padre Saluzzo war an den Tagen, von denen wir sprechen, nicht hier.«

»Hat er die Nächte draußen verbracht?«

»Um ehrlich zu sein, er ist erst gestern Abend wiedergekommen. Er war über zehn Tage fort.«

»Wer hat ihm die Erlaubnis gegeben?«

»Ich. Und es war auch nicht das erste Mal. Er hat die Grenzen immer respektiert. Es geht ihm viel besser. Er muss nur noch seine Selbstachtung wiedergewinnen. Das kann er hier nicht, das ist wohl offensichtlich. Er muss mit Menschen zusammen sein.«

»Wissen Sie, wo er gewesen ist?«

»Nein. Das ist Teil der Regeln: Wenn die Zeit gekommen ist, die Freiheit, wenn auch nur teilweise, zuzulassen, dann muss sie uneingeschränkt sein. Sonst kommt sofort eine Regression. Dies hier sind keine gewalttätigen Verrückten. Keiner, der sich jemals die Hände mit Blut befleckt hätte, es sei denn mit dem des Herrn Jesus. Wenigstens glaube ich das... Jetzt lasse ich Sie alleine. Sprechen Sie ganz ruhig und leise mit ihm.«

Der Monsignore nickte.

Und die Schwester erhob sich.

Von weiter weg kamen Geräusche häuslicher Arbeiten.

Nichts erinnerte an ein Krankenhaus oder gar an ein Gefängnis. Vielmehr glich der Raum einem jener Speisesäle für Arme, in denen diese selbst die verschiedenen Arbeiten erledigten.

Neben dem Herd stand ein eingeschaltetes Radio.

Ein Lokalsender, der mehr Werbung als Musik brachte. Eine kreischende Stimme, die bis zum Abwinken den haarsträubenden Kalauer wiederholte: »Denk positiv, sagte das AIDS zum Schwulen! Denk positiv,...«

Aber niemand schien zuzuhören.

»Madre Serena ist Psychiaterin. Sie hat das Gelübde abgelegt, als sie Witwe geworden ist. Sie hilft uns sehr. Sie ist es, die hier die ganze Sache am Laufen hält. Ah, da kommt er ja wieder. Vielleicht ist es besser, wenn ich beginne.«

Padre Saluzzo ging leicht nach vorne gebeugt. Mit kurzen Schritten. Er trug das Tablett mit großer Vorsicht. Ganz darauf konzentriert, keinen Tropfen aus den Tassen zu verschütten.

Er mochte in den Fünfzigern sein.

Vielleicht auch ein bisschen älter.

Es war schwer zu bestimmen, allein von seinem Aussehen zu schließen. Er hatte eines jener alterslosen Gesichter. Die glatte Haut von Landpfarrern, die nie altern.

»Wenn Sie die Schokolade nicht möchten, lassen Sie sie bitte stehen. Das kränkt mich nicht. Ich verstehe, dass Madre Serena mit Ihnen allein sprechen musste. Sind Sie über meine Krankengeschichte jetzt ausreichend informiert?«

»Dieser Freund von mir hier ist Commissario. Er heißt Lupo.«

»Angenehm, welch ein guter Wind.«

»Kein guter Wind. Die Verbrechen von der Piazza Vittorio. Du weißt, wovon wir sprechen, oder?«

»Ich lese regelmäßig Zeitung, wenn Sie das meinen, Monsignore.«

»Genau das meine ich. Aber da ist noch etwas. Du hast für eine gewisse Zeit in einer der Mansarden dort gewohnt. Darum geht es eigentlich …«

»Ja, das habe ich mir gedacht …«

Er hielt seine Tasse fest, und als es ihm gelungen war, das Zittern seiner Hände zu beruhigen, trank er in langen Zügen. Seine Gäste taten es ihm nach.

Plötzlich stand der Monsignore auf.

»Ich komme in einer halben Stunde wieder. Es ist besser, wenn Sie alleine miteinander sprechen. Wenn Sie dann noch meine Hilfe brauchen, dann können wir später weitersehen. Bis dann.«

Er ging mit einer für sein Gewicht erstaunlichen Leichtfüßigkeit. Ein Körper, der sowohl im Sitzen als auch im Gehen eine unglaubliche Energie versprühte. Auch bei ihm war es schwer, sein Alter zu schätzen.

Lupo sah ihm nach, bis er durch dieselbe Tür verschwunden war, durch die auch Madre Serena hinausgegangen war.

Vielleicht wollte er ja mit ihr noch einige Einzelheiten in dieser Angelegenheit bereden.

»Ich habe lange mit Costanza Ferro gesprochen.«

»Sie ist eine gute Frau, trotz einiger Eitelkeiten.«

»Wie haben Sie sie kennen gelernt?«

»Sie wollen wissen, wie ein Exorzist dazu kommt, mit einer aus der Crème de la Crème vom Hügel Umgang zu haben?«

»Ich weiß nicht, welche Anspielung Sie aus meiner Frage herausgehört haben. Ich versichere Ihnen, dass keine darin lag. Ich möchte nur gerne verstehen, wie zwei Welten miteinander in Kontakt kommen, die allem Anschein nach so weit voneinander entfernt sind. Halten Sie das für unangemessene Neugierde?«

»Nein. Aber es wäre mir lieber, wenn Sie direkter wären. Sorgen Sie sich nicht um meine Gesundheit.«

»Muss ich das nicht?«

»Meine Krankheit ist keine Krankheit des Geistes, es ist eine Krankheit der Macht. Um den Teufel auszutreiben, ist ein fester Wille und tiefe Konzentration vonnöten. Und ein hoher Aufwand an Energie. Nun, meine Batterie ist leer. Ich lade sie gerade wieder auf. Das ist alles.«

»Nun gut. Also, wie kam es, dass eine Frau wie Costanza einen Geistlichen wie Sie in einem ihrer Zimmer einquartiert hat?«

»Ja, so gefallen Sie mir besser...«

Die Geschichte war einfach.

Padre Saluzzo war in jenes Bauernhaus gerufen worden, das vom Gewächshaus Costanzas aus zu sehen war. Zwei Straßenkehren weiter oben. Ein kleines altes Gehöft, das dem Angriff der neuen Villen Widerstand geleistet hatte.

Dort wohnte eine junge Frau, die in Raserei verfallen war.

Sie zerriss sich die Kleidung. Sie masturbierte zu jeder Stunde, tags oder nachts, gleichgültig, wer anwesend war.

Sie heulte.

Sie schrie.

Sie genoss.

Vor den Kindern. Vor dem Arzt. Vor ihrem Mann. Vor seinen Eltern, die im oberen Stockwerk wohnten. Vor allem aber vor ihrer Schwägerin, die eine gläubige Frau war und in ihrer bäuerlichen Einfachheit überall die Sünde sah.

Sie war es, die ihn geholt hatte.

Auf Anraten des Pfarrers von Gran Madre di Dio. Wo sie Opfergaben für die Rettung ihrer Seele zu machen pflegte.

Padre Saluzzo besaß einen gewissen Ruf.

Er war noch sehr jung nach Turin gekommen, in den Jahren des Kardinals Pellegrino. Als die Stadt von einem so heftigen esoterischen Fieber ergriffen war, dass es ganz besonderer Kräfte bedurfte. Binnen kurzer Zeit gab es massenhaft Exorzisten in Turin. Fast halb so viele, wie im ganzen übrigen Italien tätig waren.

Und Saluzzo hatte sofort besondere Gaben gezeigt.

Er besaß Geduld, Härte und Unnachgiebigkeit.

Er schien die Rüstung eines Kreuzfahrers zu tragen. Unermüdlich bot er sich als Freiwilliger für jede Schlacht gegen das Böse an. Auch dort, wo die anderen Kollegen, die meist größere Erfahrung besaßen, große Zurückhaltung an den Tag legten. Die sich Zeit ließen, um wieder Energie zu schöpfen.

Jeden Tag wurde mindestens ein Friedhof geschändet.

Man hatte Kunde von Sekten und schwarzen Messen.

Von entführten und verschwundenen Prostituierten, die bei satanischen Riten geopfert wurden.

Die Presse sprach dann von einem Geistesgestörten, der

ältere Passantinnen in den Straßen vor Friedhöfen oder in der Nähe des Gaswerks überfallen habe. Oder von »Lektionen«, die jemand solchen armen, unglücklichen Frauen erteilt habe, die sich, entführt oder unter Drogen gesetzt, dennoch gegen ihr Schicksal aufgelehnt hätten.

Dann waren die Nigerianerinnen und Senegalesinnen an die Reihe gekommen, deren vergewaltigte und gefolterte Leiber wie düstere Geister auf den wilden Müllkippen am Rande der Stadt wieder auftauchten.

Aber die Kirche wusste genau, dass die Dinge nicht so lagen.

Und sie versuchte, mit allen Mitteln Abhilfe zu schaffen.

Seit Jahrhunderten war es so.

Seit den Zeiten der savoyischen Könige.

Sie, die für jene Zeit äußerst weltlich und geradezu anarchistisch waren, hatten an ihrem Hof Predigern Exil gewährt, Visionären, Wahrsagern, Chiliasten, Propheten, Scharlatanen der Ideen und Worte, Verbannten und Verfolgten aus allen Teilen Europas.

Und sie ließen es zu, dass ihr Hof, ihre Schlösser, ihre Sommerresidenzen, ihre Jagdschlösschen, ihre Hauptstadt von jenen unterwandert wurden.

So wurde Turin ganz langsam, aber unaufhaltsam in einen Mantel aus Magie eingehüllt.

In ein Netz aus geheimen astralen Wegen.

Schwefelige Alleen durchkreuzten die Stadt in ganzer Länge. Von der Basilika der Gran Madre, das savoyische Heiligtum mit der Grablege der Dynastie, bis hin zur Piazza Statuto. Diese wiederum bildete das Ende jenes unendlichen Gewirrs an Höhlen und Gängen, die, beginnend am Ufer des Po, unterhalb der Stadt verliefen, wo sie dann an jenem Punkt austraten, von dem aus die Erhebung des Monte Musiné zu sehen war. Oder vielmehr: das Haus des Teufels.

Der Gipfel jenes Hügels, der den Eingang zum Susatal beherrschte. Zu dessen Füßen die Könige von Chambéry, von Frankreich kommend, unter guten Vorzeichen auf der Suche nach einem Vaterland vorübergezogen waren.

Die Kirche hatte das alles gewusst.

Die Kirche hatte gewusst, dass Turin in seiner antiklerikalen Haltung strengster Cavourscher Prägung zum Eckpunkt eines magischen Dreiecks geworden war, das die Stadt mit Lyon und Prag verband.

Und die Kirche hatte ebenso gewusst, dass allein dieser Ruf ausreichte, um Moden und Perversionen jeglicher Art hervorzubringen.

Denn das Böse war keine Erfindung der Kirche.

Sondern eine immerwährende Präsenz, die sich dort einnistete, wo die Zugbrücken herabgelassen waren.

Padre Saluzzo schloss die Augen.

»Es gab keinen Zweifel. Diese junge Frau war besessen.«

Und Lupo sah, dass er jede Einzelheit dieser Begegnung wieder durchlebte. Wie oft er dies wohl seit damals gemacht hatte? Er war davon gezeichnet. Er hatte sich noch nicht davon befreit. Lupo sah, wie er für einen Augenblick erzitterte. Dann hörte es auf.

»Es hat mich ausgedörrt.«

»Und wie?«

»Wie, fragen Sie? Ach ja, ein Commissario braucht detaillierte Bekenntnisse. Wie ein Priester. Also hier sind sie. Erwarten Sie aber keine unappetitlichen Einzelheiten wie Schaum vor dem Mund, Schwefelgeruch oder anderen Unsinn dieser Art. Nein. Die Wahrheit ist viel einfacher. Sie hat mir zugelächelt, als ich hereinkam. Sie hat mir bedeutet, an ihr Bett zu treten. Dann hat sie meine Hand genommen und mir zugeflüstert: ›Ich habe auf dich gewartet.‹«

Lupo schwieg.

Er spürte, wie Padre Saluzzos Blick ihn prüfend ansah.

Wie sein Schmerz zunahm.

Er nickte, um ihn zum Weitersprechen zu ermutigen.

»Ich habe diese Hand genommen. Und habe mich führen lassen. Bis ich sie dort gestreichelt habe, wo sie wollte. Ohne ihr widerstehen zu können. Ich habe weitergemacht, weitergemacht …«

»Und dann?«

»Ich erinnere mich an nichts mehr.«

»Wie kann das sein?«

»Er hatte gesiegt. Und ich habe es nicht einmal gemerkt.«

»An welchem Punkt setzt Ihre Erinnerung wieder ein?«

»Bei Costanza. Sie stand über ihre Rosen gebeugt auf dem Rasen und sah nach den Veränderungen, die der Frühling mit sich bringt. Ich weiß nicht, wie ich bis dorthin gekommen bin. Ich war einfach plötzlich dort und habe ihr alles erzählt. Ich hatte das Bedürfnis, meine Seele zu erleichtern, diese Last, die mich zu erdrücken drohte, mit jemandem zu teilen. Sie hörte mir zu. Dann hat sie mich mit ins Haus genommen und mir ein Bett gemacht. Ich fieberte. Verwirrt und von der Schuld erdrückt.«

»Wann hat sie Ihnen angeboten, dass Sie an der Piazza Vittorio wohnen könnten?«

»Am darauf folgenden Morgen. Als ich aufgewacht und aufgestanden bin. Als sie mir erklärt hat, dass ich vielleicht alles nur geträumt hatte. Sie war zum Hof hinaufgegangen. Um Auskünfte über mich einzuholen. Um nachzuforschen. Um zu wissen, ob sich ein Skandal über mir zusammenbraute …«

»Aber …«

»Aber sie hat dort nur glückliche Menschen angetroffen. Eine junge Mutter, die von etwas genesen war, das die Ver-

.ndten freundlich als eine schlimme Erfahrung bezeichneten. Sie beklagte sich, dass sie mir nicht hatte danken können, weil ich in aller Stille weggegangen war, um sie nicht in Verlegenheit zu bringen. Verstehen Sie? Satan ist von ihr auf mich übergegangen. Er wurde nicht besiegt, er hat nur seinen Wohnsitz gewechselt.«

»Sind Sie sich dessen sicher?«

»Sie reden wie Costanza. Ist Ihnen nicht klar, dass man diese Stadt ausradieren müsste? Dass sie bis zu einem solchen Grad verdorben ist, dass der Antichrist sich sogar ungestraft auch der wehrhaftesten Diener Gottes bemächtigen kann?«

Lupo überlief es kalt.

Die tiefere Bedeutung dieser Worte war grauenvoll.

Der Engel der Vernichtung.

Das flammende Schwert der Gerechtigkeit.

Oder der Rache.

Der Wahnsinn mit klarem Verstand. Kontrolliert. Fähig, einen Plan auszuführen, der nur in den Augen jener irrational erschien, die nicht die Gabe eines unbeirrbaren Glaubens hatten. Jenes Glaubens, der Noah vor der Sintflut rettete und die Sünder vernichtete.

Padre Saluzzo lächelte unerwartet.

»Ja, die Idee ist mir gekommen. Als ich verzweifelt in meiner Dachkammer saß und aus dem Fenster sah. Aber ich war es nicht.«

»Jemand hat es aber getan.«

»Vielleicht bin ich gerade dabei, meine Kräfte wiederzugewinnen. Der Böse muss es leid geworden sein, im Körper einer Amöbe zu hausen, die sechs Monate lang nur die Gran Madre angestarrt hat. Danach hat man diese Unterkunft hier für mich gefunden, mich mit diversen Beruhigungsmitteln und ein bisschen Freiheit aufgepäppelt, um dann zu sehen, ob ich wirklich noch in der Lage bin, den Herrn wieder zu finden.«

»Darf ich Sie fragen, wo Sie an den fraglichen Tagen waren?«

»Gewöhnlich gehe ich zu diesem Bauernhaus. Ein wenig oberhalb davon gibt es einen Aussichtspunkt. Da sitze ich meist und warte darauf, diese Frau zu sehen.«

»Und wo schlafen Sie?«

»Turin ist voller Menschen, die auf der Straße leben. Jeder trägt die Verzweiflung in sich. Keine gleicht der anderen. Oft brauchen sie nur jemanden, der ihnen zuhört. Das ist meine Art, wieder neu anzufangen. Zum Beispiel in einer Obdachlosenunterkunft.«

»Können Sie mir Zeugen nennen?«

»Und Sie, können Sie mir einen Fisch im Meer zeigen?«

Der Monsignore bot ihm an, ihn zum Präsidium zu bringen.

Aber dieses Mal ohne Stadtführung.

Keine versteckte Schönheit Turins, die es zu entdecken galt.

Nur Unwohlsein.

»Was denken Sie darüber?«

»Ich weiß es nicht. Ausgehend allein von der Beweislage, wäre Padre Saluzzo der natürliche Verdächtige.«

Der Monsignore seufzte.

»Ich kann Ihnen noch mehr sagen. Er kann auch schießen. Er war Militärseelsorger. Er war im Libanon, in Somalia, in Bosnien, im Kosovo. Wohin auch immer unsere Soldaten geschickt werden.«

»Aber sollte ein Exorzist nicht einer einzigen Arbeit nachgehen?«

»Da gibt es keine Regel. Oft haben sie daneben noch andere Aufgaben. Da gibt es Priester, Mönche, Gemeindepfarrer. Ab und zu muss man für eine gewisse Zeit lang aussetzen. Man kann den Motor nicht immer auf Hochtouren laufen lassen. Sonst brennt man aus.«

»Was hat Ihnen Madre Serena gesagt?«

»Sie hat bedauernd die Arme gehoben. Ihre Wissenschaft ist keine exakte. Sie hat gesehen, dass es ihm besser ging. Sehr sogar. Aber seine Unschuld zu garantieren... Sie ›spürt‹, dass er es nicht war. Aber niemand weiß besser als sie, dass sich bei einem Psychopathen vor allen anderen Fähigkeiten als Erstes die Gerissenheit entwickelt. Doppelbödigkeit und Verstellung. Auch wenn man vom Fach ist, ist es fast unmöglich, einer entwaffnenden Natürlichkeit den Schleier herunterzureißen.«

Es war viel Verkehr. Sie kamen nur langsam voran.

Das Verdeck des Cinquecento war zugeklappt.

Das Wetter änderte sich.

Dicke Wolken, die von heftigen Windstößen vorangetrieben wurden, kamen von den Bergen herunter. Die Wettervorhersage hatte neuen Schnee und ein rapides Absinken der Temperatur angekündigt.

Und alles passierte binnen eines einzigen Augenblicks. Als die Sonne und die Milde des frühen Vormittages noch wie so oft einen wiederholten Irrtum der Satelliten und Meteorologen vermuten ließen.

Lupo war verwirrt.

Er war an einem toten Punkt angekommen.

Er hatte zwei Verdächtige.

Beide mit den einleuchtenden Motiven von Geisteskranken.

Mit anderen Worten: Das Bild schien das Richtige zu sein. Und es schien ihm unmöglich, es noch mit weiteren Gestalten zu bevölkern. Wie viele Henker gingen frei umher und dachten sich so verrückte Rachepläne aus?

War zwei nicht schon eine übertrieben große Anzahl?

War es wirklich möglich, noch einen dritten oder vierten zu finden?

Schließlich erreichten sie doch das Präsidium.

Sie hielten in zweiter Reihe.

Lupo spürte den Blick des Monsignore auf sich.

»Was werden Sie tun?«

»Ich weiß es nicht. Aber seien Sie beruhigt. Sie haben mir einen Weg eröffnet, den ich alleine nicht gefunden hätte. Ich werde Sie nicht in Verlegenheiten bringen.«

»Das ist es nicht, was mich beunruhigt. Meine Schultern haben schon andere Lasten getragen. Es ist nur so, dass ich im Falle des Falles gerne dabei sein würde. Padre Saluzzo ist mein Cousin. Und er war immer entschieden besser als ich...«

Modica hatte Nico Vibar gefunden.

Es war unwichtig, dass er sich jetzt nicht mehr so nannte.

Der griesgrämige Commissario präsentierte seine Beute im Büro des Questore.

Lupo hatte die Pforte noch nicht passiert, als ein atemloser Polizist ihm sagte, er solle doch sofort hinaufgehen.

Aber nicht deswegen beeilte er sich.

Zunächst ging er in sein Büro.

De Mattia war am Telefon.

Lupo legte den Mantel ab. Er sah, dass heißer Kaffee auf dem Kocher stand und goss sich eine Tasse ein. Er schaute aus dem Fenster. Sah die Papiere auf dem Schreibtisch durch. Im Wesentlichen versuchte er, ein wenig Zeit zu gewinnen.

Er konnte nicht von einer zur anderen Sache übergehen, ohne einen Augenblick tief durchzuatmen, ohne sich vorzubereiten.

Er musste den Kies aus dem soeben ausgebaggerten Kanal durchsieben. Bis nur mehr die Goldklumpen übrig blieben. Die Schlacke, den Schlamm, die unnützen Dinge, den falschen Glimmer musste er davon trennen.

De Mattia legte auf.

»Du siehst aus, als hättest du einen Geist gesehen.«

»Fast. Gibt es etwas Neues?«

»Aus Bussoleno noch nichts. Aber ich habe auch nicht erwartet, dass sie sich beeilen würden. Wenn wir Glück haben, dann hören wir morgen etwas. Sicher nicht früher.«

»Sonst noch etwas?«

»Ferrero wollte dich sprechen.«

»Ferrero? Was zum Teufel kann der denn von mir wollen?«

»Er hat nicht viel gesagt. Er hat mich nur gebeten, dir auszurichten, dass er dich sprechen wolle. Er ist in der Redaktion.«

Beim Gedanken an die Zeitung erinnerte sich Lupo plötzlich daran, dass Polo sich nicht mehr gemeldet hatte. Mit keinem Sterbenswort. Noch eigenartiger war es, dass selbst Tara nicht angerufen hatte.

Er wusste nicht, ob dies ein Grund zur Freude oder zur Sorge sein sollte.

Er hatte mit Marina Salomone am Morgen darüber gesprochen. Auf der Rückfahrt mit den Jungen zurück in die Stadt, die darauf gedrängt hatten, sie persönlich nach Hause zu begleiten. Zumal sie gewissermaßen unmittelbar neben ihrer Schule wohnte.

Sie hatte ihn angelächelt.

»Zerbrechen Sie sich nicht den Kopf darüber. Die beiden ordnen gerade ihr Leben neu. Da bleibt keine Zeit, an uns zu denken.«

Lupo überlegte. Er war eigenartigerweise glücklich über

dieses »uns«. Als sei die Familie ganz plötzlich größer geworden. Diejenigen, die das mit der größten Begeisterung angenommen hatten und die als Erste die schleichende Veränderung bemerkt hatten, waren Michele und Matteo gewesen.

Und er freute sich, dass sie der Faszination der Weisheit des Alters erlegen waren, den Erzählungen einer Person, die viel gesehen und erlebt hatte. Einer vorbildhaften Gelassenheit, die Dinge, vor allem die unschönen und ungerechten, hinnehmen zu können.

De Mattia riss ihn aus seinen Gedanken.

»Wartet man nicht oben auf dich?«

»Haben sie dir auch Feuer unter dem Hintern gemacht?«

»Was dachtest du denn? Los, geh schon. Du hattest jetzt mehr als genug Zeit, um deine Nadeln anzupinnen. Es könnte wichtig sein...«

Und das war es auch.

Ferro begrüßte ihn hemdsärmelig.

Das war sehr ungewöhnlich.

Sonst war er stets tadellos gekleidet. Perfekte Bügelfalte. Zugeknöpfte Jacke, selbst wenn er saß. Glänzende Knöpfe an den gestärkten Manschetten.

Jetzt hingegen hatte er den Krawattenknoten ein wenig gelockert, der obere Knopf des Hemdes stand offen.

Und seine Haare waren ein wenig in Unordnung geraten.

Auch Modica hatte seinen Zweireiher abgelegt.

Der hing unförmig über der Rückenlehne eines Sessels.

Die Luft rauchgeschwängert wie in einem schäbigen Vernehmungszimmer. Wo zwei Polizisten ein Stegreifstück spielten, in dem sie in der Rolle des Guten und des Bösen versuchten, mit wohldosierter Brutalität und Nachsicht dem Gequälten, der vor ihnen saß, ein Geständnis zu entlocken.

Das Schauspiel musste Erfolg gehabt haben, das war aus den befriedigten Mienen der beiden zu schließen.

In einer Ecke saß, in Handschellen, Nico Vibar.

Mit aufsässigem Gesichtsausdruck.

Als beträfe ihn diese Angelegenheit gar nicht.

Ferro bat Lupo sich zu setzen.

In seinen Gesten lag Dringlichkeit. Aus ihnen sprach das offensichtliche Bedürfnis zu erzählen. Gleichsam die Notwendigkeit, jemanden, den er schätzte, an seiner Heldentat teilhaben zu lassen. Um Bewunderung und Applaus zu erheischen.

Nach langer Zeit auf das Schlachtfeld zurückzukehren hat häufig einen solchen Effekt.

»Es war nicht einfach. Aber es ist uns gelungen. Wir haben keinen Namen. Und das war ja auch klar. Aber wir wissen, wie und wann.«

»Und wir haben eine wichtige Neuigkeit.«

»Ja. Unser Killer hat nämlich nur vier Projektile verlangt. Keines mehr. Er hat vier Opfer geplant. Und Modica hat die Projektile, die bei Claudio Legnano und Ernestina Lucco gefunden wurden, mit den anderen, die der Mörder nicht haben wollte, verglichen. Es gibt gar keinen Zweifel daran, dass es sich bei der Waffe um diejenige handelt, die unser Freund hier an den Mann gebracht hat. Eine Mannlicher-Carcano. Wie die, die Lee Oswald für Kennedy benutzt hat.«

»Da gab es kein Diskutieren. Er wollte unbedingt diese. Er hat sie fast mit Gold bezahlt. 28 Millionen Lire für ein Museumsstück. Er hat drei Monate warten müssen. Aus Amerika ist sie gekommen. Und er hat 10 Millionen Lire angezahlt. Unglaublich. Selbst für einen Spinner.«

Lupo war auf einmal zum Brennpunkt ihrer Begeisterung geworden.

Sie sprachen durcheinander.

Vervollständigten sich gegenseitig die Sätze.

Vergaßen völlig, dass sie ihn zeitweise als unerträglichen Nervtöter und als entschiedenen Feind betrachtet hatten.

Jetzt hingen sie an seinen Lippen.

Um ein Urteil zu hören.

Ein Kompliment zu erhaschen.

Wozu sie ja auch allen Grund hatten.

Vier Morde geplant. Die Waffe von Dallas. Die Wartezeit. Der Eigensinn. Alle diese Elemente gehörten nun untrennbar zusammen. Die Planung. Und das Ende.

Denn an diesem Punkt war es deutlich, dass das Massaker ein Ziel verfolgte. Es war nur der Pflichtteil, um dann zum Eigentlichen zu kommen.

Aber was war das?

Lupo sah Ferro an.

»Können wir den da wegbringen lassen?«

Der Questore wandte sich erstaunt Modica zu. Als suche er dort Trost für seine Enttäuschung. Das hatten sie nicht erwartet. Aber Lupo sprach unbeirrt weiter.

»Wir müssen sprechen. Unter vier Augen. Was mit ihm wird, überlegen wir uns später.«

»Wollen Sie ihn denn nicht verhören?«

»Nein, alles, was zu tun war, haben Sie schon erledigt. Und auf perfekte Weise. Ich würde Ihnen nur Ihre Zeit stehlen.«

Ferro nickte.

Und auch Modica nickte.

Es war nicht nur das erwartete Bonbon. Sondern sogar noch etwas mehr. Eine jener Eingebungen, die einen Lupos schlechten Charakter vergessen ließen. Sein Widerstreben. Seine verächtliche Art.

»In Ordnung. Sagen Sie unten bei den Zellen Bescheid, dass sie jemanden heraufschicken. Wir sehen uns alle in einer Viertelstunde. Gut gemacht, Modica …«

»Es war nur eine gute Art, den Sonntag zu verbringen, Dottore.«

Lupo spürte ein Ziehen in den Knochen.

Da war etwas, was er nicht greifen konnte.

Eine Idee, ein Gefühl, etwas, das er zufällig gehört hatte, eine entfernte Erinnerung. Vielleicht war es nur ein Wort in einer Unterhaltung gewesen. Er wusste: So fing es an. Jedes Mal mit demselben krampfartigen Ziehen, das ihm die Richtung wies.

Doch es war noch nicht stark genug.

Also versuchte er, an etwas anderes zu denken.

Es hatte keinen Zweck, sich darauf zu versteifen.

Fast ohne, dass er es merkte, wählte er die Nummer Ferreros.

Es antwortete wohl jene Sekretärin, die vor einigen Tagen ihrer Auseinandersetzung beigewohnt hatte. Denn sie erkannte ihn gleich und war sehr freundlich.

»Er ist nicht in seinem Büro. Aber ich werde sehen, ob ich ihn finde. Warten Sie bitte einen Moment.«

Lupo war diese Wartezeit nicht unrecht.

Er versuchte, sein Unterbewusstsein zu mobilisieren. Doch Ferreros Stimme unterbrach sofort seine Grübeleien.

»Commissario, besten Dank für Ihren Rückruf.«

»Was brauchen Sie denn dieses Mal?«

»Ach ja, unser Pakt. Nein. Es hat nichts mit Ihren Morden zu tun. Zumindest nicht direkt.«

»Ich kann Ihnen nicht folgen.«

»Wissen Sie, wohin Polo verschwunden ist? Seit Freitagnachmittag habe ich nichts von ihm gehört. Er ist nicht zu Hause. Das Handy ist ausgeschaltet. Ich dachte, Sie wüssten vielleicht ...«

»Nein, tut mir Leid.«

Lupo log nicht gerne.

Aber es widerstrebte ihm, seinen Freund zu hintergehen, indem er seinen Vorgesetzten darüber informierte, dass er sich irgendwo mit einer Frau versteckt hatte, die entschlossen war, ihn zurückzuerobern.

Andererseits stimmte es ja, er wusste nicht, wo Polo war.

Er machte sich nur der Auslassung schuldig, nicht einer wirklichen Lüge.

»Ist das vorher schon vorgekommen?«

»Niemals mitten in einer wichtigen Sache.«

»Nun, ich glaube nicht, dass es da etwas Neues gibt. Im Grunde ist er der Einzige, der die Geschichte der Lucco erzählt hat. Er ist viel früher als wir zu ihrem Vater gekommen. Er hat Dinge erfahren, die wir niemals entdeckt hätten.«

Ferrero machte eine lange Pause.

Ohne etwas zu entgegnen.

Dann sagte er langsam etwas, das Unbehagen hervorrief:

»Aber Sie glauben nicht, dass er zu weit gegangen ist?«

»In welcher Hinsicht?«

»Dass er dem Mörder zu nahe gekommen ist?«

»Das glaube ich nicht. Wie sind Sie denn darauf gekommen?«

»Kein Journalist, der an einer solchen Geschichte arbeitet, würde mittendrin aufhören. Sie sprechen vom Interview mit dem Vater Lucco. Gut. Hervorragend. Ein guter Fang. Aber der Rest? Da sind noch die Mutter, die Schwester. Was wissen wir wirklich von dem Opfer? Nichts. Wir stehen still. Seit zwei Tagen veröffentlichen wir keine Zeile.«

»Ich weiß nicht, was ich Ihnen sagen soll.«

»Sind Sie denn nichtbesorgt, als Commissario, als Freund?«

Für Lupo war die Wendung, die das Gespräch genommen

hatte, unangenehm. Im Grunde seines Herzens nagte nämlich auch in ihm der Zweifel, ob möglicherweise etwas schief gegangen war.

Aber die Vernunft sagte ihm, dass er solchen unbegründeten Fantasien nicht nachgeben durfte.

Deshalb fiel seine Antwort knapp aus.

»Nein. Und ich glaube, wir sind mit dem Thema Polo jetzt fertig.«

»Warum? Gibt es denn ein anderes?«

»Ja. Ich würde gerne auf einen Sprung in die Zeitung kommen. Ich müsste einige Zeit im Archiv verbringen. Könnte mir jemand dabei behilflich sein?«

»Suchen Sie denn etwas Bestimmtes?«

»Alles über den Mord an Kennedy…«

Keine Reaktion.

Und Lupo stellte sich vor, wie Ferrero versuchte, Zeit zu gewinnen.

Weil er sich fragte, ob nicht auch Lupo verrückt geworden war.

Die Antwort, die kühl und ironisch zugleich ausfiel, bestätigte seine Annahme.

»Ich wäre glücklich, Ihnen helfen zu können. Persönlich natürlich…«

Ferro hatte sich seine Jacke wieder angezogen.

Der Krawattenknoten saß wieder fest an der richtigen Stelle.

Der Questore war erneut die Korrektheit in Person.

Er saß am Schreibtisch, bildete selbst fast dessen Krone. In den Besuchersesseln saßen Lupo und Modica.

Er dachte über die Schlussfolgerungen Lupos nach.

Der hatte ihn über die Schritte in Kenntnis gesetzt, die ihn bewogen hatten, den Maler und den Exorzisten zu verdächtigen. Ohne dabei jedoch Modica die Rolle Costanzas zu offenbaren.

Ferro war ihm dafür dankbar.

Und Modica, dem wohl bewusst war, dass irgendein Teilchen fehlte, hatte verstanden, dass es nicht angemessen war, weiter nachzubohren. Er war endlich an die Ehrentafel geladen worden und er würde sehr aufpassen, keine Soße auf das Tischtuch zu kleckern.

»Und was schließen wir daraus, wohin bringt uns das?«

Lupo seufzte.

»Ich weiß es nicht. Vielleicht dahin, Möglichkeiten ausschließen zu können. Sagen zu können, was der Mörder *nicht* ist.«

»Zum Beispiel?«

»Er ist *nicht* desorganisiert. Er hat einen genauen Plan. Bis in die kleinsten Einzelheiten ausgeklügelt und durchdacht. Er hat *keine* Eile damit, ihn zu Ende zu bringen. Er hat die Zeit festgelegt und beobachtet präzise. Eiskalt, ohne Gefühle.«

»So weit, so gut …«

»Er ist *nicht* jünger als fünfzig. Er ist *nicht* ungebildet. Er will *nicht* ungeschoren davonkommen.«

Ferro sah Lupo fasziniert an.

Es war ihm bisher nicht gelungen, den Mechanismus zu begreifen, der bewirkte, dass an einem bestimmten Punkt der Untersuchung bei Lupo ein Licht aufging, das die anderen nicht sahen.

Nur Lupo hatte diese Ahnungen.

Und dieses zitternde Lämpchen führte ihn einen Pfad entlang, an dessen Ende sich in der Regel der Mörder versteckt hielt.

So war es schon oft gewesen.

Er hatte es mit eigenen Augen gesehen.

Und genau deswegen verzieh er ihm alles.

Er nickte und gab ihm das Zeichen fortzufahren. Ab jetzt konnte er ihm nur noch folgen und versuchen, nicht den Anschluss zu verlieren.

»Der springende Punkt ist die Mannlicher-Carcano. Das war nie eine bekannte Waffe. Sie wurde in Amerika verkauft, und zwar hauptsächlich über den Versand. Durch das Attentat auf Kennedy ist sie zu einem Symbol geworden. Sie sind der Questore. Können Sie mir sagen, ob diese Waffe heute noch hergestellt wird?«

»Vielleicht ja, moderner, zeitgemäßer. Aber es könnte auch sein, dass die Fabrikation eingestellt ist. Jedenfalls ist es keine gewöhnliche Marke. In meiner ganzen Laufbahn habe ich ein Gewehr dieser Marke noch nie mit eigenen Augen gesehen und noch nicht mal gehört, dass jemals darüber gesprochen wurde.«

»Und das löst unser Problem, welches Alter der Mörder hat: fünfzig. Vielleicht auch etwas älter. Kommen wir zum nächsten Punkt. Es handelt sich um einen gebildeten Mann. Im modernen Sinne.«

»Das heißt?«

»Er historisiert die Dinge. Vielleicht kann er Dante nicht auswendig. Aber ist informiert. Er liest Zeitungen, Bücher, er sucht sich seine Themen und arbeitet sich gründlich ein. Sicherlich weiß er alles über Dallas, über Oswald, über Ruby, über den Warren-Report, über die CIA, über Kuba, die Mafia, über den Film von Abraham Zapruder. Aber was ist ihm im Kopf geblieben? Oswald und die Mannlicher-Carcano.«

Auch Modica war fasziniert.

Er sagte nichts.

Angespannt saß er auf der vorderen Kante der Sitzfläche. Die Armlehnen des Sessels hielt er umklammert. Er hörte

Lupo mit denselben weit aufgerissenen Augen zu, die ein Kind hat, wenn es einem Zauberer zusieht.

Er riskierte es, eine Frage zu stellen.

»Warum aber gerade Oswald?«

»Weil er ein idealistischer Scharfrichter war. Benutzt, gesteuert und schließlich gefasst. Gibt es noch jemanden, der nicht so darüber denkt? Wenn Sie in Dallas gewesen wären, wie ich es war, dann hätten Sie keine Zweifel daran. Vielleicht war auch er, der Mörder …«

Lupo erkannte plötzlich, dass auch das ein unbewusster Schlüssel sein konnte. Und er ließ sich sofort von seiner Vorstellungskraft leiten.

»Vielleicht ist auch er im fünften Stock der Bibliothek an der Daley Plaza gewesen. Und als er aus dem Fenster sah, wurde ihm sofort klar, dass alle diese Bilder, die man immer wieder im Fernsehen oder im Film gesehen hat, dieser Szene eine Größe verliehen, die sie in Wirklichkeit gar nicht hatte. Im Gegenteil, es war alles so nah: Die Brücke, die Hügel, die Straße, durch die die Präsidentenlimousine gefahren war und die, in die sie nach einer Wendung um 90 Grad hineingefahren ist.«

»Mit anderen Worten?«

»Die ganze Szenerie dieser Ermordung nahm und nimmt einen um einiges kleineren Raum ein, als die riesige Piazza Vittorio, die man aus einem kleinen Dachfenster aus sehen kann.«

Man hörte nur das Gurgeln des Wassers, das durch die Heizungsrohre gepresst wurde. Entfernte Stimmen aus den Korridoren, die unwirklich und unerwartet zu ihnen drangen.

Ferro richtete sich in seinem Stuhl auf.

Es fiel ihm schwer, das alles aufzunehmen.

Die Tatsachen miteinander in Beziehung zu setzen.

Er hatte keine Angst, seine Unbedarftheit zu zeigen und dieselben Worte wie Lupo zu benutzen.

»Also, wir haben einen Mann, der, wie Oswald, eine Carcano im Anschlag hat. Der, wie Oswald, ein idealistischer Scharfrichter ist. Und der, wie Oswald, gefasst werden wird. Aber der wollte sich nicht fassen lassen.«

»Aber es ist so geschehen. Und das ist das historische Vorbild. Wenn wir ihn nicht vorher fassen, wird er sich nach dem vierten Opfer stellen. Davon bin ich überzeugt.«

»Warum?«

»Weil er organisiert ist, alles ins Detail vorbereitet hat. Er tötet für ein Ziel. Dieses wird uns verborgen bleiben, bis er es uns persönlich mitteilen wird. Nicht aus den Publikumsrängen heraus, sondern von der Bühne herab. Was danach kommt, wird ihn nicht mehr interessieren.«

»Wie können Sie sich da so sicher sein?«

»Oh, ich bin mir keineswegs sicher. Ich beschränke mich darauf, aufgrund der Fakten, die wir haben, Spekulationen anzustellen. Diese Übung kann sich auch durchaus als sinnlos und unnütz herausstellen.«

»Aber glauben Sie, dass es so ist?«

»Nur vier Geschosse. Vier Tote. Keinerlei Erklärung. Kein Telefonat bei uns oder bei der Presse. Welcher Psychopath würde die Anonymität ertragen, wenn er nicht die Absicht hätte, am Ende aus der Tiefe, in der er sich verborgen hält, aufzusteigen?«

5

Einen Ort hatte er noch nicht aufgesucht.

Das Mansardenzimmer.

Lupo hatte keine plausible Erklärung für eine solche Unterlassung. Es stimmte: Er war nicht von Anfang an mit den Ermittlungen beauftragt gewesen. Dann hatte er nur halb daran mitgewirkt, und erst jetzt hatte er wirklich das Gefühl, dass er sie ganz leitete.

Es war an der Zeit, das Versäumte nachzuholen.

Das Gebäude war ein altes aristokratisches Wohnhaus aus der Zeit der Savoyer und lag an einem der größten Paradeplätze Europas.

Eingezwängt zwischen den Arkaden der Patrizierhäuser in der Via Po und den Gehsteigen des Bürgertums in der Via Principe Amadeo, zwei Straßen, die wie Strahlen von der Piazza Vittorio abgingen.

Unter dem Dach hatten sich die Zimmer der Dienerschaft befunden.

Ein langer Korridor mit acht Türen. Jede führte zu einem Zimmer, das früher einmal eine gemütliche Diener- oder Dienstmädchenunterkunft gewesen war.

Es gab keine Türschilder.

Daher war nicht zu ersehen, ob die Räume bewohnt waren oder nicht.

An einer der Türen in der Mitte des Korridors hatte die Bürokratie einen jämmerlichen Beweis ihrer Existenz hinterlassen.

Ein Stück Papier, mit einer Reißzwecke befestigt, auf dem mit zittriger Schrift ein unbeholfen formulierter Hinweis zu lesen war, der ihn frösteln ließ: »Es ist Unbefugten verboten hineinzugehen. Dieser Ort ist von der Kriminalpolizei beschlagnahmt.«

Lupo blickte um sich.

Bisher war noch niemand gekommen.

Obwohl er langsam über die große Herrschaftstreppe hinaufgestiegen war. Und sich vor jeder Tür ein wenig aufgehalten hatte, um zu lauschen, ob von drinnen irgendwelche Geräusche zu hören waren.

Er wurde ärgerlich.

Der Befehl war deutlich gewesen.

Dieses Dachgeschoss sollte rund um die Uhr observiert werden, ohne die Hausbewohner zu stören. Fremde jedoch durften nicht ungefragt kommen und wieder gehen.

Und er war in der Tat ein Fremder.

Zornig öffnete er die Tür des Zimmers, aus dem der Mörder geschossen hatte.

Das Schloss war aufgebrochen worden, ein kurzer Druck genügte.

Er trat ein.

Es war ein einziger, riesiger Raum. Er schätzte die Größe auf mindestens hundert Quadratmeter. Ein nachträglich eingebautes Badezimmer mit Dusche und eine Kochecke.

Durch drei große Fenster flutete das Sonnenlicht.

In den Strahlenbündeln tanzten dicht an dicht die Staubkörnchen, die er durch seine Bewegung aufgewirbelt hatte. Es gab keine Möbel. Nur ein großer venezianischer Kristall-Leuchter, der an dem Punkt aufgehängt war, an dem sich die Decke zur Dachschräge neigte.

Automatisch suchte er nach dem Schalter.

Er drückte ihn.

Und die sechs Kerzenbirnen flammten auf.

Er dachte nach: Wer mochte die Stromrechnung bezahlen? Was würde eine Anfrage bei den Elektrizitätswerken ergeben? Irgendein Name auf einem anonymen Überweisungsformular oder auch mehr?

Wie hatte das Modicas Leuten entgehen können?

Er sah sich weiter um.

Und er hoffte, dass ihre Nachlässigkeit so weit gegangen war, dass sie auch andere Indizien nicht bemerkt hatten. Er fand jedoch nichts.

Sie mussten in Scharen hereingekommen sein.

Der Pfad, den die Schritte des Mörders im Staub geschaffen hatten, war noch zu erkennen. Aber viele andere Fußspuren lagen nunmehr kreuz und quer darüber.

Sehr deutlich waren nur die Eindrücke, die das Stativ dicht am Fenster hinterlassen hatte.

Lupo öffnete das Fenster und blickte über den Platz.

Er versuchte, Kriterien zu finden, nach denen das Opfer ausgesucht worden war. Sogar der Zufall konnte eine Ordnung haben. Das besagte die Theorie des organisierten Chaos, die letztlich Nobel jener neuen Generation von Mathematikern präsentiert hatte, die mit Computern geboren worden waren.

Er blieb lange so stehen und vergaß die Zeit.

Die Menschenmenge dort unten änderte unaufhörlich ihre Form.

Sie pulsierte wie ein Herz.

Sie weitete sich aus, zog sich zusammen, wie ein Atem.

Die Menschen gingen, blieben stehen, änderten unerwartet die Richtung, bildeten Gruppen, lösten sie auf, entfernten sich voneinander, trafen wieder zusammen.

Es war wie bei jenen Nachtaufnahmen mit Zeitraffer, auf denen die Lichter zu rasenden Leuchtspuren wurden und

Linien zogen, die sich überkreuzten, überlagerten, zusammengeführt wurden, um einen Moment wieder voneinander abzulassen und neue Fäden zu spinnen.

Ein neues Netz.

Ein neues Zusammenspiel von leuchtenden Schlieren.

Doch am Ende konnte man in diesen Bildern einen roten Faden finden.

Einen Sinn.

Einen Eingang und einen Ausgang.

Lupo erkannte bald, dass der Blick nur innerhalb eines Radius von etwa sechzig, siebzig Metern alles deutlich erfassen konnte.

Alles dahinter war verschwommen.

Sicherlich hatte der Mörder sein Opfer mit bloßem Auge gesucht. Und er hatte das Zielfernrohr erst auf die größtmögliche Vergrößerung eingestellt, nachdem er es ausgewählt hatte.

Aber warum gerade diese Menschen und nicht andere?

Was hatte seine Wahl bestimmt?

Was bedeutete es, dass das Zimmer mit Strom versorgt war?

Er hatte zwei Mal geschossen, als ihm die Morgendämmerung bereits Licht gab. Hatte er die Nächte hier verbracht? Aber waren die sechs Glühbirnen zu je 40 Watt an diesem Kronleuchter nicht gefährlich, wenn sie brannten? Hatte er nicht daran gedacht, dass sie die Aufmerksamkeit irgendeines Menschen erregen könnten?

Es musste eine Erklärung dafür geben.

Und wie war es ihm gelungen, unbemerkt zu entkommen, zu einer Zeit, in der das ganze Haus schon erwacht war und die Bewohner bereits das Haus verließen, um zur Arbeit zu gehen?

Wo bewahrte er die Mannlicher-Carcano auf?

Es war undenkbar, dass er sie jedes Mal unter den Arm geklemmt mitbrachte. Aber man hatte doch jede Ecke des Hauses untersucht. Die Kellerräume, die Treppen, jede Abstellkammer, jeden Hohlraum.

War irgendetwas übersehen worden?

Vielleicht brauchte er diesen vermaledeiten Leuchter, um das Gewehr zusammenzubauen. Kolben, Schaft, Lauf, Zielfernrohr. Vielleicht las er, um sich die Zeit zu vertreiben. Oder er zeichnete ein Netz möglicher Schusslinien auf ein Papier. Um dann, gewissermaßen am grünen Tisch, die beste auszuwählen.

Vielleicht machte er auch gar nicht das Licht an, sondern brauchte den Strom, um etwas anderes anzuschließen.

Das Ladegerät für ein Handy oder einen tragbaren Computer zum Beispiel.

Dann aber stellte sich folgende Frage: Für wie lange war der Mörder hier eingeschlossen, wenn er vorausgesehen hatte, dass die Geräteakkus, die üblicherweise eine Weile hielten, leer werden könnten?

Fragen über Fragen. Und keine Antwort.

Lupo sorgte sich jedoch nicht.

Das war alles normal.

Er war sogar zufrieden, hierher gekommen zu sein. Denn von jetzt an würde sein Unterbewusstsein selbstständig arbeiten, um andere Vorstellungen, andere Szenarien zu entwickeln. Sein Geist war wie der Magen eines Wiederkäuers: Er nahm unglaubliche Mengen an Informationen auf, um sie dann später wieder von sich zu geben. In aller Ruhe.

Er sah sich noch einmal um. Dann ging er hinaus.

Aber es gab noch etwas anderes zu tun.

Er klingelte an der Nachbartür.

Und kündigte sich mit lauter Stimme an.

»Ich bin's, Lupo. Kann ich mit Ihnen sprechen?«

Eine Weile geschah nichts. Dann wurde die Tür vorsichtig einen Spalt geöffnet, so weit es die vorgelegte Kette zuließ und Ferreros überraschtes Gesicht kam zum Vorschein.

»Woher wussten Sie, dass ich hier bin?«

»Ich habe es gar nicht gewusst. Aber da ich geplant hatte, Sie nach der Tatortbesichtigung in Ihrer Redaktion aufzusuchen, habe ich mir gesagt: Wenn ich Glück habe, erspare ich mir einen Gang.«

»Sie denken wohl, ich bin völlig naiv?«

»Heißt das, Sie glauben nicht an Zufälle?«

»Nein. Ich nehme an, Sie haben vorher in der Redaktion angerufen, um zu überprüfen, ob ich dort bin. Als das bestätigt wurde, haben Sie jemanden angesetzt, der mir auf den Fersen bleibt.«

»Ich versichere Ihnen, dass es sich nicht so verhält. Weshalb sollte ich das auch tun?«

»Kommen Sie herein. Ich bin überzeugt, dass ich das gleich herausfinde. Indem ich sehe, was Sie sehen wollen. Und mir anhöre, was Sie zu sagen haben.«

»Haben Sie etwas von Polo gehört?«

»Nein, nichts. Setzen Sie sich doch.«

Ein großer, spartanisch eingerichteter Raum.

Der nicht dafür gedacht war, Besuch zu empfangen.

Pflanzen standen überall. Sie nahmen fast den ganzen Raum ein. Palmen, Benjamini, Dieffenbachien, Wilder Wein, Drachenbäume. Ein üppiger grüner Wald aus Ästen und Blättern, aber ohne Blüten.

Das Zweite, was Lupo bemerkte, war, dass die Wände fehlten.

Vielmehr: Es waren keine Wände zu sehen, denn sie waren vollständig mit Regalen zugestellt, in denen Bücher, dicke Bände, Dokumente und Ordner verschiedenster Art standen. Das Regal lief rundum und rahmte sogar die Fenster ein. Und es bildete durch eine augenfällige Aussparung sogar das Kopfteil des großen Bettes, auf dem eine Decke in orientalischem Stil lag.

Die übrige Einrichtung bestand aus zwei bequemen Sesseln, die auf die Fenster ausgerichtet waren, und einem Sekretär mit einem Stuhl davor. Und Lampen, die zwischen den Pflanzentöpfen verborgen waren.

Zwei kleine Öffnungen, die ebenfalls von Büchern eingerahmt waren, führten wohl zu einem Bad und einer kleinen Küche.

»Ich hatte es Ihnen gesagt. Ein Ort zum Nachdenken. Ohne Fernseher, Internet, Telefon oder sonstiges elektronisches Zubehör. Warum setzen Sie sich nicht? Das wollten Sie wohl nicht glauben, nicht wahr? Dass es keine dieser dramatischen Absteigen ist, mit Spiegeln und schwarzen Bettbezügen?«

»Ich hatte keinerlei Zweifel.«

»Wirklich nicht? Was also hat Sie hergeführt?«

»Ein Versäumnis: Zwei Tote, und ich bin noch nie am Ort des Verbrechens gewesen.«

»Und haben Sie etwas entdeckt?«

»Nur, dass ich jetzt weiß, welchen Ausblick der Mörder von hier oben hatte.«

»Ist das wichtig?«

Lupo zuckte nur mit den Schultern.

Es gab keine Antwort auf eine solche Frage. Wer kann schon sagen, was einem Blinden hilft, der sich mit seinem Stock vorantastet, um zu erspüren, in welcher Welt er sich bewegt?

Er sah zu Ferrero hin.

Und traf auf ein Lächeln, das voller Ironie und Skepsis war. Und das kaum eine Neigung vermuten ließ, unmittelbare und einfache Wahrheiten anzuerkennen, ohne sie zuvor durch ein Sieb aus systematischen Zweifeln gepresst zu haben.

Er wurde zornig.

Dieser Mann war unerträglich, auch wenn er sich von seiner freundlichen Seite zeigte.

Lupo verspürte das Bedürfnis, ihn zu provozieren.

»Ach übrigens, warum sind Sie zu dieser Zeit hier?«

»Oh, jede Zeit ist wie die andere. Wenn es stimmt, was Sie sagen, dann haben Sie mich zufällig angetroffen. Ich habe gerade die Pflanzen gegossen. Bei dieser stickigen Heizungsluft haben sie im Winter größeren Durst als im Sommer. Ich wollte gerade zur Zeitung zurückfahren.«

»Haben Sie Ihre Freundin gefragt, ob sie etwas gehört hat?«

»Natürlich. Ich hätte Sie auch in Kenntnis gesetzt, wenn sich etwas Neues ergeben hätte. Aber wie Sie sehen, schlucken diese Bücher jedes Geräusch. Kann ich Ihnen etwas zu trinken anbieten?«

»Nein danke. Aber da Sie ohnehin gerade gehen wollten, würde ich mich Ihnen gerne anschließen.«

»Ach ja: Ihre plötzliche Leidenschaft für den Fall Kennedy …«

Lupo nickte.

Er wurde immer wütender.

Und so blieb er ostentativ vor einem Ficus stehen und bückte sich. Er befühlte die Erde.

Sie war feucht.

Er hielt sich fast zwei Stunden im Archiv auf.

Doch er erfuhr nichts, was er nicht schon wusste.

Doch aus einem anderen Grund war das Archiv für Lupo ein interessantes Erlebnis.

Er entdeckte tatsächlich die berühmtesten Namen des

italienischen Journalismus. Von Biagi bis Montanelli, von Bocca bis Pansa.

Und zu jedem wusste Ferrero eine Anekdote, eine Klatschgeschichte, eine kleine kostbare Boshaftigkeit.

Während er von ihnen erzählte, erwähnte er auch den *inner circle*, zu dem nur Auserwählte Zutritt hatten. Und er gab auf nicht einmal besonders galante Art zu verstehen, dass dieses Vertrauen Zugehörigkeit bedeutete, dass es bedeutete, einer der wenigen zu sein.

Deshalb war er großmütig.

Und vergaß fast sofort die Unhöflichkeit mit den Töpfen und der Erde.

An diesem Abend schlief Lupo zufrieden ein.

Das erste Mal seit Beginn der Untersuchungen. Endlich hatte er die Dinge seinem Rhythmus angepasst. Er fühlte, dass er allmählich die Geschehnisse beeinflussen konnte, dass er nicht länger ein untätiger Zuschauer war.

Seine einzige kleine Sorge blieb Polo.

Sein und Taras Schweigen waren unverständlich.

Das war ihm mit einer gewissen Dringlichkeit gerade im Archiv bewusst geworden. Vor einer Fotografie des Fensters, aus dem Oswald geschossen hatte.

Es war dasselbe Motiv wie das, das er in seinem Diakasten aus dem Jahr 1991 hatte, der die Aufschrift »Das Dallas von John Fitzgerald Kennedy« trug.

Der einzige Unterschied waren die Personen, die darauf zu sehen waren.

Statt der Polizisten Greta und Tara.

Und die vier Jungen.

Und Polo…

Er resignierte.

Es würde keine anderen Geschichten mehr geben.

Ernestina Lucco würde eine farblose Figur im Hintergrund bleiben. Er würde die Gefühle nicht wieder erleben, die beim Lesen der bäuerlichen Lebensgeschichte von Vater Lucco in ihm aufgestiegen waren, weil sie an seine eigene Lebensgeschichte mahnten.

Der wichtigste Teil würde ihm fehlen.

Die Befreiung.

Jene Lebensphase, die auch er erlebt hatte.

Zwar verschieden im Ablauf, aber ähnlich in den Bestrebungen. Der Bruch mit der Vergangenheit. Der Kontakt mit der Stadt. Das Entdecken einer neuen Welt. Mit ihren Regeln. Die Einsamkeit. Die Karriere. Die feste Entschlossenheit, sie voranzutreiben.

Eine Frau, die Polizistin geworden war.

Wie sehr mochte sie gelitten haben?

Vielleicht hatte auch sie irgendwo eine Marta, an die sie sich anlehnen, von der sie sich trösten lassen konnte. Vielleicht hatte sie die Liebe eines Mannes gefunden, die sie wärmte, sie ermutigte.

Kollegen, Nachbarn und alle, die sie gekannt hatten, waren zwar interviewt worden. Aber es hatte das Feuer Chielis gefehlt. Gute Arbeiten, jedoch ohne Dichte. Nettigkeiten: Wie gut sie war, wie freundlich, wie hübsch.

Eine kleine Chronik jener Dinge, die sonst auf Beerdigungen gesagt werden.

Die auf jeden Toten zutreffen.

Nein, er hätte sich etwas mehr gewünscht.

Wie wichtig ihr zum Beispiel ihr kleiner Neffe gewesen war. Welche Gefühle sie für ihn hegte. Aus den Worten des Vaters hatte man erahnen können, dass es sich um eine zwar tiefe, aber nur zögerlich gelebte Bindung gehandelt hatte.

Und was waren die wirklichen Gefühle einer Mutter und einer Tochter, die in dieser düsteren patriarchalischen Umgebung eingesperrt waren? Hatten sie Ernestina im Stillen beneidet? Immer in Angst, ein Wort zu viel zu sagen, einem spontanen Urteil, einem unterdrückten inneren Verständnis für Ernestina Ausdruck zu verleihen?

Oder hatten auch sie sie verurteilt? Waren aufgebracht anlässlich jeder Rückkehr, jedes Telefonats, jeder Postkarte, die vielleicht nur aus Venedig oder Assisi kam, jedoch für eine Freiheit stand, die es nicht geben durfte, weil sie Sünde war?

Er musste Geduld haben.

Bald würde es eine andere Geschichte geben. Wenn er ehrlich war, hatte er mehr bekommen, als er sich zu Anfang hatte träumen lassen. Es blieb nur zu hoffen, dass es so weitergehen würde.

Er seufzte.

Seit einigen Tagen hatte das Übel ein wenig nachgelassen.

Die Schmerzen waren nicht mehr so stark und kamen seltener.

In einigen unwirklichen Augenblicken war er sogar so weit gegangen zu glauben, dass das Übel zurückgehen könne. Dass es nicht mehr nötig sein würde, an einem Fenster stehend den Abzug zu ziehen. Er wusste sehr wohl um die Abscheulichkeit seiner Tat. Aber er wusste auch, dass es in Wirklichkeit anders war.

Dass er weitermachen musste.

Weil er endgültig verurteilt war.

Dass die momentane Abwesenheit von Leiden nur ein kurzer hinterhältiger Waffenstillstand war, der dem nächsten Anfall vorausging.

Eine weitere Kränkung, die seinem Körper und seinem Geist zugefügt werden würde.

Das nahende fürchterliche Ende, das ihm bevorstand, sobald er sich in der Öffentlichkeit nicht mehr unter Kontrolle haben und sein Geheimnis nicht mehr bewahren können würde.

In jenen Momenten des Zweifels und der falschen Hoffnungen setzte er sich in seinen Sessel und öffnete die Seiten, in denen seine Verurteilung geschrieben stand. Die nüchterne Geschichte von Computertomographien, von Blut- und Urinanalysen, von medizinischen Begriffen, die nur nach einem rochen: nach Tod.

Und dann rückte alles wieder an seinen Platz.

Er tastete nach den zwei Projektilen, die er immer in der Tasche trug.

Es war wieder an der Zeit, eines davon zu gebrauchen.

Er betrachtete Marta …

All diese Penner …

Modica hatte sich mit Feuereifer auf die Jagd gemacht.

Und nach und nach kam er zu Ergebnissen.

Da waren nur vage Erinnerungen an eine Person. Vernebelt von Alkohol, Kälte, Verzweiflung. Doch sein Kramen in den dumpfen und verschütteten Gedächtnissen förderte schemenhaft die Gesichtszüge Padre Saluzzos zu Tage.

Wenig Konkretes.

Datum, Stunde und Ort ungewiss.

Die Erinnerungen vagabundierten zitternd in den Köpfen dieser Verstoßenen, deren Sein nur aus dem täglichen Überlebenskampf bestand. Deren Blick allein auf das Notwendige gerichtet war und alles Marginale außer Acht ließ.

Es hätte sich um jeden anderen handeln können.

Und dennoch gab es Hinweise.

Früher oder später würde sich jemand tatsächlich an den Exorzisten erinnern, falls dieser nicht gelogen hatte.

Aber würde dies noch rechtzeitig geschehen?

Und war das dann die Wahrheit?

Lupo verspürte das Grauen des erzwungenen Wartens. Die Tage verstrichen tatenlos. Der Mörder schien sich einem Rhythmus unterworfen zu haben. Und mit jeder Stunde rückte unerbittlich der nächste Mord näher.

Lupos Wutanfall hatte bewirkt, dass der lückenlosen Überwachung des Mansardenzimmers wieder absolute Priorität eingeräumt wurde.

Diese endlosen Stunden einer in emotionsloser Monotonie verbrachten Überwachung führten zwangsläufig zu einem Nachlassen der Konzentration und der Anspannung. Man wurde müde – Teil der menschlichen, unvermeidlichen Schwächen.

Er hatte den Polizeibeamten, der am Vortage eingeteilt gewesen war, befragt.

Der hatte die Langeweile zwei- oder dreimal mit einem Kaffee in der Bar im Erdgeschoss unterbrochen, war aber vollkommen überzeugt gewesen, dass ihm durch die Scheiben hindurch nichts entgangen sei.

Doch mochte er wohl auch einmal rasch auf die Toilette gegangen sein. Oder der jungen Bedienung freundlich zugezwinkert haben.

Oder mit dem Barmann ein paar Worte gewechselt haben, vielleicht über die riesigen Geldsummen, die man wieder einmal im Lotto verloren hatte.

Weitere kurze Augenblicke der Unaufmerksamkeit.

Mit dem Ergebnis, dass Lupos zwanzigminütiger Aufenthalt unbemerkt geblieben war.

Lupo sah De Mattia an.

»Gut, fassen wir zusammen: Unser Gualtiero Pernice ist in Bussoleno und hat sich nicht mehr vom Fleck gerührt. Er hält sich ganz brav im Haus seiner Cousine Martina auf.«

»Genau. Willst du auch wissen, was die Nachforschungen ergeben haben?«

»Etwas Aufregendes?«

»Richtig aufregend nicht. Aber zumindest seltsam. Hör zu: Vater und Mutter leben noch. Felice Pernice und Lorenzina Fassio. Doch seit Jahren sprechen sie nicht mehr mit ihrem einzigen Sohn. Er unterstützt sie finanziell, bezahlt die Ärzte, die um sie herumschwirren wie Fliegen. Er beschafft Medikamente, Lebensmittel und bezahlt das Pay-TV Telepiù.«

»Und weshalb das Ganze?«

»Sie verlassen das Haus nie und leben von Pillen und Filmen.«

»Aber sie werden doch eine Rente oder Ersparnisse haben?«

»Nein. Erinnerst du dich an diesen Playboy? Der, der in den Libanon geflüchtet ist … Der Milliarden von Lire durchgebracht hat … Ein gigantischer Bankrott …«

»Felicino Riva?«

»Genau der. Es geht das Gerücht, dass er sogar die Sozialabgaben seiner Arbeiter in der Baumwollweberei Valle Susa verschleudert hat. Ob das nun wahr ist oder nicht, jedenfalls standen die beiden armen Leutchen, als die Fabrik zumachte, nach Jahren ehrbarer Arbeit plötzlich auf der Straße. Ohne ein Entlassungsschreiben und ohne die Hoffnung auf nur ein paar Lire, weil sie sich offiziell keinerlei Anspruch auf Rente erarbeitet hatten.«

»Und da haben sie den Verstand verloren.«

»Genau. Das wäre dann auch die Ursache der revolutionären Haltung unseres Pernice einem Staat gegenüber, der solche Schweinereien zulässt.«

Lupo nickte in Gedanken.

Er grübelte darüber nach, wie viel Gewaltpotenzial einzelne Schicksale oft in sich bargen. Räder fingen plötzlich an sich zu drehen, ohne dass sie anzuhalten wären. Bestrafungen ohne Schuld. Offensichtliche Ungerechtigkeiten. Das Mal des Unglücks.

Warum waren bestimmte Menschen gezeichnet und andere nicht?

Wer könnte sagen, wie er selbst reagieren würde, wenn ihm alles unter den Händen zerbräche?

Ob er in den Traum eines Films fliehen oder blind aus einem Fenster schießen würde?

Waren das die beiden Extreme der Lösung?

Im Grunde bestimmte nur der Grad der Entfremdung – von der Wirklichkeit, den Verboten, der Moral –, ob jemand einen bestimmten Weg statt eines anderen wählte. Eine weitere Karte, zufällig aus dem Stapel gezogen.

»Warum wollen sie ihren Sohn nicht mehr sehen?«

»Es sieht so aus, als hätten sie ihn immer mehr als den eigentlichen Urheber ihres Ruins betrachtet. In ihrem Verfolgungswahn haben sie den wahren Grund, warum die Carabinieri immer öfter kamen, nicht begriffen.«

»Das heißt?«

»Sie waren nicht nur überzeugt, dass er Dynamit benutzte, sondern dass er damit die Baumwollweberei in die Luft jagen wollte und nicht irgendwelche Betonpfeiler. Und da man ihn nie eingesperrt hat, haben sie ihn selbst ein paar Mal angezeigt.«

Lupo seufzte.

Aus diesen alten Geschichten würde er keine Erkenntnisse gewinnen.

Der einzig richtige Anknüpfungspunkt war die Gegenwart.

Die Anzeichen von Irrsinn in dieser Familie würden bequem als Indiz dienen, um eine vorab gebildete These zu beweisen. Aber sie führten auf Abwege, wenn man sich an die Fakten halten wollte.

»Der Mörder wird wieder zuschlagen. Bald. Sieh zu, dass sie ihn so wenig wie möglich aus den Augen verlieren.«

»Wenn du mich fragst, ist ihnen das schon gelungen.«

»Was soll das heißen?«

»Glaubst du denn, dass einer, der so viel Raum braucht wie der, Tage in einem Haus bleibt, ohne hinauszugehen?«

»Und die Cousine?«

»Bussoleno ist ein Dorf. Du weißt, wie das ist. Martina Fassio ist hässlich. Sie hat nie geheiratet. Sie hatte eine Menge gesundheitlicher Probleme. Und die Leute flüstern, dass, wenn er kommt, das Bett schon zu quietschen anfängt, noch bevor sie unter die Laken kriechen.«

Padre Saluzzo und Gualtiero Pernice.

Ein Exorzist und ein Maler.

Wie sehr passten die beiden doch in das Bild, das er sich gefühlsmäßig vom Mörder gemacht hatte, bevor die Mannlicher-Carcano begonnen hatte, eine Rolle zu spielen.

Aber hatte es im Leben dieser beiden eine Gelegenheit gegeben, in der sie mit Lee Oswald, dem Mörder am Fenster, und mit John F. Kennedy, dem Opfer auf dem Platz, in Berührung gekommen waren?

Gab es eine wirkliche Parallele, oder war die Wahl dieses Gewehrs nur ein gerissener Schachzug, um die Ermittlungen in eine falsche Richtung zu lenken?

Zweifel über Zweifel.

Und warum ließ Polo nichts von sich hören?

Lupo lief es kalt den Rücken hinunter.

Auch Polo passte perfekt in dieses Bild.

Er verscheuchte diesen Gedanken sofort wieder. Aber nachdem er einmal in ihm gekeimt war, ließ er ihn nicht mehr los. Wie eine kleine Fleisch fressende Pflanze, die ihn langsam von innen her auffraß.

Er ging hinaus, eine dumpfe Übelkeit lag ihm im Magen.

Es wurde ihm bewusst, dass dieser Verdacht zwar jetzt erst an die Oberfläche gekommen war, dass er ihn im Innern aber bereits schon lange genährt hatte.

Seit einigen Tagen wusste er nicht mehr, welches Wetter eigentlich herrschte. Er sah die Sonne und sagte »Sonne«, doch er fühlte ihre Wärme nicht. Die Straßen waren nun wieder gänzlich ohne Schnee, die Hügel nahmen wieder eine dunklere Farbe an, und er hatte dies gesehen, ohne die Veränderungen wirklich wahrzunehmen.

Seit wann?

Es musste einen bestimmten Augenblick gegeben haben.

Und der Fluss? »Sein« Fluss?

Er war nicht mehr zum Rudern gewesen und hatte es nicht einmal bemerkt. So wie ihm auch entgangen war, dass Weihnachten langsam näher rückte. Die Lichter, die Festlichkeit, die kunstvoll gestalteten Krippen, die Fieberhaftigkeit der Menschen in den Geschäften, all das hatte er nicht wahrgenommen.

Alles entglitt ihm. Sein Geist, der allzu sehr mit Grübeleien beschäftigt war, hatte die Wirklichkeit reduziert, indem er keine Farben, Wahrnehmungen, Bewegungen mehr unterschied.

Er merkte, dass er sehr schnell ging, so, als hätte er ein bestimmtes Ziel. Doch eigentlich floh er nur. Ohne zu wissen, wohin.

Er hielt an.

Und sah sich um.

Er befand sich in der Via Cernaia, unter den Arkaden vor der Cittadella di Pietro Micca. Es war ein vertrauter, alltäglicher Anblick. Er fuhr hier jeden Tag mit der Straßenbahn vorbei. Monsignore in seinem Fiat Cinquecento hatte ihm das in seiner begeisterten Liebe für diese Stadt bewusst gemacht.

Wie viel Zeit war seitdem vergangen?

Hatte sein Inneres vielleicht auch schon damals jenen schrecklichen Gedanken genährt?

Es war Polo gewesen, der darauf bestanden hatte, nach Dallas zu fahren und einen Umweg von fast siebenhundert Kilometern zu machen.

Sie hatten einen kleinen Bus gemietet.

Einen Van mit neun Sitzplätzen, einen Dodge.

Es war ein Weihnachten gewesen wie das, das jetzt kommen sollte. Sie hatten sich am Flughafen von Los Angeles getroffen. Tara, Rupert und Martin waren von Westen dem Tag entgegengeflogen und sie von Osten ihm hinterher.

Sie waren fast gleichzeitig gelandet.

Dann hatten sie sich vor der Abfertigung der Einreisenden wieder gefunden. Sie waren fast auf gleicher Höhe gewesen. Gefangen in ihrer jeweiligen Menschenschlange, die sich in einer nicht enden wollenden Spirale um sich selbst wand, bevor sie dann endlich die Schranken der Einreise überwunden hatten.

Sie waren jünger gewesen.

Das erste Wiedersehen nach der Trennung von Polo und Tara im Oktober. Es war die gesittete Verwirklichung eines gesitteten Versprechens. Doch niemand wusste wirklich, was sie erwartete.

Polo hatte sie zuerst gesehen.

Doch eine plötzliche Gefühlsaufwallung, die feuchten Augen hatten ihm verboten, sich zu bewegen, eine Geste zu machen. So hatte ihn dann Rupert erspäht, der wohl diesen glücklich-leidenden Blick gespürt hatte.

Er war aus seiner Reihe herausgestürzt.

Hatte sich in Polos Arme geworfen.

»Papa!«

Es war erschütternd gewesen, diesen massigen Mann wie ein Kind weinen zu sehen. Die Kinder hatten sich an ihn gehängt, hatten ihn umarmt, gedrückt, geküsst, gestreichelt.

Gefühle, Spontaneität, Unschuld von Neun- und Zehnjährigen.

»Wir sind doch da. Komm, wir weinen ja auch nicht. Mama mag dich doch. Los, Mama, komm du auch her. Es geht uns gut beim Großvater. Er ist klasse. Er hat ein kleines Flugzeug und fliegt am Wochenende mit uns damit herum. Wir haben schon Löwen gesehen, Gazellen, Elefanten ...«

Lupos Inneres hatte sich zusammengezogen.

Er wusste, wie sehr Polo litt.

Aus Freude über dieses Zusammentreffen. Aber auch aus Schmerz wegen der Trennung. Der noch dadurch verstärkt wurde, weil ihn nun eine neue Vaterfigur ersetzte.

Kein Liebhaber.

Kein möglicher neuer Ehemann.

Dem er den Kampf hätte ansagen können, den er mit seinen Verwünschungen, seinem Zorn hätte überschütten können.

An dem er seine Gefühle hätte auslassen können.

Nein: ein einfacher Großvater. Ein Familienmitglied. Einer, der die natürlichen Rechte in der Ordnung der Gefühle beanspruchte. Der seine Tochter zurückbekommen hatte und mit ihr ihre Nachkommenschaft. Eine Sippe.

Tara war näher gekommen. Sie hatte sich von ihm umarmen lassen und war sichtlich bewegt.

»Es stimmt. Ich liebe dich noch immer.«

»Dann komm zurück.«

»Nicht jetzt. Später vielleicht. Wenn sie größer sind ...«

Der Dodge hatte draußen auf sie gewartet. Auf dem Parkplatz von *Rent a Dollar*. Trotz ihrer Erschöpfung wegen der Reise waren die Jungen außer Rand und Band gewesen.

»Los, wir fahren nach Beverley Hills.«

»Nein, nach Hollywood, um die Schauspieler zu sehen.«

»Drehen die *Baywatch* nicht in Santa Monica?«

»Was ist denn *Baywatch*?«

»Diese Serie im Fernsehen, die am Strand spielt, mit diesem bärenstarken Typen und den schönen Mädchen, die alle retten…«

»Nie gesehen.«

»Ehrlich nicht?«

»Vielleicht gibt es die in Italien noch nicht.«

»Gibt es bei euch *Dallas*?«

»Klar gibt es das.«

»Papa, fahren wir nach Dallas?«

Sie hatten alle Wüsten von Kalifornien und Nevada durchquert. Die Indianergebiete der Navajos in Arizona und New Mexico. Mojave, Las Vegas, Monument Valley, Mesa Verde, Grand Canyon, Santa Fé, Los Alamos.

Sie waren den Spuren Geronimos gefolgt.

Bei Schnee und Kälte.

Sie hatten in Motels geschlafen, die wenig kosteten, aber voller Vergnügungen steckten, voll gestopft mit indianischem Tand und Spielautomaten. Mit eiskalten Schwimmbädern und Saguaro-Kakteen als Bademeistern.

Sie hatten nur die Hecktüre des Dodge öffnen müssen, um mit ihren immensen Vorräten, die sie immer dabeihatten und die dort besser als in jedem Kühlschrank gekühlt wurden, ein Picknick zu zaubern.

Aber Dallas. Nein, das hatte nicht auf dem Programm gestanden.

Sie waren in den Süden von Texas gekommen und fuhren Corpus Christi entgegen, hatten vom Ozean, von Wärme, vom Surfen auf den hohen Wellen und von entspannenden Sonnenbädern geträumt.

Doch plötzlich hatte sich Polos Dickkopf zu Wort gemeldet.

Eine jener Anwandlungen, die ihm so oft Ärger mit Tara einbrachten. Merkmale seines kantigen Charakters, möglicherweise das Resultat der schweren Kindheit eines Überlebenden. Ohne richtige Eltern. Voller Ängste und unerfüllter Wünsche.

Die er dann als Erwachsener mit großer Gier zu befriedigen suchte.

Das letzte Ziel war Houston gewesen. Die NASA. Das Raumfahrtzentrum. Die Simulation der Mondlandung. Die Fotografien mit den Bildern der berühmten Astronauten, aufgezogen auf Karton, die einem die Hand entgegenstreckten. Die Unterschriften von Glenn und Shepard.

Das Disneyland des Weltraums.

Die Schlussprämie, mit der sie die Kinder über viertausend Kilometer ruhig gehalten hatten.

Dallas lag viel zu weit ab von ihrer Reiseroute.

Und es hätte ihnen für ihre weiteren Pläne zu viel Zeit genommen.

Außerdem gab es in Houston die *Seven Flags*. Ein riesiger Vergnügungspark mit der höchsten und Schwindel erregendsten Achterbahn der Welt. Auch das war Teil des Paktes. Wie die *Universal Studios* in Los Angeles zu Beginn ihrer Reise.

Es war nichts zu machen.

Polo hatte sich auf seine Idee versteift.

Und es waren ausgerechnet die Zwillinge, die sich mit ihm verbündeten. Rupert und Martin hatten instinktiv und ihrem Selbsterhaltungstrieb folgend sofort den herben Geruch eines neuen Zerwürfnisses wahrgenommen.

Sie liebten ihre Eltern gleichermaßen und wollten nicht die Ursache für eine erneute Spannung sein.

Michele und Matteo waren ihnen sofort zu Hilfe gekommen.

Diese großartige Geste, die von Freundschaft und Reife zeugte, erfüllte Greta und Lupo mit Freude und half auch Tara, ihre Bitterkeit zu vergessen.

So hatten sie Kurs auf Dallas genommen.

Eine aufwühlende Erfahrung, die alle bis ins Innerste berührt hatte.

In den drei Wochen ihrer Reise durch Amerika hatte sich ihnen ein eigentlich undenkbares Bild erschlossen: Der weiße, rassistische, konservative Süden, jener harte, dürre Westen der Pioniere, hatte Nixon so weit zum Idol erhoben, dass er zu einer Art Gründervater geworden war.

Andererseits hasste und verabscheute man dort die Kennedys und ihre Anhänger aus dünkelhaften Katholiken und Aristokraten so sehr, dass Mörder nicht mehr als Mörder galten.

Es war also nicht allein die biedere Haltung irgendeines texanischen Erdölindustriellen gewesen, der neben seinem Öl auch den Faschismus gefördert hatte. Sondern die allgemeine Stimmung in allen Grenzstaaten vom Colorado bis zum Mississippi, vom Rio Grande zu den Everglades voller Alligatoren und Seminolengräber, die diesem Mord Applaus spendeten.

Sie waren also völlig unvorbereitet gewesen auf das, was sie erwartete: der Schmerz jener Vielzahl von Farbigen unterschiedlichster Herkunft, Rasse und Staatsangehörigkeit, die betroffen zum Ort der Barbarei pilgerten.

Ein Schmerz, der über Generationen weitergegeben worden war.

Das emotionale Erbe der noch warmen Tränen.

Der heftigen Gefühle.

Die wie vor einer Himmelfahrtsszene gebeugten Köpfe.

Vor dem Opfer eines Mannes, der für die Freiheit anderer bezahlt hatte.

Für jenen Präsidenten, der die Ketten der Rassentrennung gesprengt hatte. Der für sie gekämpft hatte. Der nicht, wie es sonst so oft geschah, für eine Stimme bei der Wahl leere Versprechungen für die Zukunft gemacht hatte.

Die amerikanische Angewohnheit, aus allem ein Museum oder einen Vergnügungspark zu machen, hatte den fünften Stock dieser schrecklichen texanischen Bibliothek unwillentlich in einen Tempel verwandelt.

Die Menschenmassen gingen stumm an den vergilbten Schaukästen des Verbrechens vorüber.

Sie betrachteten die Fotografien.

Lasen die Bildtexte.

Sie lauschten der Aufnahme mit der Stimme von John Fitzgerald Kennedy, der mit Martin Luther King proklamierte: *We have a dream.* Sie hörten den Applaus im Hintergrund, den Klang der Marschlieder, die Freude der Hoffnung, das Flattern der Fahnen.

Dann folgten sie dem eingezäunten Gang bis zu jenem schicksalhaften Fenster. Im Auge das Bild dieses furchtbaren Gewehrs.

Man sah hinaus.

Und die Zeit blieb stehen.

Plötzlich hörte man den Schuss, sah Jacqueline schluchzend über ihrem blutüberströmten Mann, die rasende Fahrt ins Krankenhaus, der Amtseid Johnsons im Präsidentenflugzeug, die Beisetzung mit den Pferden, sah, wie der mutige kleine Sohn, unwissender Erbe einer langen Trauerzeit, militärisch grüßte.

Es war anders, als den Film über das Attentat zum wiederholten Mal anzusehen. Auf einmal nahm man persönlich Anteil. Für eine Sekunde wurden Milliarden von Bildern aus dem Kopf gelöscht, um neue zu speichern. Persönlichere und sehr viel schmerzlichere.

Lupo war mit einem Kloß im Hals hinausgegangen.

Polo hatte nichts mehr gesagt.

Er hatte sich fast wütend auf das Fahren konzentriert.

Die beiden Frauen und die Kinder hatten auf der Fahrt über die Autobahn, die monoton bis nach Houston hinunter führte, gesungen: *We shall overcome*.

Endlich kam der ersehnte Anruf.

Während des Abendessens.

Tara war am Apparat.

Sie schien glücklich und aufgeregt zu sein.

Sie seien auf der Rückreise, fast in Grenoble, wo sie übernachten würden. Aber den nächsten Abend sollte sich das Ehepaar Lupo und die Kinderschar doch bitte freihalten.

Sie seien alle zum Essen in ihr neues Haus eingeladen.

Polo habe eine Villa in der Nähe, im Dorf Revigliasco, gemietet.

»Wir müssen euch etwas mitteilen…«

Greta schrie vor Freude.

»Endlich! Langes Kleid?«

Lupo, der aufmerksam zuhörte, atmete erleichtert auf.

»Natürlich. Polo wird mich umbringen. Es sollte eine Überraschung sein, aber ich konnte es jetzt doch nicht für mich behalten.«

»Was heißt das?«

»Er ist schon in Turin. Er hat gestern das Flugzeug genommen.«

»Gestern?«

»Ja. Er hat mich vor fünf Minuten angerufen. Er ist gerade damit fertig geworden, das Wohnzimmer zu streichen. Für euch. Jetzt wird er wohl Nägel in die Wände schlagen und Bilder aufhängen. Er wird die ganze Nacht bei Kerzenlicht arbeiten, wenn sie den Strom noch nicht angeschaltet haben. Du weißt, welch ein Fanatiker er ist.«

»Das glaube ich gerne. Ich rufe ihn gleich an …«

»Nein, bitte nicht. Ich habe es dir doch gesagt: Es ist eine Überraschung. Warte, bis er sich bei euch meldet. Tu so, als wüsstest du von nichts. Sag das auch Lupo. Bitte verratet mich nicht. Und außerdem hat er mir das Handy gelassen.«

Lupo konnte nicht schlafen.

Es war alles so merkwürdig.

Die ansteckende Fröhlichkeit Gretas reichte nicht aus, ihn zu beruhigen.

Es genügte auch nicht, dass sie ihm bis zur Benommenheit versicherte, Polo sei so verrückt, dass ihm alles zuzutrauen sei.

Es entspräche völlig seiner Art, so etwas zu tun.

Dass sie sich über das Gegenteil gewundert hätte.

»Denk mal. Sie heiraten noch einmal! Und du, der du ihn in- und auswendig kennst, glaubst du, er hätte sich eine solche Blitzaktion entgehen lassen? Verstehst du denn nicht, dass er es auch für uns tut? Er ist ein Kind, das mit seinen Geheimnissen und seinen Überraschungen spielt.«

»Sie heiraten nicht noch einmal. Sie finden wieder zusammen. Das ist etwas anderes.«

Greta hatte sich auf die andere Seite gedreht und das Licht ausgemacht. Wenn Lupo in dieser Stimmung war, dann war nichts zu machen.

Das Dunkel holte alle Alpträume hervor.

Und die Nacht schien nicht enden zu wollen.

Der Morgen wurde noch schlimmer.

Der Mörder hatte erneut zugeschlagen.

Wieder aus derselben Mansarde.

Polos Anruf kam sofort nach dem von Modica.

Er war euphorisch, sprühend vor Freude.

Doch Lupo fuhr ihn an.

»Mach es kurz. Dieses Mal hat er einen Juristen erwischt, einen Ermittlungsrichter. Ich warte dort auf dich.«

»Was hat dich denn gepackt, verdammt nochmal?«

»Nichts. Sieh zu, dass du dort bist. Das ist dein Job oder nicht? Oder hast du den Beruf gewechselt?«

»Du kannst mich mal…«

»Nach dir.«

Alle waren da.

Der Bürgermeister, der Präfekt, der Questore, der Kommandant der Carabinieri, der Oberstaatsanwalt, Kollegen.

Scharen von Journalisten. Das Fernsehen. Neugierige.

Dutzende von Handys, die an Ohren klebten. Atemlose Kofferträger, Sirenen, Streifenwagen von Polizei und Carabinieri. Krankenwagen. Stau. Erregte Polizisten, denen es nicht gelang, den Stau aufzulösen. Hupen.

Wut.

Kurze Wortgefechte.

Alle Bewohner des Hauses mit dem schicksalhaften Mansardenzimmer waren aus ihren Wohnungen geholt worden. Sie standen versammelt unter den Arkaden. Einige mit Mänteln über Pyjamas oder Nachthemden. Viele Wohnungen wurden durchsucht.

Protestgeschrei. Rufe der Empörung. Verletzte Rechte.

Die Ankunft der in Tränen aufgelösten Ehefrau.

Der Zusammenbruch.

Auf dem Parkplatz.

Vor einem Auto, in das der Ehegatte, der hier gar nicht

sein durfte, nicht mehr einsteigen konnte. Der Schuss hatte ihn mitten in die Stirn getroffen.

Fragen ohne Antworten.

War er das eigentliche Ziel gewesen?

Waren die vorhergehenden Opfer nur Ablenkungsmanöver für den eigentlichen Auftragsmord gewesen?

Womit hatte sich der Ermittlungsrichter befasst? Wen hatte er in Schwierigkeiten gebracht?

Oder behielt die Theorie vom Psychopathen dennoch ihre Gültigkeit?

Was hatte Francesco De Napoli zu dieser Stunde auf der Piazza Vittorio verloren, obwohl man doch angenommen hatte, er sei noch in Rom wegen einer Untersuchung, die zu gleichen Teilen von der Staatsanwaltschaft der Hauptstadt und der Perugias geführt wurde?

Eine heimliche Rückkehr?

Vorgezogen, um die Nacht in den Armen einer jungen Geliebten zu verbringen? Ein mysteriöses Treffen? Mit wem?

Und wenn es sich so verhielt, wie konnte der Mörder seine Bewegungen voraussehen? Oder war sein Name nur vom Zufall bestimmt worden, so wie man es bei den anderen Opfern annahm?

Nervosität.

Angst.

Köpfe würden rollen …

Modica war angespannt.

Wieder einmal war er der Erste am Tatort gewesen.

Er hatte die Tatortbesichtigung, die Durchsuchungen angeordnet. Er hatte den Beamten, der die Beobachtung übernommen hatte, unter Druck gesetzt, ihm gut zugeredet, gedroht. Auch den Bewohnern, den Kellnern und dem Besitzer der Bar im Erdgeschoss.

Doch niemand hatte etwas gesehen.

Er war unendlich viele Male zwischen dem blutigen Körper des Opfers und dem Dachzimmer hin und her gelaufen. Während langsam die blauen Fahrzeuge des Rechts und der Macht eintrafen, um die vordersten Reihen für sich in Anspruch zu nehmen.

Die Verwirrung wurde dadurch noch größer.

Kurze gebellte Befehle, die niemand ausführen konnte.

Modica sah Ferro an, als sei dieser ein Anker.

Der Questore machte eine beruhigende Geste. Er strahlte jene kühle Klarheit aus, die ihn immer in echten Krisensituationen überkam. Eine Eigenschaft, die sogar Lupo an ihm schätzte.

»Keine Sorge. Ich halte ihnen meine Kehle hin. Ich werde zusehen, dass ich die Presse und die hohen Tiere in Geschwätz ertränke. Sie jedoch machen sich an die Arbeit.«

»Zu Befehl!«

»Sie, Modica, machen so weiter, ohne jemandem ins Gesicht zu sehen, nicht einmal der Witwe. Lassen Sie sie ins Präsidium bringen. Lassen Sie sie mit niemandem sprechen. Der Fall gehört immer noch uns.«

»Und ich?«

»Sie, Lupo, finden mir die Frau, die sich mit diesem Paladin der Gerechtigkeit abgegeben hat. Sie wird sich die Haare raufen, weinen. Sie wird sich wohl hinter einem dieser verfluchten Fenster versteckt halten und hoffen, davonzukommen und nicht in einen Skandal verwickelt zu werden. Glauben Sie nicht auch?«

»Doch. Ein Mann in den Sechzigern, der nicht mehr besonders gut beisammen ist, geht nicht so plötzlich um halb sieben aus dem Haus, mit ungebundener Krawatte und einer Tube Zahnpasta und einer Schachtel Rasierklingen in der Tasche ...«

»Kannten Sie ihn?«

»Wir sind uns vor ein paar Jahren begegnet. Erinnern Sie sich nicht mehr? Er war derjenige, der die Kreuzzüge gegen Transvestiten und Prostituierte anführte. Und gegen die Polizeibeamten, von denen er annahm, dass sie die Transvestiten und Prostituierten für umsonst fickten. Wohingegen er bezahlen musste.«

Polo wartete ein wenig abseits auf ihn.

Er sah sehr müde aus.

Doch aus seinen Augen leuchtete das Glück.

Bei dieser offensichtlichen Freude fühlte Lupo, wie ihn sein Gewissen plagte.

Er hatte an ihm gezweifelt.

An seinem besten Freund.

Aber am meisten verwirrte ihn, dass er nur einem Gefühl gefolgt war. Seinem gepriesenen inneren Kompass, der all jene Rationalität überlagerte, zu der er fähig war.

Wie ein Summer, der ihn darauf aufmerksam machte, dass sein Unterbewusstsein endlich die angesammelten Fakten verarbeitet hatte. Und dass es an der Zeit war, einen bestimmten Weg einzuschlagen.

Warum funktionierte das mit den anderen, bei Polo jedoch wurde er sogleich von seinem Gewissen heimgesucht? Von schlaflosen Nächten. Die kleinen, erbärmlichen und unerfreulichen Einzelheiten in einer ansonsten positiven Erinnerung drängten sich in den Vordergrund.

»Nun, ist es wieder vorbei, alter Wolf? Was war denn mit dir heute Morgen los?«

»Und du, weshalb lässt du mich im Flughafen stehen und verschwindest einfach so, ohne von dir hören zu lassen? Und dann soll ich dich suchen, weil ein Zeitungschef sich plötzlich einsam fühlt und deshalb unglücklich ist.«

»Also hat er deine Nerven ordentlich strapaziert?«

»Du hast meine Nerven strapaziert.«

»Aber heute Abend mache ich alles wieder gut. Schreib dir die Adresse auf: Strada del Redentore 12, Revigliasco. Huhn und Champagner. Tatatattà, die Trompeten: Die Familie Chieli ist wieder eine Familie. Und wir werden alle zusammen in den Hügeln leben. Die Vergangenheit bekommt einen schönen Tritt in den Hintern. Was sagst du dazu?«

Lupo lächelte und umarmte ihn.

Polos Überschwänglichkeit war ansteckend.

Sie blieben eine Weile so stehen und sahen sich in die Augen.

Irgendwie aufgeregt bei dem Gedanken, dass nun ein neues Leben beginnen sollte. Für beide. Denn ihre Schicksale würden sich nun wieder miteinander verflechten, wie früher: Frauen, Kinder. Vielleicht auch Hunde. Da einer ja schon bald da sein würde, würde ein zweiter nicht lange auf sich warten lassen.

Bis Polo sich schließlich aus der Umarmung löste.

Und ihn antrieb.

»Mach schon. Ran an die Arbeit. Ich bin todmüde. Aber wir müssen mehr als einen Zahn zulegen, wenn wir heute Abend frei haben wollen. Wo fangen wir an?«

»Wo hast du denn heute Nacht ›nicht‹ geschlafen?«

»Ich habe kein Alibi, Commissario. Aber ich versichere dir: Nicht mit einer Frau! Ich habe wie ein Pferd in meinem neuen Königreich geschuftet, um die Königin, die Prinzen und ein paar Nervensägen vom Po würdevoll empfangen zu können. Ich bin fix und fertig …«

Lupo nickte.

Dann überfiel ihn plötzlich die Trauer.

Ein definitiver Freispruch wäre ihm lieber gewesen. Eine Rechtfertigung, die dieses fürchterliche Pflänzchen Verdacht tatsächlich mit den Wurzeln hätte ausreißen können.

Und deshalb stellte er eine weitere Frage, anstatt zu antworten.

»Wo zum Teufel, bist du in diesen Tagen gewesen?«

»Rastest du jetzt ganz aus, alte Spürnase? Denk doch gut nach. Es gibt nur einen Ort, wohin ich gehen konnte. Ich habe eigentlich jeden Moment auf deinen Anruf gewartet…«

»Die Gorges du Tarn?«

Noch eine gemeinsame Erinnerung.

Diese ungewöhnliche Hochzeitsreise.

Polo und Tara hatten in Natal geheiratet. Lupo und ein alter Zulu-Häuptling waren Trauzeugen gewesen. Einige Monate später waren Lupo und Greta an der Reihe, und natürlich waren es Polo und Tara, die die Dokumente des Priesters unterzeichneten.

Und sie hatten beschlossen, dass diese gegenseitige Trauzeugenschaft mit einer ganz besonderen Hochzeitsreise gefeiert werden müsse, vor allem da die »Südafrikaner« bisher noch keine unternommen hatten.

Aber wohin?

Denn quasi zur Abwechslung waren sie pleite.

Also hatten sie mit der Zeitschrift *Epoca* telefoniert und gefragt, ob man nicht eine Fotoserie über irgendeinen Teil im nicht allzu weit entfernten Europa brauchen könne. Wohin es ein uralter gasbetriebener Mercedes, das größte Auto, das sie für ihr Geld haben konnten, eben noch schaffte.

Der Leiter der Bildredaktion war ein mürrischer Bergamasker, der seit einem Motorradunfall ein Bein nicht mehr gebrauchen konnte und sich nun, hinter den Schreibtisch verbannt, seine Träume erfüllte, indem er andere auf Reisen schickte.

Man musste nur den richtigen Knopf drücken und die Sache ging klar.

Was nicht so einfach war.

Er erwartete stets eine glaubhafte Motivation, denn seiner Meinung nach sollte ein Foto nicht nur eine Landschaft beschreiben, sondern auch eine Geschichte erzählen, eine Atmosphäre heraufbeschwören.

»Was soll das heißen, ein Ort, der für die Liebe geeignet ist? Ist euch beiden das Hirn flöten gegangen, oder was? Und überhaupt: Mit welchem Siamesen spreche ich denn da?«

»Ich bin Polo Chieli, Chef.«

»Nenn mich nicht Chef, sag ›Eure Heiligkeit‹. Also, was ist das für ein Hirngespinst?«

»Wollen Sie die Wahrheit?«

»Die hat noch keinem geschadet, so wenig wie ein Aspirin.«

»Es ist so, dass wir zwei wunderschöne Mädchen geheiratet haben, die in diesem Moment mehr an Ihren als an unseren Lippen hängen.«

»Wenigstens beweisen sie einen guten Geschmack.«

»Wir sind völlig blank. Hätten es aber gerne, wenn die Hochzeitsnacht für uns und für sie unvergesslich werden könnte. So etwas von der Art, was man später seinen Kindern erzählen kann, wenn sie ein vernünftiges Alter erreicht haben und die ersten schmutzigen Witze kennen.«

»Und was habe ich mit der Kümmerlichkeit eurer persönlichen finanziellen Ausstattung zu tun?«

»Sie können uns aus unserer momentanen Verlegenheit heraushelfen, indem Sie uns einen romantischen Ort vermitteln und für einen großzügigen Spesentopf sorgen. Den ersten Sohn werden wir dann nach Ihnen benennen: Aristide.«

Die Vorstellung hatte ihn amüsiert.

Und er hatte aus seinem Zylinder einen Namen gezaubert: Gorges du Tarn.

Ein tiefer Cañon im sonnigen Languedoc Südfrankreichs. Zwei kilometerlange senkrechte Wände, in Jahrhunderte andauernder Wut vom Tarn gegraben, einem kleinen Fluss, der jedoch um einiges gefräßiger sei als der Colorado.

An einer Biegung stünde ein Schloss.

Zwei Michelinsterne. Jedes Zimmer trage den Namen eines altehrwürdigen Höflings aus Orléans und seiner Dame, eingelassen in die Tür. Große Betten mit Baldachin. Eine Stille aus anderen Zeiten, Blick auf Forellen und gelegentlich Touristen, die in Kanus vorbeiführen.

Ob dies genügen könne?

»Sie sind wie ein Vater zu uns.«

Dieses Mal hatte Lupo gesprochen.

»Da oben wird jemand Ihnen danken.«

»Vielleicht. Aber hüten Sie sich, die Extras aus dem Zimmerkühlschrank als Spesen abzurechnen. Insbesondere, wenn es sich um Champagner handelt.«

Also von dort war Polo zurückgekehrt.

Eine Pilgerreise der Liebe.

Ein neuer Anfang.

Es stimmte: Er hätte es sich denken können.

Lupo nickte und die Melancholie wich für einen Augenblick.

Er lächelte.

»Ihr werdet uns heute Abend einiges zu erzählen haben.«

»Genau. Deshalb sehen wir zu, dass wir jetzt vorankommen. Also, wo fangen wir dieses Mal an?«

»Wie bei den anderen. Bei der Salomone.«

»Gut. Ich wäre ohnehin hinaufgegangen. Sie darf bei dem Fest heute Abend auf keinen Fall fehlen.«

Sie war nicht so jung.

Luisa Malan war 39 Jahre alt.

Geschieden, keine Kinder.

Eine banale Geschichte.

Ein Leben voller Irrtümer.

Marina Salomone war mit sicherem Gespür darauf gekommen, dass sie es sein könnte.

Andererseits war es im Viertel kein Geheimnis, dass diese unglückliche Frau eine Beziehung zu einem Mann reiferen Alters hatte, der zu den unmöglichsten Zeiten die Häuserwände entlangstrich, den Hut tief ins Gesicht gezogen, damit ihn niemand erkannte.

Als wäre er der ehemalige Staatspräsident Scalfaro, der inkognito unterwegs war.

Der befürchtete, dass die Kunde über die Seitensprünge in seinen reiferen Jahren ans Ohr der tapferen Marianna dringen würde.

Denn tatsächlich hatte De Napoli das gleiche raubvogelartige Aussehen.

Die gleiche Hakennase.

Weißes Haar.

Doch hier hörte die Ähnlichkeit auf. Er hatte nicht die rosige Gesichtsfarbe des Küsters der Nation. Kein Puderduft wehte hinter ihm her.

Er war vielmehr auffallend blass mit dem kränklichen Aussehen und dem Gang eines Menschen, der auf seinen Schultern die Last allen Kummers des Alters und der Schuld spürt.

Das einzige Geheimnis, das Francesco De Napoli trotz

allem hatte wahren können, war eben sein Name. Keiner hatte jemals vermutet, es könne sich um einen Ermittlungsrichter handeln. Und noch dazu um einen hartherzigen.

Sein vernachlässigtes Äußeres und das Schuldbewusstsein, das er ausstrahlte, hatte die Neugierigen – mehr Frauen als Männer – auf die falsche Fährte gelockt. Man hatte eher geglaubt, es handle sich um einen ältlichen Priester, den die Sinnlichkeit und die Beichten eines Pfarrkindes verwirrt hatten.

Marina Salomone hatte geseufzt.

Sie hatte im Grunde nie daran geglaubt.

Doch der Autobianchi, mit dem er normalerweise verstohlen vor dem Morgengrauen angekommen war und in dem er schwankend beim ersten Tageslicht wieder wegfuhr, war nun wirklich das typische Auto eines Priesters.

Vielleicht das Geschenk eines alten Gemeindeschäfchens.

Daher hatte sie keine Schwierigkeiten gehabt, auf Luisa Malan zu tippen, als Lupo ihr von dem Fahrzeug erzählte.

So wenig, wie sie der Gemüsehändler oder der Fleischer gehabt hätten.

Oder irgendein anderer aus dem Viertel.

»Setzen Sie sich.«

Das Gesicht war vom Weinen verquollen.

In ihrer Stimme lag ein unterdrücktes Schluchzen.

»Er war so vorsichtig … so diskret …«

Luisa Malan war eine gebrochene Frau.

Und sie konnte offenbar nicht begreifen, dass ihr Verhältnis binnen so kurzer Zeit bereits entdeckt worden war.

Lupo hatte sich vorgestellt, aber er hatte die Rolle Polos im Dunkeln gelassen. So waren sie eingetreten. In ein Puppenhaus mit Spitzendeckchen, Nippes und Aschenbechern.

»Wissen Sie, seine Frau und seine Töchter ließen ihn zu Hause nicht rauchen. Der Arme…«

Sie versuchte nicht, ihre Gefühle zu verbergen, sich zurückzuhalten.

Die Wahrheit lag in einer Blutlache unten auf dem Platz. Und sie hatte stundenlang wie festgeschweißt am Fenster gestanden, vom Schmerz zerrissen, unfähig, sich zu bewegen.

Sie hätte hinuntergehen wollen.

Sich über ihn werfen.

Ihn ein letztes Mal streicheln.

Doch eine Gefühl von Anstand hatte sie davon abgehalten. Vielleicht würde man ihr Verhältnis nie entdecken. Vielleicht würde es gelingen, seiner Familie die Kränkung zu ersparen.

Und nun sah sie Lupo beinahe erleichtert an.

Sie hatte sich vor dem Erscheinen eines Mannes wie ihm gefürchtet, seit die Polizeisirenen sie wieder geweckt hatten.

Jetzt aber, als er vor ihr stand, musste sie endlich sprechen. Sie durfte ihre Seele entleeren, all das ausschütten, was sie in den ganzen Jahren hatte für sich behalten müssen.

Das forderten jetzt der Tod und das Gesetz von ihr.

Und so begann sie, von dem zu erzählen, was sie immer allen hatte verkünden wollen.

Von ihnen beiden.

Wie sehr sie einander hatten trösten können.

Von den Qualen einer reifen Liebe, von der niemand wissen durfte, um andere nicht zu verletzen.

»Ich bin ins Bett zurückgegangen. Ich war glücklich. Ich wusste, dass ich nichts anderes erwarten konnte als diese kurzen, flüchtigen Besuche. Aber sie bedeuteten mir alles. Und ihm auch. Ich habe ihm Kaffee gemacht. Er hat ihn genau an diesem Tisch, an dem Sie jetzt sitzen, getrunken … Oh, wie viele Male …«

Lupo nickte.

Einzelheiten. Die kleinen Begebenheiten eines Lebens. Die präzise Rekonstruktion von Handlungen und Gewohnheiten. Die unendliche Wiederholung. Als könne die genaue Erinnerung den Tod rückgängig machen.

Es war immer so.

Wenn ein Fluss, der für allzu lange Zeit in sein Bett eingezwängt gewesen war, plötzlich über die Ufer treten durfte, dann verbreitete er sich mit ungeahnter Macht, ganz gleich, welche Hindernisse sich ihm in den Weg stellten.

Die Ehefrau wurde nie genannt, vermutlich aus wirklicher Achtung vor dem, was Staat und Kirche zusammengefügt hatten. Sie blieb nur ein schmerzlich ausgesprochenes »sie«, aus dem Mitleid und Neid sprachen.

»Sie wollte nicht, dass er zu viel Kaffee trank. Sie ist keine bösartige Frau. Aber sie hat ihn nie verstanden. Das war nicht ihre Schuld. Sie hatten zu jung geheiratet. Sie wissen ja, wie das im Süden ist. Die Verwandten entscheiden … Francesco lag genau da, auf die Kissen gestützt, er hat mich an sich gezogen und mich unsicher angelächelt: Ja, ich habe ihn verstanden …«

Die Wohnung bestand aus einem einzigen riesigen Zimmer.

Das Bett thronte an der hinteren Wand.

An seinem Fußende stand eine Truhe, auf der sich Einrichtungs- und Architekturzeitschriften stapelten.

Kein Gefühl der Scham hielt Luisa Malan nunmehr zurück.

Sie sprach von ihrem Leben, als wäre es bereits zu Ende. Als sei nur die Vergangenheit einer Erzählung würdig und die Gegenwart nichts als ein bloßer Unglücksfall.

»Nicht dass er sich mit ihr gestritten hätte. Sie konnten nur nicht mehr zusammen sein. Es hätte auch jeder für sich leben können. Sie hätten sich treffen können, wie es Leute tun, die sich schon lange kennen und viel miteinander geteilt haben. Aber sich trennen: nie! Ich habe Ihnen ja gesagt: Sie waren aus dem Süden, aus Cefalù, zwei alteingesessene Familien. Mit ihren Prinzipien ... Und dann die beiden Mädchen: hässlich und voller Komplexe. Einerseits von ihrem Vater weit entfernt und doch auf die Vaterfigur fixiert ..., auf den Mann in der Familie, den man bedienen muss, dem man ehrerbietig gegenüber sein muss. Und die Arbeit bei der Staatsanwaltschaft? Was glauben Sie, hätten seine engstirnigen Kollegen gesagt? Man sagt das so: Richter ... Und glaubt dabei, dass es sich um eine besondere Kaste handle, Priester ohne Sünde, die nur ihrem einzigen Gott dienen. Ich bitte Sie! Nicht einmal in einem Vipernnest gibt es so viel Gift.«

Die Worte kamen aus ihr heraus, als bete sie einen Rosenkranz.

Mit derselben Einförmigkeit, mit derselben Hingabe. Doch in gewissem Sinne waren es gewählte Worte. Sorgfältig aus dem Vokabular des Alltags ausgesucht.

Vielleicht die Art einer Lehrerin sich auszudrücken.

Die daran gewöhnt war, mit Kindern nur eine einfache Sprache zu sprechen, wohl wissend, dass man immer wieder neue Laute, neue Bedeutungen hinzufügen musste, um gewissermaßen auf osmotische Weise die einfache Sprache anzureichern.

Lupo und Polo sahen sich schweigend an.

Sie mussten fast keine direkten Fragen stellen.

Luisa Malan selbst füllte die Leere, während sie so durch ihre Erinnerungen schwamm.

»Wissen Sie, ich habe ihn im Gefängnis kennen gelernt.

Vor acht Jahren. Ich habe dort am Abend unterrichtet. Und der Abend im Gefängnis beginnt um vier Uhr nachmittags. Im Sommer wie im Winter. Das ist auch ein Zeichen dafür, dass die Zeit hinter den Gittern ihren Wert verliert, nicht wahr? Wie auch immer… Mein Bruder hat dort einen Fehler abgebüßt. Nicht dass er unschuldig gewesen wäre, aber vielleicht war sein Schicksal mehr vom Pech als von Vorsatz bestimmt. Um ihm nahe sein zu können, nicht mehr um Besuchstermine betteln zu müssen, die einem nur voller Verachtung zugestanden werden, was erniedrigend ist. Erniedrigend für mich, will ich damit sagen. Ich habe den Schuldienst verlassen und diese Kurse übernommen, die niemand sonst halten will. Das waren mehr oder weniger dieselbe Anzahl von Stunden und dasselbe Gehalt. Sie haben ja keine Ahnung, wie viele Analphabeten es dort drinnen gibt! Manchmal glaube ich, das verhält sich proportional zu den Verurteilungen. Jedenfalls war ich in meiner Klasse, als ich Francesco zum ersten Mal gesehen habe. Er musste einen meiner Schüler befragen. Es hat damit geendet, dass er mich befragt hat. So hat alles angefangen. Können Sie das glauben?«

Luisa Malan knetete ihre Hände.

Sie saß ein wenig vorgebeugt auf ihrem Stuhl.

Als wolle sie noch mehr Erinnerungstropfen aus ihrem Gedächtnis pressen.

Ab und zu strich sie sich eine dunkel gefärbte Haarsträhne aus der Stirn. Ansonsten war ihre Frisur tadellos.

Genau wie ihr schwarzes Kleid und die Perlenkette, die sie um den Hals trug.

Genau wie sie auch noch in der Trauer durch und durch Turinerin war.

Für ihn blieb sie elegant.

Innen wie außen.

Immer.

Obgleich er nicht mehr da war oder gerade deshalb.

Eine Art unvergängliche Verbindung.

Sie hielt den Glauben an ein Versprechen aufrecht, der, wenn er zerbräche, ihre Liebe in den Sumpf der beiläufigen Abenteuer, der ordinären Gefühle stieße.

Um ihre Seele zu retten, musste sie unaufhörlich die vermeintliche Einheit betonen, die nunmehr nur in ihrem Kopf existierte. Und sie gab sogar ihre so offensichtlich weibliche Zurückhaltung auf und erzählte unnötigerweise von sehr intimen Dingen.

Sie glorifizierte.

»Wir waren nicht wie andere, ich schwöre es Ihnen. Es gab keinen Sex, nichts Vulgäres zwischen uns. Francesco war impotent. Mir war das nie wichtig gewesen. Wir waren zusammen, um zusammen zu sein. Wir waren beide so allein … Aber auch für sie war das nicht wichtig. Ihr genügte es, sich ihre Stellung zu erhalten, die errungenen Privilegien, was schwer ist in einer verschlossenen Stadt wie Turin, die nicht zwischen guten und schlechten Süditalienern unterscheidet. In der man einfach nur isoliert wird. Deshalb war Francesco so vorsichtig. Ihretwegen. Nicht unseretwegen. Die arme Frau … Das wird sie umbringen … Das wird schlimmer für sie als sein Tod …«

Sie hätte ewig so weitergemacht.

Doch Lupo hatte keine Zeit.

In diesem Bekenntnis hatte er keinerlei Antwort auf die grundlegende Frage bekommen.

Er fühlte Mitleid, als er sie unterbrach und ihre Katharsis stoppte.

»Sie müssen entschuldigen. Ich verstehe Ihren Schmerz. Aber wir müssen einen Mörder finden. Deshalb muss ich Ihnen leider Unannehmlichkeiten bereiten. Vielleicht muss ich Sie Augenblicke wieder erleben lassen, die Sie gerne vergessen möchten.«

Luisa Malan presste die Lippen zusammen.

Und die Knie.

Eine plötzliche Geste der Verschlossenheit.

Als sei plötzlich dieser private Raum für einen Fremden nicht mehr zugänglich.

Dann ergab sie sich ihrem Schicksal.

Und zog auch die Schultern zusammen.

»Bitte, sprechen Sie.«

»De Napoli suchte Sie mit einer gewissen Regelmäßigkeit auf. Wie kündigte er seine Besuche an?«

»›Suchte Sie auf…‹, Was für eine Formulierung! Er musste sich nicht ankündigen. Wir sahen uns jeden Tag, das habe ich Ihnen gesagt. Sie wusste davon… Francesco verließ jeden Morgen um fünf Uhr sein Haus und kam hierher. Er blieb eineinhalb oder zwei Stunden, dann ging er in sein Büro.«

Lupo erstarrte.

Er dachte an den Autobianchi.

Er dachte daran, wie deutlich dieses Auto auf einem halb verlassenen Parkplatz zu sehen sein musste.

Wie einfach es für einen Killer sein musste, mit seinem Zielfernrohr eine Person auszumachen, die solche Gewohnheiten hatte.

Wie sehr sein Theoriegebäude, das auf der zufälligen Wahl der Opfer basierte, vor einer solchen Offensichtlichkeit ins Schwanken geriet.

Hatte er alles falsch gemacht?

War die Mannlicher-Carcano nur eine faszinierende Augenwischerei, um ihn aufs Glatteis zu führen?

War der Mörder so eiskalt, dass ihm der Coup gelungen war, sie an einen Psychopathen glauben zu lassen, während er im Gegenteil nur ein am Reißbrett geplantes Ablenkungsmanöver durchzog?

Für eine kleine Weile war seine Aufmerksamkeit nicht mehr auf die Erzählung Luisa Malans gerichtet.

Doch sie hatte nichts bemerkt und sprach unbeirrt weiter.

»Samstags blieb Francesco den ganzen Tag bei mir. Sonntags jedoch musste er bei seiner Familie sein. Es wäre in der Tat nicht möglich gewesen, eine gute Entschuldigung zu finden. Er gab ja schon vor, gerne am frühen Morgen zu arbeiten, wenn niemand im Büro sei ... Weil er dann mehr erledigen könne und das seiner Karriere zugute käme.«

Polo bemerkte Lupos Unruhe und schaltete sich zum ersten Mal in das Gespräch.

»Ein schwieriges Leben. Ohne Schlaf.«

»Oh nein. Er ging immer schon um neun Uhr ins Bett. Ich glaube, er hat seit Ewigkeiten keine Nachrichten mehr im Fernsehen gesehen. Er hat sich mit einem Buch in sein Bett zurückgezogen, hat an mich gedacht und dann das Licht gelöscht.«

»Und Sie haben das alles ertragen?«

»Wenn das Leben nichts anderes bereithält ...«

»Wissen Sie, ob er an einem besonderen Fall arbeitete?«

»Ja, und deswegen ist er auch nach Rom gefahren, glaube ich. ›Ich werde die Antikorruptionskampagne wieder aufrollen‹, hat er gesagt, ›ich habe einen Joker in der Hand.‹ Aber ich kann Ihnen leider nicht mehr sagen. Er hat gepfiffen, während er sich rasierte. Denn rasiert hat er sich hier, wissen Sie. Bei mir ...«

Sie war fassungslos.

Incoronata Grattarulo De Napoli hatte nicht geglaubt, dass ihr Gebäude aus Illusionen so einfach einstürzen konnte.

In einem einzigen Augenblick.

Ins Wanken gebracht von den weinerlichen Bekenntnissen einer Frau, die vor Gott schlimmer war als Magdalena.

Weil nur eine so würdelose Mätresse in der Lage war, Geheimnisse hinauszuschreien, die tief im Herzen der Familie eifersüchtig gehütet wurden. Wohin sich kein noch so flüchtiger Blick verirren, woher kein verräterisches Seufzen dringen durfte.

Sie, Incoronata, war ja nicht die Dirne aus der Bibel.

Und doch war ihr, als würde sie gesteinigt.

Von den Worten Lupos

Von dem verlegenen Blick des Oberstaatsanwalts, der ihr zur Seite stand, um ihren Schmerz zu verteidigen. Und ihre Position.

Von der förmlichen Höflichkeit Ferros.

Von der schweigenden Missbilligung Modicas.

Sie war es gewesen, die all die Jahre gelitten hatte. Sie war das eigentliche Opfer der Arroganz eines sizilianischen Mannes gewesen. Sie hatte dem Gebot der Ehre gehorcht. Und dem Gesetz des Schweigens, wonach jener, der weiß, nichts wissen darf.

Sie fühlte sich gedemütigt.

Nicht, weil es geschehen war.

Sondern weil vier Männer jetzt mit ihr darüber sprachen, ohne Rücksicht.

Und sie verurteilten.

Auch wenn sie so taten, als wäre dem nicht so.

Die sich über das Elend der Welt erhoben.

Piemonteser …

Menschen, die sich entschieden hatten, sich selbst zu belügen. Die Freundlichkeit vorspiegelten und einen dann von hinten niederschlugen.

Zumindest diesem Commissario im unförmigen Zweirei-

stand die Verdammung ins Gesicht geschrieben. Aber er strahlte auch so etwas wie Respekt aus vor einer Frau, die über Wurzeln verfügte. Was er niemals zugeben würde, auch wenn ihm dies auf die Stirn geschrieben stand.

Sie waren im Büro des Questore.

Ihr beharrliches Leugnen ging langsam allen auf die Nerven.

»Was diese Frau sagt, ist völlig absurd. Lügen, Lügen …«

Ihr Dialekt, den sie immer besser hatte verbergen können, bis er fast etwas wie eine reizvolle Modulation geworden war, brach nun in ihrer Verzweiflung wieder durch.

Als wäre er ein Rettungsanker, die einzige Verbindung mit ihrer Heimat auf diesem fremden Boden.

»Signora De Napoli, ich bitte Sie. Seien Sie doch vernünftig.«

»Es ist schrecklich, was Sie da sagen. Schändlich …«

»Das wissen wir. Aber Sie müssen dieser Situation ins Auge sehen. Die Zeitungen, das Fernsehen werden nicht so zart fühlend mit Ihnen umgehen, das kann ich Ihnen versichern. Die Sache, der Sie sich heute vor Freunden entziehen, werden Sie sich morgen vor Feinden stellen müssen. Je mehr wir von der Wahrheit wissen, desto besser werden wir Sie beschützen können.«

Ferro versuchte so, die verfahrene Situation aufzulockern.

Doch seine Worte riefen noch mehr Schrecken hervor.

»Ins Fernsehen kommen wir?«

»Das wird sich nicht vermeiden lassen.«

»O heilige Maria Muttergottes! Ich beschwöre Sie, tun Sie etwas. Meine Töchter werden dadurch umkommen. Es wird das Ende sein. Das Ende!«

Es war ein Schrei.

Und Lupo entschied, dass er genug hatte.

Er ertrug diese Komödie nicht mehr.

Diese Täuschung, der Schein, der gewahrt werden musste.

»Nein. Das Ende war schon. Für Ihren Mann. Und jetzt müssen wir einen Mörder fassen. Er ist die Ursache für all dies. Machen Sie sich das bewusst. Und entscheiden Sie sich endlich, auf unsere Fragen zu antworten!«

»Es ist besser so. Das versichere ich Ihnen, Donna Incoronata …«

Modica war plötzlich näher an sie herangetreten und hatte zart ihre Hand gestreift. Mit einer respektvollen Geste der Tröstung.

Er hatte verstanden, dass diese Frau ihn auf Grund seiner Herkunft und seiner Sprache vielleicht eher akzeptieren würde als die anderen.

Ihre Aufmerksamkeit ermutigte ihn.

Also sprach er weiter.

»Donna Incoronata, Sie wussten von dieser Verbindung. Sie haben sich wie eine gute Mutter verhalten. Aber Sie wussten davon …«

»Ja …«

»Was uns beschäftigt, ist, zu erfahren, ob Luisa Malan auf irgendeine Weise eine Rolle bei dieser Ermordung gespielt hat. Sie allein wissen über die intimsten Dinge Ihres Mannes Bescheid.«

Signora De Napoli nickte.

Ihr Primat war wiederhergestellt.

Und auf kunstvolle Weise war der Keim des Verdachtes gesät worden und die Möglichkeit näher gerückt, Rache an der Widersacherin zu üben.

Sie richtete sich in ihrem Sessel auf, zog ein Taschentuch aus ihrer Tasche und trocknete sich die Tränen. Dabei versuchte sie, sich die violetten Spuren der Wimperntusche wegzuwischen, die ihr fleischiges Gesicht in eine absurde, tragische Maske verwandelt hatten.

Dann sah sie Modica lange an, als wolle sie unterstreichen, dass er der einzige Mann in diesem Raum sei, dem sie vertraue.

Ihr Blick war tiefschwarz.

Ihre ganze Schönheit konzentrierte sich in diesen Augen, aus denen das Leid sprach.

Ansonsten war sie eine Frau, die zu viele Diäten hinter sich gebracht hatte, zu viel Lippenstift auf den Lippen trug und zu viel Schminke, um die Zeichen des Alterns und einer zermürbenden inneren Scham zu verbergen.

Sie schlug bescheiden die Beine übereinander.

Fuhr sich mit einer Hand durch das Haar, das sehr lang war und in jenem rostfarbenen Rot leuchtete, das bei den Ansagerinnen und den Intrigantinnen der Seifenopern so beliebt war.

Dann seufzte sie müde auf.

»Also, was wollen Sie wissen, Dottore Modica?«

Es führte zu nichts.

Sie rührten nur den schlammigen Grund des Lebens dreier Menschen auf.

Ein riesiger See aus Frustrationen, aus verpassten Gelegenheiten und schweigender Hinnahme. Aus Vorteilnahme und Resignation.

Und aus Ekel.

Ein furchtbarer Kompromiss war geschlossen worden.

Das Recht des sizilianischen Mannes darauf, seine Begierden auszuleben, das seine eigene Unterschrift unter einem richtigen und echten Vertrag bekräftigte.

Von eigener Hand verfasst.

Mit der bürokratischen Akribie eines Juristen.

Hinterlegt im Safe des Rechtsanwaltes der Familie Grattarulo in Cefalù.

Und der Vertrag besagte: Die Familie durfte in keiner Weise finanziellen und gesellschaftlichen Schaden davontragen. Deshalb wurde das Gehalt in voller Höhe auf ein Konto überwiesen, das auf den Namen der Ehefrau lief.

Darüber hinaus durfte die Malan sich niemals in der Öffentlichkeit mit ihm zeigen.

Nicht nur nicht bei öffentlichen Veranstaltungen, die sein Amt betrafen, oder bei gesellschaftlichen Einladungen. Sondern auch und insbesondere nicht in Restaurants, Kinos, Hotels oder an irgendeinem anderen Ort, an dem man sie zusammen hätte sehen können, und was somit dem Tratsch und den Verlegenheiten Vorschub geleistet hätte.

Wenn er zu ihr ging, so durfte er sich keines Taxis oder Dienstwagens bedienen, deren Fahrer irgendetwas hätten bezeugen können. Zu diesem Zweck musste er ein Fahrzeug nehmen, das nicht auf ihn eingetragen war. Der Autobianchi ihres Pförtners hatte sich also als geeignet erwiesen, er war mit 1,2 Millionen Lire bezahlt und niemals umgemeldet worden.

Incoronata De Napoli hatte sich ihrerseits verpflichtet, vor den Töchtern und den Verwandten Stillschweigen zu bewahren. Und sie hatte in diesem Drama die Rolle der lächelnd Hinnehmenden übernommen, was sie innerlich zerriss.

Das grausamste Detail war das Treffen zu dritt gewesen.

Francesco, Incoronata und Luisa.

Zusammen.

Im Restaurant *Vecchia Lanterna*.

Wobei jeder der Beteiligten mit Anstand seine Rolle im Angesicht einer Gänseleberpastete und eines Glases Sauterne zu spielen hatte. Mit dem Versprechen, in Zukunft keine Trennung oder gar Scheidung anzusprechen, um ihren Blutspakt nicht zu brechen.

Und jetzt dieser Tod, der auf so lärmende Art öffentlich war.

Der in dem Schriftstück, das so sorgsam im Safe verwahrt wurde, nicht vorgesehen war.

Nein. Incoronata De Napoli kannte keine Gedanken ihres Mannes. Keine Erwartungen, Träume. Sie wusste nichts von seinen Untersuchungsverfahren, von seiner Karriere.

Der Aufstieg und die Beförderungen wurden ihr durch die Kontoauszüge der Bank *San Paolo* mitgeteilt. Von den Festnahmen hatte sie durch Zeitungen erfahren.

Sie kannte noch alle seine Freunde, denn gemäß der Vereinbarungen, die heiligst beachtet wurden, waren sie der Spiegel gewesen, in dem sich ihre vermeintliche Perfektion als Paar immerzu hatte reflektieren müssen, um als solches bestehen zu bleiben.

Doch ihre Gespräche waren immer nur Unterhaltungen gewesen, die sich um Unbestimmtes drehten.

Musik, Politik, Mode.

Niemals wurde etwas Persönlicheres angesprochen als der Universitätsabschluss der ältesten Tochter oder die Pickel der jüngeren.

Gespräche über die Arbeit waren seit jeher ausgeschlossen gewesen.

Auch vorher schon. Wegen der Schweigepflicht, die Francesco eigensinnig auch bezüglich der unbedeutendsten Fälle wahrte.

Nein. Über eine neue Antikorruptionskampagne hatten sie nie gesprochen. Nicht einmal zufällig. Und sie hatte nie vermutet, er könne andere Feinde als sich selbst haben.

Die einzigen Zeichen von Nervosität, denn die hatte es gegeben, waren jene, die seit acht Jahren andauerten. Seit dem Tag, an dem er Luisa Malan kennen gelernt hatte.

Seit den ersten Ausflüchten.

»Und die Malan? Könnte sie Ihrer Ansicht nach an einem Komplott beteiligt gewesen sein?«

Lupo hatte sich plötzlich eingeschaltet.

Er konnte es nicht mehr ertragen, in diesem fauligen Schlamm herumzustochern. Dies war so weit entfernt von seiner eigenen Auffassung von Liebe, von Familie. Er hatte die ganze Zeit an Greta gedacht, an Matteo und Michele. Weil er versucht hatte, sich abzulenken. Um einen Sinn wiederzufinden.

Die De Napoli hatte ihn mit Trostlosigkeit in den Augen angesehen.

»Sie beurteilen mich nach Ihrem Maßstab. Das ist vielleicht richtig so. Aber bevor Sie mich verurteilen, denken Sie daran, was es heißt, für immer seiner Heimat fern zu sein. Zuerst Reggio Calabria, dann Modena und Sondrio. Zum Schluss Turin. Sich immer entwurzelt zu fühlen. Ohne Arbeit. Denn Francesco konnte seiner Frau nicht erlauben zu arbeiten. Alle Erwartungen auf die Töchter und den Mann zu richten. Denn das sollte meine Aufgabe sein. Mutter und Ehefrau. Als Letzteres verloren ging, was hätte ich anderes tun sollen, als wenigstens Mutter zu bleiben? Als wenigstens den Schein von Familie zu wahren, um wenigstens den Mädchen eine Zukunft zu sichern? Sagen Sie es mir. Los, sagen Sie mir, hätten Sie sich nicht auch erniedrigt, um das zu bewahren?«

Lupo hatte schweigend genickt.

Nicht, weil er ihre Ansicht teilte.

Sondern um aus dem Teufelskreis dieser absurden Hinnahme, dieser moralischen Rechtfertigungen, die für ihn inakzeptabel waren, zu entkommen.

Ihre Stimme wurde immer klagender. Immer mehr verfing sie sich in ihrem Dialekt. Die Worte schossen dahin, als könne ihre Flut Verständnis garantieren.

Für ein schutzloses Opfer der Welt und der Menschen.

Immer bereit, das Schicksal zu verfluchen und die Schuld auf andere abzuladen, ohne jegliches Gefühl von Stolz, um die Schultern zu straffen und zu kämpfen.

Er wusste, dass er in gewisser Hinsicht ungerecht war.

Doch rief diese Frau eine Wut bei ihm wach, die ihn auch überkam, wenn er gewisse Nachrichtensendungen und diese anklagenden Interviews aus dem Süden Italiens sah. Interviews mit Menschen, die beim ersten Schnee in lautes Lamentieren ausbrachen, anstatt eine Schaufel in die Hand zu nehmen, und die dabei den Staat anklagten, der sie wieder einmal vergessen habe.

Incoronata De Napoli sah ihn immer noch an.

Überzeugt davon, dass sein Schweigen neuerlich Nachsicht bedeutete, zwang sie sich zur Antwort.

»Luisa Malan … Mit der Zeit habe ich sie ja ganz gut kennen gelernt … Manchmal rief sie an, oder ich habe sie angerufen … Praktische Dinge: ein verlegtes Hemd, das Ergebnis eines Arztbesuchs, Erledigungen, die für ihn zu machen waren. Nein, sie ist keine intelligente Frau …«

»Konkreter?«

»Sie ist treu wie ein Hund, der geschlagen wird. Ihr Instinkt hat ihr gesagt, dass sie bei Francesco Unterschlupf finden könnte, und sie hat sich mit hängenden Ohren sofort dort eingenistet. Manchmal hat sie mir sogar Leid getan. Natürlich nur für einen Moment, nicht länger. Denn trotz allem ist sie immer die Mätresse meines Mannes geblieben. Wenn auch nur auf dem Papier. Denn er war schon lange kein richtiger Mann mehr …«

Sie hatte eine Pause gemacht.

Als warte sie auf eine schamhafte Nachfrage.

Doch keiner hatte angebissen.

Und so nahm sie ihren Faden wieder auf.

»Ich glaube nicht, dass sie das Format hätte, an etwas teilzunehmen, was Sie ein Komplott nennen. Und dann, warum auch? Ich muss mit Bedauern zugeben, dass sie ihn vergötterte, dass ihr ganzes Leben aus diesen zwei gestohlenen Stunden bestand. Im Grunde war Francesco ein unsicherer Mensch. Und ich glaube, dass es gerade ihre völlig unbegründete Ergebenheit war, die seinem kleinen Ego geschmeichelt hat. Dem Ego eines Impotenten, der nicht einmal einen Sohn hatte zeugen können, um seinen Namen weiterzugeben. Nein, Luisa Malan könnte nicht …«

»Vielleicht für ihren Bruder im Gefängnis. Aus Rache … Hat Ihr Mann seine Verurteilung veranlasst?«

»Ja, aber er hat ihn fast umgehend wieder auf freien Fuß gesetzt, unter Polizeiaufsicht natürlich.«

»Weshalb saß er im Gefängnis? Wir hatten noch nicht die Zeit, das zu überprüfen.«

»Widerrechtliche Aneignung. Er war ein Idiot, die Marionette eines Gauners, der Dummköpfen Anlagepapiere mit hohen Renditen versprochen hat. Auch der sitzt, und ich glaube nicht, dass er schon draußen ist.«

»Haben Sie ihn schon einmal gesehen?«

»Wen, den Bruder von der Malan?«

»Ja.«

»Einige Male, ja. Ein unscheinbarer Typ. Genau wie sie. Dicke Brillengläser, Glatze, heruntergekommen. Jetzt ist er Auslieferer auf dem Großmarkt.«

Lupo hatte geseufzt.

Mit jeder Frage überschnitten sich diese drei Leben immer mehr.

Sie telefonierten miteinander, trafen, besuchten sich.

Jeder wusste vom anderen.

Sie akzeptierten einander.

Arme Töchter …

Lupo hatte sich erhoben.

Und sich dann mit einem leichten Kreisen des Kopfes verabschiedet.

Es war unnütz, hier noch weiter Zeit zu verlieren. Ferro und Modica würden es übernehmen, noch weiter im Nichts zu stochern. Er wollte den Polizeibeamten sehen, der das Haus an der Piazza Vittorio überwacht hatte. Er wollte wissen, wie es wieder hatte passieren können, dass der Mörder ungesehen entkommen war.

Doch an der Tür hielt der Oberstaatsanwalt ihn auf.

»Wir zählen darauf, Commissario, dass nichts an die Presse durchsickert. Wir haben bereits mit dem Questore darüber gesprochen…«

»Was die Dame De Napoli betrifft, natürlich. Aber bei allem anderen muss ich Sie enttäuschen. Die Beziehung zwischen der Malan und dem mysteriösen Herrn mit dem Autobianchi war für keinen, der um die Piazza Vittorio herum lebt, ein Geheimnis. Jetzt ist er kein Mysterium mehr. Es war keine gute Idee, ein Auto zu benutzen, das so gut wiederzuerkennen ist. Es tut mir Leid…«

Es hatte keine Reaktion gegeben.

Incoronata De Napoli war gerade in dem Moment zusammengebrochen, als er das Zimmer verließ.

Er hatte es den anderen überlassen, ihr Beistand zu leisten.

Er hatte genug von dieser Frau.

Und von ihrer schmierigen Tugendhaftigkeit.

6

Er war kein Neuling mehr.

Keiner von jenen Polizeibeamten mit ausrasiertem Nacken, langen Koteletten und stählernem Blick. Keiner von denen, die sich mit der ganzen Unschuld eines Polizeinovizen fürchten, wenn sie einer Menschenmenge oder einem Vorgesetzten gegenübertreten müssen.

Nein. Mario Bastino war ein Profi. Ein gestandener Mann. Der eine schöne, schwangere Frau hatte und eine Beförderung und eine Gehaltserhöhung erwartete.

Lupo kannte ihn gut.

Er hatte ihn selbst gebeten, diese ungeliebte Aufgabe zu übernehmen, die sonst eigentlich von den Neulingen erledigt wurde. Bastino erwartete ihn im Büro und sprach gelassen mit De Mattia.

Als Lupo eintrat, erhob er sich.

»Ich habe gerade zum De Mattia gesagt: Es kann nicht sein, dass ich ihn nicht gesehen habe. Das ist unmöglich. Ich habe mich nicht vom Fleck gerührt, nicht eine Sekunde.«

»Wann sind Sie hinaufgegangen?«

»Um Mitternacht.«

»Und wo haben Sie sich postiert?«

»Wie Sie mir gesagt haben: in dem Verschlag, in dem früher der Portier saß. Sie hatten Recht. Es lassen sich nicht alle Eingänge kontrollieren, vor allem die vom Hof her nicht. Aber wer hinaufgeht, der muss zwangsläufig diese Treppe nehmen.«

Also gut. Dann erzählen Sie mir, was sich im Haus getan hat.«

»Nichts Besonderes. Nur Hausbewohner. Ein junger Mann aus dem dritten Stock: Rastelli. Er kam etwa um zwei Uhr nach Hause. Dann die vom zweiten Stock, linke Tür, sie kamen eine halbe Stunde später. Ich bin ihnen bis auf den Treppenabsatz nachgegangen und habe gewartet, bis sie die Tür geschlossen hatten. Ein Ehepaar, Musso, glaube ich. Warten Sie, ich sehe nach.«

Bastino hatte sich eine Art Logbuch für das Haus angelegt. Eine Seite pro Stockwerk mit den entsprechenden Nachnamen. Dann hatte er mit einem Pfeil all jene Personen gekennzeichnet, die er gesehen hatte.

Die übrigen Blätter waren voller Hieroglyphen, die er während der langen, zermürbenden und schlaflosen Wache gekritzelt hatte. Lange Reihen aus allen möglichen Dreiecken, die von kleinen, akribischen Zeichnungen unterbrochen wurden: ein Schiff, ein Wohnwagen, der Eiffelturm.

Urlaubsträume …

»Ja, Musso, genau.«

»Und heute Morgen?«

»Nach diesen drei Personen kam niemand mehr. Abgesehen von Kommissar Modica mit seinen Leuten natürlich …«

»Nein, das meinte ich nicht. Hat jemand das Haus verlassen?«

»Keiner, der uns interessieren könnte.«

»Was heißt das?«

»Ich habe die Namen nicht überprüft, auch nicht, aus welchem Stockwerk sie kamen. Aber keiner ist alleine aus dem Haus gegangen. Eltern mit Kindern, die zur Schule mussten. Jugendliche. Paare. Und so weiter.«

»Aber das muss doch eine ganze Weile nach dem Mord gewesen sein …«

»Tatsache ist, dass ich in diesem Kabuff eingeschlossen war und nichts gehört habe. Verstehen Sie: Ich habe nichts mitbekommen, bis Commissario Modica gekommen ist, um mich zu vernehmen.«

»Das heißt, Sie haben nicht einmal den Schuss gehört?«

»Nein.«

Lupo seufzte.

Er verabschiedete den Beamten. Er spürte, dass der Zorn ihn langsam rasend machte.

Wie war das nur möglich? Dieses Mal war das Haus gründlich überwacht worden. Nichts hatte man dem Zufall überlassen. Auch der junge Polizist, der Bastino abgelöst hatte, hatte entsprechende Anweisungen erhalten.

Lupo war zutiefst verunsichert.

Was hatte nicht funktioniert?

Er sah De Mattia an.

»Lass Nico Vibar aus den Verwahrungszellen bringen.«

Auch er war niedergeschlagen. Er telefonierte, dann massierte er sich die Schläfen.

»Es gibt zwei Möglichkeiten: Entweder ist der Mörder vor Mitternacht hineingekommen oder er kann fliegen.«

»Und was meinst du?«

»Wer hat die Überwachung vor Bastino gemacht?«

»Ein anderer Grünschnabel. Aber das hat nichts zu sagen. Ich glaube nicht, dass er die Schuld trägt. Die Unsichtbarkeit des Killers ist es, die unerklärlich ist. Und dann habe ich es, ehrlich gesagt, auch nicht für möglich gehalten, dass vor Mitternacht etwas passieren könnte. Ein Gewehr dieser Art ist nicht so einfach zu verstecken.«

De Mattia war derselben Meinung. Aber leider war das noch nicht alles, schlechte Neuigkeiten kommen nie allein.

»Übrigens: Ich habe sofort die Carabinieri zum Haus der Fassio geschickt. Du erinnerst dich: die Cousine von Pernice. Ich fürchte, dass es auch an diesem Punkt nicht besser läuft.«

»Warum?«

»Die gute Martina hat im Morgenmantel aufgemacht. Sie sagte, sie habe die Grippe. Und auch heute würde sie nicht arbeiten gehen. So erklärt es sich, dass keiner mehr aus dem Haus gekommen ist. Sie hat aber geleugnet, dass Pernice da sei. Sie hat die Männer sogar eintreten lassen, damit sie nachsehen konnten, als ihr klar war, dass sie ihr nicht glaubten. Eine Niete: Er war nicht da.«

»Und wann soll er das Haus verlassen haben?«

»Sofort wieder. Er sei nur für eine halbe Stunde auf einen kurzen Besuch geblieben. Wenigstens behauptet sie das. Er habe ihr erzählt, dass er zur Abwechslung einmal von den Bullen verfolgt würde. Nämlich von uns.«

»Und der Exorzist?«

»Auch da haben wir schlechte Karten. Er hat nicht in der Via Santa Chiara übernachtet. Jetzt suchen wir sie alle beide. Sie werden uns wohl ein bisschen was zu erzählen haben …«

»Wenn wir sie überhaupt noch rechtzeitig finden.«

Lupo fühlte sich ohnmächtig.

Und ließ sich vom übelsten Pessimismus überrollen.

Keiner seiner Verdächtigen hatte ein Alibi.

Aber deswegen konnte er sie doch nicht einsperren lassen. Er hatte nicht den geringsten Beweis. Während die Zahl der Leichen in immer kürzeren Abständen anstieg.

Würde dieser unbarmherzige Mörder jemals aufhören?

Und wenn er diesen Punkt schon erreicht hätte? Falls De Napoli wirklich das eigentliche Opfer war? Er spürte, dass Ferro daran zu glauben begann und dass die Zweifel sich langsam ausbreiteten.

Aber war dieser mittelmäßige Staatsanwalt wirklich das

Opfer einer Säuberungsaktion, gleichsam im Zuge der Antikorruptionskampagne *Mani pulite*? Und was war dann mit dem vierten Mord, für wen war das fehlende Projektil bestimmt?

Schließlich kam ihm doch wieder Polo in den Sinn, obgleich er versuchte, diese Gedanken zurückzudrängen.

Lupo schüttelte den Kopf.

Auch Polo hatte kein Alibi für die Tatzeit.

Und er hatte auch keines für die Morde an Claudio Legnano und Ernestina Lucco.

Was dachte er da? Sie waren Freunde, Kameraden, Brüder.

Unzertrennliche Reisende.

Doch sie hatten nie zusammen gearbeitet. Nie hatte sich Polo in irgendeiner Weise für seine Ermittlungen interessiert. Warum hatte er ausgerechnet jetzt damit angefangen?

Richtig: Sein Vorgesetzter hatte es angeordnet. Doch hatte Polo früher schon andere Aufträge abgelehnt.

Über Verbrechen zu schreiben hatte ihn nie begeistern können. Dennoch war er hier und folgte ihm auf Schritt und Tritt. Manchmal kam er ihm sogar zuvor, wie im Falle des Vaters von Ernestina Lucco.

Er kam und verschwand wieder.

Im Falle der Lucco war er es gewesen, der Lupo von dem erneuten Mord in Kenntnis gesetzt hatte. Zu Hause, am frühen Morgen.

Wie hatte er vor Lupo davon erfahren?

Wer hatte es ihm mitgeteilt?

Das Einzige, was für ihn sprach, war das Fehlen eines Motivs.

Ein Motiv, das sowohl der Exorzist als auch der Maler hatten, wenngleich es in beiden Fällen ein schwaches war.

In diese Überlegungen versunken hatte Lupo gar nicht wahrgenommen, dass Nico Vibar sich vor seinem Schreibtisch aufgebaut hatte.

Breitbeinig mit einem Grinsen im Gesicht stand er da.

»Danke, dass Sie mich geholt haben. Ist es Zeit für den Aperitif?«

De Mattia schaltete sich sofort ein, um Ärger zu vermeiden. Lupo konnte in einer solchen Stimmung völlig unberechenbar sein.

»Halt dein Maul, du albanischer Mistkerl. Warum hast du nicht erzählt, dass du ihm außer dem Gewehr noch einen Schalldämpfer besorgt hast?«

»Weil ich das nicht gemacht habe, Signore. Den Typen, das sage ich dir, den hat Lärm einen Scheißdreck interessiert.«

Schließlich fand Lupo den Rhythmus.

Fragen, Antworten, Fragen, Antworten.

Er hasste diese offiziellen Verhöre. Mit einem Gegenüber in der Position des Unterlegenen und er selbst in der Rolle des Starken. Lieber begegnete er Menschen von Gleich zu Gleich. Und nicht im düsteren Schatten eines Polizeipräsidiums.

Gespräche zwischen Menschen.

Wo ein unvorsichtiges Geständnis aus freien Stücken gemacht wird. Vielleicht aus Überheblichkeit, aber nicht aus Angst.

Er musterte den Albaner.

Sie waren fast am Ende angekommen. Es blieb nur noch wenig zu sagen.

»Vielleicht machen wir später eine Gegenüberstellung.«

Vibar schüttelte wieder den Kopf. Und er verfiel in seine merkwürdig leiernde Sprechweise, die er sich eher mit Hilfe des Fernsehens in seinem Heimatland beigebracht hatte, als dass er sie auf den italienischen Straßen gelernt haben mochte.

»Nutzt nichts. Ich erkenne ihn nicht. Niemals. Auch nicht, wenn ich wieder den Geruch von Atem rieche. Ich kann sagen, dass er wie Anis und Medizin riecht…«

Nico Vibar habe das Gesicht seines Kunden eigentlich nie gesehen. Dieser habe immer eine Perücke getragen, eine riesige Brille, große Schuhe und Mäntel mit hochgeschlagenen Kragen. Er könne nicht einmal sagen, ob der Kunde groß oder klein gewesen sei, ob er gehinkt habe oder auf einem Auge blind sei. Auch seine Leute, die den Kontakt eingefädelt hätten, könnten nichts darüber sagen.

Obwohl auch er, Nico, versucht habe, etwas über die Identität dieses Mannes herauszufinden. Denn wenn man den Käufer kannte, war das die Garantie, dass man ihm in Zukunft auch weiter das Geld aus der Tasche ziehen konnte.

Doch dieser hatte wohl mit fast manischer Umsicht gehandelt.

Kein direktes Licht. Immer blieb er unbeweglich sitzen. Sprach nur wenige Worte. War als Erster da und ging als Letzter, wenn die anderen schon weit entfernt waren.

Lupo versuchte es ein letztes Mal.

»Fangen wir noch einmal von vorne an. Wo habt ihr euch getroffen?«

»Kleiner Garten bei Brücke *Ponte delle Molinette* und kleiner Garten bei Brücke *Ponte di Corso Regina Margherita.* Er ist auf Bank gesessen.«

»Zu welcher Uhrzeit?«

»Sechs. Schon dunkel. Keine Mamas mit Kindern, nur Nachbarn mit Hunden. Keiner ist stehen geblieben.«

»Wer hat die Orte ausgewählt?«

Er. Vorher viel Telefon, damit alles gesprochen war. Dann für Tausch von Gewehr und Geld geht er an einen Ort, den ich nicht kenne. Dann ruft er auf Handy an. Ich komme und wir machen alles fertig.«

»Und du, hast du dir nicht jemanden mitgenommen, der ihn verfolgen sollte?«

»Ja. Aber er bleibt auf Bank sitzen eine Stunde lang. Dann ruft er Taxi mit Handy. Und weg. Schwer, ihn zu finden auf der Brücke, wo es drei Richtungen gibt. Sofort weg.«

»Aber am Anfang muss er sich doch gezeigt haben, er muss doch mit jemandem gesprochen haben, um an dich heranzukommen.«

»Niemand gefunden, der sich erinnert.«

»Aber wer hat dir dann das Geschäft vermittelt?«

»Einer, den ich kenne, der Drogen nimmt. Hatte Tüte mit Zettel und 200 000 Lire. Geld für einmal Droge. Zettel für mich.«

»Was stand auf dem Zettel?«

»›Wenn du viele Millionen willst für Gewehr Mannlicher-Carcano, dann warte auf Anruf in Telefonzelle bei Porta Palazzo, vor Stazione Dora. Heute Nacht 24 Uhr. Vorschuss 10 Millionen.‹«

Sie waren wieder einmal an einem toten Punkt angelangt.

Der Anruf des Monsignore kam unerwartet.

»Ich weiß, dass Sie ihn wieder suchen.«

»Ja. Es tut mir Leid…«

»Ich habe gerade mit Madre Serena gesprochen. Sie hat ihn in diesen Tagen besonders im Auge behalten. Ich habe sie um diesen persönlichen Gefallen gebeten. Er kam ihr viel ruhiger vor. Aber sie hat auch Bedenken, dass er vielleicht einfach nur gelernt haben könnte, seine Anspannung besser zu verbergen.«

»Haben Sie eine Vorstellung, wo er sein könnte? Oder wo er heute Morgen war?«

»Es ist jetzt hier bei mir.«

Lupo atmete auf. Er wusste nicht, ob das eine gute oder eine schlechte Nachricht war.

Er sah den Monsignore beim Versuch, seine Körperfülle auf dem Fahrersitz des Fiat Cinquecento unterzubringen, wieder vor sich, und musste lächeln.

Diese Erinnerung ließ ihn für einen Augenblick die Morde, den Mörder, den Wahnsinn vergessen, mit dem dieser Mann seine Fäden spann. Und er verlor sich in einer plötzlichen Vision.

»Hören Sie, Monsignore. Wie wäre es, wenn Sie zur Abwechslung eine Ehe nicht aufheben, sondern eine Hochzeit noch einmal zelebrieren würden?«

Falls Angelo Ricciardi über diesen Vorschlag erstaunt war, so ließ er sich das zumindest nicht anmerken. Er antwortete ruhig und hatte offensichtlich den Doppelsinn dieser Frage sofort begriffen.

»Was heißt, noch einmal zelebrieren?«

»Wenn zwei, die über Jahre hinweg voneinander getrennt waren, sogar auf zwei verschiedenen Kontinenten gelebt haben, ohne sich eigentlich zu trennen oder sich gar scheiden zu lassen, von einem Tag auf den anderen beschließen, sich wieder zusammenzutun … Nun, wäre es da nicht schön, sie noch einmal zu verheiraten, auch wenn sie es die ganze Zeit über gewesen sind?«

Der Monsignore ließ ein schallendes Gelächter hören.

»Wenn ich recht verstanden habe, wollen Sie mir ein rotes Geschenkband umbinden und mich diesem Verrückten Chieli als Hochzeitsgeschenk vorsetzen? Kommt diese Familie wirklich wieder zusammen? Teufel noch mal, das freut mich wirklich!«

»Für einen Monsignore scheint mir das aber nicht die angemessene Ausdrucksweise zu sein.«

»Wer hat Ihnen denn gesagt, dass ein Monsignore sich wie ein feiner Pinkel ausdrücken soll?«

»Ist das zu machen?«

»Aber sicher. Das würde ich mir für kein Gold der Welt entgehen lassen.«

»An Weihnachten?«

»Zur Mitternachtsmesse?«

»Nun, ich weiß nicht, ob …«

»Gut, zur Mitternachtsmesse. Ich werde mir einen speziellen Dispens besorgen. Wenn einem Ränkeschmied wie mir so etwas nicht gelingt …«

Es dauerte nur Augenblicke.

Dann verschwand die Heiterkeit so schnell, wie sie gekommen war. Es folgte ein längeres Schweigen. Die notwendige Zeit, um der Realität und ihren Zwängen wieder den ersten Platz einräumen und Lupo zu seinen Ermittlungen zurückkehren zu lassen.

»Monsignore …«

»Ja, ich weiß: Padre Saluzzo.«

»Seit wann ist er bei Ihnen?«

»Don Giovanni hat ihn heute Morgen um acht Uhr vor der kleinen Tür im Hof vorgefunden. Sie erinnern sich …? Er wollte dringend mit mir sprechen.«

»Worüber?«

»Er ist bereit, sein Amt wieder zu übernehmen. Er möchte sofort beginnen. Er ist geheilt.«

»Haben Sie sich deshalb verpflichtet gefühlt, Madre Serena um ihre Meinung zu bitten?«

»Genau.«

»Meinen Sie nicht, dass diese Entscheidung sehr plötzlich kommt?«

»Seien wir doch offen: Für Sie stinken diese Zufälligkeiten zum Himmel. Erst der Mord, dann die Wiederbekehrung des Hauptverdächtigen. Mit anderen Worten: Jetzt, da die Mission ausgeführt ist, ist es möglich, wieder das alte Leben aufzunehmen …«

»Ich bin überzeugt, dass Sie ebenfalls gewisse Zweifel haben. Oder irre ich mich?«

»Die Erklärung ist folgende: Mein Cousin hat wieder einmal die Nacht auf einer Bank oberhalb des Bauernhauses verbracht. Und er hat sich endlich befreit gefühlt. Nicht mehr erdrückt von der Erinnerung und der Sünde. Ende.«

»Ich habe nicht nach seiner Version gefragt. Ich habe Sie gefragt, ob Sie ihm glauben.«

»Diese Frage kann ich Ihnen nicht objektiv beantworten. Entbinden Sie mich davon.«

»Das heißt, Sie glauben ihm.«

»Denken Sie daran, dass das ein erpresstes ›Ja‹ ist.«

»In Ordnung. Jetzt sagen Sie mir noch etwas. Nehmen Sie ihn wieder auf?«

»Das Problem ist, dass wir ihn nie verstoßen hatten. Es war seine eigene Wahl. Wir haben nur versucht, ihm zu helfen.«

»Können Sie ihn zu mir bringen?«

»Und wenn ich ihn nicht bringe, kommen Sie dann hierher?«

»Es wäre anders viel einfacher, meinen Sie nicht?«

Nico Vibar erkannte Padre Saluzzo nicht.

Nicht, dass es eine Hoffnung gegeben hätte, nach allem, was er gesagt hatte. Doch die Bürokratie verlangte nach einer Gegenüberstellung. Jedenfalls roch sein Atem ein wenig nach Medikamenten, jedoch nicht nach Anis.

Und das machte Lupo nicht glücklicher.

Auch wenn »nach Medikamenten riechen« weiter zu fassen war als »nach Anis« riechen.

Denn es war der Geruch des körperlichen Übels.

Der Geruch von Krankenhäusern, von Hospizen und Krankenzimmern.

Von alten Menschen, die dem Altern mit Bergen von Pillen begegneten.

Es war der Geruch dessen, der Nikotinkaugummis kaute, um sich das Rauchen abzugewöhnen.

Der Geruch eines Diabetikers, eines Kindes mit hohem Fieber, eines Menschen, der krebskrank ist …

Und doch war dies jetzt sein einziges echtes Indiz. Er würde ab jetzt wie ein Hund herumschnüffeln, um den Atem anderer zu bespitzeln. In der Hoffnung, dass die Geruchsspur nicht von der Minze in einer Zahnpasta oder der Zitronenschale in einem Limoncello überdeckt sein würde.

Dieses Mal hatte es ihn viel Kraft gekostet.

Das zermürbende Warten.

Der Polizeibeamte unten in der alten Portiersloge.

Die Unmöglichkeit sich zu bewegen.

Und dann, der Schmerz …

Er war wiedergekommen und wütete in ihm mit seinen spitzen Zähnen. Er hatte ihn für einige Tage verschont gehabt, aber wohl nur, um neue Kraft zu schöpfen. Und jetzt quälte er ihn mit so heftigen Attacken, dass es ihm den Atem nahm. Deshalb hatte er auf das erste mögliche Ziel geschossen.

Auf einen einzelnen Mann …

Deshalb war er nicht geduldig gewesen, wie die anderen Male, wo er sich ein einfaches Ziel ausgesucht hatte. Mitten in die Menschen hinein. Gewiss, auf alle Fälle jemanden zu treffen.

Nein, dieses Mal hatte er Angst gehabt, dass es ihm nicht gelänge.

Dass er das Zittern der Hand nicht unter Kontrolle bekommen könnte.

Dass er seine geistige Klarheit verlieren würde.

Dass er sein Opfer nicht bekommen würde.

Er hatte auch überlegt, die Sache zu verschieben. Aber das hatte er sofort verworfen. Er hatte seinen Plan, und der hatte seinen Zeitrahmen. Und außerdem würde es immer schwieriger werden, die Überwachung zu umgehen, die immer gründlicher wurde.

Bisher hatte er die Unerfahrenheit junger Polizisten ausgenutzt, deren Aufmerksamkeit von Zeit zu Zeit nachließ.

Doch dieser Letzte, der um Mitternacht gekommen war, war aus anderem Holz geschnitzt. Und früher oder später würden sie auch die anderen Zeiten strenger überwachen, würden die Türen fest abriegeln.

Nein, diese Gelegenheit durfte er nicht vertun.

Er sah auf die Uhr.

Er hatte eine hohe Dosis an Schmerzmitteln genommen, die jetzt zu wirken begann. Die Gedanken verwischten sich schon. Er würde versuchen, ein wenig zu schlafen.

Nunmehr war das meiste getan.

Ein Projektil blieb ihm nur noch.

Für die Weihnachtsnacht.

Wenn der Erlöser geboren würde.

Ja, aber wessen Erlöser?

Sicherlich nicht der seine. Und auch nicht der von so vielen anderen.

Er war nur einer von vielen Söhnen eines bösen Gottes. Der war so weit fort, und es war ihm gleichgültig, dass er ihn und Jesus inmitten des Aufstiegs sterben ließ. Auf dem Gipfel des Erfolgs.

Er war wie ein Vater, der die Hände seiner Kinder loslässt und zusieht, wie sie dann unter die Räder eines Autos geraten.

Welchen Unterschied gab es zwischen ihnen?

Er spürte, dass seine Gedanken zusammenhanglos wurden.

Also schloss er die Augen.

Endlich gelang es ihm, sich in den Schlaf gleiten zu lassen.

Und er merkte nicht, dass Marta zu ihm gekommen war und ihm über das Haar strich.

Auch Gualtiero Pernice ließ von sich hören.

Gegen fünf.

Er befinde sich bei seiner Cousine Martina.

Seine Stimme war rau. Er hatte offensichtlich eine böse Erkältung, vielmehr eine echte Grippe.

Und er war ausgesprochen wütend.

»Was ist los? Könnt ihr nicht endlich aufhören, mir auf den Sack zu gehen? Da draußen stehen zwei Carabinieri. Die wollten mich nicht einmal hereinkommen lassen. Sie hoffen, dass sie mich sofort einpacken und nach Turin mitnehmen können. Würden Sie mir sagen, was Sie von mir wollen, Commissario?«

Lupo fühlte plötzlich eine große Müdigkeit.

Niedergeschlagen von diesen Routinekontrollen, die niemals zu etwas führten.

»Wo haben Sie die letzte Nacht geschlafen?«

»In meiner Hütte, in den Bergen.«

»Zeugen?«

»Zwei Gämsen, ein Damhirsch und einige Dutzend Kohlraben. Ah, ich vergaß: Ihr ›Fenster‹ war auch noch da.«

»Heißt das, dass Sie zum Malen oben waren?«

»Mir schien, ich hätte einen entsprechenden Befehl erhalten. Und da dachte ich, dass dieses Bild ein schönes Weihnachtsgeschenk sein könnte.«

»Haben Sie es dabei?«

»Nein. Es ist noch nicht fertig.«

»Und was machen Sie in Bussoleno?«

»Das müssten Sie eigentlich wissen. Meine Cousine braucht Pflege. Ich hatte ihr versprochen wiederzukommen, um nach ihr zu sehen. Ach übrigens. An diesen Carabinieri-Witzen ist doch was dran. Man hat denen hier wohl befohlen ›Habt Acht auf Pernice*‹ und sie haben sofort in den Himmel geschaut. Denn als ich vorgestern an ihnen vorbeigeschlichen bin, haben sie nach oben geschaut.«

Lupo lächelte.

Manchmal passierte es ihm, dass er jemanden sympathisch fand, den er prinzipiell für fähig hielt, die übelsten Verbrechen zu begehen. Der sich dann vielleicht als unschuldig erwies. Und der Schuldige trug stattdessen die grauen, abgetragenen Kleider eines Küsters, der nicht lachen konnte, der misstrauisch und scheu war.

Das Verbrechen dagegen hatte oft ein freches Gesicht, die Maske, hinter der sich ein einsamer und schüchterner Mensch verbarg.

Zu welcher Art gehörte Pernice?

»Würden Sie nach Turin kommen?«

»Nein. Ich glaube, ich lege mich auch ins Bett. Das heißt, wenn Sie diese beiden Verrückten da draußen beruhigen können.«

»Fürchten Sie nicht, dass die Leute tratschen?«

»Meinen Sie, die könnten sich noch mehr Hirnrissigkeiten ausdenken?«

* Pernice (ital.): Rebhuhn

»Haben Sie Fieber?«

»Ich weiß nicht. Aber ich weiß sicher, dass ich mich völlig zerschlagen fühle. Darf man wissen, was eigentlich vor sich geht?«

»Wissen Sie es wirklich nicht? Er hat wieder jemanden erschossen.«

»Scheiße ...«

»Genau. Sie bleiben in der Nähe des Telefons. Tag und Nacht. Sie müssen für mich in jedem Moment erreichbar sein. Wenn ich Sie nicht antreffe, dann bekommen Sie großen Ärger. Ist das klar?«

»Hundertprozentig.«

»Und danke ...«

»Wofür?«

»Für das ›Fenster‹.«

»Nichts für ungut. Das ist nur ein Alibi ...«

Nun war der Questore an der Reihe.

»Kommen Sie herauf. Wir müssen reden. Ich gebe Ihnen einen Pernod aus. Eines der Laster, die mir meine Frau angehängt hat.«

Und Lupo verfiel sofort einem neuen Alptraum.

Anis.

Er hatte sich auf die Jagd nach Dutzenden von ehemaligen Zimmerbewohnern Costanzas gemacht. Und war nicht auf den Gedanken gekommen, dass die erste Verdächtige eben die Besitzerin dieser Dachzimmer, die sie mit so verwirrender Großzügigkeit vergab, sein könnte.

War es denn denkbar, dass der Mörder eine Frau war?

Und an welcher Art psychischer Störung mochte Costanza in diesem Falle wohl leiden?

Dass sie in der Wahl ihrer Bekannten, die sich durch eine genialische Ader oder durch Verrücktheit auszeichnen mussten, Originalität bewies, war nicht unbedingt ein Zeichen für Wahnsinn.

»Lupo, haben Sie mich gehört? Was ist los?«

»Nichts, Dottor Ferro. Geben Sie mir eine Minute, und ich komme.«

De Mattia, der dieses Telefonat neugierig verfolgt hatte, beugte sich nach vorn und musterte ihn eingehend.

»Hast du einen Geist gesehen?«

»Nein. Es ist nur, dass ich jetzt so weit bin, dass ich jeden Schimmer einer Idee weiterverfolge. Auch die abwegigste.«

»Das ist nicht das erste Mal. So funktionierst du eben.«

»Hör zu, tu mir einen Gefallen. Ich muss zu Ferro hinauf. Aber ich brauche eine Information. So schnell wie möglich.«

»Hat seine Frau etwas damit zu tun?«

»Vergiss das. Frage bitte Nico Vibar, ob es eine Frau sein könnte. Oder ob er das im Gegenteil kategorisch ausschließen kann.«

»Teufel noch mal! Also schlimmer noch, als ich dachte.«

»Ruf mich oben an, sobald du es weißt. Und fang du nicht auch noch an, deiner Fantasie die Zügel schießen zu lassen.«

»Kapiert. Einer in diesem Zimmer reicht.«

Anis war auch ein Bestandteil von Sambuca.

Von Bonbons.

Von Sirup.

Aber Lupo begriff aus einem Gefühl heraus, dass eben diese Flasche Pernod sein Feind war.

Schickeria eines Pariser Bistros.

Er, der den Süden Frankreichs lieber mochte, nahm Partei für die Menschen aus Marseille, aus dem Languedoc, aus Toulouse.

Wegen des Pastis und der unzähligen Namen, die er hatte: Ricard, Jaune. Panaché und Galopin, wenn er mit Selterswasser getrunken wurde.

»Füllen Sie selbst mit Wasser auf. Wollen Sie auch Eis?«

»Danke. Sie sagten, es sei die Schuld Ihrer Frau …«

»Oh, Costanza kann ihre letzten dreißig Jahre weniger anhand der Melodien erzählen, die sie an eine Beziehung erinnern – wie es alle Frauen mit Sinn für Romantik tun –, sondern vielmehr, indem sie die seltsame Liste von Aperitifs hervorzieht, die jeweils für eine gewisse Zeit in ihrem Leben, für ein Stück ihres Weges stehen.«

»Zum Beispiel?«

»Da gab es eine lange Phase der Emanzipation mit rotem Martini. Dann eine furchtbare Zeit mit Rosso Antico. Die Phase der Melancholie mit den Gedichten Giudo Gozzanos und Punt & Mes. Die alkoholisierten Ausschweifungen mit Bianco Sarti. Die dunklen Jahrhunderte der Unbestimmtheit in der Republik – war es die erste oder die zweite –, die in Litern dubiosen Schaumweins ertränkt wurden. Und jetzt schließlich ein intellektueller Sprung seit dem Aufstieg Jospins mit Suze und Pernod.«

Lupo war von Ferros leichtfertigem Ton irritiert.

Das passte nicht zu ihm.

Nach all diesen Jahren extremer Zurückhaltung waren diese vertraulichen Andeutungen über seine Frau merkwürdig.

Er nahm das Spiel jedoch auf.

»Und was hat diese Leidenschaften so bedeutend gemacht?«

»Oh, vielleicht die Tatsache, dass es Costanza gelungen ist, alle mit hineinzuziehen. Jeder, der sich nicht fügte, wurde mit Blicken erschossen. Bis dann ein Freund, eine Reise, der Umgang mit bestimmten Leuten plötzlich aus der

Mode kamen und sie bereit war für ein neues Erlebnis, das sie mitreißen konnte.«

Lupo wurde immer unruhiger.

Es war selten, dass man Ferro mit gezückten Waffen antraf. Und noch dazu an einem Tag, an dem ein Ermittlungsrichter ermordet worden war. Er versuchte, das Gespräch wieder auf die richtigen Gleise zu leiten.

»Worüber wollten Sie mit mir sprechen?«

»Über die Telefonate, die der Oberstaatsanwalt von diesem Büro aus geführt hat. Ich bin ihn erst vor einer halben Stunde losgeworden.«

»Und Signora De Napoli?«

»Ebenso. Eine wahrhaft unerquickliche Frau. Genau wie ihr Mann. Stundenlanges Klagen, Einschüchterungen, Flehen und Weinen. Am Ende hat sie tatsächlich erreicht, dass der Oberstaatsanwalt den Hörer genommen hat, um der ganzen Presse den Tod anzudrohen.«

»Ich stelle mir Ferrero dabei vor …«

»Ich auch. Ich hätte gerne das Gespräch mit angehört. Aber er war nicht zu erreichen. Also hat der Oberstaatsanwalt sich mit De Nucci gestritten. Und er hat nachdrücklich angeordnet, dass dieser sich streng an die Pressemitteilung zu halten habe. In der sich natürlich keinerlei Hinweis auf die Malan findet.«

»Ich bezweifle, dass das etwas nutzt. Chieli hat sie gefunden. Ich habe mich nur an seine Fersen gehängt. Mit Sicherheit hat er seinen Artikel schon geschrieben.«

»Und ihn zur Zeitung weitergeleitet. Das weiß ich. Aber sogar Ferrero muss sich daran halten, wenn er keinen Riesenärger riskieren will. Daher werde ich über Ihre kleine Lüge hinwegsehen.«

Lupo versteifte sich.

Klatsch und Skandale interessierten ihn nicht im Geringsten. Noch weniger lag ihm diese Frau am Herzen. Aber auch die kleinste Kritik an seinen Methoden machte ihm schwer zu schaffen.

Seine Stimme wurde sofort eisig.

»Beziehen Sie sich auf mich und auf Chieli?«

»Genau, Lupo…«

»Dann betrachten Sie es einmal so: Es war die Salomone, die uns von der Malan erzählt hat. Deshalb habe ich sie gefunden. Glauben Sie wirklich, ich hätte ihm verbieten können, mit ihr zu sprechen? Seien Sie Polo lieber dankbar, dass er auf mich gewartet hat. Und dass er sie nicht allein interviewt hat, während wir eine Parade zu Ehren der Leiche abgehalten haben.«

»Na, na, Lupo. Es gibt keinen Grund, sich so zu ereifern. Es wird schon alles gut gehen. Ich bin immer noch überzeugt, dass wir diesen Besessenen fassen. Nur das wollte ich Ihnen sagen. Cin.«

»Cin.«

Als sie gerade anstoßen wollten, klingelte das Telefon.

Es war De Mattia.

Er konnte nur Negatives berichten.

Nico Vibar halte es nicht für wahrscheinlich, dass es sich um eine Frau gehandelt habe. Er könne es zwar nicht hundertprozentig ausschließen. Aber er kenne die Frauen nur zu gut. Jahrelang habe er sie auf die Straße geschickt. Und irgendwie hätte er es bemerkt, wenn es sich um eine gehandelt hätte.

»Neuigkeiten?«

»Nein. Wieder einmal eine falsche Spur.«

»Verzagen Sie nicht, Lupo.«

»Und weshalb sollte ich nicht?«

»Wenn Sie so blass und erregbar sind wie jetzt, dann gibt es nur zwei Möglichkeiten: Entweder Sie fangen gleich an, mit mir zu streiten, oder Sie sind fast da, wo Sie hinwollten. Ich tippe auf das Zweite. Sie werden diesen Verrückten noch vor Weihnachten haben. Auch wenn es nur noch vier Tage bis dahin sind.«

Es war Polos Abend.

Und der Taras.

Der Abend des Versprechens, der eine einstmalige Familie wieder zusammenführen würde.

Lupo hatte Modica versprochen, auf ihn zu warten. Doch er litt Qualen, weil dieser nicht kam. Alle fünf Minuten sah er auf die Uhr. Sogar De Mattia war schon gegangen. Und das sprach Bände.

Schließlich kam der misslaunige Commissario.

Er ließ sich erschöpft auf einen Stuhl fallen.

Lupo bereute sofort, dass er ihn verwünscht hatte.

»Was für ein Scheißjob…«

»Wir haben ihn uns ausgesucht…«

»Ja.«

Lupo saß wie auf heißen Kohlen.

Wenn es wirklich wichtige Neuigkeiten gegeben hätte, hätte sich Modica schon früher gemeldet. Also war es ausgeschlossen, dass sie heute Abend noch dem Ziel wirklich näher kommen würden. Aber es war ein Zeichen von Respekt, auf einen Kollegen zu warten, der fast zwölf Stunden lang die Drecksarbeit gemacht hatte.

Und ihm eine Möglichkeit zu geben, seinen Ärger abzulassen.

»Ich habe dieses Haus vom Keller bis zum Speicher auf den Kopf gestellt. Ich bin in fast alle Wohnungen gegangen. Mit dieser oder jener Ausrede. Mit Drohungen oder Schmeicheleien. Ich habe jeden Trick angewandt. Absolut nichts. Null. Es ist deprimierend.«

»Das Unglaublichste daran ist, dass keiner den Schuss gehört hat.«

»Das habe ich auch gedacht. Aber hast du diese Mansarde gesehen? Ich habe es mit einer Schreckschusspistole ausprobiert. Diese zwanzig Zentimeter Dach genügen, um jeden Lärm zu schlucken. Du bist bei Ferrero gewesen und hast gesagt, dass er mit all diesen Büchern …«

»Konntest du in die leer stehenden Zimmer hinein?«

»Ja. Ich habe Paci, den Verwalter, geholt. Staub von Monaten oder Jahren. Da ist seit langem kein Mensch mehr gewesen.«

»Und von der Straße?«

»Da sind die Straßenbahnen, der Autoverkehr. Was soll ich dazu sagen …«

»Hast du jemanden drinnen postiert?«

»Ja. Rosso und Barovero. Ich habe auch zwei Feldbetten, ein paar Stühle und einen Fernseher dorthin bringen lassen. Das nächste Mal wird dieser Bastard nicht von dort aus schießen können. Das ist wenig, aber es ist gewiss.«

»Das hätten wir gleich machen sollen.«

»Wer hätte denn geglaubt, dass es so weitergehen würde?«

Lupo nickte und stand auf. Er drückt Modica die Hand.

»Jetzt geh du auch nach Hause. Du hast es nötig. Ich hätte all diese Leute nicht einen ganzen Tag lang in Schach halten können …«

Tara strahlte.

Sie empfing sie an der Tür, lächelnd und leuchtete vor Glück.

Sie umarmte Lupo und die Jungen.

Dann zog sie Greta mit sich. Sie führte sie durch das neue Haus, um ihr alles zu zeigen. Mit einer Vertrautheit, die Frauen in solchen Momenten oft verbindet.

Rupert und Martin waren zu Riesen herangewachsen.

Sonnengebräunt und muskulös. Mit abgeklärten Mienen und leicht amüsiert über die Aufregung der Erwachsenen. Ein großes Hallo mit Frotzeleien und Schulterklopfen unter den vier Jungen. Auch Michele und Matteo wurden sofort entführt.

Lupo beobachtete zufrieden diese gesunde Freundschaft.

Dann sah er sich um.

Von Polo keine Spur.

Wohin mochte er sich verzogen haben? Es schien, als müssten an diesem Abend alle irgendwohin verschwinden.

Der Raum war sehr groß.

Im Augenblick bestand die ganze Einrichtung aus einem wunderschön gedeckten Tisch, mit Kerzen und Sträußen aus Trockenblumen, die Glück bringen sollen. Im Kamin brannte ein Feuer, an der Decke hing ein Leuchter mit Blütenverzierungen und auf dem Boden lag ein riesiger Teppich.

Neben der Tür führte eine Wendeltreppe aus Holz nach oben zu den Schlafzimmern und nach unten in Keller und Garage.

Draußen konnte man den Garten und die Veranda erahnen.

Dort war Polo und gestikulierte nervös, sein Handy am Ohr.

Sie grüßten sich durch das Glas hindurch, während entferntes Gelächter zu ihnen drang. Schließlich brach Polo sein Telefonat ab und ließ die schwere Verandatür geräuschvoll zufallen.

Er war völlig steif vor Kälte und ging rasch zum Kamin, um dort seine Hände am Feuer zu wärmen, das zwischen zwei enormen Feuerböcken prasselte.

»So ein Idiot!«

»Mit wem hast du dich gestritten?«

»Rate mal! Mit Ferrero. Bei wem sonst muss man sich so aufregen?«

»Die Nachrichtensperre, die der Oberstaatsanwalt verhängt hat, wird ihm kaum geschmeckt haben.«

»Du kennst ihn noch nicht gut genug. Den schert das, was ein solcher kleiner Provinztyrann sagen oder androhen kann, doch einen feuchten Kehricht.«

»Heißt das, dass er dein Interview mit der Malan druckt?«

»Daran besteht überhaupt kein Zweifel. Aber das genügt ihm nicht. Er hat mich zur Schnecke gemacht, weil ich mich auf sie beschränkt habe und nicht einmal versucht habe, die gehörnte Witwe zu erwischen.«

»Und jetzt?«

»Er wollte, dass ich mich sofort an die Arbeit mache, auch wenn ich nur zwei Worte mit der De Napoli wechsle. Irgendeine kurze Erklärung. Nur um zu zeigen, dass wir uns von niemandem einschüchtern lassen. Nicht einmal von denen, die eine Robe tragen.«

»Und du?«

»Ich habe ihn dahin geschickt, wo der Pfeffer wächst. Er hatte den ganzen Tag, um es mir zu sagen. Er kann nicht einfach um zehn Uhr abends kommen und …«

»Ferro hat mir gesagt, dass er heute Nachmittag nicht da war. Dass sie mit De Nucci gesprochen haben.«

»Der sich natürlich nur um seinen eigenen Kram kümmert.«

»Wie seid ihr verblieben?«

»Wir sprechen morgen darüber. Vorausgesetzt, das hohe Tier macht ihm nicht die Zeitung zu, wenn er die erbauliche Geschichte der keuschen Malan liest. Und meiner Meinung nach reicht die allemal dafür.«

»Das wird lustig …«

»Sag aber nichts zu Tara. Ich habe ihr versprochen, dass

die Zeiten vorbei sind, in denen ein Telefonat ausreichte, sie nachts allein zu lassen. Ich kann nicht schon am ersten Tag anfangen, mein Grab zu schaufeln.«

»Großes Ehrenwort.«

»Nun, was sagst du zu dieser Hütte?«

Lupo lächelte und umarmte ihn.

Später, nach dem Nachtisch, überreichte er sein Geschenk.

Es war ein kleines Päckchen mit einer Schleife, in dem sich mehrere kleine weiße Umschläge befanden. Diese hatte ihm ein De Mattia in Bestform beschafft, der eine seiner geheimnisvollen Bekanntschaften hatte spielen lassen.

Es waren Einladungen.

In einer eleganten Schrift gedruckt.

Verehrteste/Verehrtester,
Sie sind eingeladen
am 25. Dezember um Mitternacht
in der Pfarrkirche von Revigliasco
die Erneuerung der Ehe von

TARA O'GRADY CHIELI

UND

POLO CHIELI

zu feiern
Monsignore Ricciardi wird den Gottesdienst halten

»Was sagst du?«

Polo sagte nichts.

Er reichte Tara die Karten.

Er war gerührt, wie sie ihn noch nie gesehen hatten.

Rupert und Martin stürzten herbei, um zu erfahren, was da vor sich ging. Dann begannen sie sofort, in ihrem fürchterlichen, mit englischen Brocken versetzten Italienisch zu jubeln.

»*Come on, Dad. Fuck you, Wolfe,* was für eine Idee! Wir müssen sofort *Granpa* anrufen.«

»*You're happy*, Mom? So nageln wir diesen ollen Vater endlich fest ... Sag sofort ja. *Get your chance.* Lass dir diese Gelegenheit nicht entgehen. *And we can't miss* die Hochzeit von Papa und Mama, *right*, Rup?«

»Können wir nicht ... *witnesses* sein?«

»Trauzeugen?«

»Nein, ich glaube nicht.«

»Wenn der Monsignore die Feier abhält, ist alles möglich.«

Das hatte Polo gesagt. Er hatte sich gefasst. Und jetzt ging er mit seinem wuchtigen Körper, seiner Zigarette und seiner Begeisterung von einem zum anderen, küsste und umarmte alle heftig.

Auch Tara war überwältigt.

Die vier Jungen hüpften im Raum umher und krakeelten: »*Cause Lupo is a jolly good fellow, Lupo is a jolly good fellow ...*«

Sie telefonierten mit Großvater Pat.

Der versprach, das erste Flugzeug zu nehmen.

Er meinte »Teufel noch einmal« und dass er diese Idee hervorragend fände.

Er würde auch ein Geschenk mitbringen.

Sie müssten ihm jedoch einen richtigen italienischen Anzug kaufen, italienische Schuhe, eine italienische Krawatte. Er könne doch nicht mit seinem südafrikanischen Zeug vor einem richtigen Bischof erscheinen. Nein, nein, er nehme alles zurück. Er würde das persönlich erledigen. Wo bliebe denn sonst das Vergnügen? Sie würden staunen ...

Grüße an Lupo, an Greta und die Jungen: Gott möge sie segnen. Es sei nicht einfach, solche Freunde zu finden.

Seine Tochter endlich verheiratet.

Er habe bei der ersten Zeremonie nie akzeptieren können, dass daran ein Zulu teilgenommen habe und nicht er. Er habe diese Ehe immer für ungültig angesehen. Und dann war sie noch dazu von einem protestantischen Pfarrer vorgenommen worden! Und jetzt, als guter Ire, würde auch er seinen Gott haben wollen, nicht nur den seiner armen Frau. Was könne er sich noch mehr wünschen!

Er hätte nicht mehr aufgehört zu reden.

Der Hörer hatte fast zwei Mal die Runde gemacht.

Dann war es Zeit für den Champagner.

Am Ende waren alle ein bisschen betrunken. Aber sehr zufrieden.

Auf dem Heimweg schmiegte sich Greta an Lupo.

»Tara war im siebten Himmel. Und was war mit Polo?«

»Du weißt doch, was es heißt, wenn er sich den Bart zwirbelt und nicht mehr weiß, wohin mit seinen Händen.«

»Dieses Mal wird es halten.«

»Das glaube ich auch.«

Sie liebten sich. Glücklich.

Als wäre es auch für sie die erste Nacht.

Später wurde Lupo plötzlich wach. Er versuchte den Gedanken fest zu halten, der ihn im Schlaf umgetrieben hatte.

Greta merkte, dass er nicht schlief. Sie brauchte keine Erklärungen. Es geschah so oft.

Sie gab ihm einen zarten Kuss.

»Es wird schon wiederkommen, schlaf weiter. Es wird schon wiederkommen.«

Der Schmerz war verschwunden.

Doch nicht der Zorn.

Er warf die Zeitung auf den Boden.

Die übliche Nachtausgabe. Die ihm bei den anderen Fällen einen gewissen inneren Frieden vermittelt hatte, der die Anspannung des Wartens wieder gutgemacht hatte.

Jetzt war es nicht so.

Der Unbekannte, den er erschossen hatte, war ein Unbekannter geblieben.

Diesmal gab es nur das hysterische Bekenntnis einer Geliebten.

Das nicht ausreichte, damit er etwas von dem Mann erfuhr.

Eine selbstsüchtige Verkürzung.

Es war mehr eine flehentliche Bitte um moralische Absolution, gerichtet insbesondere an die Nachbarn, als die Geschichte eines Ermittlungsrichters und seiner kleinen heimlichen Beziehung und zweier kümmerlicher gestohlener Stunden am Tag.

Sie hatte das Scheinwerferlicht auf sich selbst gelenkt.

Nicht auf ihn.

Der Mann blieb ein Schatten im Dunkeln.

Dieser kurze Abriss seiner Karriere, die bürokratische Aufzählung seiner Prozesse, dieses offizielle Foto, auf dem er mit anderen zu sehen war – hier konnte man die harte Hand der Zensur erkennen, der vielen Institutionen, die sich im Kreis um ihn herum gestellt hatten, um einen der ihren dem Blick der Neugierigen zu entziehen.

Der Name der Ehefrau wurde kaum genannt.

Die Namen der Töchter gar nicht. Es nahm fast Wunder, dass zumindest die Anzahl der Kinder und deren Geschlecht aufgeführt wurde.

Wer also war Francesco De Napoli?

Welche Träume, welche Unglücksfälle hatten sein Leben bestimmt?

Würde er das jemals erfahren?

Würde er jemals dorthin gelangen, die Abgründe oder Leidenschaften, die in dieser Seele verborgen gewesen waren, zu ergründen? Warum hatte er nicht einen Menschen mit einem unkomplizierten Leben getötet, von dem alle begierig erzählen würden?

Auch wenn es sich nur um eine banale Geschichte handelte, so wäre es doch wenigstens eine Geschichte.

Marta stellte den Kamillentee auf den Tisch.

»Fängt es wieder an?«

»Nein, ich bin nur ein wenig müde.«

Doch das stimmte nicht. Mittlerweile packte ihn die nackte Angst, wenn er allein war.

Da war noch die Arbeit, die Verpflichtungen. Und so lange das Ende nicht bevorstand, hatte er nicht die Absicht aufzugeben. Er durfte sich vor den anderen nichts anmerken lassen. Die Schmerzmittel nahm er nur für sie.

Doch nachts brauchte er Marta.

Der Aufenthalt in diesem Dachzimmer war ein Alptraum gewesen.

Vor ihr hingegen konnte er selbst seine Schwäche und seine Angst eingestehen. Und er würde dennoch geliebt werden.

Sie streichelte ihn.

»Ich warte im Bett auf dich.«

Er nickte.

Dann holte ihn plötzlich dieser Gedanke ein, den er bis jetzt stets von sich hatte fern halten können. Er nahm ihre Hand.

»Hast du es jemals bereut?«

In ihrem Lächeln lag Trauer.

»Nein. Auch wenn es nie recht gewesen ist…«

»Heute wieder nichts?«

»Schweigen auf der ganzen Linie.«

Seit dem ersten Tag schon war diese stete Routinefrage der Gruß zwischen Lupo und De Mattia.

Der Mörder hatte sich auch dieses Mal nicht gemeldet.

Nicht bei ihnen und nicht bei den Zeitungen.

Die Sache wurde immer unerklärlicher.

Ein Psychopath kann auf ein Publikum nicht verzichten. Seine Taten bedeuten eine Herausforderung. Er hat Angst, in der Anonymität zu verbleiben und muss irgendwie seine Großartigkeit kundtun. Er will nicht nur auf tragische Weise berühmt werden, er will vielmehr bewundert werden.

Lupo seufzte.

Das Motiv des Mörders musste schon ein sehr starkes sein, um ihn all diese vielen Tage schweigend ausharren zu lassen. Aber in einem war er sich sicher: Lange würde er nicht mehr standhalten. Die einzige offene Frage war die, ob es dafür wirklich noch ein viertes Opfer bräuchte. Oder ob er dieses letzte Projektil vielleicht für sich selbst und für eine Aufsehen erregende Geste der Anklage aufbewahrt hatte.

Leider war eine Mannlicher-Carcano die letzte Waffe, die ein Selbstmordkandidat gewählt hätte. Somit blieb die erste Hypothese schmerzlicherweise die wahrscheinlichere.

De Mattia goss ihm Kaffee ein.

Und Lupo hatte das Gefühl, dass er bei der Schicksalsgöttin in der Schuld stand, weil er einen so hervorragenden Mann an seiner Seite hatte. Der so freundlich und bereitwillig war, obgleich er mit einer unerträglichen Ehefrau geschlagen war.

»Wie geht's mit deiner Holden?«

»Meinst du diese Furie von achtzig Kilo? Wie immer. Keine Höhen, nur Tiefen. Zurzeit ist sie überzeugt, dass ich sie betrüge. Kannst du dir das vorstellen?«

»Und mit wem?«

»Das weiß der Kuckuck. Sie hat *Maresciallo Rocca* im Fernsehen gesehen und dabei entdeckt, dass es bei der Polizei nur so von Frauen wimmelt. Und dann versuch einmal, ihr zu erklären, dass das alles Typen wie die Gambino sind…«

»Es müsste dir aber doch gefallen, dass sie eifersüchtig ist.«

»Ja. Wenn sie nur nicht jedes Mal im Treppenhaus herumbrüllen würde, dass ihr Mann ein Schwein ist und sich's von den Bullenweibern besorgen lässt.«

»Du kannst bei uns schlafen, wenn du willst. Komm einen oder zwei Abende nicht nach Hause, und du wirst sehen, sie hört damit auf.«

»Ich danke dir. Aber sie ist das arme Schwein. Ich ertrage sie seit so langer Zeit… Die Einsamkeit ist eine schlimme Sache, weißt du? Und wenn sie die Schuld auch immer bei mir gesucht hat, so kasteit sie sich doch selbst, weil sie mir kein Kind schenken konnte. Deshalb glaubt sie immer mal wieder, ich würde fortgehen oder mir eine andere suchen…«

Lupo wusste nicht, was er darauf sagen sollte.

Die vielen Jahre, in denen er mit Fragen in das Leben und die Gefühlswelt anderer eingedrungen war, hatten ihn mit einer ganzen Palette an Verhaltensweisen, Gefühlen und Situationen konfrontiert, die er für sich nicht akzeptieren konnte.

Die jedoch immer wieder als einzige Möglichkeit gesehen wurden, um weiterzumachen.

Keine soziale Schicht war davon ausgenommen.

Reiche, Arme, Bürgerliche.

Es genügte schon, an die absurde und rückständige Familie De Napoli zu denken.

Wenn dieser Mord nicht geschehen wäre, dann hätten

diese Leute bis in alle Ewigkeit so weitergemacht. Jeder zufrieden mit seinen erbärmlichen, schmerzhaft errungenen Rechten.

De Mattia lächelte ihn an.

»Vergiss es. Wenden wir uns lieber den wichtigen Dingen des Lebens zu. Wie ich dich kenne, musst du jetzt ein wenig laut nachdenken, mit dem guten De Mattia daneben, der dir zuhört.«

»Das stimmt.«

»Na also, dann leg los.«

Lupo schlürfte langsam seinen Kaffee. Um Ordnung zu schaffen. Er war dankbar für dieses Ohr, das ihm da geliehen wurde. Doch er brauchte einen Punkt, an dem er anfangen konnte. Er hätte gerne weiter über diesen nächtlichen Gedanken gegrübelt, doch trotz der Vorhersage Gretas war der nicht wieder an die Oberfläche gekommen.

Also wählte er den »Geruch nach Medizin«.

Ein Detail, das ihn fesselte.

Weil Nico Vibar davon gesprochen hatte.

Ein Mann, der von Schiebereien und Erpressungen lebte, hatte immer eine gute Antenne. Er würde schon fast instinktiv jede Einzelheit ausloten, darauf aus, sich nichts entgehen zu lassen, was ihm früher oder später nutzen oder ihn retten konnte.

»Unser Mörder ist krank.«

»Daran besteht gar kein Zweifel.«

»Nein. Ich meine etwas anderes. Er riecht nach Krankheit. Nach Medikamenten. Es ist ein Geruch, der an ihm haftet. Sein Atem riecht danach. Sein Körper, seine Kleider. Verrücktsein stinkt nicht. Ein Krebsgeschwür ja. Es ist der Geruch des nahen Tods, der hinter der Ecke lauert. Der Geruch nach Sanatorium, mit all diesen armen alten Leuten, die sich kaum mehr bewegen können, die im Rollstuhl sitzen …«

»Der hier läuft aber noch, und wie. Es scheint fast, als fliege er, so ungreifbar ist er.«

»Ja. Das ist wahr. Aber er riecht nach Medizin.«

»Also hast du entschieden, dass er einen Tumor hat.«

»Oder etwas anderes, ebenso Tödliches. Und dass er nicht mehr lange zu leben hat. Deshalb bestürmt er uns nicht mit Bekennerschreiben, die seine Schläue und seine Unfehlbarkeit ausposaunen. Er bereitet seine letzte, endgültige Mitteilung vor …«

»Kurz gesagt: Er hält an seinen Prinzipien fest.«

»Genau. Es ist ihm bewusst, dass er nicht uns herausgefordert hat, sondern den Tod. Er muss eine ungewöhnliche innere Kraft und geistige Klarheit haben, um das alles durchstehen zu können. Und vor allem muss er ein starkes Motiv haben.«

»Aber gegen wen geht er vor? Gegen einen Arzt, einen Chirurgen? Aber warum schießt er nicht auf den, und das war es dann?«

»Ich glaube, dass sich ein solcher Hass möglicherweise nicht nur gegen eine Person richtet, sondern auch gegen eine Idee, eine Philosophie, einen Glauben. Gegen etwas Größeres als einen einzelnen Menschen mit Armen und Beinen.«

»Ja, aber all die, die er umgepustet hat, die hatten Arme und Beine.«

»Und wenn sie nur ein Symbol sind?«

»Was heißt das?«

Lupo blieb stehen.

Es war nicht einfach, das in Worte zu fassen, was ganz deutlich ein Teil seines flüchtigen Traums gewesen war. Aber vielleicht war er gerade dabei, ihn im Kern zu begreifen.

Auch wenn die Einzelheiten nach wie vor unbestimmt und mysteriös blieben.

»Hör zu, De Mattia. Ich kann mich nicht besser ausdrücken. Aber nimm einmal an, du fühlst dich als Opfer einer Verschwörung… Von etwas, ich weiß nicht…, das dir der Tod zu nehmen droht…«

»Der Tod nimmt nur das Leben, sonst nichts.«

»Und dieser da nimmt es den anderen, um die Rechnung zu begleichen.«

»Mit wem?«

»Gute Frage. Vielleicht mit Gott? Um sich allmächtig zu fühlen wie er?«

»Aber wer könnte denn so hirnrissig sein?«

»Ein gut organisierter Psychopath. Einer, der selbst den Moment bestimmen wird, in dem er sich fassen lässt. Der sich eine Aufgabe gestellt hat und der erst sprechen wird, wenn er sie erledigt hat.«

»Wenn wir ihn nicht vorher schnappen.«

»Ich glaube, dass das mittlerweile nur ein Detail ist. Drei Schüsse haben schon getroffen. Der vierte wird im Grunde nichts mehr ändern. Wenn das Symbol eine Blume wäre, so wäre das nur das letzte Blütenblatt.«

»Aber warum vier? Und nicht drei, fünf oder sieben?«

»Vielleicht weil es noch vier Monate sind, die ihm zum Leben bleiben.«

Lupo antwortete aus einem Gefühl heraus.

Ohne nachzudenken.

Dann war er erstaunt darüber, dass ihm ein solch grundlegender Zusammenhang eingefallen war. Es waren nichts als Zahlen, die wieder andere Zahlen generierten.

»Willst du damit sagen, dass es ihm völlig gleichgültig ist, ob er gefasst wird oder nicht?«

»Ja.«

Lupo zuckte mit den Achseln.

In seinem Kopf arbeitete es von ganz allein.

De Mattia bemerkte nichts.

Die vielen Jahre, in denen Lupo immer wieder laut nachgedacht hatte, hatten die Mechanismen seines Denkens und seiner eigentümlichen inneren Stimme zu Tage gebracht. Diese innere Stimme, die nur eine geeignete Gelegenheit brauchte, um sich laut zu artikulieren.

Und die sich selten täuschte.

»Ich glaube, dass es überhaupt nie wichtig war. Seinen Schlussmonolog kann er zu jeder Zeit rezitieren. Ich glaube aber, dass er einen denkwürdigen Abgang geplant hat. Wenn wir ihn vorher festnehmen, dann vereiteln wir ihm nur diesen Abgang.«

»Und was wäre der, deiner Meinung nach?«

»Angenommen, er hat wirklich ein Problem mit Gott? Wie wäre es dann mit einem letzten Mord an Weihnachten…«

De Mattia dachte nach.

Er wusste aus Erfahrung, welchen Wert Lupos Eingebungen hatten. Sein Gehirn hörte niemals auf zu arbeiten. Dann, mit einem Moment flammte plötzlich ein Scheinwerfer auf, der alles erhellte.

Dieses Mal hatte es ihn jedoch mehr gekostet als je zuvor, um eine Idee hervorzubringen. Nicht, dass es ihr an Genialität fehlte. Er hatte ein erschütterndes Bild gezeichnet. Das die anderen nicht gesehen hatten. Aber das war nur der Hintergrund. Die Kulisse, vor der die Figuren agierten.

Ein großer Schritt nach vorne.

Doch die Hauptpersonen hatten kein Gesicht.

Blässlich flackernde, kaum erkennbare Flämmchen.

Auch dieses schicksalhafte Datum konnte alles bedeuten und nichts.

Der Weihnachtstag hatte, wie alle anderen Tage im Jahr, 24 Stunden.

Würde der Mörder auch dann bis zum Morgengrauen warten?

Und wie wollte er in die Dachkammer gelangen, die jetzt zum ersten Mal von zwei bis an die Zähne bewaffneten Polizisten »bewohnt« war?

Nein, das genügte alles nicht.

Das Ganze verlangte nach einer gefährlichen Wendung.

Er sah Lupo an.

Der kaute an seinen Nägeln.

Und grübelte über dieses Ungreifbare nach. Eine Art Chamäleon, das nichts tun musste, um sich zu verstecken. Denn das besorgte die Sonne, die mit ihrem Licht- und Schattenspiel das Tier unaufhörlich den Farben der Umgebung anpasste.

De Mattia ahnte seine Gedanken.

Und er ermunterte ihn, sie laut auszusprechen.

»Wir haben einen Exorzisten und einen Maler. Sind wir denn sicher, dass es mit diesen beiden getan ist, dass es einer von den beiden ist? Oder ist uns da etwas entgangen?«

Lupo zuckte die Schultern.

Er war sich nur zu sehr bewusst, dass er mittlerweile sogar seinen besten Freund und Costanza Ferro verdächtigte.

»Es gibt zwei zentrale Elemente. Das eine ist die Mansarde und das andere die Mannlicher-Carcano. Darum dreht sich alles.«

»Fangen wir mit der Mansarde an.«

»Warum dieser und kein anderer Ort? Wenn du in eine Menschenmenge schießen willst, ist ein Fenster wie das andere. Es gibt keine Beziehung zu den Opfern, nichts, was den Mörder mit dem Ziel in Verbindung bringt. Du zielst und fertig. Und die Polizei kann nichts machen.«

»Warum also genau dort?«

Lupo nickte. Wie ein Schüler, der seinen Stoff gelernt hat.

Das war immer der einfachste Teil der ganzen Geschichte gewesen.

»Weil er diesen Ort bis in den letzten Winkel kennt. Er weiß, wie er sich bewegen muss. Er kennt die Gesichter derer, die dort wohnen. Die Eingänge. Die Ausgänge. Die Verstecke. Auf die eine oder andere Weise haben wir das Haus seit dem ersten Tag immer unter Beobachtung gehabt. Und doch ist er uns immer entschlüpft. Was könnte es deiner Meinung nach anderes bedeuten?«

»Angenommen, es wäre so. Ist es dann eher Saluzzo oder Pernice?«

Lupo seufzte.

Er hasste Klassifizierungen, Prozentangaben, Vorhersagen.

Doch er wusste auch, dass De Mattia das in guter Absicht fragte, dass er es für ihn tat. So etwas wie eine kleine Psychoanalyse des Verbrechens. Ohne Couch. Und mit viel Kaffee.

»Vielleicht Padre Saluzzo …«

De Mattia war erstaunt.

Ihm war die andere Lösung immer wahrscheinlicher erschienen.

»Warum?«

»Dieser Fall hat etwas von einer Mystifizierung des Tötens. Es scheint sich fast um einen Opferritus zu handeln. Eine tragische Weihnachtsmesse. Gott und Teufel. Ein von seinem Schöpfer verratener Priester, der der Hölle dessen Niedergang geschworen hat. Der schließlich sogar mit jener im Geiste Unzucht getrieben hat, die er vom Bösen befreien sollte.«

»Aber Pernice …«

»Nein. Ich habe beinahe das Echo jener alten und düsteren Parabeln aus dem Alten Testament im Ohr, die von

Rache und vergeltungssüchtigen bärtigen Propheten nur so strotzen. Wo die Väter bereit sind, ihre Söhne zu opfern, und die Ehebrecherinnen auf dem Marktplatz gesteinigt werden. Wo man den Dieben die Hände abschlägt. Und es immer wieder das Blut ist, das von der Sünde reinigt…«

»Das heißt, du tippst auf die Apokalypse?«

Lupo sah aus dem Fenster und antwortete nicht.

In diesem Moment kam Modica hereingestürmt.

Er spürte die seltsame Stimmung im Raum sofort und entschuldigte sich dafür, einfach hereingeplatzt zu sein.

Aber die Neuigkeit, die er bringe, sei wichtig.

»Ich habe kapiert, wie dieser Hurensohn unter den Augen aller in dieses Dachzimmer kommt. Über die Dächer. Versteht ihr? Über diese verfluchten Dächer…«

Lupos Lächeln zeigte Erstaunen.

»Ich habe es heute Vormittag versucht. Es ist nicht einmal so schwer.«

Es war offensichtlich, dass auch er einen Teil der Nacht damit verbrachte hatte, über den Fall nachzugrübeln. Jetzt hatte er den Knoten gelöst, drückte sein Gesicht fast kindliche Freude aus.

»Sprich weiter.«

»Erinnerst du dich, dass wir beim ersten Mord, dem an Legnano, das Fenster leicht geöffnet vorgefunden haben?«

»Ja, der Schließmechanismus war kaputt. Man konnte es nur anlehnen.«

»Er war nicht einfach nur kaputt. Der Mörder hat ihn kaputtgemacht. Damit er zurückkehren konnte, wann immer er wollte. Diese Idee kam mir heute Nacht im Bett. Also bin ich los, um es nachzuprüfen. Vor dem Fenster geht es nicht direkt hinunter. Da ist noch so eine Art kleiner Vorsprung aus Dachschindeln. Ich bin also nach draußen geklettert und da habe ich es gesehen, es ist wie eine Straße…«

»Wie meinst du das?«

»Es ist ein richtiger Weg, der durch einen Wald voller Fernsehantennen führt, an denen man sich festhalten kann. Eine lange Fußspur zwischen Schnee und verschobenen Dachpfannen. Das Dach ist nicht besonders steil, also bin ich hinaufgestiegen. Ich bin über den First gegangen und zu einem Oberlicht gekommen. Auch das war nicht verschlossen. Ich habe es geöffnet und war auf dem Dachboden des Nachbarhauses in der Via Principe Amedeo. Der Rest war ein Spaziergang. Und da bin ich…«

»Teufel noch mal, du bist ja ein richtiger Spürhund… Und die Spuren?«

Bevor er antwortete, sog Modica dieses derbe Kompliment erst noch tief in sich ein. Da es von seinem alten Feind kam, hatte es großes Gewicht. Es bedeutete, dass sein Wert anerkannt wurde.

Er nickte zwei- oder dreimal.

Dann sprach er weiter.

»Die Fußspuren? Nichts, womit man etwas anfangen könnte. Die Schneeschmelze hat nur kleine Löcher mit eingefallenen Rändern übrig gelassen, Abdrücke von Schuhsohlen sind nicht zu erkennen. Sie könnten auch von einem Mann stammen, der nach den Antennen sieht. Aber das glaube ich nicht.«

»Hast du nach einem Versteck für das Gewehr geschaut? Ich glaube nicht, dass er es jedes Mal mitgebracht hat.«

Modica atmete tief durch.

Daran hatte er nicht gedacht.

Er war so von seiner Entdeckung erfüllt gewesen, dass er dieses Detail nicht bedacht hatte. Lupo begriff sofort, was in ihm vorging. Und um zu vermeiden, dass die Begeisterung in Niedergeschlagenheit umschlug, versuchte er, ihm neuen Schwung zu geben.

Was er brauchte, waren Modicas Beine, weniger seinen Kopf.

»Bei diesem Fall hast du mehr Spuren gefunden als wir alle zusammen. Nico Vibar, die Mannlicher-Carcano und jetzt den Weg über das Dach. Und jetzt bist du sogar ganz dicht an diesem Gewehr dran, eine gute Nase hast du, da kann man nichts sagen.«

Modica akzeptierte diese Wendung des Gesprächs.

Kein Vorwurf, im Gegenteil…

Mit flüchtigem Gruß verließ er rasch das Zimmer.

Dann steckte er noch einmal den Kopf durch die Tür.

Für einen kurzen Augenblick.

»Eine schöne Truppe, was…?«

»Und wenn diese ganze Theorie für die Katz ist?«

Lupo war auf einmal wieder nachdenklich geworden.

De Mattia, der an seine Stimmungsschwankungen und an die häufigen Themenwechsel gewohnt war, machte mit.

»Welche? Die vom religiösen Psychopathen?«

»Genau. Wenn es sich stattdessen nur um eine Verschwörung handelt, mit dem Ziel, De Napoli auszuschalten? Kaschiert als einer von mehreren Morden eines Verrückten?«

»Dann hätte die Annahme, dass der Mörder möglicherweise ein ehemaliger Hausbewohner ist, keine Bedeutung mehr. Das Mansardenzimmer würde nur zum logischsten Ort für einen Schießstand, mit einem beweglichen Ziel: dem Autobianchi.«

»Der immer ungefähr zur selben Zeit auf demselben Platz abgestellt wird, seit Jahren…«

Der Tag verging.

Mit Grübeleien und Ungewissheiten.

Ohne dass es etwas anderes zu tun gab.

Sie sprachen auch über Pernice.

De Mattia erklärte, warum dieser sein Hauptverdächtiger war. Vor allem wegen seiner Vertrautheit mit Waffen. Dann sein Hass auf eine bestimmte Gesellschaftsschicht. Seine Vergangenheit. Diese Cousine, die ihn seit den Zeiten des Terrorismus immer gedeckt und ihm geholfen hatte.

Und jetzt, da der Weg über das Dach entdeckt worden war, kam noch der Umstand hinzu, dass Pernice es gewohnt war, selbst die unwegsamsten Alpenpfade zu begehen. Dass er mit Schluchten vertraut und schwindelfrei war.

Aber sie kamen zu keinem Schluss.

Und alles wurde noch schlimmer, als Modica anrief, um ihnen mitzuteilen, er habe das Gewehr nicht gefunden. Obwohl er jeden Quadratzentimeter abgesucht habe.

Schließlich stand Lupo auf. Und ging rudern.

Vielleicht würde ja der Fluss ihm zu einer Eingebung verhelfen …

Es war eigenartig, auf dem Fluss so unbeweglich zu sein.

Und sich von der Strömung des Po treiben zu lassen.

Das Gehirn vor lauter körperlicher Anstrengung leer.

So etwas tat Lupo sonst nie. Es war gefährlich, jetzt, mitten im Winter. Der Schweiß wurde kalt unter den dichten Schichten des Sportanzugs und der Windjacke. Und die Finger in den Handschuhen wurden steif.

Doch Lupo hatte das gebraucht.

Er hatte es bewusst übertrieben mit der Anstrengung.

Er hatte seine übliche Schlagfrequenz fast verdoppelt, um eine Art körperlichen und geistigen Kurzschluss zu provozieren.

Er war außer Atem.

Das Herz schlug ihm bis zum Hals.

Dann beruhigte sich das Hämmern in seiner Brust langsam, und der Nebel vor seinen Augen verzog sich.

Er litt an der einzigen Krankheit, die er nicht ertragen konnte: An der Ohnmacht angesichts der nutzlos verrinnenden Zeit. Unfähig, etwas zu tun, um diesen Zustand zu ändern.

Er litt an diesem Gedanken, den er vergeblich zu verdrängen suchte, der ihn aber immer wieder einholte. Diese gedankliche Verbindung, die sich immer wieder von selbst herstellte, sobald er über das Gewehr nachdachte: Mannlicher – Polo.

Er hatte mit Absicht vermieden, mit De Mattia darüber zu sprechen.

Um sich vor dessen aufmerksamem Blick nicht zu verraten, denn De Mattia kannte sein Fühlen und seine Empfindungen gut.

Doch Polo hatte kein Motiv.

Und er hatte niemals eines dieser Dachzimmer bewohnt.

Es war absurd, sich ihn als Mörder vorzustellen, der eine tückische Tragödie aufführte.

Und warum war ihm dieser Gedanke dann so eine schwere Last?

Wegen einer Erinnerung? Wegen dieses Aufenthalts in Dallas, der schon so lange her war?

Aber auch er selbst war Teil dieser Geschichte.

Und er war es nicht gewesen, der geschossen hatte.

Was war also anders an Polo?

Sein Beruf?

Trug der Beruf des Journalisten den Keim des Wahnsinns in sich? Waren da die Grenzen im Vergleich zum gewöhnlichen Fühlen verschoben? Diese strukturelle Nähe zu den Dingen im Allgemeinen, zu den Geschehnissen, zu den verborgenen Hintergründen?

Zu den Ursprüngen der Nachricht, die meist gar nicht erwähnt wurden?

Der Unterschied zwischen dem Leser und dem Verfasser.

Eine unüberwindliche Distanz.

Marionetten und Marionettenspieler des Bewusstseins. Die Ersteren reagieren auf einen Impuls des Fadens. Sie bewegen sich gemäß den Anweisungen, die ihnen das Drehbuch vorschreibt. Zweitere hingegen haben einen klaren Überblick über den Handlungsfaden. Sie sind die Regisseure, die die Rollen verteilen.

Und das Wissen.

Die Wahl lag bei ihnen.

War das die wirkliche irdische Allmacht?

Die Nähe zu den realen Geschehnissen und die Macht, auswählen zu können, was man will?

Was war wirklich in Dallas geschehen? Warum hatte Polo unbedingt dorthin gewollt? Was hatte er gesehen, das ihnen allen anderen entgangen war?

Fragen. Fragen.

Nichts wirklich Greifbares.

Lästige Fliegen, die in seinem Kopf summten.

Sinnlose Bewegungen, um sie zu verscheuchen.

Sie kamen unbeirrt wieder.

Ohne Antworten.

Am darauf folgenden Morgen entschied Lupo, noch einmal zur Zeitung zu fahren und das Archiv durchzuackern.

Er war überzeugt, etwas Wichtiges übersehen zu haben. Zu schnell und oberflächlich vorgegangen zu sein. Nicht im richtigen Winkel gesucht zu haben. Er hatte das plötzliche Gefühl, dass er jetzt handeln müsse.

Die Ermordung Kennedys war eines der Aufsehen erregendsten Ereignisse des Jahrhunderts gewesen. Sie hatte alle berührt. Wieder mit ihr konfrontiert zu werden hatte ihn erneut mitgenommen. Unerwartet. Das nahm ihm vielleicht ein wenig von jener emotionslosen Klarsicht, die notwendig war, um sich wieder mit dem Heute befassen zu können. Mit den aktuellen Geschehnissen.

Er ließ sich anmelden.

Badini erwartete ihn an der Tür des Aufzugs.

»Guten Tag, Commissario. Der Chef ist nicht da. Er wurde mit Polo zur Staatsanwaltschaft zitiert. Wissen Sie, wegen des Interviews von gestern mit der Geliebten des Ermittlungsrichters. Ich schätze, sie bekommen ganz schönen Ärger. Ich begleite Sie. Sobald sie wieder zurück sind, werde ich ausrichten, dass Sie da sind.«

»Danke. Ich möchte aber nicht, dass er Sie wieder zur Schnecke macht.«

»Ich werde heute ganz brav sein. Keine Sorge.«

Lupo war das Wühlen in Archiven nicht so gewohnt wie etwa De Mattia. Er besaß nicht dessen Geduld, dessen methodisches Vorgehen.

Hin und wieder verließ ihn seine Konzentration in diesem Meer aus Seiten und Titeln. Angezogen von einem Satz oder einem Kommentar. Und dann ging sein Geist auf Reisen.

Wobei ihm das hypnotisierende Schwarz dieser Seiten half, die als Negative im Mikrofichegerät vor seinen Augen vorüberrasten. Vielmehr: Die ruckweise von der Vergrößerung einer Überschrift zur fast unleserlichen Verkleinerung wechselten, die ein ganzes Blatt zeigte.

Er hatte sich immer vorgestellt, dass man in einem Zeitungsarchiv in großen Sammelbänden blättern würde. Alte Ausgaben, die in Jahrgängen zusammengefasst waren. Mit der Patina des Staubes und der vergangenen Zeit. Und bei der Lektüre die mystische Faszination zu empfinden, ein Stück Geschichte zu berühren.

So war es aber nicht.

Das Papier nahm zu viel Platz ein. Es zersetzte sich. Und so kämpfte er jetzt mit zwei ausgeleierten Rändelrädern aus Kunststoff. Um eine fotografierte Vergangenheit wieder erstehen zu lassen, die enttäuschend unter den Reflexen einer Linse hinwegglitt.

Lupo verbrachte fast zwei Stunden auf diese Weise.

Wie beim ersten Mal quälte ihn der dringliche Wunsch zu gehen, diesem aseptischen Ort zu entfliehen. Wo die Gefühle und die Geschichten von Menschen von einem Seziermesser aus Licht auseinander genommen wurden.

Dann kam der Anruf.

Ferrero war zurückgekommen und lud ihn ein, in sein Büro zu kommen.

Lupo dankte dem Archivar, der ihn begleitet hatte. Ein junger Mann mit Brille. Der einen kleinen Diamanten im Ohrläppchen trug und ein Gesicht hatte, das aussah wie mit Seife geschrubbt. Er lächelte.

»Sind Sie fertig?«

»Nein. Aber man verliert sich hier drin.«

»Wenn Sie möchten, Commissario kann ich Ihnen von dem, was Ihnen fehlt, Ausdrucke machen. Die können Sie dann mitnehmen und in Ruhe im Präsidium durchsehen.«

Lupo nickte überrascht.

Warum hatte er daran nicht früher gedacht?

Das würde auch De Mattia glücklich machen.

Er dankte.

Und das Lächeln des jungen Mannes wurde zum Grinsen.

»Kommen Sie vorbei, bevor Sie gehen. Dann können Sie auch erzählen, wie aufgebracht der Chef ist.«

Ferrero war müde.

Angespannt.

Er empfing ihn mit einem schlecht verborgenen Ausdruck von Ärger.

So, als würden ihn allein seine gute Erziehung und die Gebote der Höflichkeit zwingen, mit einem entnervenden Eindringling, auf den er auch gut hätte verzichten können, einige belanglose Floskeln zu tauschen.

»Da Sie sich ja ständig hier herumtreiben, könnte ich Sie eigentlich gleich anstellen.«

Lupo gab vor, die Unhöflichkeit in Ferreros Ton zu überhören.

»Wie war es?«

»Was?«

»Wenn Sie nicht darüber sprechen wollen, dann sagen Sie es. Sie haben mich hergebeten. Ich hatte nicht im Geringsten die Absicht, Sie zu stören. Ich habe nur zu Badini gesagt…«

»Sie haben Recht, Sie haben Recht. Entschuldigen Sie. Aber dieser Oberstaatsanwalt ist wirklich ein Idiot. Er wollte mich festnehmen.«

»Das wundert mich nicht. Und Polo?«

»Was hat Polo damit zu tun? Ich war es, der entschieden hat, einen Artikel zu drucken, der ansonsten in der Schublade gelandet wäre. Er hat ihn nur geschrieben. Nein, mich wollte er einbuchten.«

»Und wie haben Sie es angestellt, ihm das auszureden?«

»Ich habe ihn gefragt, ob nicht auch er zufällig eine Geliebte in petto hat. Und ob es nicht vielleicht angebracht wäre, einmal eine schöne Umfrage in seiner Rotlicht-Staatsanwaltschaft zu machen. Dann hätte ich hinter Gittern wenigstens etwas Amüsantes zu lesen.«

»Und er?«

»Er ist blass geworden. Als würde ihn gleich der Schlag treffen. Er wollte die Anwesenden als Zeugen.«

»Die Anwesenden? War das kein Gespräch unter vier Augen?«

Ferrero schien sich für einen Moment zu entspannen.

Über seine Lippen flog sogar ein kleines Lächeln.

»Nein. Ich war umzingelt, wie in der Schlacht von Alamo. Er hat einen anderen Staatsanwalt und den Rechtsanwalt der Witwe mitgebracht. Und, Sie werden es nicht glauben, es war tatsächlich auch Madame De Napoli höchstpersönlich anwesend. Sie lechzte nach Blut wegen des Interviews mit der Malan. So eine blöde Kuh, wie sie sich in ihrer Trauer zu Schau stellt. Die werden es alle noch bereuen…«

Lupo merkte, dass Ferrero unter enormem Druck gestanden hatte. Dass dieser Ausbruch dem Dampf glich, der aus einem Heizkessel entwich.

Trotzdem erstaunte ihn die Heftigkeit, mit der Ferrero seinen Gefühlen Luft machte.

Er sah ihn sich genauer an.

Die Krawatte saß ein wenig schief.

Der Scheitel war nicht so perfekt wie sonst.

Und es wurde ihm auf einmal bewusst, dass er ihn in Hemdsärmeln angetroffen hatte und dass die Achselpartie dunkel war von Schweiß.

Ferrero machte diese Musterung nervös.

Sofort ließ er seine Anspannung an der Sekretärin aus.

»Ich habe es Ihnen bestimmt schon tausend Mal gesagt. Nehmen Sie diese Blumen da weg. Das hier ist kein Friedhof. Sie stinken. Nehmen Sie sie, wenn sie Ihnen so gefallen. Nehmen Sie sie mit nach Hause! Rahmen Sie sie sich meinetwegen ein!«

»Sofort, Dottore. Wenn Sie wünschen…«

»Natürlich wünsche ich es. Stellen Sie sich vor, Lupo, so ein Trauergemüse aus Dahlien und Chrysanthemen, die mir den Atem rauben. Hier, in meinem Büro…«

Die arme Sekretärin versuchte eine letzte, schwache Verteidigung.

»Ich habe ja gelüftet, als Sie nicht da waren. Sie sind so schön. Das sind diese neuen asiatischen Zwergpflänzchen …«

»Dann bringen Sie sie zum Pekinger Zirkus. Hier drin erstickt man ja.«

Er öffnete das Fenster, um sein Missfallen zu unterstreichen. Dann zog er sich die Jacke wieder an und versuchte dabei so gut es ging, den Krawattenknoten zurechtzurücken. Dann, als die Sekretärin gerade die letzte Vase hinaustrug, sah er Lupo an.

»Der übliche Kaffee? Gut. Gioia, bestellen Sie zwei Kaffee, ein Glas Wasser und sehen Sie zu, dass ich eine ganze Ladung Schmerztabletten bekomme. Mir platzt der Schädel.«

»Sofort, Dottore. Ich werde Badini fragen … Der hat mittlerweile einen kleinen Vorrat.«

Endlich setzte sich Ferrero wieder. Er hatte sich anscheinend von seinem Wutanfall erholt.

Lupo nahm den Faden dort wieder auf, wo sie unterbrochen worden waren.

»Sie sprachen davon, dass sie es bereuen würden. Haben Sie da etwas Genaueres im Sinn?«

»Ja.«

Ferreros Augen leuchteten, als er in seine Taschen griff und nach einigem Herumsuchen eines jener winzigen japanischen Tonbandgeräte hervorzog.

»Da staunen Sie, was? Wenn Sie möchten, können Sie in ein paar Minuten die Vorabversion der Abschrift lesen von dem, was auf der Kassette ist. Sie werden etwas zu lachen haben.«

»Wollen Sie das drucken?«

»Aber sicher. Es sei denn, Polo wird nicht in genau diesem Moment mit großem Trara von dieser Kuh empfangen, und sie ihm nicht brav die Schubladen mit den alten Fotografien öffnet: Hochzeiten, Taufen, Firmungen, Ferien, Erstkommunionen, Bälle …«

Lupo sah ihn mit Bewunderung an.

Ferrero genoss sein Erstaunen in vollen Zügen.

»Wie haben Sie das geschafft?«

»Seine Exzellenz, der Oberstaatsanwalt, hat Dinge über mich und meinen Beruf gesagt, die man nicht wiederholen kann. Dabei wurde er auf ganzer Linie von dieser hochverehrten Dame unterstützt, die mich unaufhörlich beschimpft hat. Über eine Stunde lang.«

»Ich kann mir nicht vorstellen, dass Sie das ohne eine Erwiderung über sich haben ergehen lassen.«

»Doch, das habe ich. Wohl wissend, dass diese Geschichte die Runde machen würde, habe ich mich nur so weit verteidigt, um eine Verhaftung zu vermeiden. Ich habe alles hinuntergeschluckt. Inklusive der Auflage, im Gegenzug für das Schweigen der Zeitung eine Art überwachten Freigang zu erhalten.«

»Und dann?«

»Bin ich hinausgegangen. Im Auto habe ich die Kassette dupliziert. Dann habe ich Polo in die Redaktion geschickt und bin wieder ins Büro des Oberstaatsanwalts zurückgekehrt. Alle waren noch da und haben frohlockt. Doch sobald sie ihre Stimmen auf dem Band gehört haben … Sie hätten das Gesicht des großen Indianerhäuptlings sehen sollen …«

Lupo spendete ironisch Beifall.

Er verabscheute arrogante Menschen. Und Ferrero war mit Sicherheit einer davon. Aber noch mehr verabscheute er Erpresser. Vor allem jene, die ihren Hochmut für Gerechtigkeit ausgaben.

Er lächelte.

»Und dann haben Sie dieses Tonband gegen ein Interview mit der Witwe eingetauscht...«

»Nein. Ich habe mich beschieden, sie um einen Termin zu bitten. Ich habe ihnen mitgeteilt, dass Polo um zwölf Uhr an Madames Tür klingeln würde. Sollte er nicht empfangen werden, so würde ich ihren schäbigen Versuch, mir den Mund zu verbieten, in der Zeitung bringen.«

»Was vermutlich mehr Schaden anrichten würde als das Interview mit der Malan.«

»Ich sehe, Sie haben verstanden.«

Der Kaffee kam.

Er wurde wie gewohnt von dem Kaugummi kauenden Kellner gebracht, den Ferrero mit der gewohnten Verachtung empfing.

»Sie müssen mit sich selbst zufrieden sein.«

»Einigermaßen, das gebe ich zu.«

»Sie können aber darauf wetten, dass sie etwas finden werden, um es Ihnen heimzuzahlen.«

»Dann wird es aber zu spät sein. Das kann ich Ihnen versichern.«

Lupo fuhr ins Präsidium zurück.

Er murmelte vor sich hin.

Er sah De Mattia an, der sich begierig auf den Berg von Papier stürzte, den er ihm aus dem Zeitungsarchiv mitgebracht hatte. Kilometerlange Streifen Endlospapier, die noch unverdaulicher waren als ein Mikrofiche.

Es kam ein Anruf vom Monsignore, der ihm bestätigte, er habe alles für die Hochzeit im Rahmen der Weihnachtsmesse in der Kirche von Revigliasco vorbereitet. Er bestehe auf einem Ehrenplatz beim Essen danach, denn er habe noch nie am Bankett einer Mitternachtshochzeit teilgenommen.

Lupo versuchte zwei- oder dreimal, Polo zu erreichen, jedoch ohne Erfolg.

Auch dieser Tag endete ergebnislos.

Und doch hatte er das Gefühl, dass ihm etwas Wichtiges entgangen war.

Auf dem Weg zu Esperia beschloss er, bei Marina Salomone vorbeizuschauen. Doch sie war nicht zu Hause. Also klopfte er an die Tür der Nachbarin, die ihm vorsichtig mit vorgelegter Kette öffnete.

»Oh, Sie sind es, Commissario …«

»Marina Salomone?«

»Sie hat mit ihrer Geige das Haus verlassen. Sie hat gesagt, das Leben gehe weiter, sie sei ja nicht gelähmt. Und dass es an der Zeit sei, wieder mit dem Arbeiten anzufangen. Sie sei ja keine Millionärin …«

Lupo nickte.

Die Frau musste jedoch noch ihre eigene spitzzüngige Version anbringen.

»Meiner Meinung ist sie auf ein bisschen Geld aus, damit sie sich ein neues Kleid kaufen kann. Sie ist so eitel.«

Lupo besaß eine Technik, mit der es ihm häufig gelang, seinen Halbschlaf zu kontrollieren.

Aber sie funktionierte nur, wenn ihn etwas bewegte.

Und jetzt war sein Geist zu durcheinander, um sich auf das Buch zu konzentrieren, in dem er jede Nacht so lange las, bis er Schlaf finden konnte.

Also löschte er das Licht und schloss die Augen.

Er ließ seine Fantasie sich in eine bestimmte Richtung entfalten, in eine Art geführten Traum. Die Synapsen arbeiteten auf dem niedrigsten Level, wie ein Motor im Leerlauf. Der einfach nur vor sich hin tuckerte, ohne eine Bewegung, ohne Beschleunigung oder Lenkmanöver. Auch fehlte die Anstrengung, sich auf die Straße konzentrieren zu müssen.

Er bestimmte das Thema, die Orte und die Hauptfiguren.

Dann ließ er sich beim Einschlafen in eine unvorhersehbare Handlung gleiten, bei der sich die Rollen und die Gefühle der verschiedenen Protagonisten vermischten.

Eingewiegt vom ruhigen Atmen Gretas.

Von ihrer Wärme.

Das war die Tür, die in die Tiefe seiner Gedanken führte. Die manchmal sogar jenen Traumsequenzen, an die er sich zu seinem Leidwesen am Morgen nicht mehr erinnern konnte, wieder an die Oberfläche seiner Erinnerung verhalf. Möglicherweise leicht verändert, aber doch wiederzuerkennen.

Polo war es, der ihn so verwirrte.

Objekt seiner schmerzlichsten Verdächtigungen, uneingestehbar.

Konnte er wirklich ein Mörder sein?

Lupo versetzte sich also in ihn.

In sein neues Leben.

Er umging die Vergangenheit und betrachtete nur das, was kommen sollte.

Er verließ mit Tara am Arm gerade die Kirche. In der Weihnachtsnacht. Sie hatten soeben die Hochzeit zelebriert. Sein Weg führte ihn sofort zur Zeitung, zu seiner Arbeit. Tara von neuem an seiner Seite.

Er sah Tara, die ihn strahlend anblickte.

Wie an jenem Tag in Kapstadt.

Sie lächelte ihn an.

Hielt ihm die Lippen zum Kuss hin.

Sie bat ihn zärtlich, die alten Fehler nicht zu wiederholen. Nur an sie zu denken und nicht an Ferrero. Sie in dieses Dachzimmer an der Piazza Vittorio zu bringen, für das er den Vertrag mit den Stadtwerken verlängert hatte, damit ein herrlicher venezianischer Kronleuchter ihr neues Beisammensein erhellen würde. Der dem, den sie für die Villa in Revigliasco ausgesucht hatte, so ähnlich sah…

Marta wartete vergebens.

Sie sah aus dem Fenster.

Die Lichter der Gran Madre waren durch den Nebel, der langsam vom Fluss heraufstieg, abgeschwächt. Der Platz unten war verlassen. Ein Schauer überlief sie, und sie zog den Morgenrock enger um sich.

Seit sieben Jahren wohnte sie nun schon in diesem Haus.

Seit sie aus dem alten Haus beim Pellerina-Park ausgezogen war, das für sie alleine zu groß geworden war. In dem es zu viele Erinnerungen gab, zu viele vergilbte Fotografien, zu viel Schmerz, von zu vielen zerbrochenen Leben.

Ihr eigenes, das so sehr an die Unvorhersehbarkeiten gebunden war, die ihre furchtbare Krankheit mit sich brachte, zählte dazu. Ihr Leben, das in den Zeiten der Ruhe beängstigender war als in den Phasen, in denen die Schmerzen sie angefallen hatten.

Sie hörte es drei Uhr schlagen.

Die dumpfen Glockenschläge überzeugten sie von neuem, dass ihr geliebter Cousin eine andere Frau gefunden hatte.

Sie fühlte, wie Trauer ihr Herz ergriff.

Er war ein schwieriger Mensch.

Voller Geheimnisse.

Der einfach so auftauchte und wieder verschwand.

Der für immer unauflöslich mit der Erinnerung verbunden blieb.

Mit ihr.

Mit dieser ihrer ersten jugendlichen Leidenschaft.

Aber jetzt schienen sich die Dinge plötzlich verändert zu haben.

Vielleicht hatte das Berühren ihrer versehrten Brust ihm zu deutlich vor Augen geführt, dass seine eigenen Metastasen beständig größer wurden.

Mittlerweile hatte sie keinen Zweifel mehr.

Sie hatte es in seinen Augen gelesen. Sie hatte es daran erkannt, dass ihnen das Leuchten fehlte. Sie hatte in ihnen das Zeichen desselben Kreuzweges gesehen.

Mit dem Unterschied, dass er ihn allein gehen wollte.

Ohne sie um Hilfe zu bitten.

Oder aber, davon war sie inzwischen überzeugt, er suchte Hilfe im gesunden Körper einer anderen Frau.

Die vielleicht ganz plötzlich aufgetaucht war.

Voller Lebensfreude.

Voller ansteckender guter Laune.

Die noch das Versprechen der Hoffnung im Gesicht trug. Und nicht das bedauernswerte Lächeln der Niederlage, das alles war, was sie, Marta, ihm bieten konnte.

Die Vorstellung, dass er sie nicht mehr berühren würde, machte sie traurig.

Dass er ihr seine Zärtlichkeit vorenthalten würde. Dass diese seltene Gewohnheit, eng umschlungen einzuschlafen, nur mehr der Erinnerung angehören würde. Dass es dieses bange Warten nicht mehr geben würde.

Das letzte Mal hatte sie mit Hoffnung erfüllt.

Er war lange in ihr geblieben. Er hatte sie gesucht, sie gestreichelt, geküsst. Sie zum Erröten gebracht vor unbekannter Scham. Hatte sie zu rückhaltlosem Stöhnen gebracht. Sie, die die Stille liebte.

Das Verbergen der Gefühle.

Das Dunkel.

Doch er hatte ihr Geschlecht mit Blicken streicheln wollen. Hatte ihre Säfte genießen, sie hervorzaubern, ihr die seinen anbieten wollen. Alles gleichzeitig. Ihre Körper waren ineinander verschlungen gewesen, wie noch nie zuvor. Sie hatten gemeinsam den tierischen Instinkt verspürt, einander Vergnügen zu bereiten. Auf den Lippen den Duft des anderen zu schmecken.

Jetzt wusste sie es.

Es war kein erneutes Bedürfnis nach Liebe gewesen. Sondern Verzweiflung.

Marta ging ins Bett zurück.

Sie versuchte sich das Gesicht dieser Frau vorzustellen.

Er war verheiratet gewesen, früher einmal.

Aber die Ehe hatte nicht funktioniert.

Dann war diese Frau fortgegangen.

Denn sie hatte seinen Hunger verstehen können, sein Streben nach oben. Dass er sich vollständig der Arbeit ergeben musste, als sei sie eine Art Katharsis. Um zu zeigen, dass er stärker war als irgendeine Laune des Schicksals.

Sie war die Einzige gewesen, die sich zwischen sie gestellt hatte.

Die anderen Liebesbeziehungen waren nur kurze Momente der Leidenschaft gewesen.

Sofort wieder beiseite gefegt.

Und wenn sie wiedergekommen war, um ihn sich zu holen?

Marta löschte das Licht.

Sie hasste diese Frau.

Mehr noch als am Tag dieser schrecklichen Hochzeit.

7

Meine Liebe für Francesco

Die Witwe des ermordeten Ermittlungsrichters,
Incoronata De Napoli:
»Kein Skandal, kein Ehebruch. Nur die Illusionen
einer durch Einsamkeit und Arbeit gealterten Frau.«

Es ist schnell gesagt.

Incoronata De Napoli, die Frau des auf der Piazza Vittorio ermordeten Ermittlungsrichters, hat nicht die geringste Absicht, auf die skandalöse Geschichte, die gestern Luisa Malan erzählt hat, einzugehen.

»Das sind krankhafte Fantasien einer alternden Frau, für die man Mitleid haben muss. Ich bedauere sie einfach. Von Frau zu Frau.«

»Kennen Sie sie denn gut?«

»Sicher. Sie war stets eine wichtige Mitarbeiterin beim Projekt Alphabetisierung in Strafvollzugsanstalten, das mein armer Francesco vorangetrieben hat. Sie war seine bevorzugte Lehrerin. Und die harte Arbeit, Seite an Seite, auch zu anderen Zeiten als denen eines normalen Arbeitstages, haben sie vielleicht dahin gebracht, sich eine Realität einzubilden, die es gar nicht gab.«

»Aber Sie wussten, dass Ihr Mann oft am frühen Morgen bei Luisa Malan war?«

»Natürlich. Wie auch Luisa ebenso oft spätabends

bei uns vorbeigekommen ist. Aber daran ist nichts Ungewöhnliches. Das war das Leben meines Mannes. Nur die Erfüllung der edlen Pflicht gegenüber einer Klasse von Verlierern, deren Fälle er jeden Tag auf seinen Schreibtisch bekam.«

»Ja, einverstanden, aber…«

»Im Grunde habe ich ihn genau deswegen geheiratet.«

Incoronata De Napoli wägt konzentriert jedes Wort ab. Sie ist in keiner einfachen Situation. Sie hat sich entschieden zu sprechen, doch man sieht deutlich, dass sie viel darum gegeben hätte, es nicht tun zu müssen.

Sie tut es vor allem wegen der Töchter.

Und um ihre eigene Wahrheit wiederherzustellen.

Sie sitzt in einem Sessel.

In einem Wohnzimmer, das voller Gold und Zierrat ist, ein verschnörkeltes, überladenes Barock. Sie nippt an einem eisgekühlten Glas mit Wasser und Zitrone – ein kleines Stück Sizilien, das mit nach Turin gekommen ist.

Sie ist blass.

In ihrem ungeschminkten Gesicht sieht man die Spuren einer schlaflos verbrachten Nacht.

Ihre vollen Lippen sind blutleer und beben unaufhörlich.

Die Arme hält sie über den üppigen Brüsten, denen einer sizilianischen Mutter, gekreuzt. Um die schmale Taille trägt sie einen breiten Gürtel. Die langen Beine in schwarzen Strümpfen sind sittsam übereinander geschlagen. Schwarz ist auch das Kleid.

»Ihr Mann…«

»Francesco war kein schöner Mann. Aber er hatte eine gewisse Ausstrahlung. Diese Sommer, die wir zusammen in Mondello verbracht haben... Diese Blicke, die wir uns unter der strengen Aufsicht einer Tante, eines Cousins zuwarfen... Diese kaum geflüsterten Worte... Unsere Familien waren sehr miteinander befreundet.«

»Sie werden vielleicht auch ihre Pläne gehabt haben.«

»Ja. Sie sprachen dauernd von unserer Zukunft. Sie hätten uns gerne einander versprochen. Aber wir waren ihren Abmachungen zuvorgekommen. Als sie uns den Plan unterbreiteten, sagten wir sofort ja, ohne sie richtig ausreden zu lassen. Sie hätten die erstaunten Gesichter sehen sollen!«

»Also eine große Liebe?«

»Das war es sicher.«

»Wie hat sich Ihr Mann Ihnen erklärt?«

»Also, Francesco hatte gerade sein Jurastudium in Palermo beendet. Ich bereitete mich auf das humanistische Abitur vor. Es sollte eine Prüfungskommission aus Nonnen nach Cefalù kommen. Und, wer weiß wie, jedenfalls war er einer der Prüfer. Ich kann Ihnen sagen...«

»Wie hat er das angestellt?«

»Er ist wohl für jemanden eingesprungen. Ich habe keine Ahnung. Aber solche Dinge geschahen in diesen Jahren in Sizilien... Für mich war er erwachsen und wichtig. Mit seiner ernsthaften Brille. Er befragte mich in Geschichte. Er tat so, als kenne er mich nicht. Am Schluss fragte er mich dann ganz leise, ob ich ihn am 9. Thermidor heiraten wolle, dem Tag, an dem Robbespierre und Saint-Just nach dem Staatsstreich verhaftet wurden. Die Schwüle und der Gefühlsüberschwang nahmen mir den Atem. Fast wäre ich in Ohnmacht gefallen.«

»Aber Sie wussten, welchem Datum der 9. Thermidor entsprach?«

»Aber sicher. Dem 27. Juli. Ich hatte noch die Kraft, es ihm zu sagen, und ich fügte, ebenfalls ganz leise, hinzu, dass ich ihn heiraten wolle. Auch wenn es bis dahin nur noch zehn Tage seien.«

»Und was tat er?«

»Er lächelte. Und verkündete dem Vorsitzenden: ›Was mich betrifft, so hat die junge Dame mit voller Punktzahl bestanden.‹ Sie verstehen, was für ein Mensch er war…«

»Haben Sie wirklich nach etwas mehr als einer Woche geheiratet?«

»Nein. Denn Sie können sich nicht vorstellen, was bei mir zu Hause geschah. Obwohl wir einander versprochen waren, brach meine Mutter in Tränen aus, als Francesco um ihre Zustimmung bat, dann fiel sie in Ohnmacht. Mein Vater dagegen drohte, ihn umzubringen. In ihren Augen konnte nämlich eine derartige Bitte, die so unverhofft kam und der nicht Monate einer angemessenen Vorbereitung vorangingen, nur eines bedeuten. Ich musste schwanger sein. Und diese Schande hätte für immer die Ehre der Familie beschmutzt.«

Incoronata De Napoli ist angespannt.

Aufgewühlt durch diese Erinnerung, die sehr schön sein muss. Und die sie zugleich in schmerzliche Verwirrung versetzt. Als wären diese alten und quälenden Vermutungen ihrer Familie noch immer ihre Schuld.

Sie nimmt einen Schluck ihrer eisgekühlten Limonade.

Dann atmet sie tief durch.

Als hoffe sie, dass die nächste Frage weniger intim sein würde.

Aber sie weiß, dass das kaum möglich ist.

»Was geschah dann?«

Sie setzt das Glas ab und nimmt den Faden erneut auf. Ihre Stimme klingt resigniert. Sie starrt ins Leere, um die alten Bilder wieder zu finden.

»Wir mussten bis September warten. Ein weiterer langer Sommer in Mondello. Die Liegestuhlnachbarn und die Freunde gratulierten. Verwandte kamen von der ganzen Insel herbei, um uns zu besuchen. Sie starrten auf meinen züchtigen Badeanzug (niemals hätte ich es gewagt, einen Bikini zu tragen), der aber keine verräterischen Ausbuchtungen zeigte. Diese prüfenden Blicke setzten mir so zu, dass ich fünf Kilo abgenommen habe. Die letzten in meinem Leben.«

»Und dann die Töchter…«

»Oh, das ging nicht so rasch, vielleicht auch als Reaktion auf die Verdächtigungen damals. Santa kam, als wir schon nach Reggio Calabria umgezogen waren. Denken Sie einmal, keine der beiden wurde in Sizilien gezeugt. Ich bin natürlich für die Entbindung nach Hause zu meiner Mutter gefahren. Aber eigentlich waren wir schon von allem weit weg. Francesco hat am meisten darunter gelitten. Zerrissen zwischen Arbeit und Empfindung.«

»Warum?«

»Francesco war schüchtern. Ihm fehlte seine Mutter. Und mit ihr fehlte ihm das Verwöhntwerden als einzigem Sohn, der mit fünf älteren Schwestern aufgewachsen ist. Ein Nesthäkchen, gehätschelt und getätschelt von all diesen Frauen. Dazu noch von einer Tante und zwei Großmüttern. Er hat sehr gelitten.«

»Was kam nach Reggio?«

»Modena. Und Antonia. Noch eine glückliche Taufe

in Cefalù. Sie hätten bei diesem Fest dabei sein müssen. Was für eine Hitze. Es war Mai. Das Wetter war herrlich, alles blühte. Und es duftete nach Orangenblüten und nach Meer. Francesco kehrte krank vor Heimweh zurück in die letzten Nebel des Nordens. Und dann erkrankte er wirklich.«

»Woran?«

»An Depressionen. Oh, die Leute waren gut zu uns. Freundlich. Aber es waren nicht seine Leute. Als Ermittlungsrichter hatte er aber bereits einen guten Ruf. Wir gaben viele Gesellschaften. Aber er wollte nie jemanden sehen. Er zog sich in sein Arbeitszimmer zurück, um zu lesen, um Musik zu hören. In Sondrio wurde es dann noch schlimmer.«

»Aber hier in Turin änderte sich doch einiges.«

»Ja. Vielleicht waren es die Mädchen... Zu sehen, wie sie größer wurden, wie sie sich zu Frauen entwickelten... Seine Mutter starb in dieser Zeit. Es war ein großer Schmerz für ihn. Ihr folgten bald die Tante und eine Schwester. Die Großeltern waren schon einige Jahre zuvor gestorben. Er litt sehr. Sie wissen ja, unsere Beerdigungen im Süden, die schwarz gekleideten Menschen, das Wehklagen... Einer nach dem anderen ging dahin. Aber vielleicht war das für ihn auch das deutliche Zeichen, dass eine Epoche zu Ende war. Ein endgültiger Bruch mit der Vergangenheit. Wir fuhren mit dem Zug zurück, es war eine lange Reise. Und auf einmal, wir waren schon fast bei Rom, schien er verändert.«

»In welcher Weise?«

Incoronata De Napoli steht auf. Sie kramt in einem Schränkchen. Und zündet sich unerwarteterweise eine Zigarette an. Sie zieht den Rauch tief ein. Zwei, drei lange Züge, dann scheint sie es zu bereuen und drückt die Zigarette in einem Aschenbecher aus, der schon voller kaum angerauchter Stummel ist.

Dann setzt sie sich wieder.

Dieses Mal schlägt sie die Beine nicht übereinander, sie lässt sie nebeneinander stehen.

Als befürchte sie auszurutschen.

»Francesco sprach davon umzuziehen... Er interessierte sich für unsere Töchter, für ihre Probleme. Für die Ausbildung, die sie haben sollten. Vielleicht hat er sie das erste Mal wirklich gesehen, nicht als Mädchen, sondern als erwachsene Frauen. Vielleicht lag das daran, wie sie sich auf den Beerdigungen verhalten hatten. Mit großherzigen Tröstungen für die Verwandten und doch voller Respekt. Aber mit einer eigenen Persönlichkeit. Plötzlich waren sie groß. Bereit, aus meinen schützenden Armen in die seinen zu springen.«

»Und dieses hier ist das neue Haus?«

»Ja. Wir sind nicht mehr nach Sizilien zurückgekehrt. Er hat es hier gebaut. Er hat viele Möbel von dort kommen lassen. Andere sind von meiner Familie. Kleine Stücke aus vielen kleinen Erbschaften, die in einem Lager standen. Wir haben uns ein Nest nach unseren Vorstellungen gebaut. Dem angemessen, was wir waren. Sie müssten sein Arbeitszimmer sehen, unser Schlafzimmer...«

»Und er war wieder glücklich?«

»Ja. Auch seine Arbeit veränderte sich. Damals hatte Francesco die Idee mit den Kursen im Gefängnis. Das war, als er den Fall Romagnani gelöst hat. Erinnern Sie sich? Der Prostituierten-Mörder vom Friedhof.«

»Und kürzlich hat er eine erneute Antikorruptionskampagne gestartet. Glauben Sie, dass er deswegen erschossen wurde?«

»Ich sehe kein anderes Motiv. Ich glaube nicht an die Theorie vom Killer, der seine Opfer zufällig aussucht.«

»Hat er Drohungen erhalten?«

»Alle Juristen werden bedroht.«

»Wollen Sie damit sagen, dass Sie sie nicht ernst genommen haben?«

»Ich weiß nur, dass er keinen Leibwächter hatte und auch seinen Lebensstil kein bisschen geändert hat. Auch nicht die Angewohnheit, am frühen Morgen zu Luisa Malan zu fahren, um die Arbeit im Gefängnis vorzubereiten, bevor er zur Staatsanwaltschaft fuhr. Das war Zeit, die er von seiner eigenen nahm, nicht von der für seine Familie. Uns war er immer ein guter Vater und Ehemann…«

»Was werden Sie jetzt tun? Werden Sie nach Hause zurückkehren?«

Incoronata De Napoli schüttelt resigniert den Kopf. Diese Geste scheint ihre Worte Lügen zu strafen.

»Nein, nein. Jetzt ist mein Leben hier. Antonia und Santina haben hier ihre Schule, ihre Freunde, ihre Verehrer. Warum auch sie entwurzeln, wie es uns geschehen ist?«

Polo Chieli

Er legte die Zeitung weg.

Jetzt war er zufrieden.

Die Ängste vom Vortag waren durch diesen Artikel völlig weggefegt worden. Denn jetzt war ihm klar, er hatte wirklich die falsche Person getroffen.

Es war offensichtlich, dass der Staat in Gestalt dieses kleinen Mannes, dessen Weste nicht ganz rein gewesen war, mit allen Mitteln versuchen würde, zunächst sich selbst zu schützen. Und damit auch seine ethischen Grundsätze, die durch das wenig moralische Verhalten eines seiner Diener in Frage gestellt worden waren.

Er würde dies mit der einzigen Waffe tun, die ihm blieb.

Mit absolutem Schweigen.

Dieses Interview kam also unerwartet. Und es stank kilometerweit nach einem Kompromiss.

Vor allem der Anfang.

Das süßliche Mitleid der Witwe. Die Falschheit, mit der sie ihre Gefühle der Malan gegenüber darstellte. Der Versuch, diese als eine arme, nichtsnutzige Träumerin abzutun. Die ihren Herrn und Gebieter anbetete und das Opfer eigener Illusionen war.

Doch das Bild, das von dem Manne De Napoli entstand, war gut. In ihm steckte alles: Das über Generationen weitergegebene Missbehagen, die Trauer um einen Lebensentwurf, der nicht hatte verwirklicht werden können, die immer brüchiger werdende Bindung an die Gegenwart, diese Frau, die die Mutter nicht hatte ersetzen können …

Und dann die Wende.

Luisa Malan.

Eine neue Figur. Mütterlich, bescheiden, dienstfertig, immer verfügbar, so zartfühlend und nachsichtig, dass er sogar Turin als Heimat akzeptieren konnte.

Er betätigte die Spülung.

Es war schon so weit gekommen, dass er auf der Toilette las.

Mitten in der Nacht.

Wie ein Junge, der heimlich Zigaretten raucht.

Er nahm noch eine Tablette und dachte an Marta.

Daran, dass sie sich einsam fühlen würde.

Nicht einmal dieses letzte Weihnachten würden sie zusammen feiern.

Und dann dachte er an seine Opfer.

Wie sehr sie doch die geologischen Schichten repräsentierten, aus denen diese verfluchte Stadt bestand: Der alte Turiner, die landflüchtige Frau, der aus dem Süden stammende Ermittlungsrichter.

Welcher Kategorie wohl das letzte Opfer angehören würde?

Lupo erwachte ganz plötzlich.

Er hatte den Wecker nicht gehört.

Er betrachtete Greta, die noch fest schlief.

Er ging rasch hinunter, um das Frühstück zu machen. Dann versuchte er, die verlorene Zeit durch eine schnelle Rasur mit dem elektrischen Rasierapparat aufzuholen. Verzichtete auf das schaumige Vergnügen mit Pinsel und Seife.

Dann ging er mit dem Kaffee wieder nach oben.

Er weckte Greta sanft, indem er ihr lange übers Haar strich und sie in ihrem Kokon mit der bis zum Kinn hochgezogenen Bettdecke wiegte. Voller Freude spürte er, wie sich ihr Körper streckte, sie murmelte etwas, dann zogen sich Arme und Beine wieder zu einem Knäuel zusammen. Ein Stoß hier und da.

Und dann ihr Lächeln.

Diese Stimme, die am frühen Morgen noch rau war, sinnlich. Sie war nackt. Verlangen und Pflichtgefühl gerieten sofort in einen ernsthaften Konflikt miteinander.

»Guten Morgen, der Herr. Befiehl und es wird geschehen …«

Ihre Küsse, die warme Umarmung aus ihrem Nest heraus.

»Es ist schon spät. Ich habe verschlafen. Hier ist der Kaffee.«

»Komm unter die Decke.«

»Aber Greta …«

»Es sind Ferien, mein Gebieter. Das hast du wohl vergessen. Die Schule ist zu. Und die königlichen Polizeipräsidien können warten. Komm her, los…«

»Lass Greta, die Jungen werden gleich aufstehen.«

»Ich habe es noch nie mit einem vergesslichen Mann getan. Es muss schön sein, immer wieder von vorne anzufangen. Ich bitte Sie, mein Herr, reichen Sie mir die Hand. Lassen Sie sich leiten. Sehen Sie hier, diese süßen Äpfel, so rund und fest, sie warten nur darauf, gepflückt zu werden…«

Gerade als Lupo anfing, sich an etwas zu »erinnern«, wurde der Zauber durch wildes Geschrei gebrochen.

»Paaapa. Hör auf zu knutschen.«

»Hörst du das Telefon nicht? Es klingelt schon seit einer halben Stunde!«

Lupo lächelte.

Und Greta tat es ihm nach.

»Das sind schon zwei Schlingel. Was wird denn nun schon wieder sein?«

Er schlurfte in die Küche. Dort gab er amüsiert die Spitze zurück.

»Warum, zum Teufel, schlaft ihr nicht? Heute ist keine Schule. Muss ich euch das erst sagen?«

»Und du musst das natürlich sofort ausnutzen?«

»Hände weg von Mama.«

»Auf sie solltet ihr aufpassen, nicht auf mich!«

Er nahm den Hörer ab.

»Ja bitte?«

Es war Polo.

Und Lupos Laune verdüsterte sich sofort.

In den letzten Tagen hatte er in den trüben Traumsequenzen seines Halbschlafes stets Polos Gesicht gesehen. Insgeheim warf er ihm vor, schuld daran zu sein, dass er zuletzt so schlecht geschlafen hatte. Er machte ihn sogar dafür verantwortlich, dass er an diesem Morgen den Wecker überhört hatte.

Auf absurde Weise war er auf Polo schlecht zu sprechen.

»Was ist?«

»Oho, der Commissario haben heute Nacht schlecht geträumt?«

»Was weißt du davon? Was willst du? Hast du mir noch einen Mord zu melden?«

Polo ließ sich nicht aus der Ruhe bringen.

Im Gegenteil.

»Tara, meine Liebste, dieser Mensch dort ist gerade dabei, aus der Haut zu fahren. Wir lassen ihn besser in Ruhe. Der ist schlimmer als Ferrero.«

»Was hat denn Ferrero damit zu tun?«

»Ferrero? Du hättest ihn gestern beim Oberstaatsanwalt sehen müssen. Er hatte dieselbe Laune wie du jetzt.«

Lupo antwortete unbestimmt.

»Ich habe ihn danach gesprochen. Um ehrlich zu sein, er schien mir wie David, der Goliaths Haupt in den Händen hält.«

»Möglich. Aber vorher hat er sich regelrecht in die Hosen gemacht. So habe ich ihn noch nie gesehen: voller Angst, fiebernd, stotternd, hüstelnd, geifernd, am Boden zerstört. Dann hat er sich wieder gefangen, aber erst nachdem er mit Sicherheit wusste, dass das Gespräch aufgezeichnet wurde.«

»Hast du die De Napoli dann interviewt?«

»Sicher. Aber das hat alles nichts damit zu tun, dass ich wissen wollte, ob Greta und die Jungen Lust haben, zu uns herüberzukommen und uns zu helfen, dieses Haus ein wenig auf Vordermann zu bringen?«

»Nichts, denke ich. Wenn du aber auch Stunden brauchst, um zur Sache zu kommen …«

»In Ordnung. Zieh du nur los. Geh arbeiten. Und lass einen Pfiff hören, wenn du gegangen bist. Wir werden noch einmal anrufen, sobald du dein verfluchtes linkes Bein vor die Tür gesetzt hast.«

»Das braucht ihr nicht. Sie werden in jedem Fall kommen. Weißt du nicht, dass die Schulferien begonnen haben?«

»In Ordnung, du Stimmungskanone. Du kannst mir aber einen Gefallen tun. Wir gehen heute Abend alle zusammen essen. Irgendwo hier in der Gegend. Auf Rechnung des Hauses. Bring doch bitte die Salomone mit. Sie kann bei euch oder bei uns schlafen. Besser aber bei uns, bei der Stimmung, die in San Mauro herrscht.«

Lupo nickte plötzlich gedankenvoll.

Er hatte keine Lust mehr, mit Greta zu schlafen.

Es war der 23.

Der Tag der Glückwünsche.

Lupo hätte viel bezahlt, um dem entgehen zu können.

Wie in jedem Jahr.

Aber wie in jedem Jahr stand er ganz vorne. Im Büro des Questore, das überzuquellen drohte von Polizeibeamten, unzähligen Sekretärinnen, die Salzgebäck anboten, und älteren Kollegen, die mit Sekt in Pappbechern die Runde machten.

Glücklicherweise hasste auch Ferro solche Feiern.

Er sagte nur ein paar Worte.

Die nicht einmal allzu banal waren.

»Alles Gute für eure Frauen und Freundinnen. Ihr, die ihr Urlaub vor dem Jahreswechsel genommen habt, vergnügt euch. Und habt auch ihr Freude, die ihr ihn danach nehmen werdet. Ich habe Modica mit der Befragung zum Weltuntergang, der zum Jahreswechsel 2000 erwartet wird, beauftragt. Er ist leider mit dem Bericht im Verzug, ich kann euch also keinerlei Sicherheiten geben. Das Jahrhundert geht, und wenn wir uns alle wiedersehen, dann heißt das, dass es wieder einmal ein falscher Verdacht war.«

Alle lachten.

Alle gaben sich die Hand.

Manch einer übertrieb es mit dem Zutrinken.

Andere mogelten sich nach vorn, um in der Nähe des Questore stehen zu können.

Auch Modica akzeptierte Ferros Scherz ohne Widerspruch.

Und sogar die streitsüchtige Gambino konnte keine versteckten Diskriminierungen und Beleidigungen des weiblichen Geschlechts in der kleinen Ansprache des Questore entdecken.

Im Gegenteil, sie begrüßte die Erwähnung von Ehefrauen und Freundinnen. Auch wenn Ferro ruhig einen Glückwunsch für die Ehemänner hätte einflechten können, immerhin war sie die Einzige, die verheiratet war. Und obendrein war sie drauf und dran, diesen Jammerlappen zu verlassen, der ihr nur ständig zu jeder Tages- und Nachtzeit an die Wäsche wollte.

Schließlich fand das alles schnell ein Ende.

Und Lupo schloss sich De Mattia an, der ein wenig betrunken war.

»Du hast es dir ganz schön gegeben, was?«

»Lass bloß... Mich packt jetzt schon der Horror, wenn ich nur an diesen Abend denke, mit der Hexe unter dem Baum, in heiliger, glückseliger Abstinenz. Wenn ich mich nicht ein bisschen bei Laune halte... Das einzig Gute ist, dass mir in diesem Jahr die Anwesenheit ihrer Schwester erspart bleibt. Die hat eine dieser Butterfahrten nach Slowenien gebucht, wo sie dir schon im Bus zehn Pfannen und zwei Sets Kristallgläser andrehen.«

»Hättest du sie da nicht mitschicken können?«

»Sei bloß still! Ich habe das große Los schon fast in den Händen gehalten. Aber im letzten Augenblick hat sie sich doch entschlossen, ein großes Opfer zu bringen. Sie hat mir in die Augen geschaut und hat gesagt: ›Ich kann dich doch nicht an Weihnachten alleine lassen. Es wird noch so viele davon geben. Wenn ich erst Witwe bin und du nicht mehr den Röcken hinterherlaufen kannst, sobald ich dir den Rücken zudrehe.‹«

»Sehr nett!«

»Nun, das ist so ihre Art, ihre Gefühle zu zeigen. Du kennst sie ja ...«

Lupo nickte.

Er wusste, in welchen Formen sich noch die mürrischste Art von Zuneigung ausdrücken konnte: in Beschimpfungen, Anschuldigungen, Streitereien, Duldsamkeit. Doch im Grunde war das alles besser, als allein zu bleiben. Ein seltener liebevoller Augenblick genügte, um alles wieder gutzumachen.

Sie kamen in ihr Büro.

Und De Mattia begann, zerstreut in dem Stapel Ausdrucke zu blättern, die Lupo vom Zeitungsarchiv mitgebracht hatte.

»Es haben ja wohl alle über Kennedy geschrieben: Biagi, Montanelli, Scalfari ... Die Spitze des italienischen Journalismus. Sogar die jungen: Ferrero, Mieli, Mauro. Auch noch zehn Jahre danach. Anlässlich der Jahrestage. Sogar dein Freund Chieli ...«

»Ja, ich weiß. Wir waren zusammen in Dallas.«

»Und habt ihr euch wie Oswald per Post eine Mannlicher schicken lassen?«

Lupo verstummte.

Er sah De Mattia an, als habe dieser in der Kirche geflucht. Wobei er diesen Schlag in seiner Wucht kaum verarbeiten konnte.

Er konnte nur noch stammeln.

»Bist du verrückt geworden?«

»Wieso soll ich verrückt geworden sein? Schau doch mal hier.«

Lupo fasste die Fotokopie an, als wäre sie aus glühendem Eisen.

Er konnte sich an diesen Artikel überhaupt nicht erinnern.

Das war unmöglich.

Er sah auf das Datum. Er war vom September nach ihrer Reise. Angstvoll kramte er in seiner Erinnerung. Er konnte sich nicht richtig konzentrieren, konnte sich das nicht erklären.

Doch schließlich verstand er.

Das war damals, als Greta und er wegen Matteo in großer Sorge waren, der als Notfall ins Krankenhaus eingeliefert worden war. Nach langem und stummem Ertragen seiner Schmerzen. In dieser Zeit war Zeitunglesen das Letzte gewesen, was ihnen in den Sinn gekommen wäre.

Ein grauenvoller Moment…

Matteo war totenblass gewesen.

Er hatte sehr hohes Fieber und heftige Bauchschmerzen gehabt.

Greta hatte seine Hand gehalten, und er hatte die ihre tapfer und ohne Klage gedrückt. Sein Kopf lag in den Kissen, auf der Stirn kalter Schweiß.

Der alte Gemeindearzt von San Mauro war schon einige Male dagewesen.

Er hatte ein ums andere Mal Magen, Leber und Milz betastet. Doch er hatte keine Ursache für diese merkwürdige Schwellung gefunden.

»Ich weiß nicht … Vielleicht irgendetwas, das er in Amerika gegessen hat … Eine kleinere Vergiftung …«

Aber seine eigenen Erklärungen schienen ihn selbst recht wenig überzeugt zu haben. Und schließlich am dritten Tag, nach vielen nutzlosen Limonaden, einem Dutzend Buscopan und einer großen Menge Kohletabletten hatte er ratlos sein Stethoskop zusammengerollt und eine Überweisung für einen Internisten ausgestellt.

Lupo hatte sofort an Polo gedacht.

Bei all den vielen Leuten, die er kannte, hätte er ihnen sicherlich einen guten Spezialisten nennen können, der auch bereit gewesen wäre, von Turin bis nach San Mauro hinaus zu kommen.

Doch Polo war nicht mit ihnen zusammen von Houston zurückgekehrt.

Er hatte das mit einem mysteriösen Auftrag begründet, den ihm die Zeitung im letzten Augenblick erteilt habe, und hatte somit seine Ferien verlängern können.

Natürlich hatte niemand seine Ausrede geglaubt.

Doch sein Wunsch, ein wenig länger mit seinen Söhnen zusammen zu sein, war so rührend gewesen, dass Tara gutherzig zugestimmt hatte.

Und so hatte Lupo Ferro angerufen.

Zu Hause, an einem Sonntag, sofort nach dem Abendessen.

Und er oder seine Frau hatte ihnen sofort Professore Romano geschickt. Ein junger Internist, der das Wochenende in einem Landhaus in den Hügeln von Gassino verbrachte, und der gewissermaßen auf dem Rückweg vorbeikommen konnte.

Matteo war mittlerweile am Ende seines Durchhaltevermögens.

Und als der Arzt mit ernster Miene verkündete, dass es

sich um eine akute Blinddarmentzündung handle, die sich bereits zu einer Bauchfellentzündung entwickelt hätte und dass man sofort operieren müsse, hatte ein dünnes Lächeln seine trüben Augen erhellt.

»Zum Glück. Jetzt machen Sie mir diese Schmerzen weg …«

Michele, der noch recht klein war, aber jede Stimmung in sich aufsog, war zu ihm gegangen und hatte ihm sein Lieblingsspielzeug in die Hand gedrückt, das er sonst eifersüchtig hütete.

»Das ist ganz allein für dich. Du hättest mich doch nur zu fragen brauchen!«

Dann hatte er ihn umarmt, seinen großen Bruder, und war in sein Zimmer gegangen, um einsichtig den Erwachsenen Platz zu machen.

Während der Krankenwagen noch unterwegs war, hatte Professore Romano telefonisch einen Operationssaal im Krankenhaus Molinette organisiert. Daher hatte Matteo schon um neun Uhr abends auf dem Operationstisch gelegen.

Der Eingriff verlief gut.

Ohne Komplikationen.

Doch er war viel zu spät vorgenommen worden.

Und der Chirurg hatte ihnen wenig Hoffnung gelassen.

»Der Infektionsherd ist groß. Ich weiß, wie furchtbar das ist, aber ich kann Ihnen keinerlei Sicherheit geben. Das wäre nicht richtig. Wir müssen jetzt auf ein Wunder hoffen. Wichtig ist, dass er die Nacht übersteht.«

Bei Greta, die bis dahin die Tränen zurückgehalten hatte, gewann in diesem Moment die Verzweiflung die Oberhand.

Lupo hatte vergebens versucht, sie zu trösten.

Ihr zu sagen, dass Matteo kräftig war.

Dass er kämpfen würde.

Dass er es schaffen würde.

Aber auch er war zusammengebrochen, als er einen Teil des Gesprächs zwischen der Stationsleiterin und einer jungen Krankenschwester gehört hatte.

»Ich bitte Sie. Lassen Sie ihn nicht mir. Ich möchte nicht sehen, wie ein Kind stirbt…«

Da hatte er verstanden, dass er ihn verlieren würde.

Und dass ihn das verrückt machen würde.

Sie hatten Stunden wie versteinert auf dieser Bank gesessen. Vor dieser Tür. Ohne hineingehen zu dürfen. Sie hatten die Gesichter derjenigen, die vorbeigingen, nach Anzeichen abgesucht.

Die Nacht war vergangen, und Matteo hatte sie überlebt.

Und er hatte auch den nächsten Tag und den darauf folgenden überstanden.

Intubiert, mit Schläuchen überall und Nadeln in Armen, die schon blau waren von den Einstichen.

Er hatte die ganze Zeit heftig geatmet.

Am Donnerstag war er dann aufgewacht.

Greta und Lupo hatten durchgehalten, bis sie mit ihrer Kraft am Ende waren. Dann hatten sie sich von einer Krankenschwester überzeugen lassen, dass sie ein paar Stunden schlafen mussten. Sie hätte ja die Telefonnummer, hatte sie gesagt, als sie sie zur Tür hinausschob. Sie würde sie sofort anrufen, wenn irgendetwas geschähe.

Und deshalb waren sie nicht da, als Matteo die Augen aufschlug.

Sie hatten kaum zehn Minuten geschlafen, als das Telefon läutete und sie erneut in Schrecken stürzte.

Michele war ihnen zuvorgekommen und hatte den Hörer abgenommen.

Eigentlich war er die ganze Zeit dort gewesen und hatte Wache gehalten.

Wie er es vielleicht in all diesen Tagen getan hatte, als er für sich bleiben wollte, um seinen Teil beizutragen und nicht zu stören. Um Eindringlinge in ihr Haus abzuwehren. In Erwartung einer Nachricht.

Sie hatten nicht gewagt, ihm den Hörer aus der Hand zu nehmen.

Das wäre nicht richtig gewesen.

Sie hatten nur an seinen Lippen gehangen, hatten auf eine Geste, auf ein Aufatmen gewartet.

Auf diese Bemerkung in seiner typischen Art trockenheiteren Humors, den er nicht für einen Augenblick verloren hatte.

»Es ist vorbei, Leute. Der Hund hat gerade etwas zu essen verlangt…«

Lupo fuhr sich mit der Hand durch die Haare.

Er versuchte, sich selbst davon zu überzeugen, dass an all dem nichts Eigenartiges war.

Dass es sich nur um einen Zufall handelte.

Denn als Polo zurückgekehrt war, hatte es Wichtigeres gegeben als die Geschichte mit der Mannlicher.

Matteos Genesung hatte nur langsam Fortschritte gemacht. Er hatte weitere zehn Tage im Krankenhaus bleiben und Untersuchungen und Kontrollen über sich ergehen lassen müssen. Dann noch die lange Zeit zu Hause.

Deswegen waren die Dias aus Amerika bis zum November im Fotolabor geblieben.

Vergessen infolge tausend anderer Freuden und Sorgen.

Sie hatten sich erst wieder daran erinnert, als eine Frau angerufen und sich mit einer spitzen Bemerkung erkundigt hatte, ob die Damen und Herren Lupo denn mittlerweile das Geld zusammenhätten, um die Entwicklung zu bezahlen, oder ob sie den Auftrag als nichtig betrachten solle.

Eigentlich hatten sie gar nicht mehr über diese Reise gesprochen.

Als könne schon die Erwähnung weiteres Unglück heraufbeschwören.

Lupo seufzte tief.

De Mattia hatte sich ein wenig von seiner alkoholbedingten Euphorie erholt.

Ihm war nicht entgangen, welchen Schock seine Entdeckung Lupo versetzt hatte. Kopfschüttelnd klopfte er ihm auf die Schulter.

»So ein Unsinn, Lupo. Du denkst doch wohl nicht, Polo sei der Täter? Man sollte nie an seinen Freunden zweifeln. Warum sprichst du nicht mit ihm darüber? Gestern wollte ich nichts sagen. Aber es war deutlich zu sehen, was dir durch den Kopf ging.«

Doch Lupo traute sich nicht, mit Polo zu sprechen.

Vielleicht hatte De Mattia Recht.

Aber warum sollte er dann alles mit einer blödsinnigen Frage kaputtmachen?

Als sie am Abend in einer alten Trattoria bei Frittiertem und hausgemachten Tagliatelle saßen, zwang er sich, an der allgemeinen erregten Freude teilzuhaben. An den Zukunftsträumen, den Plänen, den Vorbereitungen. An der elektrisierten Spannung, die alle ergriffen hatte. Sogar Monsignore, der von irgendwoher aufgetaucht war.

Aber Marina Salomone konnte er nicht täuschen.

Sie nahm ihn zur Seite und tadelte ihn.

»Die Arbeit müssen Sie vor der Tür lassen.«

»Nun, wenn sie aber schon hereingekommen ist?«

Die Salomone sah sich um.

Dann wies sie ihn brüsk zurecht.

»Glauben Sie wirklich, dass Claudios Mörder mich einladen könnte, mit ihm zu essen und in seinem Haus zu übernachten? Ist es das, was Sie sagen wollten?«

Lupo blieb stumm.

»Was auch immer Sie dazu gebracht hat, Polo zu verdächtigen, verwerfen Sie es. Ich habe ihn gefragt. Er war es nicht.«

Lupos Verwirrung und Erstaunen nahmen zu.

Er konnte nicht verstehen, wie diese Frau einen solchen Verdacht gehegt haben konnte. Bei ihm war das etwas anderes. Polo und Dallas waren Teil seiner Erinnerung. Aber die Salomone? Welche Erinnerungen konnte sie mit ihnen gemein haben?

»Kehren Sie um, Lupo. Sie sind auf der falschen Fährte.«

»Aber Sie, was wissen Sie davon?«

»Ich sehe es Ihnen an, seit Tagen schon. Ich sehe, wie Sie ihn beobachten, prüfen, wenn er es nicht sieht. Das machen Sie unwillkürlich. Sie können es nicht einmal verbergen. Es war so offensichtlich, dass ich beschlossen habe, Polo damit zu konfrontieren.«

»Wie bitte?«

»Auf meine Art, versteht sich. Sie haben eine Aufgabe, Lupo: Sie müssen den Mörder finden. Ich konnte nicht mehr mit ansehen, wie Sie sich in einem Meer unsinniger Gedanken verlieren.«

Lupo hörte ihr immer ungläubiger zu.

»He, ihr beiden, hört auf, euch in die Ohren zu flüstern. Lasst uns auch zuhören, verflixt. Was heckt ihr da aus?«

Tara rief sie mit ihrer unsicheren Grammatik und ihrem exotischen Akzent zur Ordnung.

Lupo lächelte.

»Wir kommen. Einen Moment noch, die Verschwörung ist fast beendet.«

Dann senkte er erneut die Stimme.

»Was haben Sie Polo gefragt?«

»Ob er aufgehört hat zu rauchen. Und er hat mit ›Nein‹ geantwortet.«

»Und warum das?«

»Er hat wie ein Schlot geraucht, als er vor einigen Tagen bei mir zu Hause das Interview mit Giuseppe Lucco niedergeschrieben hat. Eine Zigarette nach der anderen. Er hat mir die ganze Wohnung verräuchert. Nicht einmal die offenen Fenster haben etwas genutzt. Der Gestank hat sich überall festgesetzt.«

Lupo war auf dem Gipfel des Staunens.

»Verstehen Sie nicht? Ihr von der Polizei seid drei Mal hintereinander in dieses Dachzimmer gekommen. Immer kurz nachdem geschossen worden war. Haben Sie den Geruch von Zigarettenrauch wahrgenommen?«

»Nein.«

»Nehmen wir einmal an, Polo ist es gewesen. Glauben Sie wirklich, dass es ihm gelungen wäre, bei all der Spannung, die ihn vermutlich aufgezehrt hätte, sich dort drinnen stundenlang zu verstecken, ohne sich eine seiner fürchterlichen Dianas anzustecken?«

»Nein.«

»Na also. Denken Sie nach. Geben Sie einer alten weisen Frau Recht, die deshalb überlebt hat, weil sie sich die Menschen angesehen hat. Man übersieht die Kleinigkeiten sehr leicht. Aber genau die sind es, die sich als grundlegend erweisen.«

Lupo konnte endlich wieder gut schlafen.

Er hatte immer noch das Gefühl, dass er irgendetwas Wichtiges nicht zu fassen bekam. Dass er nur die Hand auszustrecken brauchte, um es fest zu halten. Doch schließlich ergriff die festliche Stimmung auch ihn.

Er streckte sich im Bett.

Zum ersten Mal seit vielen Tagen wusste er, dass einige seiner bösen Gedanken verflogen waren.

Greta war schon aufgestanden. Und er hörte die Jungen, wie sie um sie herumschwirrten, mit ihrem Lachen und ihren unaufhörlichen Sticheleien.

Er war glücklich darüber, dass sie eine solche Innigkeit ihrer Mutter gegenüber empfanden, die sie als ihre beste Freundin betrachteten. Oft bezogen sie sie in ihre Spiele mit ein. Sie konnten sie einfach nicht als eine ernsthafte Frau betrachten, die sich, wenn auch gemächlich, auf das mittlere Alter zu bewegte.

Andererseits war sie beim Armdrücken noch immer die Stärkere.

»Kaffeeee!«

»Oh, der Pascha ist erwacht. Zum Angriff!«

Alle drei kamen wie wild gewordene Furien hereingestürzt, warfen sich auf das Bett, sprangen auf ihm herum. Sie rangelten ausgelassen mit ihm unter den Decken. Wickelten ihn wie eine Mumie in ein Leintuch, so dass nur noch seine Nase heraussah.

»Ich ergebe mich!«

»Das genügt nicht. Du musst erst noch das Geld für die Schuhe herausrücken.«

»Welche Schuhe?«

»Mama hat gesagt, dass wir unsere Doc Martens nicht zu einer Hochzeit anziehen können. Dass wir anständige Halbschuhe brauchen.«

»Jetzt im Winter?«

»Komm, jetzt mach keinen Aufstand wegen der paar Kröten. Polo hat dreihunderttausend Lire herausgerückt.«

»Bei Polo steckt das Geld zu locker in der Tasche. Er ruiniert den Markt. Ich ergebe mich. Zweihundertfünfzig.«

»Das lassen wir durchgehen. Pro Kopf natürlich.«

»Im Traum nicht. Da krepier ich lieber…«

»Und Mama? Du alter Geizkragen. Willst du vielleicht, dass sie in irgendeinem alten Fummel zur Feier auftaucht? Reicht schon, dass du im Kommunionsanzug daherkommst.«

»Was soll das heißen, Greta? Auch du, und nicht nur meine Söhne?«

»Falls du es noch nicht kapiert hast: Ich bin hier die Anführerin des Aufstandes.«

»Schon gut, schon gut. Fangen wir einfach noch mal von vorne an. Ich verzichte auf den Kaffee und gehe wieder schlafen.«

»Gibst du auf?«

»Adieu, du dreizehntes Gehalt…«

Der Tag verging in einer eigenartigen Stimmung.

Einkäufe, Anproben, Glückwunschtelefonate.

Dieser Heiligabend war wirklich anders als sonst.

Lupo fand auch heraus, warum Polo die Salomone als Gast haben wollte. Sie sollte die alte Orgel in der Pfarrkirche wieder einstimmen und die Musik für diese Überraschungs-Weihnachtsmesse auswählen.

Denn von außerhalb war sonst niemand eingeladen worden. Keiner in Revigliasco war darauf vorbereitet, dass gar ein Monsignore mit der Lizenz zum Verheiraten die Messe abhalten würde, der extra dafür aus Turin kam.

Und das Abendessen, die Feier?

Sollte im Anschluss daran im Ruderclub stattfinden.

Wo Ottavio, der Koch, schon dabei war, eine kunstvolle Hochzeitstorte mit Hochzeitspärchen und einer Kinderschar aus Marzipan herzustellen.

Es hieß nur noch warten…

Gegen Abend wurde Lupo von einem tiefen Schuldgefühl erfasst.

Ein Mörder lief frei herum.

Der, wie er selbst angekündigt hatte, am Morgen zuschlagen würde. Und er hatte Urlaub genommen.

Das hatte nichts mit dem Dienstplan zu tun.

Diese Urlaubstage hatten ihm und De Mattia zugestanden.

Es hatte mit Verantwortungsgefühl zu tun.

Er rief Modica im Präsidium an.

»Brauchst du Unterstützung? Ich könnte den Urlaub verschieben, weißt du …«

»Keine Sorge. Genieß es, mit deiner Familie zusammen zu sein. Ich werde mich hier nicht wegbewegen. Ich danke dir. Aber du braucht wirklich nicht zu kommen.«

»Wen hast du in das Mansardenzimmer abgestellt?«

»Rizzo und die Gambino. Meinst du nicht, dass das eine gute Idee ist? Beide befinden sich gerade in einer Lebenskrise. Jetzt leisten sie einander wenigstens Gesellschaft. Ich habe ihnen eine Flasche Sekt spendiert, damit sie anstoßen können. Und vielleicht … Na ja, vielleicht entwickelt sich etwas …«

»Sind sie schon hinaufgegangen?«

»Schon vor einer Stunde.«

»Gut. Ja, das ist wirklich eine hervorragende Idee. Frohe Weihnachten.«

»Dir auch. Mach dir keine Sorgen.«

Dann rief Lupo De Mattia an.

Seine Frau war am Apparat.

Kurz angebunden wie immer.

»Was wollen Sie, Commissario? Wissen Sie nicht, dass Weihnachten ist? Müssen Sie uns immer alles kaputtmachen?«

Lupo seufzte.

»Ich wollte Ihnen nur meine Wünsche zum Weihnachtsfest überbringen. Nichts weiter.«

»Und das soll ich glauben?«

»Es würde mir nicht im Traum einfallen, einer netten Frau das Weihnachtsfest zu verderben, die auf ihre Geschäfte mit Pfannen verzichtet hat, um dem angebeteten Gatten einen Truthahn zuzubereiten.«

»Was soll das? Hat Alfonso sich beschwert?«

»Im Gegenteil. Er schien mir besonders froh und überrascht zu sein. Wie lange haben Sie Weihnachten schon nicht mehr allein gefeiert?«

»Oh, das ist lange her, Commissario. Lange. Fröhliche Weihnachten auch Ihnen. Hier kommt mein Mann.«

Lupo zählte im Stillen nach, wie oft das Wort Weihnachten in dieser kurzen Unterhaltung ausgesprochen worden war. Das bestätigte ihm wieder einmal, dass zwei Personen sich ständig wiederholen, wenn sie sich nichts zu sagen haben.

»Was ist los? Hast du sie verhext?«

De Mattia war angesichts der Tatsache, dass er mitten in den Weihnachtsvorbereitungen steckte und die Rolle des Hausmannes spielen musste, außergewöhnlich gut aufgelegt.

»Warum?«

»Sie fand dich sympathisch. Und sie hat gesagt, dass ich Glück habe, jemanden wie dich als Vorgesetzten zu haben. Wie hast du das geschafft, erklärst du mir das bitte?«

»Hört sie zu?«

»Nein, nein.«

»Das bedeutet einfach nur, dass wir an Weihnachten alle bessere Menschen sind. Ich wollte dir alles Gute wünschen.«

»O.k. Und weiter?«

»Es ist sinnlos, drum herum zu reden, nicht wahr?«

»Es ist nur so, dass ich dich kenne wie meine Westentasche. *Que pasa, amigo?* Was treibt dich um?«

»Der Mörder, unsere Gespräche. Glaubst du auch, dass er sich Weihnachten ausgesucht hat, um das zu Ende zu bringen? Dass er wirklich ein Problem mit Gott hat?«

»Ich zweifle daran, dass einer wie De Napoli es wert ist, einen Profikiller auf ihn anzusetzen. Deshalb tippe ich auf deinen religiösen Psychopathen. Und wenn du es wirklich wissen willst: Ich glaube auch, dass er gerade sein Gewehr ölt. Aber was können wir anderes tun, als in dem Mansardenzimmer auf ihn zu warten? Willst du, dass ich dort vorbeischaue?«

»Nein, nein. Auf keinen Fall. Es ist nur, dass … Es hätte ja sein können, dass dir vielleicht eine Idee gekommen ist.«

»Keine Idee. Nur, dass die Mannlicher wirklich eine eigenartige Waffe ist. Und dieser Punkt ist für mich der bezeichnende. Mehr noch als seine psychischen Störungen. Die Mannlicher ist real. Das mit der Krankheit ist nur eine Vermutung.«

»Ja.«

Sie waren zu spät dran.

Und waren endlich im Begriff, das Haus zu verlassen, als es, im Chaos der letzten Augenblicke, an der Tür klingelte.

Lupo, elegant in seinem dunkelblauen Anzug, der ordentlich gebundenen Krawatte und den endlich einmal gekämmten Haaren, öffnete.

Dann zuckte er vor Überraschung zusammen.

Vor ihm stand die mächtige Gestalt Gualtiero Pernices.

Der Maler lächelte. Er trug eine abgetragene Windjacke und hatte einen großen Schal um den Hals gewickelt. Unter dem Arm trug er etwas, das in dickes Packpapier geschlagen war.

Er nieste.

»Wie haben Sie meine Adresse herausgefunden?«

»Berufsgeheimnis. Aber trotzdem danke der Nachfrage: Es geht mir wesentlich besser. Sehr freundlich, dass Sie sich nach meiner Erkältung erkundigt haben …«

Lupo wusste nicht, was er antworten sollte.

Und Pernice genoss seine Verwirrung offensichtlich.

»Hier ist Ihr ›Fenster‹. Ich hatte es Ihnen für Weihnachten versprochen. Und ich halte immer mein Wort.«

»Wollen Sie hereinkommen?«

»Sie haben sich so in Schale geworfen. Ich will Sie nicht stören.«

In der Zwischenzeit hatte sich die ganze Familie in der offenen Tür versammelt und musterte Pernice mit unverhohlener Neugierde.

Dieser ließ sich die Gelegenheit nicht entgehen.

»Ihr werdet wohl denken: Wer ist dieser Typ, was will er zu dieser Stunde? Es ist ganz einfach: Ich stehe ganz oben auf der Liste der Verdächtigen für die Morde in der Piazza Vittorio.«

Greta schüttelte den Kopf. Sie glaubte ihm nicht.

»Der Commissario, euer verehrter Ehemann und Vater, kann es bestätigen. Aber ihr seid am Gehen. Ich wollte nur dieses Paket hier abgeben. War mir ein Vergnügen, euch kennen zu lernen. Ich nehme an, das Geschenk ist die Überraschung für Sie, gnädige Frau, die Ihnen das Fest versüßen soll. Fröhliche Weihnachten. Von Herzen.«

Dann verschwand er.

Und ließ sie alle verblüfft zurück.

Das Bild war wirklich wunderschön.

Er betrachtete das Gewehr.

In ein paar Stunden würde er es zum letzten Mal in die Hand nehmen.

Dann wandte er sich wieder seinem Schriftstück zu. Er hatte eine Art – verkehrtes – moralisches Testament verfasst, das er jetzt noch einmal aufmerksam durchlas, Wort für Wort. Er las es laut, um seine Wirkung zu prüfen.

Mit peinlicher Sorgfalt brachte er noch zwei, drei Korrekturen an.

Um die Argumentation noch flüssiger zu gestalten.

Er wollte, dass alle verstanden. Um das zu erreichen, hatte er einen furchtbaren Weg gewählt. Doch der elementare Charakter des Todes war die einzig universale Sprache. Die einfachste und direkteste. Die Menschen würden ihn verurteilen, aber vergessen würden sie ihn nicht.

Schließlich ging er zum Fenster.

Der Platz war voller Menschen und Verkehr. Pulsierend vor Lärm und Leben. So würde es bis spät in die Nacht bleiben. Taghell erleuchtet von Tausenden kleiner Lämpchen.

Seine Stimmung verdüsterte sich für einen Moment.

Gerne hätte er der Symbolik wegen um Mitternacht gehandelt.

Doch er hatte die Idee verworfen.

Er hatte mit klarem, kühlem Kopf einen Plan entworfen. Bis zu diesem Augenblick war alles so verlaufen, wie er es sich vorgestellt hatte. Er hatte jede Bewegung vorhergesehen. Jedes Teilchen hatte sich zum anderen gefügt.

Mit chirurgischer Präzision.

Es wäre nicht richtig, jetzt noch etwas zu verändern.

Aus Gefühlsduselei.

Er wusste genau, wo der Feind sein Lager aufgeschlagen hatte. Wusste, dass seine Flucht wieder einmal Bestürzung auslösen würde. Dass es Zweifel, Verdächtigungen, Vorwürfe und Beschuldigungen geben würde.

Aber es war noch nicht an der Zeit, sich fassen zu lassen. Morgen würden keine Zeitungen erscheinen. Er brauchte noch zwei Tage. Die notwendige Zeit, um mit Hilfe von Chielis Artikel auch die Geschichte seines letzten Opfers zu erfahren.

Erst dann würde er sich selbst der Polizei und sein Testament einer Zeitung übergeben.

Er dachte an Marta.

Wie überrascht sie über sein unerwartetes Kommen gewesen war. Sie wusste nichts von alledem. Auch das hatte er umsichtig so geplant.

Er seufzte.

Sie würde ihm fehlen, so wie er auch ihr fehlen würde.

Sie hatten sich mit unglaublicher Heftigkeit geliebt.

Und jeder war sich auf seine Weise bewusst gewesen, dass dies ein Abschied war. Dass es kein nächstes Mal mehr geben würde. Dass das Schicksal etwas anderes bestimmt hatte.

Er sah zum wiederholten Male auf die Uhr.

Er hatte noch zehn Stunden vor sich.

Er nahm eine Hand voll Tabletten. Die Schmerzen waren wieder heftiger geworden. Doch sein Körper würde sich rechtzeitig von der schweren Dumpfheit, den die Schmerzmittel hervorriefen, erholen.

Im Morgengrauen würde er bereit sein.

Er schloss die Augen.

Und schlief ein.

Marina Salomone sah unbeschreiblich aus.

Sie trug eines jener durchsichtigen Kleider, die gerade in Mode waren. Es war schwarz, mit einem kaum sichtbaren

Organzabesatz an der Brust, sodass ihr vogelgleicher Oberkörper fast nackt erschien.

Doch hatte sie, mit der ihr eigenen Ironie, einen leichten hochgeschlossenen Body in einem blassen Rosa darunter gezogen, der der Fantasie keinen Raum ließ.

Und natürlich hatte sie den Monsignore kokett um seine Meinung gebeten, der der Frage nicht ausgewichen war.

»Sehr elegant. So hätte ich gerne alle meine Organistinnen.«

Tara war sehr aufgeregt. Sie ging umher und versuchte vergebens, die Tränen zurückzuhalten, die ihr das Übermaß der Gefühle immer wieder in die Augen trieb. Sie war wie eine jener jungen, schüchternen, verschreckten Bräute, die noch nie den Hort der Familie verlassen haben.

Und keiner konnte sich der ansteckenden Fröhlichkeit des Vaters entziehen, der gerade noch rechtzeitig gekommen war. Stolzerfüllt führte er seinen grauenvollen weinroten Smoking vor, den er ganz frisch aus dem Kaufhaus hatte. Dieser mochte vielleicht einer Feierlichkeit in einem südafrikanischen Country-Club angemessen sein, war aber für eine Mitternachtsmesse in der traditionsbewussten Hügellandschaft Savoyens etwas zu auffällig.

Auch Polo war aufgeregt.

Doch er konnte es besser verbergen.

Nur die Jungen hatten einen Riesenspaß. Ausgelassen amüsierten sie sich über die verlegenen Gesichter ihrer Eltern, die dieses eine Mal ihre antikonformistische Maske abgelegt hatten und sich jetzt in kindlicher Wehrlosigkeit präsentierten.

Lupo aber musste noch die heikelste Frage lösen.

Der Vater würde die Braut zum Altar führen. Aber wer würde den Bräutigam geleiten?

Daran hatte keiner gedacht.

Da es seine Idee gewesen war, musste er auch eine Lösung finden. Wobei zu berücksichtigen war, dass Polo und Tara unbedingt ihn und Greta als Trauzeugen haben wollten.

Alles in allem hatte sich in kurzer Zeit die kleine ländliche Sakristei in eine Art Serail verwandelt. Es wurde gelacht und geweint, und wer sich von seinen Gefühlen mitreißen ließ, steckte damit sofort einen anderen an.

Die Einzige, die Ruhe bewahrte, war Marina Salomone.

Sie nahm Polo am Arm und zirpte ihm zu seinem Erstaunen zu: »Ich geleite dich. Wofür sollte ich mich sonst in so viel Unkosten gestürzt haben?«

»Und der Hochzeitsmarsch?«

»Der wird zum Schluss gespielt, du Ignorant!«

»Wirklich?«

»Nun, wenn nicht, dann erfinden wir eben eine neue Mode.«

Es geschah beim *Ave Maria*.

Lupo starrte Polo an.

Und sein Geist schweifte ab.

Er dachte daran, wie ihre Leben so unauflöslich ineinander verflochten waren. Seit Studientagen. Und dann über eine lange Reihe von Jahren hinweg.

Die Reisen, die Liebe, die Arbeit, die Kinder.

Es war das zweite Mal, dass er ihn an einen Altar begleitete.

Zwischen diesen beiden Malen war viel geschehen.

Lupo versuchte, sich an die Gesichter bei diesem ersten Mal zu erinnern.

Die asketische Konzentration dieses protestantischen Pfarrers.

Der ungläubige Ausdruck im Gesicht des Zulu-Häuptlings.

Das Leuchten in Taras Augen.

Dann stimmte Marina Salomone die ersten Noten des *Ave Maria* an und ihre zarte Stimme erfüllte die Kirche. Er hatte sie noch nie singen hören. Sie hatten immer nur darüber gesprochen. Und jetzt berührte ihn dieser feine Klang. Er besaß die Intensität tiefer Empfindungen, die sich den Zuhörern mitteilen wollte, auf eindrücklichere Art, als es mit Worten oder mit Taten je zu erreichen war.

Es war ein Dankeschön an all jene, die ihr nah standen und die ihr in ihrem neuen, zweiten Leben geholfen und sie nicht alleine gelassen hatten.

Lupo konzentrierte sich.

Es passierte ihm oft, dass sich seine Gedanken zunächst mit einem Thema befassten, dann aber rasch zu einem anderen sprangen. Jetzt folgte er, ohne bestimmten Anlass, vergeblich der Spur Gounods.

Es gelang ihm nicht, diesen Namen aus der Tiefe seiner Gehirnwindungen hervorzuholen. Und so wiederholte er im Stillen gleich einer Litanei: Wer hat das *Ave Maria* geschrieben? Wer hat das *Ave Maria* geschrieben? Wer hat das *Ave Maria* geschrieben?

Es stieg aber nur eine unheilige Assonanz in ihm auf:

Pernod.

Und er fühlte, wie ihn ein Schauer überlief.

Alle Puzzleteile fügten sich auf einmal ineinander. Und das Gesicht, das entstand, erstaunte ihn nicht einmal so sehr.

Er hatte es immer gewusst.

Dieses Gesicht war es, was er nie aus seinen Träumen hatte hervorholen können.

Um ihn herum küssten sich alle.

Aber er war nicht in der Lage, an der Fröhlichkeit teilzuhaben. Unbemerkt entfernte er sich, um ein Telefon zu suchen. Er fand eines in der Sakristei und wählte die Nummer. Er hatte Angst, dass es sich zum hundertsten Male um eine falsche Eingebung handelte.

Er hatte keinen Beweis.

Er würde auch keinen haben.

Doch würde ihn die Antwort, wenn sie positiv ausfiele, wenigstens bestärken.

Sie ging ans Telefon.

Er habe Glück, sie an einem solchen Abend zu Hause anzutreffen.

Er entschuldigte sich.

Aber er gab keine Erklärungen ab.

Er stellte nur seine Frage.

Und er hörte das, was er hören wollte.

Er ging zu Polo.

Entzog ihn den Umarmungen und nahm ihn zur Seite.

»Wir müssen gehen!«

Polo brauchte keine Erklärungen. Er sah ihm fest in die Augen und nickte. Er kannte Lupo zu gut, um zu wissen, dass dies kein Scherz war.

»Gib mir noch eine Minute …«

Sie hatten sich den Fiat Cinquecento ausgeliehen.

Der Monsignore hatte verstanden.

Das Fest bei der Esperia würde ohne sie beginnen.

Sie würden das Mögliche tun, um es herauszuzögern.

Piazza Vittorio.

Lupo hatte geschwiegen.

Und Polo akzeptierte das.

Sie hatten nicht ein einziges Wort miteinander gewechselt. Wie auf dem Schiff, wenn ein Unwetter sie zwang, auf ihren Posten auszuharren. Jeder vertieft in seine Aufgabe. Sie brauchten nicht zu sprechen. Sie achteten nur auf die Wellen und den Wind.

Das Haus…

Sie gingen rasch die Treppen hinauf.

Außer Atem erreichten sie das Dachgeschoss.

Lupo klopfte.

Es war nichts zu hören.

Er versuchte es noch einmal kräftiger.

Dann schließlich ließ sich eine schwache Stimme vernehmen.

»Wer ist da?«

»Lupo. Ich bin mit Polo hier. Ich glaube, Sie sollten aufmachen.«

Das Gesicht Giovanni Ferreros erschien im selben Moment, als Rizzo und die Gambino mit bestürztem Blick aus der Nachbartür kamen.

Ferrero war wie betäubt.

Seine Pupillen waren verengt.

Seine Reflexe langsam.

Er bewegte sich mechanisch.

Er war vollständig angezogen.

Aber er sah zerknittert aus. Vernachlässigt. Das Zimmer roch nach schlechtem Atem, nach Angst und Schweiß. Auf dem Nachttisch stand ein Glas Wasser und eine aufgerissene Tablettenschachtel lag daneben. Einige der violetten Pillen waren über ein aufgeschlagenes Buch gerollt.

Er hatte zu lange gebraucht, um zu öffnen.

Lupo erfasste mit einem Blick den ganzen Raum. Dann machte er den beiden Polizisten ein Zeichen sich zu entfernen. Er wartete, bis sie hinausgegangen waren, und suchte sich einen Stuhl.

Ferrero ließ ihn nicht aus den Augen.

Dabei bemühte er sich, seinen Geist von dem Nebel der Tabletten zu befreien.

»Entschuldigen Sie. Ich habe ein Schlafmittel genommen. Ehrlich gesagt habe ich niemanden mehr erwartet. Vor allem nicht Sie. Was verschafft mir die Ehre?«

Lupo antwortete nicht.

Er überließ sich seinem schweigenden Hass.

Polo hatte nichts verstanden.

Sein Blick wanderte von einem zum anderen. Er konnte in dem Ganzen keinen Sinn entdecken. Er fühlte sich wie ein Schauspieler, den man ohne die leiseste Ahnung vom Stück auf die Bühne geschickt hatte.

Ferrero wandte sich an ihn.

»Also?«

Doch auch dieses Mal bekam er keine Antwort.

Lupo blieb unbeweglich sitzen.

In seinem Kopf loderte es.

Von einem wilden Zorn erfasst. Er hatte Lust, ihm wehzutun. Ihn mit seinen Händen zu umfassen und zuzudrücken. Zudrücken …

Er wartete, bis sein innerer Aufruhr sich ein wenig gelegt hatte. Dann hörte er seine Stimme wie die eines anderen.

»Sie werden bald sterben.«

»Früher oder später passiert das allen.«

»Aber Ihnen passiert es jetzt. Auf dem Gipfel Ihrer Karriere.«

»Der Tod unterbricht immer etwas.«

»Mit dem Unterschied, dass Sie sich nicht in die göttliche Vorsehung gefügt haben.«

»Sagen wir, ich habe mich gefragt: Warum eigentlich ich? Das, was Sie göttliche Vorsehung nennen, haben schon mein Vater und meine Mutter übernommen. Ich habe entschieden, dass das genügt.«

»Ich habe gerade mit Costanza Ferro gesprochen. Sie hat mir gesagt, dass sie es war, die Ihnen den ersten Pernod angeboten hat.«

Ferrero sah ihn sprachlos an.

Er verstand diesen unvermittelten Themenwechsel nicht.

Doch Lupo ließ von ihm ab und wandte sich an Polo.

Er entschuldigte sich.

»Du musst mir verzeihen, mein Freund. Ich habe dir nie geglaubt.«

Polo fühlte sich auf einmal auf seltsame Art befremdet. Er verspürte einen Hauch von Wahnsinn, die Vollendung eines Schicksals. Die Tragödie, die sich hinter den Worten verbarg. Doch er verstand nichts.

»Wann?«

»In Houston. Als du gesagt hast, du müsstest wegen eines Auftrages der Zeitung bleiben.«

»Nicht von der Zeitung, von ihm …«

»Genau. Und Dallas? Warum hast du uns an eine Laune glauben lassen?«

»Oh, Lupo … Es war die Arbeit, die mich von Tara entfremdet hat. Konnte ich ihr sagen, dass diese Reise ein bestimmtes Ziel verfolgte? Dass ich euch unaufrichtig zu dieser Fahrt überredet hatte?«

»Nein. Du hast Recht. Das konntest du nicht.«

Ferrero begann sich zu bewegen. Nach und nach gewann er seine geistige Klarheit zurück. Er versuchte, seine Krawatte zurechtzurücken, die Bügelfalte der Hose zu glätten. Ein Versuch, seine Unfehlbarkeit wiederherzustellen.

Doch Lupo provozierte ihn.

»Es nützt wenig, Ihr Äußeres in Ordnung zu bringen. Ihr Inneres bleibt fürchterlich.«

»Ich glaube, Sie übertreiben. Ich werde Sie jetzt hinauswerfen.«

»Versuchen Sie das ruhig.«

»Sie wagen es, mich in meiner Wohnung zu bedrohen?«

»Wenn es nötig sein sollte, werde ich sogar noch mehr tun. Bewegen Sie sich nicht.«

»Sie dämlicher Bulle. Sie haben hier drinnen überhaupt keine Rechte. Und passen Sie auf, was Sie sagen. Ich werde Ihre Arroganz nicht länger dulden.«

Polo schaltete sich ein. Er trat zu Lupo und sah ihm fragend in die Augen.

»Willst du es mir erklären?«

Lupo seufzte.

Er hatte nicht die Absicht, sich aus der Ruhe bringen zu lassen. Er sah sich erneut um. Sein Blick verweilte auf dem Bett. Die Decken waren zerwühlt, ein Zipfel hing bis zum Boden herunter und verdeckte etwas. Es war die Ecke eines weißen Umschlags.

»Hast du je über Verbrechen geschrieben?«

»Nein, nur manchmal am Anfang. Vor vielen Jahren.«

»Hast du dich jemals gefragt, warum du das jetzt machen solltest? Du, der Mann, der per Post eine Mannlicher-Carcano bestellt hatte und dessen Name unter einem langen Artikel aus Dallas stand?«

»Ich habe die beiden Dinge nie zusammengebracht.«

»Aber ich habe es getan. Und das hat er sich erhofft. Deshalb hat er dich an meine Seite gestellt. Du warst die falsche Spur. Der Köder. Der Hinweis, mit einem passenden Schuldigen, auf einem silbernen Tablett serviert. Um Zeit zu gewinnen. Um ihm zu erlauben, bis zum geplanten Zeitpunkt durchzuhalten.«

»Ist das so?«

Polo wandte sich wütend an Ferrero.

Doch der hob nur die Schultern, als sei das alles nur das Gestammel eines Verrückten. Also fuhr Lupo fort.

»Er hat dich gewaltsam in diese Geschichte hineingezogen, indem er Ferro gezwungen hat, deine Mitarbeit zu akzeptieren. Er hat ihn erpresst. Welcher Chefredakteur würde so etwas tun? Wer hätte sich so an vorderste Front gestellt? Nur einer, der es wirklich nötig hatte, seine Königin in der Mitte des Spielfeldes zu platzieren.«

Keiner sagte etwas darauf.

Und Lupo fuhr unerbittlich fort.

»Er hat dich auch aus einem anderen Grund gebraucht. Er musste sich mit dem Opfer identifizieren. Und er musste den, der ihre Geschichten niederschrieb, unter Kontrolle haben. Musste die Möglichkeit haben, ihn anzutreiben, ihn zu lenken. Damit er zu Hause das nachlesen konnte, was der Zufall ihm beschert hatte. Du warst es, der ihm dieses Gefühl der Allmacht schenken sollte.«

Polo war verstummt.

Und Ferrero hörte Lupo mit großer Aufmerksamkeit zu, während er sich langsam mit den Händen durch die Haare fuhr.

»Du hast seine Angst nicht gesehen, als du, ohne eine Nachricht zu hinterlassen, verschwunden warst, um an die Tarn zu fahren. Du hättest auch nicht gedacht, dass er den Staatsanwalt bewusst unter Druck setzen wollte, indem er dein Interview mit der Malan veröffentlicht hat. Aber du warst ja dabei und hast gesehen, wie er sogar riskiert hat, eingesperrt zu werden, als er ihn damit festgenagelt hat.«

»Ja.«

»Hattest du das Gefühl, dass ein solches Verhalten das eines normalen Menschen ist?«

»Er war noch nie ein normaler Mensch. Das war schon immer seine Stärke.«

»Das habe ich auch gedacht, als er mich persönlich ins Archiv begleitet hat. Als er sich dazu gezwungen hat, freundlich zu mir zu sein, obwohl deutlich war, wie sehr ihm das gegen den Strich ging. Aber nein. Er hat nur einen weiteren Bauern gezogen und sich vergewissert, dass er auf dem richtigen Feld stand. Indem er mich auf dich zugetrieben hat. Auf deinen Artikel aus Dallas.«

Ferrero lächelte zynisch.

Er zupfte sich ein unsichtbares Fädchen von der Jacke und spottete: »Ich glaube, Sie haben ihn damals gar nicht gefunden.«

»Das ist eines der Dinge, die ich mir nicht erklären kann.«

»Und ich kann mir nicht erklären, warum ein Commissario, dessen Aufgabe es ist, auf die Kleinigkeiten zu achten, so blind sein konnte. Wir haben uns diesen Mikrofiche mindestens zweimal angesehen, und Sie haben ihn nicht entdeckt.«

»Das kommt vor.«

»Genau. Gut, meine Herren. Wenn Sie keine weiteren idiotischen Theorien haben, über die Sie mich in Kenntnis setzen wollen, dann, denke ich, ist dieser Besuch beendet. Hinaus!«

Lupo erhob sich langsam vom Sessel.

Er ging in Richtung Tür und tat so, als stolpere er über die Decken des ungemachten Bettes.

Als er wieder aufstand, hatte er den Brief in der Hand.

Er drehte sich müde nach Polo um.

»Wenn du unter das Bett schaust, dann wirst du auch das Gewehr und ein letztes Projektil finden. Dieser Raum ist der Einzige, der nie durchsucht worden ist…«

Eingezwängt zwischen Rizzo und der Gambino sah Ferrero im letzten Augenblick seine Cousine.

Er trug Handschellen.

Auch sie war von dem verzweifelten Schrei erwacht, wie viele der Hausbewohner, und blickte durch die Wohnungstür.

»Marta…«

Er wurde gewaltsam weggezogen.

Lupo folgte ihm wie ein Schatten und ging den unheilvollen Schritten Modicas und seiner Truppe voran, die die Frau sofort wieder in ihre Wohnung zurückdrängten.

Er hatte diese handgeschriebenen Seiten gelesen. Wort für Wort.

Da stand alles, das ganze Motiv.

Die fieberhafte Unruhe des Wahnsinns. Das Testament.

Mehr wollte er nicht wissen.

Er wollte keine weiteren Einzelheiten.

Nichts von den Fluchten, nichts von dieser unbekannten Cousine, von ihrer Rolle, die sie gespielt hatte, als sie ihm Unterschlupf bot. Nichts von Ferreros Fähigkeit, sich zu tarnen, um von einem Dachzimmer ins andere zu kommen, ohne von den Wache haltenden Polizeibeamten bemerkt zu werden.

Modica würde für alles Erklärungen finden.

Jetzt wollte er sich wieder ins Leben stürzen.

In die beruhigende Normalität des normalen Lebens.

Er wollte zurück zu Greta, zu Tara, zu den Jungen, zur Salomone.

Er machte Polo ein Zeichen.

Dieser folgte ihm. Mit denselben Gefühlen.

Doch an der Tür ließ ihn ein verzweifelter Schrei anhalten.

»Polo. Bring diesen verfluchten Umschlag zur Zeitung.

Sag diesem Idioten von De Nucci, dass das übermorgen auf die erste Seite muss. Und dass er bloß nicht wieder seine üblichen Scherze treibt, nur weil ich nicht bei der Konferenz dabei sein kann …«

Epilog

Es wurde nicht eine Zeile gedruckt.

Keiner erfuhr jemals etwas von der Existenz dieses Testaments.

Und das war erst der Anfang der Nemesis.

Padre Saluzzo erhielt die Erlaubnis, Ferrero in seiner Zelle der psychiatrischen Abteilung des Gefängnisses in Savilgiano zu besuchen. Und er erkannte sofort die Handschrift des Teufels. Doch dieses Mal würde er siegen.

Während man den Prozess vorbereitete und die Kobalttherapie dieses so sorgfältig gekämmte Haar ausfallen ließ, verjagte der Exorzist den Dämon aus Ferreros Körper. Und die Wissenschaft besiegte den Krebs.

Und so musste Ferrero leben.

Er musste die ganze Strafe abbüßen.

In sinnloser geistiger Klarheit.

Vom Wahn geheilt.

Im tiefen Dunkel seiner Zelle, wo er seine lebenslängliche Strafe absaß.

Die göttliche Fügung hatte sich am Ende als das entpuppt, was sie war.

Unergründlich.